LA MÉMOIRE DE L'EAU

Miranda Cowley Heller

LA MÉMOIRE DE L'EAU

Traduit de l'anglais (États-Unis)
par Karine Lalechère

Les Presses de la Cité

Publié aux États-Unis sous le titre original THE PAPER PALACE par Viking, une marque de Penguin Random House, en 2021.

Les Presses de la Cité, un département Place des Éditeurs
92, avenue de France 75013 Paris

ISBN 978-2-258-19521-9
Dépôt légal : août 2022

Presses de la Cité | un département **place des éditeurs**

place des éditeurs

À Lukas et Felix, mes deux amours

Et à ma grand-mère Muriel Maurer Cowley,
Dont l'amour indéfectible n'a jamais failli

Nous regardons en avant et en arrière
Et languissons pour ce qui n'est pas ;
Notre rire le plus sincère
Est gros de quelque douleur,
Nos plus doux chants sont ceux qui parlent des plus tristes pensées.

Percy Bysshe Shelley,
« À une alouette[1] »

1. *Œuvres poétiques complètes*, traduction de F. Rabbe, Albert Savine Éditeur.

LIVRE I

ELLIE

1

Aujourd'hui, 1er août, le Bois sauvage

6 h 30

Des images surgissent de nulle part. L'esprit est vierge, puis une poire apparaît dans le cadre. Parfaite, verte, la queue inclinée, une seule feuille. Elle est nichée entre les limettes, dans une coupe en porcelaine blanche, au centre d'une table de pique-nique fatiguée, sur une véranda vétuste, au bord d'un étang perdu dans les bois, proche de l'océan. À côté de la coupe, il y a un chandelier en cuivre, ses coulures de cire froide incrustées de poussière après un long hiver passé sur une étagère. Des restes de pâtes dans les assiettes, une serviette de lin qui n'a pas été dépliée, un fond de bordeaux dans une bouteille, une planche à découper de facture grossière, le pain déchiré plutôt que tranché. Un recueil de poésies piqué de moisissures est posé sur la table, ouvert. S'élançant dans l'azur, douloureuse, grisante, « À une alouette » repasse dans ma tête, tandis que je contemple la nature morte du dîner d'hier soir.

> *Que le monde alors écoutera, comme j'écoute en ce moment.*

Il en a fait une lecture bouleversante. « À Anna. » Nous étions tous sous le charme, plongés dans nos souvenirs. Je pourrais le regarder jusqu'à la fin des temps et être heureuse. Je pourrais l'écouter, les yeux fermés, m'abandonner encore et encore à la caresse de son souffle et de ses paroles. Je n'en demande pas plus.

De l'autre côté de la table, la lumière vacille le temps de franchir la moustiquaire, pour se déverser à l'extérieur sur les arbres tachetés et le bleu pur de l'eau, reculant seulement devant l'ombre impénétrable des grands gommiers noirs au bord de l'étang, où le soleil hésite à s'aventurer à cette heure matinale. Je considère un fond pâteux de café froid dans une tasse sale. J'ai presque envie de le boire. Je frissonne dans le peignoir mauve délavé – le peignoir de ma mère – que je retrouve chaque été au camp. Il a son odeur, mais j'y décèle aussi un relent d'hibernation, avec un soupçon de crottes de souris. C'est mon heure préférée, ici, au Bois. Tôt le matin sur l'étang, quand personne n'est encore levé. La lumière est limpide, affûtée ; l'eau se cuirasse ; les engoulevents sont enfin silencieux.

Du sable s'est accumulé entre les lattes de la petite terrasse en bois devant la véranda. Elle aurait besoin d'un coup de balai. Il y en a un, appuyé contre la moustiquaire, mais je l'ignore et prends l'étroit sentier qui conduit à notre plage. Derrière moi, la porte se referme avec un grincement réticent.

Je laisse glisser mon peignoir et me tient nue au bord de l'eau. De l'autre côté de l'étang, masqué par le brise-vent de pins et de petits chênes à feuilles de houx, gronde l'océan furieux. Il doit porter dans son ventre un orage venant du large. Ici, pourtant, l'air a la douceur du miel. J'attends, j'observe, j'écoute... le crissement, le vrombissement des insectes minuscules, la brise légère qui fait frissonner les arbres. J'avance, m'enfonçant jusqu'aux genoux, et je plonge la tête la première dans l'eau glacée. Je laisse les nénuphars derrière moi, propulsée par un sentiment d'euphorie, de liberté et aussi de panique. Je suis pourchassée par une terreur irrationnelle qui me fait imaginer des tortues remontant des abysses pour mordre mes seins lourds. Ou peut-être attirées par l'odeur du sexe entre mes jambes qui s'ouvrent et se ferment. Ça me prend d'un coup : il faut que je regagne la rive, là où je peux voir le fond. J'aimerais être plus courageuse. Mais j'aime aussi la peur, mon souffle saccadé, les battements furieux de mon cœur lorsque je sors de l'eau.

J'essore mes longs cheveux, attrape une serviette râpée sur la corde à linge que ma mère a tendue entre deux pins cagneux et m'allonge sur le sable tiède, face au soleil. Une libellule bleu électrique se pose sur la pointe de mon sein et reste perchée là quelques instants. Une minuscule fourmi escalade les dunes sahariennes de mon corps qui ont surgi sur son chemin.

Ça y est. On a baisé. Enfin. Après toutes ces années à me demander s'il me désirait encore. À un moment de la soirée, j'ai su que ça allait arriver : il y avait le vin, la voix chaude de Jonas qui lisait le poème, mon mari Peter étendu sur le canapé, le cerveau embrumé par la grappa, les enfants dans leur chambre, ma mère déjà en train de faire la vaisselle, affublée de gants en caoutchouc jaune vif, ses invités oubliés. Nos yeux se sont croisés, ont hésité une seconde de trop. J'ai quitté la bruyante tablée, j'ai enlevé ma culotte dans le cellier et je l'ai cachée derrière la huche à pain. Puis je suis sortie dans la nuit. De la cuisine me parvenait le tintement des assiettes, des verres et des couverts qui s'entrechoquaient dans l'eau mousseuse. J'ai attendu. Espéré. Et soudain il était là. Il m'a plaquée contre le mur, a glissé sa main sous ma robe. Il a murmuré « Je t'aime ». J'ai retenu un cri quand il m'a pénétrée. Et j'ai pensé : *Maintenant, il n'y a plus de retour en arrière.* Plus de regrets pour ce que je n'ai pas fait. Seulement pour ce que j'ai fait. Je l'aime, je me déteste ; je m'aime, je le déteste. C'est la fin d'une longue histoire.

Décembre 1966, New York

Je hurle. Je hurle et je suffoque. Lorsqu'elle comprend enfin que ça ne va pas, ma mère me soulève et fonce chez le docteur. Elle cavale dans Park Avenue, terrifiée, son bébé de 3 mois dans les bras, comme sœur Clavel emmenant sa petite protégée à l'hôpital dans *Madeline*. Attaché-case à la main, mon père a quitté lui aussi en catastrophe le Fred F. French Building et il se hâte sur Madison Avenue. L'esprit tourmenté, il est à son habitude effrayé par sa propre impuissance. Le médecin leur dit qu'il n'y a pas une minute à perdre : si on attend, le bébé va mourir. Il m'arrache des bras de ma mère. Sur la table d'opération, il me tranche le ventre comme une pastèque mûre. Une tumeur s'est enroulée autour de mon intestin, et des déjections toxiques se sont accumulées en dessous, diffusant leur poison dans mon petit corps. Après, la merde continuera de s'amasser, mais ça, je ne le découvrirai pas avant quelques années.

Dans sa hâte à retrancher la mort de la vie, le chirurgien qui m'opère sectionne un ovaire. Ça aussi, je ne l'apprendrai que bien plus tard. Ce jour-là, ma mère pleurera pour moi une seconde fois. « Pardon. J'aurais dû lui dire de faire plus attention », s'excusera-t-elle, comme si elle avait eu le pouvoir d'influer sur le cours des choses et choisi de ne pas l'utiliser.

Après, je suis dans un berceau d'hôpital, les bras attachés à mes flancs. Je braille, je pleure, vivante, enragée devant tant d'injustice. Ma mère n'a pas le droit de m'allaiter. Son lait se tarit. Il s'écoule presque une semaine entière avant qu'on me libère les mains. « Tu étais un bébé si heureux », dit mon père. « Après ça, tu n'as jamais cessé de hurler », dit ma mère.

7 h 30

Je roule sur le ventre, la tête posée sur mes avant-bras. J'aime l'odeur sucrée-salée de ma peau après avoir passé un moment au soleil – un parfum de noisette dorée, musqué. Une odeur de salaison. Au bout du sentier menant de la maison aux chalets qui abritent les chambres, j'entends un claquement assourdi. Quelqu'un est réveillé. Les feuilles mortes craquent. On fait couler la douche extérieure. Les tuyaux vibrent. La journée commence. Je me lève avec un soupir, ramasse mon peignoir et retourne vers la maison.

Notre camp est composé d'un bâtiment principal – la « Grande Maison » – et de quatre chambres indépendantes le long du sentier tapissé d'aiguilles de pin qui borde l'étang. Des cahutes recouvertes de bardeaux, avec un toit pentu pour que la neige ne s'y accumule pas, un vasistas au plafond, et une longue fenêtre horizontale en hauteur à l'avant et à l'arrière. À l'ancienne, rustique, sans chichis. Ce que devrait être un chalet de la Nouvelle-Angleterre. Entre le sentier et l'étang s'étire une mince haie – des clèthres en fleur, des lauriers et des ronces où poussent des mûres – qui nous protège de la curiosité des pêcheurs et des nageurs trop enthousiastes venant de la petite plage publique en face. La nôtre est censée être privée, mais parfois ils pataugent juste au bord, à 2 mètres de l'écran de végétation, sans se rendre compte qu'ils empiètent sur notre intimité.

Derrière les chambres, un autre chemin mène à la salle de bains. De la peinture qui s'écaille, un lavabo en acier émaillé moucheté de rouille et de taches beiges, vestiges des papillons de nuit qui se brûlent au plafonnier ; une antique baignoire à pattes de lion datant de l'époque où mon grand-père a construit le camp ; une douche en plein air dont les canalisations chaude et froide sont fixées à un gommier noir, avec l'eau qui part directement dans le sol et ruisselle le long du sentier sablonneux.

La Grande Maison, un bâtiment de parpaings et de toile goudronnée, est composée d'une seule pièce, un vaste salon-cuisine avec un cellier séparé. Parquet à larges lames, lourdes poutres, énorme cheminée de pierre. Quand il pleut, on se calfeutre à l'intérieur et on se force à jouer au *Monopoly* en écoutant crépiter le feu. Mais le lieu où on vit – le lieu où on lit, mange, se dispute et vieillit tous ensemble –, c'est à l'abri de la moustiquaire, sur la véranda aussi grande que la maison elle-même, avec vue sur l'étang. Le « camp », comme on l'appelle, n'est pas équipé pour l'hiver. Ce serait inutile : fin septembre, quand le temps fraîchit et que toutes les résidences estivales sont fermées, le Bois sauvage redevient un lieu désolé. Si la nature reste belle sous cette lumière grise, elle a quelque chose de solennel, de sépulcral. Personne ne souhaite s'attarder ici une fois les feuilles tombées. Mais dès les prémices de l'été, lorsque les hérons bleus reviennent nicher et pêcher, c'est le paradis sur Terre.

Sur la véranda, je suis submergée par une vague de désir, une nostalgie fugace qui m'irradie le plexus solaire. Je sais que je devrais débarrasser avant que toute la smala ne débarque pour le petit déjeuner, mais je veux mémoriser la scène – revivre la nuit précédente miette par miette, assiette par assiette, la graver à l'eau-forte dans mon cerveau. Je caresse du doigt une tache de vin sur la nappe blanche, porte le verre de Jonas à mes lèvres et cherche à retrouver le goût de son corps. Je ferme les yeux au souvenir de la pression légère de sa cuisse contre la mienne sous la table. Quand je me demandais encore s'il avait vraiment envie de moi. Quand je me demandais, le souffle court, si c'était accidentel ou voulu.

Dans la maison, rien n'a bougé depuis des décennies : les casseroles au-dessus de la cuisinière, les spatules suspendues à des crochets, un bocal avec des cuillères en bois, une liste de numéros de téléphone à l'encre pâlie punaisée à une étagère, deux fauteuils pliants en toile devant la cheminée. Tout est pareil et cependant, alors que je me dirige vers le cellier, j'ai l'impression de traverser une pièce différente, plus nette, comme si l'air s'était réveillé d'un long sommeil. Je sors par la porte du cellier, contemple le mur de parpaings. Il n'y a rien. Aucune trace, aucune preuve. C'était pourtant ici. Ici que nos corps se sont retrouvés. Agrippés l'un à l'autre, silencieux, désespérés. Je me souviens soudain de ma culotte derrière la huche. Je suis en train de l'enfiler sous mon peignoir lorsque ma mère surgit.

— Tu t'es levée tôt, dit-elle. Il y a du café ?

Une accusation.

— J'allais en faire.

— Pas trop fort. Je n'aime pas ta machine à expresso. Je sais, tu penses qu'il est meilleur comme ça, ajoute-t-elle sur ce ton faussement badin qui me rend dingue.

— Comme tu veux.

Je ne suis pas d'humeur à me battre ce matin.

Ma mère s'installe sur le canapé de la véranda. C'est juste un matelas dur en crin de cheval recouvert de vieille toile grise, mais c'est la place la plus convoitée de la maison. De là, on peut contempler l'étang, boire son café ou lire adossé aux coussins de coton piqués de rouille. Qui aurait cru que même le tissu pouvait rouiller ?

On peut toujours compter sur ma mère pour prendre la meilleure place.

Elle a négligemment attaché en chignon sa chevelure paille à présent mêlée de gris. Sa chemise de nuit en vichy est défraîchie. Pourtant, elle se débrouille pour avoir l'air imposante – comme la figure de proue d'une goélette du XVIIIe siècle, une sculpture belle et sévère ornée de couronnes de laurier et de perles indiquant le chemin.

— Je bois mon café et je débarrasse la table.

— Si tu débarrasses, je ferai la vaisselle. Merci, ajoute-t-elle en prenant la tasse que je lui tends. L'eau était comment ?

— Parfaite. Fraîche.

Il y a deux choses qu'on ne regrette jamais dans la vie, m'a toujours dit ma mère : un bébé et un bain. Ce doit être le meilleur conseil qu'elle m'ait donné. Même début juin, quand il fait encore froid, alors que je contemple l'océan saumâtre, jalouse des phoques qui pointent leurs vilaines faces difformes et attirent les requins dans ces eaux, je l'entends dans ma tête qui m'exhorte à me jeter à l'eau.

— J'espère que tu as étendu ta serviette, lance-t-elle. J'en ai assez de voir vos serviettes mouillées en tas. Dis-le aux enfants.

— Elle est sur la corde.

— Parce que si tu ne leur dis pas, moi je le ferai.

— Oui, maman.

— Pendant qu'on y est, il faut qu'ils balaient leur chambre. C'est une honte. Et je te défends de le faire à leur place, Ellie. Ces enfants sont trop gâtés. Ils sont bien assez grands pour…

Un sac-poubelle dans une main, mon café dans l'autre, je sors par la porte de derrière et laisse le vent disperser sa litanie.

Son pire conseil : « Pense Botticelli. » Sois comme Vénus émergeant des eaux dans sa coquille, modeste, la bouche close, chaste jusque dans sa nudité. Les mots de ma mère lorsque j'ai emménagé avec Peter. Le message est arrivé sur une carte postale fanée qu'elle avait achetée des années plus tôt, dans la boutique cadeaux des Offices.

Chère Eleanor,

J'aime beaucoup ton Peter. S'il te plaît, fais un effort pour être un peu plus accommodante. Tais-toi et prends un air mystérieux. Pense Botticelli.

Je t'embrasse,

Maman

Je jette le sac dans la benne et referme le couvercle avec un tendeur pour empêcher les ratons laveurs de la piller. Ce sont des créatures intelligentes aux longs doigts habiles. De petits ours humanoïdes, plus malins et plus méchants qu'on ne l'imagine. Entre eux et nous, c'est la guerre depuis des années.

— Ellie, tu as pensé à remettre le tendeur ? demande ma mère.

— Bien sûr, lui dis-je avec mon sourire le plus modeste, avant de débarrasser les assiettes.

1969, New York

Mon père ne va pas tarder. Je me cache, accroupie derrière le bar modulable qui sépare le salon de l'entrée. Il est composé de cubes. L'un abrite des alcools, l'autre un électrophone, le troisième la collection de disques paternelle, quelques livres d'art, des verres à martini, un shaker argenté. Le casier qui fait office de bar est ouvert des deux côtés, comme une fenêtre. Je regarde entre les bouteilles, fascinée par leur chatoiement topaze : scotch, bourbon, rhum. J'ai 3 ans. À côté de moi se trouvent les précieux 33 et 78 tours. Je passe le doigt sur leur tranche. J'aime ce bruit et je m'enivre de leur odeur de vieux carton, guettant le tintement de la sonnette. Quand mon père arrive enfin, je n'ai pas la patience de rester cachée. Je ne l'ai pas vu depuis des semaines. Je me précipite dans l'entrée et me jette dans ses bras câlins.

Le divorce n'est pas encore officiel, mais presque. Pour cela, ils devront aller à Juárez, de l'autre côté de la frontière. Pendant qu'ils régleront les détails administratifs, ma grande sœur Anna et moi attendrons patiemment dans un hall d'hôtel, assises sur le rebord d'une fontaine octogonale décorée de carreaux mexicains, regardant les poissons rouges tourner autour d'un îlot de plantes tropicales aux feuilles sombres. Des années plus tard, ma mère m'avouera avoir appelé mon père ce matin-là, les papiers à la main : « J'ai changé d'avis. Arrêtons tout. » C'était pourtant elle qui l'avait voulu, ce divorce, au désespoir de mon père. Mais il lui aurait répondu : « Non. Maintenant qu'on est là, allons jusqu'au bout, Wallace. » *Allons jusqu'au bout.* Quatre mots décisifs. Et moi, je jetais des miettes de muffin aux poissons, donnant des coups de talon contre la céramique mexicaine, désœuvrée, sans me douter que notre sort ne tenait qu'à un fil. Que tout aurait pu être différent.

Mais le Mexique attendra encore un peu. Pour l'instant, mon père fait semblant d'être joyeux et il aime toujours ma mère.

— Eleanor ! s'écrie-t-il en me soulevant. Comment va mon petit lapin ?

Je ris et je m'accroche à lui avec une impétuosité qui ressemble au désespoir, mon visage collé contre le sien, l'aveuglant de mes boucles blondes.

— Papa !

Furieuse d'avoir été devancée, Anna fonce comme un taureau et m'arrache à ses bras. Elle a deux ans de plus que moi, c'est son droit d'aînesse. Tout à son propre besoin d'amour, mon père ne voit rien. J'essaie de reprendre ma place.

La voix de ma mère et le tintement des glaçons s'élèvent des profondeurs défraîchies de notre appartement d'avant-guerre.

— Henry ? Tu veux boire quelque chose ? Je fais des côtes de porc.

— Volontiers !

Il a beau claironner comme si rien n'avait changé, ses yeux sont tristes.

8 h 15

— C'était réussi, hier soir, non ? dit ma mère, cachée derrière un roman de Dumas en piteux état.

— Très.

— Jonas avait bonne mine.

Mes mains se crispent sur la pile d'assiettes.

— Jonas a toujours bonne mine, maman.

Épaisse tignasse noire que l'on peut attraper à pleines mains, yeux vert pâle, peau noisette. Un être sauvage, le plus bel homme du monde.

Ma mère bâille. C'est un signe qui ne trompe pas : elle va lancer une vacherie.

— Je n'ai rien contre lui, mais je ne supporte pas sa mère, avec ses grands discours moralisateurs.

— Ce n'est pas moi qui vais te contredire.

— À croire que c'est elle qui a inventé le recyclage. Et Gina. Même après toutes ces années, je ne comprends toujours pas pourquoi il l'a épousée.

— Peut-être parce qu'elle est jeune ? Belle ? Parce qu'ils sont tous les deux artistes ?

— Elle *était* jeune. Et tu as vu son décolleté ? Elle se prend vraiment pour la huitième merveille du monde. Personne ne lui a jamais dit que la modestie était une vertu ?

— C'est un truc bizarre, dis-je en portant les assiettes à la cuisine. L'estime de soi. Elle doit avoir des parents qui l'ont toujours soutenue.

— Eh bien, je ne trouve pas ça séduisant. Il reste du jus d'orange ?

— C'est sans doute ce qui a attiré Jonas. Elle a un côté exotique, comparée aux névrosées avec qui il a grandi. Un paon dans la forêt.

— Elle est originaire du Delaware, rétorque ma mère, comme si c'était un argument imparable. Personne ne vient du Delaware.

— Précisément, dis-je en lui tendant un verre de jus de fruits. Elle est exotique.

Pour être honnête, je n'ai jamais pu regarder Gina sans penser : *Vraiment ?* C'est elle qu'il a choisie ? C'est *ça* qu'il voulait ? Menue, un petit corps parfait, avec ce qu'il faut là où il faut, les racines brunes apparentes sous les cheveux blonds décolorés. Manifestement, j'ai raté le grand come-back des jeans délavés.

Ma mère bâille encore.

— Quand même, elle n'a pas inventé la poudre.

— Est-ce qu'il y avait quelqu'un à table qui trouvait grâce à tes yeux ?

— Excuse-moi d'être honnête.

— Eh bien, retiens-toi. Gina fait partie de la famille.

— Uniquement parce que tu n'as pas le choix. Elle a épousé ton meilleur ami. Vous êtes le jour et la nuit, toutes les deux. Même un aveugle s'en rendrait compte.

— C'est faux. J'ai toujours apprécié Gina. Nous n'avons pas énormément en commun, c'est vrai, mais je la respecte. Et Jonas l'aime.

— Comme tu veux, répond ma mère avec un petit sourire satisfait.

— Oh, par pitié.

Je vais la tuer.

— Tu ne lui as pas lancé un verre de vin à la figure, une fois ?

— Non, maman. Je ne lui ai rien lancé du tout. J'ai trébuché à une fête et renversé mon verre sur elle.

— Vous avez bavardé toute la soirée, Jonas et toi. De quoi est-ce que vous avez parlé ?

— J'en sais rien. De trucs.

— Il avait le béguin pour toi autrefois, tu te souviens ? Je crois que tu lui as brisé le cœur, quand tu as épousé Peter.

— Ne raconte pas de bêtises. C'était quasiment un enfant.

— Non, je pense que c'était sérieux pour lui. Pauvre chou.

Elle dit ça nonchalamment et retourne à son livre. Heureusement qu'elle ne me regarde pas à cet instant, car je sais ce qu'elle lirait sur mon visage.

Dehors, il n'y a pas une ride à la surface de l'eau. Un poisson saute et laisse derrière lui une série de cercles concentriques. Je les vois s'atténuer progressivement avant d'être absorbés par l'étang, comme s'il ne s'était rien passé.

2

8 h 30

Lorsque la table est propre et la vaisselle empilée à côté de l'évier, j'attends que ma mère se décide à aller nager – et me laisse seule dix minutes. J'ai besoin de faire le point. J'ai besoin de lucidité. Peter ne va pas tarder à se lever. Puis ce sera le tour des enfants. Il me faut à tout prix un peu de temps pour moi. Mais elle me tend sa tasse.

— Juste un fond, tu veux bien ? Tu es un amour.

Sa chemise de nuit remonte sur ses cuisses et, de ma place, je vois tout. Ma mère pense que porter des sous-vêtements au lit n'est pas hygiénique. « Il faut s'aérer, la nuit », nous disait-elle quand on était petites, à Anna et à moi. On était scandalisées, bien sûr. On trouvait ça sale et honteux. Comme si l'idée que notre mère ait une vulve n'était pas assez répugnante en soi, il fallait en plus qu'elle l'expose…

— Il devrait la quitter, dit-elle.

— Qui ?

— Gina. Elle est ennuyeuse à mourir. J'ai failli m'endormir à table quand je l'écoutais jacasser. Elle fait de l'art ? Vraiment ? Et c'est censé nous intéresser ?

Elle s'interrompt pour bâiller.

— Ils n'ont pas d'enfant, reprend-elle. Ce n'est pas comme si c'était un vrai mariage. Il ferait mieux de partir tant que c'est possible.

— C'est ridicule. Ils sont tout ce qu'il y a de plus mariés.

En dépit de mon ton péremptoire, je suis déstabilisée. Est-ce ce que je veux ? Lirait-elle dans mes pensées ?

— Je ne sais pas pourquoi tu es sur la défensive, Ellie. On ne parle pas de ton mari.

— C'est juste que je trouve ça idiot.

Je me dirige vers le cellier d'un pas vengeur, ouvre le frigo et le referme brutalement.

— Ce n'est pas un vrai mariage parce qu'ils n'ont pas d'enfant ? Comment est-ce qu'on peut dire des choses pareilles ? Et qui es-tu pour le dire ?

D'un geste brusque, je verse un trait de lait dans mon café.

— J'ai le droit d'avoir une opinion, dit-elle d'une voix suave destinée à me faire enrager.

— Un tas de couples mariés n'ont jamais d'enfant.

— Hum hum.

— Je n'en reviens pas. Ta belle-sœur a subi une double mastectomie. Est-ce que ça signifie qu'elle n'est pas une vraie femme ?

Elle ouvre de grands yeux.

— Tu as perdu la tête ? Je vais aller nager. Tu devrais te recoucher et reprendre ta journée à zéro.

J'ai envie de la gifler.

— Ils voulaient des enfants.

— On se demande pourquoi.

Elle laisse la porte-moustiquaire claquer derrière elle.

Octobre 1970, New York

Ma mère nous a envoyées jouer chez les voisins – avec les enfants de son amant, sous la garde de sa femme. Ils sont en train de décider si oui ou non il devrait la quitter. Je suis plus grande, pas assez pour comprendre la situation, mais suffisamment pour m'étonner quand, par la fenêtre, je vois M. Dancy enlacer notre mère dans notre appartement, de l'autre côté de la cour intérieure. Les lampes sont éteintes et c'est la fin de l'après-midi.

Assis sur sa chaise haute dans la cuisine tout en longueur des Dancy, leur petit garçon de 2 ans joue avec un Tupperware. Mme Dancy contemple une grosse blatte couchée sur le dos, contre le montant de la porte. Elle libère de minuscules bébés cancrelats qui disparaissent entre les lames du parquet. Anna sort d'une chambre avec Blythe, la fille des Dancy. Elle pleure. Blythe a coupé sa frange avec une paire de ciseaux crantés. Le front de ma sœur est barré d'un croissant brun irrégulier qui remonte presque jusqu'à la racine des cheveux. Curieusement, le sourire triomphant et satisfait de Blythe me fait penser aux sandwichs à la mayonnaise. Sa mère ne voit rien. Elle ne quitte pas la blatte des yeux ; une larme roule sur sa joue.

8 h 50

J'ai pris la place tiède laissée par ma mère sur le canapé. On distingue déjà quelques silhouettes sur la minuscule plage publique. En général, ce sont des touristes qui louent dans la région, ravis d'avoir découvert par hasard ce paradis secret. Pour moi, ce sont juste des intrus et je rouspète intérieurement.

Naguère, tout le monde se connaissait au Bois sauvage. On s'invitait les uns chez les autres : femmes pieds nus en longues tuniques hawaïennes, beaux gosses en pantalons de toile blancs roulés sur les chevilles. Gin tonic, crackers bon marché, cheddar Kraft, nuées de moustiques affamés – et Raid qui tue raide tous les insectes.

Les routes de terre sablonneuse qui sillonnaient la forêt étaient mouchetées de lumière, filtrée par les pins et les tsugas. Lorsqu'on allait à la plage, on soulevait une fine poussière rouge argileuse qui sentait l'été : une odeur sèche, recuite, entêtante et sucrée. Des oyats et du sumac vénéneux poussaient au milieu de la route. Mais nous savions ce qu'il fallait éviter. Quand une voiture passait, elle ralentissait pour nous proposer de grimper sur le marchepied ou sur le capot. Il ne serait venu à l'idée de personne de nous en empêcher sous prétexte que nous risquions de tomber et d'être écrasés. On nous laissait vagabonder librement et nager dans les étangs qui parsemaient le Bois sauvage. On parle d'étangs, mais ce sont plutôt des lacs, certains larges et insondables, d'autres clairs et peu profonds, qui se sont formés à la fin de l'ère glaciaire. Lorsque le front de glace a reculé, il a laissé des blocs si lourds que la croûte terrestre s'est enfoncée sous leur poids, créant un paysage ponctué de grandes marmites remplies d'eau cristalline. Nous coupions par les jardins des voisins pour rejoindre les petites anses de sable, escaladions des troncs d'arbres tombés pour sauter dans l'eau et faire des bombes. Nous ne gênions personne. Les gens croyaient aux anciens droits de passage : petits sentiers ombragés qui menaient à l'arrière des vieilles maisons du cap Cod, construites à la même époque que les premières routes de terre, toujours debout dans des clairières austères, préservées par la neige, l'air marin et les étés torrides. Et il y avait le cresson de fontaine ramassé dans les ruisseaux – le ruisseau de quelqu'un d'autre, le cresson de quelqu'un autre.

Côté baie, le cap est plus civilisé, pastoral. Des coteaux s'élèvent en pente douce, couverts de canneberges, de pruniers et de lauriers. Côté océan, en revanche, la nature est sauvage, brutale, avec des déferlantes impétueuses et des dunes monumentales. Notre grand jeu était de les dévaler du sommet : on regardait le sol se rapprocher à une vitesse vertigineuse et on se jetait dans le sable chaud. En ce temps-là, les amis de ma mère ne passaient pas leur temps à se plaindre et à accuser les enfants d'éroder les dunes – comme si leurs petites empreintes pouvaient rivaliser avec les tempêtes hivernales qui croquent la terre à belles dents.

Assis autour d'un feu sur la plage, petits et grands mangeaient des hamburgers crissant de sable, avec du ketchup et des condiments aigres-doux disposés sur des tables de fortune en bois flotté. Nos parents sirotaient du gin dans des pots à confiture et sortaient du cercle de lumière pour aller embrasser leurs amants dans les herbes hautes.

Et puis les portes se sont fermées peu à peu. Des pancartes « PROPRIÉTÉ PRIVÉE » sont apparues. Les enfants des premiers occupants – la tribu d'artistes, d'architectes et d'intellectuels qui avait colonisé ce bois – ont commencé à se chamailler. Des querelles familiales pour savoir qui passerait les vacances au cap Cod. Des conflits de voisinage à cause du bruit sur les étangs. Des compétitions entre ceux qui estimaient avoir plus le droit d'aimer cet endroit que les autres. Des mesquineries. Aujourd'hui, même les plages sont envahies par les panneaux « ACCÈS INTERDIT » : de larges zones pour protéger la nidification des oiseaux ; les pluviers siffleurs sont les seuls à bénéficier encore d'un droit de passage. Mais c'est toujours mon bois, mon étang. Le lieu où je vais tous les étés depuis cinquante ans – tous les étés de ma vie. Le lieu où Jonas et moi nous sommes rencontrés.

Du canapé, je regarde ma mère traverser l'étang. Mille cinq cents mètres en crawl. Ses bras fendent l'eau, réguliers, avec une perfection presque mécanique. Elle ne lève jamais la tête lorsqu'elle nage. Elle a un sixième sens qui la guide, comme une baleine suivant une ancienne route migratoire. *Il devrait la quitter.* Est-ce ce que je veux ? Gina et Jonas sont nos plus anciens amis. Nous avons passé presque tous nos étés d'adultes ensemble : nous avons ouvert des huîtres et les avons avalées encore vivantes dans leur coquille, nous avons regardé la pleine lune se lever sur l'eau en écoutant Gina se plaindre de ses douleurs menstruelles, nous avons prié pour que les pêcheurs nous débarrassent des phoques et carbonisé des dindes de Thanksgiving, nous nous sommes disputés à propos de Woody Allen. Gina est la marraine de ma fille Maddy, bordel ! Et si Jonas quittait Gina ? Pourrais-je la trahir ainsi ? En même temps, je l'ai déjà fait. Je me suis tapé son mari la nuit dernière. Rien que d'y penser, j'ai envie de recommencer. Un frisson scintillant me parcourt tout le corps.

Peter pose un baiser sur ma nuque.

— Salut, chère et tendre.

Je sursaute, m'efforce de paraître normale.

— Salut toi-même.

— Tu avais l'air absorbée dans tes pensées.

— Il y a du café.

— Merci.

Il sort une cigarette de la poche de sa chemise. L'allume. S'assied à côté de moi. J'aime ses longues cannes sous son bermuda de surf délavé. Son côté grand gamin.

— Je n'en reviens pas que tu m'aies laissé m'endormir sur le canapé, hier soir.

— Tu étais crevé.

— Sûrement le décalage horaire.

— Bien sûr, dis-je en levant les yeux au ciel. Une heure de différence entre Memphis et ici. Ça m'a tuée, moi aussi.

— C'est vrai. J'ai eu du mal à me lever ce matin. Le réveil disait 9 heures, mais je te promets que j'avais l'impression qu'il était 8 heures.

— Très drôle.

— OK, j'ai peut-être un peu trop bu.

— C'est rien de le dire.

— Est-ce que j'ai fait des bêtises ?

— À part refuser de lire le poème de Shelley pour Anna et t'exciter contre les quakers ?

— Ça va, tout le monde sait que c'était pour ainsi dire des fachos, dit-il en riant. Des brutes sanguinaires.

— Bêta, dis-je en embrassant sa joue piquante. Tu devrais te raser.

Il met ses lunettes sur son nez, passe la main dans ses boucles blond foncé grisonnant aux tempes pour les discipliner. Mon mari est un homme séduisant. Pas beau, mais séduisant, à la manière des stars de cinéma d'antan. Grand. Élégant. Le chic britannique. Un journaliste respecté. Le genre sexy en costume. Un Atticus Finch. Patient, mais impressionnant quand il se met en colère. Il sait garder un secret. Rien ne lui échappe. Il me regarde, plisse les yeux, comme s'il sentait l'odeur du sexe sur moi.

— Où sont les enfants ?

Il s'empare de l'une des grosses coquilles de palourde blanches alignées sur le rebord de la fenêtre, le long de la moustiquaire, et la retourne pour y écraser sa cigarette.

— Je les laisse dormir. Maman déteste quand tu fais ça, dis-je en lui prenant le coquillage des mains.

Je le porte à la cuisine, jette le mégot et le rince. Ma mère qui atteint déjà l'autre rive.

— Sacrée nageuse, quand même, dit Peter.

La seule personne capable de battre ma mère était Anna. Elle ne nageait pas, elle volait. Laissait tout le monde sur place. Je suis des yeux un balbuzard qui file à travers le ciel, talonné par un petit oiseau noir. Le vent ébouriffe les nénuphars à la surface de l'étang. Ils soupirent, exhalent.

9 h 15

Peter fait des œufs brouillés dans la cuisine. De la véranda, je sens l'odeur des oignons frits. De fines tranches de lard fumé suintent dans de l'essuie-tout à côté de lui. Rien ne vaut les œufs au bacon pour soigner la gueule de bois. Rien ne vaut le bacon tout court. Un mets des dieux. Comme la roquette, l'huile d'olive non filtrée et les pickles d'aubergine à l'indienne. Mon kit de survie sur une île déserte. Sans oublier les pâtes. Plus jeune, je fantasmais souvent là-dessus : me retrouver seule sur une île déserte. Je me nourrissais de poisson, construisais une cabane en hauteur, hors d'atteinte des animaux sauvages, le corps endurci par la vie au grand air. Dans mon rêve éveillé, il y avait toujours les œuvres complètes de Shakespeare qui avaient échoué sur la plage par je ne sais quel miracle et, n'ayant rien d'autre à faire pour passer le temps, je lisais (et savourais) chaque ligne ; j'étais forcée par les circonstances à me surpasser – à réaliser pleinement mon potentiel, comme on dirait aujourd'hui. Sinon, il m'arrivait aussi de fantasmer sur la prison et l'armée : des endroits où je n'avais aucun choix, où chaque seconde de ma journée était encadrée, où l'échec n'était pas envisageable. Apprendre en autodidacte, 100 pompes et des biscuits secs avec de l'eau fraîche : tels étaient mes rêves d'enfant. Jonas n'en faisait pas encore partie.

Je m'aventure dans la cuisine et tente de piquer un morceau de bacon. Peter me tape sur la main.

— Pas touche.

Il verse du fromage râpé dans les œufs, donne quelques tours de moulin à poivre.

— Pourquoi tu as encore pris la casserole ?

Je déteste cette manie qu'ont les Anglais de faire les œufs brouillés dans une casserole. Ce qu'il faut, c'est une poêle antiadhésive et beaucoup de beurre, ce n'est pourtant pas sorcier. Avec leur méthode lente, idiote et pâteuse, tout ce qu'on gagne, c'est une casserole impossible à nettoyer. Il n'y aura plus qu'à la laisser tremper pendant deux jours. Je lui donne un coup de spatule :

— Grrr.

La chemise de Peter est mouchetée de gras.

— Du balai, poupée. C'est moi le grand maître des œufs.

Il se dirige vers la huche, en sort un pain de mie en tranches.

— Si tu veux te rendre utile, occupe-toi des toasts.

Je sens mon visage s'empourprer à la pensée du slip que j'ai caché là hier. Un petit chiffon de dentelle noire, la nudité sous ma robe, son doigt qui trace une ligne sur ma cuisse.

— Allô, Ellie, ici la Terre ?

On ne peut mettre que deux tranches à la fois dans le grille-pain de ma mère. Il brûle le pain d'un côté, le laisse blanc de l'autre. Je règle le four sur le mode gril et aligne les toasts sur une plaque à pâtisserie. Je sors le beurre. Est-ce que je les beurre avant ou après ?

— Combien de temps ?

— Huit minutes, décrète Peter. Douze max. Va réveiller les enfants.

— On devrait attendre maman.

— Les œufs seront caoutchouteux.

Je regarde l'étang.

— Elle est à mi-chemin.

— Qui va faire trempette perd son omelette.

— OK. C'est toi qui gères les représailles.

Quand ma mère se sent offensée, elle se débrouille pour faire payer tout le monde autour d'elle. Mais Peter ne se laisse pas impressionner. Il se moque d'elle, lui dit d'arrêter ses conneries et, bizarrement, elle le prend bien.

1952, New York

Ma mère avait 8 ans quand sa propre mère se remaria. Nanette Saltonstall appartenait à la haute société newyorkaise : égoïste, belle, célèbre pour ses lèvres sensuelles et cruelles. Elle avait été une petite fille riche, gâtée par son banquier de père. Le krach de 1929 avait tout changé. La famille avait dû quitter sa maison de la 5e Avenue pour emménager dans un appartement sombre de Yorkville, composé d'une suite de pièces en enfilade. L'unique luxe que s'autorisait encore John Saltonstall, c'était son dry martini à la vodka de 18 heures, qu'il remuait avec une longue cuillère d'argent dans un shaker en cristal. La beauté de sa fille aînée était désormais son seul capital. Nanette épouserait un homme riche et sauverait les siens. Son destin était tout tracé. Au lieu de quoi, elle partit étudier dans une école de mode à Paris et tomba amoureuse de mon grand-père, Amory Cushing, un sculpteur bien né mais sans le sou, qui ne possédait qu'une vieille baraque et un étang au fin fond du Massachusetts, légués par un oncle qu'il connaissait à peine.

Amory bâtit notre camp pendant la brève période que dura leur idylle. Il choisit une longue bande de terre au bord de l'eau, masquée de chez lui par une sinuosité du terrain. Il avait dans l'idée de louer les chalets en été pour entretenir sa belle épouse et leurs deux enfants en bas âge. De l'extérieur, les constructions étaient solides et étanches, capables de résister aux interminables hivers rigoureux, aux violents coups de vent du nord-est et à plusieurs générations de familles querelleuses. Mais, comme il manquait d'argent, il fit les cloisons intérieures et les plafonds en Homasote, des panneaux de fibre à base de cellulose, un matériau bon marché et pratique qui valut au lieu le surnom de « Palais de papier ». Il n'avait pas prévu que ma grand-mère le quitterait avant qu'il ait mené à bien son projet. Ni que les souris raffoleraient de l'Homasote. Chaque année, elles grignotent les murs et donnent ce muesli de papier régurgité à leurs petits blottis dans les commodes. Au début de l'été, le premier arrivé au camp a pour mission de vider les nids dans la nature. On ne peut pas vraiment leur en vouloir : les hivers sont rudes, au cap Cod, ainsi que les premiers colons le découvrirent avant nous. Mais la pisse de souris répand une puanteur tiède, et je déteste leurs couinements paniqués lorsqu'elles tombent des tiroirs en bois et atterrissent dans les broussailles.

Après son divorce, Nanette passa quelques mois en Europe, à se faire bronzer seins nus à Cadaqués et à boire du xérès frais en compagnie d'hommes mariés tandis que ma mère, Wallace, et son petit frère, Austin, l'attendaient dans des halls d'hôtel. Lorsqu'elle se retrouva à court d'argent, elle décida qu'il était temps de rentrer et d'exaucer le vœu de ses parents. Elle épousa un banquier nommé Jim. Jim était un monsieur très convenable, prépa d'élite et Princeton. Il lui acheta un appartement qui donnait sur Central Park et un siamois à poil long. Wallace et Austin fréquentaient des écoles privées à Manhattan, où les garçons de primaire portaient la veste et la cravate, et où ma mère fut initiée aux subtilités du français et de l'omelette norvégienne.

Une semaine avant son neuvième anniversaire, elle réalisa sa première fellation. Dans un premier temps, elle regarda le sexe de leur beau-père durcir entre les mains tremblantes de son petit frère de 6 ans. Jim leur assura que tout cela était parfaitement naturel. Est-ce qu'ils ne voulaient pas lui faire plaisir ? Le pire, c'était le liquide blanc et visqueux, avoua ma mère lorsqu'elle me conta enfin cette histoire. Le reste, elle aurait sans doute pu s'en accommoder. Encore qu'elle détestât aussi la chaleur de sa verge et les vagues relents d'urine. Jim leur interdit d'en parler à Nanette, ou gare à eux. Ils le firent quand même, sans grand résultat. Elle les accusa de mentir. Elle n'avait nulle part où aller, pas un sou à son nom. Le jour où elle surprit son mari dans la chambre de bonne attenante à la cuisine en train de tringler la nounou, elle lui dit de ne pas être vulgaire et referma la porte.

Un samedi, Nanette rentra plus tôt que prévu de son déjeuner au club. Son amie Maud avait la migraine et elle n'avait pas envie de se rendre au musée seule. L'appartement était vide – il n'y avait que le chat, qui vint se frotter contre ses jambes sur le seuil, arquant le dos, séducteur. Elle laissa tomber sa fourrure sur la banquette, retira ses talons hauts et se dirigea vers la chambre au bout du couloir. Jim était assis dans le fauteuil à oreilles, le pantalon autour des chevilles. Ma mère était agenouillée devant lui. Nanette leur fonça dessus et flanqua une gifle mémorable à sa fille.

J'avais 17 ans le jour où elle me raconta cette histoire. J'étais furieuse parce qu'elle avait donné à Anna de quoi acheter un gloss chez Gimbel's, alors que je devais rester à la maison pour faire la vaisselle.

— Oh, pour l'amour du ciel, Ellie, soupira-t-elle tandis que je trépignais devant l'évier. Tu dois laver une assiette, tu n'auras pas de rouge à lèvres… la belle affaire. Moi, je devais tailler des pipes à mon beau-père alors que mon frère n'avait qu'à le masturber. Qu'est-ce que tu veux que je te dise ? La vie est injuste.

9 h 20

Je me dirige vers le chalet des enfants, songeant que le plus étrange dans cette histoire, c'est que ma mère a perdu toute estime pour les femmes, pas pour les hommes. Son beau-père était un pervers, c'est la dure réalité. Mais la faiblesse et la trahison de Nanette l'ont dégoûtée des femmes. Dans le monde de ma mère, les hommes ont droit au respect. Le plafond de verre n'est pas fait pour être brisé. Peter a toujours raison. « Si tu veux faire plaisir à ton mari, quand il rentre du travail, passe un corsage propre, mets ton diaphragme, et souris », m'a-t-elle conseillé il y a des années.

Pense Botticelli.

3

Avril 1971, New York

M. Dancy contemple la petite baignoire carrée dans la salle de bains sans soleil de notre appartement. Mme Dancy a déménagé. Depuis, il est souvent chez nous, ses manches de chemise retroussées sur ses bras musclés. Il referme les robinets émaillés qui affichent les lettres C et F. La vieille bonde en laiton brille sous l'eau fraîche. Un minuscule alligator barbote dans l'eau. M. Dancy l'a acheté à Chinatown, un animal de compagnie pour ses enfants. Une espèce naine qui ne dépasserait jamais les 30 centimètres de long, lui avait juré le vendeur. Maintenant, il sait qu'il s'est fait avoir. C'est un bébé alligator qui va grossir et qui sera bientôt dangereux. Déjà, dans la baignoire, une lueur menaçante brille dans ses yeux. Je trempe une baguette chinoise dans l'eau et le regarde donner des petits coups de mâchoire futiles et effrayés.

— Donne-moi ça, me dit Anna, se penchant imprudemment. Donne !

Ses longues tresses brunes dansent au-dessus de la surface comme pour l'appâter.

Je m'exécute et elle agite la baguette sous le nez de l'animal. M. Dancy observe la scène, lissant son épaisse moustache caramel. Au bout d'un moment, il soulève le reptile par sa queue noueuse et le suspend au-dessus des toilettes. L'alligator se contorsionne pour tenter de lui mordre le poignet. Fascinée, je vois M. Dancy le lâcher dans la cuvette et tirer la chasse.

— On ne pouvait pas le garder. Ça allait devenir un monstre.

— Carl, appelle ma mère depuis une autre pièce. Tu veux boire quelque chose ? Le dîner sera bientôt prêt.

Juin 1971, New York

Première semaine chez notre père. Il habite un appartement miteux dans un immeuble sans ascenseur d'Astor Place, pourtant, quand il en parle, sa nouvelle vie semble exotique et aventureuse. L'air est lourd, étouffant, et il n'y a pas de climatisation – l'installation électrique est trop vieille –, mais il nous a acheté un ventilateur pivotant. Et dès qu'il touchera son prochain salaire, promis, il nous offrira une « poupée internationale » chacune. Je veux la Hollande. Il nous fait beaucoup de promesses sur lesquelles nous apprendrons à ne pas compter. « À partir de maintenant, il n'y aura que mes filles et moi. » Nous sautons sur notre nouveau lit gigogne, dansons sur les Monkees et mangeons des yogourts à la myrtille.

— Si on brasse les fruits au fond, le yogourt devient de plus en plus sombre, nous dit-il avant d'aller regarder le journal télévisé.

Le lundi matin, notre père s'habille avec soin. Il met un costume Brooks Brothers à fines rayures bleues, avec des souliers à embout marron qu'il fait reluire avec une chamoisine. Il sent l'après-rasage Old Spice et la mousse à raser. Il jette un coup d'œil dans le miroir de l'entrée, se fait une raie bien droite avec un petit peigne en écaille, ajuste sa cravate pour que le nœud tombe pile au milieu de son col amidonné, tire sur les manches de sa chemise et recentre ses boutons de manchette dorés. « Votre père était très séduisant, quand il était jeune homme, nous raconte notre mère. On le surnommait l'Apollon du ballon quand il jouait au foot à Yale. Ce jeu idiot lui a bousillé les genoux. »

L'escalier est plongé dans la pénombre. Je m'accroche à sa veste pour descendre les marches grinçantes. J'ai les cheveux en bataille. Personne ne m'a rappelé qu'il fallait les brosser. J'ai l'estomac noué. C'est notre premier jour au centre de loisirs Triumph Day. Anna et moi prenons le bus seules. Nous portons toutes les deux notre uniforme : short bleu marine et tee-shirt blanc, avec « TRIUMPH » écrit sur le devant. Et, derrière, « Toutes les filles sont des championnes ».

— Il n'y a pas beaucoup de filles dans le monde qui ont la chance d'avoir un tee-shirt pareil, nous assure notre père.

Sur le trajet, il s'arrête pour nous acheter des sandwichs : *cream cheese* sur du pain aux noix et aux dattes. Je ne veux pas faire d'histoires, mais mes larmes me trahissent.

— Je déteste le *cream cheese*, dis-je lorsqu'il me demande ce qui ne va pas.

Il me tend le sac en papier. Il est sûr que je vais aimer ce sandwich. Je vois bien qu'il est contrarié et j'ai peur. Quand il nous fait monter dans le bus, je le supplie de ne pas m'obliger à y aller. Mais il ne peut pas être à deux endroits à la fois. Il faut bien qu'il gagne sa vie. Il a des critiques littéraires à écrire. On l'attend à Time-Life. Il viendra nous chercher à ce même arrêt ce soir. Et je vais adorer le centre de loisirs, il me le promet.

Le bus se mêle à la file de véhicules dans la 6e Avenue, et je regarde mon père rapetisser derrière nous. Je déchire un bout du sac et mâchonne le papier. Et si j'ai envie de faire pipi ? Comment est-ce que je saurai où aller ? Je veux une médaille de natation, mais je n'ai pas le droit d'aller où je n'ai pas pied. Anna bavarde avec sa voisine et m'ignore. Le temps d'arriver à Westchester, elle a déjà dévoré la moitié de son sandwich.

Le centre Triumph Day se trouve au bord d'un grand lac. Nous passons devant des terrains de base-ball, un champ couvert de cibles de tir à l'arc, un tipi géant. Le chauffeur se gare derrière une longue file de bus jaunes. Le parking grouille de filles portant le même tee-shirt Triumph que nous.

Nos guides se présentent : June et Pia. Elles portent elles aussi un tee-shirt Triumph, mais rouge vif.

— Bienvenue aux 5-7 ans ! Pour les nouvelles, si vous avez besoin de nous, cherchez nos tee-shirts rouges, dit June. Celles qui étaient au centre l'an dernier, levez la main.

Autrement dit, la plupart des filles de mon groupe.

— Dans ce cas, vous êtes *déjà* des championnes ! Avant toute chose, on va aller ranger les casse-croûte dans les casiers. On est dans le bâtiment Petite Flèche.

Nous nous mettons en rang derrière elle et la suivons jusqu'à un grand édifice marron. Pia remonte la file pour vérifier qu'elles n'ont laissé personne en route.

— On ne veut pas vous perdre, alors règle numéro 1 : ne quittez *jamais* votre groupe. Si l'une de vous se retrouvait quand même séparée des autres, surtout qu'elle ne bouge pas. Vous vous asseyez sur place et vous attendez. L'une de nous viendra vous chercher.

Dans le coin de mon casier, il y a un morceau de ruban adhésif avec mon nom et ma date de naissance écrits au marqueur. *« Eleanor Bishop : 17 septembre 1966. »* Tout le monde va savoir que je n'ai même pas encore 5 ans. Ma voisine s'appelle Barbara Duffy. Elle a 7 ans et une gamelle des Beatles.

— Prenez vos sacs à dos ! lance June. On va faire une pause pipi, puis on enfilera les maillots. Qui sait déjà nager, ici ? Là, c'est l'atelier d'arts plastiques, ajoute-t-elle alors que nous passons devant une salle qui sent le papier et la colle.

Des cabines fermées par de simples rideaux s'alignent dans le vestiaire. Je me glisse dans l'une d'elles. Je suis en culotte lorsque je me rends compte que mon père a oublié de mettre un maillot de bain dans mon sac. Le temps de me rhabiller, les autres sont déjà au lac. Je m'assieds sur un banc en bois.

June et Pia ne remarquent pas mon absence avant la pause déjeuner, lorsqu'elles font l'appel. Du vestiaire, je les entends crier mon nom à plusieurs reprises. Un coup de sifflet retentit, strident et paniqué.

— Tout le monde sort de l'eau ! lance un maître-nageur. Immédiatement !

J'attends sagement qu'on vienne me chercher.

9 h 22

Les marches du chalet – trois vieilles planches en pin fixées par des étais rouillés qui menaçaient déjà de se désagréger avant ma naissance – s'affaissent sous mon poids. Je tambourine à la porte. Le cadre est en métal, avec des moustiquaires et des vitres qui se lèvent et produisent un déclic rassurant en position bloquée. Mes trois enfants sont sagement couchés. Le sol jaune vif est jonché de serviettes et de maillots mouillés. Ma mère a raison. De vrais cochons.

— Le petit déjeuner est servi ! Debout là-dedans.

Jack, l'aîné, se retourne dans son lit et me lance un regard froid et dédaigneux avant de tirer sa couverture de laine rugueuse sur sa tête. On l'oblige à dormir avec les petits pendant quelques jours, le temps qu'on traite sa chambre contre les fourmis charpentières. Dix-sept ans, l'âge difficile.

Les deux plus jeunes émergent de leur cocon et clignent leurs yeux embués de sommeil.

— Encore cinq minutes, ronchonne Maddy. Je n'ai même pas faim.

Madeline a 11 ans. D'une beauté époustouflante, comme ma mère. Mais, contrairement à la plupart des femmes de la famille, elle est menue et délicate, avec un teint pâle de rose anglaise, les yeux gris de Peter et les épais cheveux bruns d'Anna. Chaque fois que je la regarde, je me demande comment cette créature a pu sortir de mon corps.

Finn se lève, attendrissant dans son caleçon trop grand. Mon cœur fond. La taie d'oreiller a laissé de fines rides de sommeil sur ses joues. Il n'a que 9 ans – encore un petit garçon sous bien des aspects. Mais bientôt lui aussi me prendra de haut. À la naissance de Jack, j'ai regardé ce bout de chou, un nourrisson, un adorable porcelet, j'ai embrassé ses paupières et j'ai dit : « Je t'adore, et un jour, quoi que je fasse, tu me détesteras. Au moins pendant quelque temps. » C'est la vie.

— Très bien, mes petits poulets. Faites ce que vous voulez. Mais votre père prépare des œufs brouillés. Et vous savez ce que ça signifie.

— Un désastre total et un bordel sans nom, dit Jack.

— Tout juste. Et pas de gros mots, dis-je en redescendant les marches pour repartir par le sentier tapissé d'aiguilles de pin.

J'attends que la porte de notre chambre se referme sur moi pour m'autoriser à pousser le soupir que je retiens depuis que Peter m'a surprise sur la véranda. Tout paraît d'une normalité inconcevable : les vêtements accrochés à de vieux cintres en métal sur une barre de bois. La commode en chêne dont le tiroir du bas coince quand il pleut. Le lit où Peter et moi dormons depuis tant d'années, blottis l'un contre l'autre, nos corps emmêlés baignant dans la sueur, le sexe et les baisers. Il n'a pas fait le lit.

Je suspends mon peignoir au clou rouillé qui sert de patère. À côté se trouve un miroir en pied, abîmé par un demi-siècle d'humidité et de gel. Je lui sais gré de sa maigre luminosité, de sa surface vérolée. Un voile d'argent bosselé qui cache mes imperfections, la cicatrice en zigzag sur mon menton, souvenir du soir où Peter et moi avons été cambriolés ; le long trait fin en travers de mon ventre, toujours visible cinquante ans après ; la petite cicatrice blanche en dessous.

Je suis tombée enceinte de Jack tout de suite. Mais après, rien. On avait beau essayer, varier les positions, jambes en l'air, jambes en bas, relâchés, tendus, dessus, dessous, rien n'y faisait. Au début, je croyais que c'était à cause de Jack. Que quelque chose s'était déchiré pendant l'accouchement. Ou alors je l'aimais trop pour m'autoriser à donner un peu de cet amour à un autre enfant. Pour finir, le médecin a fait une petite incision au-dessus de mon os pubien afin d'introduire une caméra dans mon ventre.

— Eh bien, ma chère, quelqu'un vous a bien amochée à l'intérieur, quand vous étiez bébé. On se croirait dans un western-spaghetti avec tous ces tissus cicatriciels. Plus embêtant, le chirurgien vous a coupé l'ovaire gauche au passage. Mais il y a une bonne nouvelle, a-t-il ajouté, comme je me mettais à pleurer. Ça bloquait au niveau de votre trompe saine. Elle s'était collée à un bout de tissu cicatriciel. Les ovules restaient coincés derrière. J'ai dégagé le passage.

Maddy est née un an plus tard. Et Finn onze mois après.

— Félicitations, a dit le docteur à Peter, vous avez des jumeaux irlandais.

— Irlandais ? s'est écrié mon mari. Impossible.

— Mais si.

— Dans ce cas, je vais trouver le poivrot irlandais qui a engrossé ma femme et le jeter dans la mer depuis la plus haute falaise de Kilkenny.

Le docteur a souri.

— C'est juste une expression pour désigner les grossesses rapprochées. Et, au fait, Kilkenny n'est pas au bord de la mer. J'y suis allé pour un tournoi de golf il y a quelques années.

Je me place devant la partie du miroir à peu près intacte et je regarde mon corps nu, le jauge, à la recherche d'un indice qui pourrait révéler la vérité, la panique en moi, la faim, le regret, le désir insatiable. Mais je ne vois que le mensonge.

— C'est prêt ! crie Peter de la cuisine. À la bouffe.

J'enfile mon maillot, m'enveloppe d'un sarong et pique un sprint jusqu'à la porte des enfants. Je frappe encore et je repars. Devant la maison, je ralentis. Ce n'est pas mon genre d'accourir dès qu'on me sonne, Peter le sait très bien. Je traverse un fourré pour rejoindre le bord de l'eau. Mes orteils s'enfoncent dans le sable humide. Les coups de ciseaux réguliers de ma mère laissent un sillage blanc derrière elle. L'eau prend des tons bleutés. Bientôt, même les verts bruns transparents du bord refléteront le ciel. Pendant quelques heures au moins, les vairons et les perches noires flottant au-dessus de leurs nids sableux seront invisibles. Ce qui se trouve en dessous restera caché.

Juin 1972, le Bois sauvage

Je cours entre les arbres dans ma chemise de nuit en coton, sur la piste qui relie notre camp à la maison de grand-père Amory. Le sentier épouse le relief, monte et redescend vers le bord dentelé de l'étang. C'est mon père qui l'a creusé, du temps où mes parents étaient encore ensemble. Mon grand-père l'appelle « le chemin de l'intellectuel » car, selon lui, il décrit des tours et des détours sans jamais atteindre son but. Juste avant la maison, il y a une pente raide. Je la dévale, veillant à ne pas cogner mes orteils nus contre les souches des arbustes coupés par mon père. Ces chicots perfides sont le seul autre témoignage de son passage.

Je longe la fenêtre de la chambre de mon grand-père à pas de velours, comme un Indien, puis je galope jusqu'à son débarcadère en bois. Je m'assieds tout au bout, les jambes dans l'eau, gratte mon ventre qui me démange, puis m'efforce de rester parfaitement immobile. Des bulles microscopiques enveloppent mes pieds d'un fourreau gazeux. Ils ne tarderont pas. Retiens ton souffle. Ne bouge pas. Tes pieds sont l'appât. Soudain, une flèche fuse. Ils sortent de l'ombre, surmontant leur peur. Enfin, je sens les picotements. Un par un, les crapets viennent m'embrasser les orteils, mordiller les petits morceaux de peau morte et les particules du sol de la forêt qui se sont attachées à moi. J'adore les crapets. Ils ont la couleur de l'étang, le dos tacheté, d'adorables petites lèvres retroussées. Chaque matin, je leur apporte des pieds frais au petit déjeuner.

Ma mère et M. Dancy sont toujours au lit quand je rentre. Leur chalet a une baie vitrée qui donne sur l'étang. J'entre sans frapper, saute sur leur matelas moelleux avec mes pieds mouillés pleins de sable. Ma chemise de nuit s'envole à chaque rebond.

— Dehors, marmonne M. Dancy dans un demi-sommeil. Wallace, bon sang.

Par la fenêtre, je vois Anna et sa meilleure copine de vacances, Peggy, qui jouent dans l'eau. Peggy a des cheveux roux flamboyant et des taches de rousseur.

— Qu'est-ce que c'est ? demande ma mère, indiquant mon ventre à l'air. Tiens-toi tranquille !

J'arrête de sauter et remonte ma chemise pour qu'elle examine mon bidon couvert de boutons rouge vif.

— Oh non, la varicelle ! Comment est-ce que tu as attrapé ça ? Il faut que je regarde si Anna l'a aussi.

— Ça gratte, dis-je en descendant du lit.

— Reste ici. Je vais chercher la lotion à la calamine.

— Je veux aller me baigner.

— Tu ne bouges pas d'ici. Pas question que tu contamines Peggy.

Je la bouscule pour m'enfuir.

M. Dancy se redresse et m'attrape sans ménagement par le bras.

— Tu as entendu ta mère.

Comme j'essaie de me dégager, sa poigne se resserre encore.

— Carl, arrête. Tu lui fais mal.

— Elle a besoin de discipline.

— S'il te plaît, elle n'a que 5 ans.

— Ne me dis pas ce que je dois faire.

— Excuse-moi, dit ma mère, conciliante.

Il se lève et se rhabille.

— Si je dois m'occuper de gosses trop gâtés, autant que ce soit des miens.

— Qu'est-ce que tu fais ?

La voix de ma mère est crispée, aiguë.

— On se verra à New York. Je tourne en rond ici.

— Carl, s'il te plaît.

La porte claque derrière lui.

— Toi, tu ne bouges pas. Si je te trouve dehors, tu vas avoir chaud aux fesses, dit ma mère avant de s'élancer à ses trousses.

Je m'assieds sur le lit, regarde Anna mettre un masque et un tuba. Elle s'accroupit au bord de l'étang, trempe son masque, le vide, crache dedans. À côté d'elle, Peggy avance dans l'eau. À chaque pas, elle s'enfonce un peu plus. Un moteur ronfle. J'entends ma mère crier, sa voix de plus en plus faible alors qu'elle trottine derrière la voiture de M. Dancy. Je vois disparaître le bout de la queue-de-cheval rousse de Peggy. Il n'y a plus que sa tête au-dessus de la surface qui flotte, sans corps. Puis le haut de son crâne, comme le dos d'une tortue. À présent, il ne reste qu'une traînée de bulles. J'imagine les crapets qui l'embrassent doucement. Les bulles disparaissent. J'attends qu'elle remonte. Je tape contre la vitre pour attirer l'attention de ma sœur. Je sais qu'elle m'entend, mais elle ne relève pas la tête. Je frappe plus fort. Anna me tire la langue, s'assied sur la plage et enfile ses palmes jaunes.

4

10 heures

Il y a déjà cinq mégots dans le cendrier à côté de Peter. Il a une Camel Light à la bouche. Il semble l'avoir oubliée et ne la retire pas pour boire son café. Sans les mains. Comme un numéro de cirque. Un mince filet de fumée s'échappe de ses lèvres lorsqu'il avale. Il sort de la poche de sa chemise un briquet Bic orange qu'il fait glisser entre ses doigts à la façon d'un chapelet, tourne les pages du journal, tend la main machinalement pour piquer un morceau de bacon. S'il pouvait fumer dans son sommeil, il le ferait. Quand on s'est rencontrés, je l'ai harcelé pour qu'il arrête, supplié. Autant demander à une poule de voler. On ne peut pas sauver les gens contre leur gré.

Les enfants sont vautrés sur le canapé, collés à leurs écrans, des chargeurs blancs dans toutes les prises, leurs assiettes sales toujours sur la table, le roman corné de ma mère jeté par terre. Il ne reste presque plus de bacon et les œufs ont été dévorés. Ma mère sort de l'étang, s'ébroue. Des gouttelettes scintillantes s'envolent. Elle défait son chignon, essore ses longs cheveux, puis aussitôt les relève et les attache avec une barrette. Elle prend une vieille serviette vert menthe qu'elle a accrochée à la branche d'un arbre et s'en enveloppe. Je mords dans mon toast. À 73 ans, elle est encore belle.

Le matin où Peggy a coulé, je me trouvais dans le chalet, à quelques mètres de là. Lorsque ma mère est revenue, toujours en négligé, elle a crié après Anna et s'est jetée à l'eau. Un instant plus tard, elle remontait à la surface, tirant Peggy par les cheveux. Son visage était bleu pâle. Elle l'a traînée jusqu'au bord par sa queue-de-cheval, lui a frappé la poitrine et fait du bouche-à-bouche jusqu'à ce qu'elle revienne à la vie, hoquetant et vomissant. Elle avait été maître-nageuse plus jeune ; elle savait qu'un noyé pouvait ressusciter. Et moi, je regardais. Pendant que ma mère jouait à Dieu. Pendant que M. Dancy disparaissait pour toujours de notre vie. Pendant qu'Anna donnait des petits coups sur les pieds de Peggy avec une branche pour la réveiller.

Les années ont passé. Aujourd'hui, je regarde ma mère lever son visage vers la brise tiède. Il y a des taches de vieillesse à l'arrière de ses bras. De petits vaisseaux bleus en forme de toiles d'araignées affleurent à la surface de sa peau, derrière les genoux et les cuisses. Elle cherche autour d'elle, puis a un petit mouvement d'épaules familier, qui signifie « Aah ! » dans son langage gestuel. Elle récupère ses lunettes de soleil correctrices dans le canoë, où elle les avait posées. J'ai assisté à cette scène des dizaines de fois, mais ce matin je la trouve différente. Plus âgée. Et ça me serre le cœur. Il y a quelque chose d'éternel chez ma mère. C'est une emmerdeuse, mais elle ne manque pas de dignité. Elle me fait penser à Margaret Dumont dans les films des Marx Brothers. Elle ne se donne pas de grands airs : chez elle, c'est naturel. Nous aurions dû l'attendre.

— Est-ce qu'il reste des toasts ou est-ce qu'ils ont aussi été dévorés par une nuée de sauterelles ? demande-t-elle en prenant une chaise.

— Bonjour, Wallace, dit Peter de derrière son journal. Alors, ce bain ?

— Décevant. Les utriculaires sont de retour. Fichus pêcheurs, ce sont eux qui les apportent. Elles s'accrochent à la coque des bateaux.

— En tout cas, tu es rayonnante ce matin.

— Pfff, dit-elle en prenant un toast. Tu ne m'auras pas à la flatterie. Et ce n'est pas ça qui ramènera le bacon.

— Dans ce cas, je vais en refaire.

— Ton mari est d'une humeur charmante, ce matin, ma chérie. Qu'est-ce qu'il lui arrive ?

— C'est vrai, je suis de bonne humeur, dit Peter.

— Tu dois être la seule personne au monde à qui un séjour à Memphis profite.

— Je t'adore, Wallace.

Je me lève.

— Je vais refaire du bacon. Et des œufs. Ils sont froids.

— Surtout pas ! proteste ma mère. Pour rajouter de la vaisselle ? Est-ce qu'on a encore une casserole propre ?

Je la déteste de nouveau, mais je fais le gros dos.

— Brouillés ou à la coque ? Jack, débarrasse les assiettes et va chercher la marmelade d'oranges pour ta grand-mère.

— Maddy, va chercher la marmelade pour Wallace, dit Jack sans lever les yeux.

Ma mère a toujours refusé que les enfants l'appellent autrement que par son prénom. « Je ne suis pas prête à être grand-mère, disait-elle alors que Jack n'avait même pas encore commencé à parler. Et j'espère que tu ne comptes pas sur moi pour faire du baby-sitting. »

Maddy ignore son frère.

— Hé ho, les enfants, on vous cause, dis-je, les mains sur les hanches.

— Tu es déjà debout, me lance Jack. T'as qu'à y aller.

Je retiens ma respiration pendant dix secondes, pour ne pas exploser. Je suis sous l'eau et je contemple les poissons dans la pénombre verte. Je ferme les yeux. Je suis Peggy. Je choisis le silence des roseaux.

Peter allume une autre cigarette.

— Jack, obéis à ta mère. Ne fais pas l'imbécile.

— Oui, renchérit ma mère. Tu te conduis comme un petit con. Ce genre de comportement ne sied pas à un jeune homme.

1956, Guatemala

Ma grand-mère Nanette s'installa en Amérique centrale après l'échec de son troisième mariage. Elle avait fini par quitter l'horrible Jim, mais elle était incapable de subvenir à ses besoins sans un homme pour l'entretenir. Vince Corcoran semblait être la solution : il était millionnaire, ce qui signifiait encore quelque chose en ce temps-là. Il avait fait fortune dans l'import-export : fruits et café. Il n'était pas beau, mais c'était quelqu'un de bien – un grand cœur, doux avec les enfants, éperdument amoureux. Elle l'avait épousé pour son argent. Elle ne supportait pas son haleine et, quand ils faisaient l'amour, de grosses gouttes de sueur coulaient de son front et s'écrasaient sur le visage de Nanette. Ça la dégoûtait. Elle trouvait humiliant d'avoir dû épouser un vendeur de bananes, mais elle avait une maison à Gramercy Park et un cabriolet Rolls-Royce. Vince demanda le divorce après avoir lu ça dans son journal intime – telle était du moins la légende familiale. Elle ne parvint à lui soutirer qu'une petite rente mensuelle et une grande villa au Guatemala, où elle n'avait jamais mis les pieds. Vince l'avait gagnée au poker des années auparavant. À 33 ans à peine, de nouveau célibataire, Nanette dit adieu à sa vie mondaine new-yorkaise : elle vendit ses fourrures, remplit ses valises en cuir et monta dans le cabriolet avec Wallace et Austin, âgés de 12 et 10 ans, pour rejoindre une vallée perdue près d'Antigua, une jolie ville coloniale espagnole à l'ombre des volcans.

La Casa Naranjal était un domaine en ruine, infesté d'iguanes. Ses vergers étaient plantés d'orangers, de limettiers et d'avocatiers. Au printemps, les jacarandas explosaient en un feu d'artifice mauve. De lourds régimes de bananes pendaient sous les grandes feuilles frissonnantes.

À la saison des pluies, la rivière gonflait puis débordait. Une enceinte protégeait la propriété de la curiosité des villageois. Don Ezequiel, un vieillard édenté, montait la garde devant le majestueux portail en bois. Il passait ses journées à l'ombre d'une cahute en brique crue, et mangeait des *frijoles*, se servant de la lame de son couteau en guise de cuillère. Ma mère adorait s'asseoir avec lui à même la terre battue et le regarder.

Avec la maison, Nanette avait hérité de quelques domestiques, d'un cuisinier et de trois chevaux qui galopaient en liberté. Un séduisant jardinier aux cheveux de jais, toujours vêtu de blanc, leur cueillait des mangoustans pour le petit déjeuner, chassait les tatous des pelouses et pêchait de gros vers dans la piscine à fond noir. Terrifiée par ce monde étrange qui l'avait sauvée de la misère, incapable de communiquer avec la population locale, Nanette ne quittait pas sa chambre et n'adressait la parole qu'à ses deux enfants. Elle se trouvait au dernier étage d'une tour octogonale tapissée de bougainvillées violettes. En dessous, il y avait un grand salon haut de plafond, avec de larges portes qui s'ouvraient sur la nature. Pendant la journée, les enfants ne voyaient pas leur mère, mais ils l'entendaient faire les cent pas sur le carrelage de terre cuite au-dessus d'eux.

Un portique reliait le salon à la cuisine, où le cuisinier préparait la *masa* pour les tortillas et écrasait des tomates vertes pour faire de la *salsa verde*. De grandes cages avec des perroquets aux couleurs vives et des cacatoès étaient suspendues sous les arcades. Wallace et Austin mangeaient seuls à la longue table et jetaient des petits morceaux de bananes plantains frites aux oiseaux, tandis que les perroquets leur faisaient la conversation. Ma mère a toujours affirmé que c'était grâce à eux qu'elle avait appris l'espagnol. Ses premiers mots furent : *Huevos revueltos ? Huevos revueltos ?* – des œufs brouillés ?

Pendant trois mois, son frère et elle ne mirent pas les pieds à l'école. Nanette était totalement dépassée. (Ma mère adore me répéter cette histoire chaque fois que je m'inquiète au sujet de la scolarité de mes enfants. « Ne sois pas si ordinaire, Ellie. Ça ne te va pas. Les règles à calcul, c'est bon pour les médiocres. » Une attitude largement due au fait qu'elle-même sait à peine faire une addition, comme je ne manque jamais de le lui rappeler.)

Austin n'osait pas franchir les limites de la propriété, alors ma mère vagabondait seule, avec un vieux Leica offert par son père, photographiant des taureaux à longues cornes dans des champs déserts, des chevaux sauvages à la cage thoracique gonflée par la faim dans des lits de rivière asséchés, des scorpions cachés sous le tas de bois, Austin avec sa citronnade au bord de la piscine. Son lieu de prédilection était le cimetière à l'extérieur du village. Elle aimait les madones dans leurs niches, les soucis éclatants que les paysans apportaient par brassées, les stèles de stuc rose qui ressemblaient à des cathédrales de poupées, les fleurs de papier qui ornaient les caveaux colorés : turquoise, orange ou jaune citron, en fonction de la teinte préférée du défunt. Elle lisait, blottie à l'ombre d'une tombe, réconfortée par les âmes des morts.

Souvent, l'après-midi, elle traversait la vallée et gravissait une colline abrupte sur le dos de son cheval favori pour se rendre à Antigua. Elle attachait l'animal à un poteau et parcourait les rues pavées, explorait les ruines qui parsemaient la ville : des églises et des monastères depuis longtemps détruits par des tremblements de terre. Elle adorait les *milagros* – des amulettes portées au bout d'une chaîne d'argent – que les vieilles femmes vendaient sur la place : jambes et bras miniatures, yeux, poumons, oiseaux, cœurs. Après, elle brûlait de l'encens dans la cathédrale et priait sans requête précise.

Sur le chemin du retour, un soir où elle descendait une piste poussiéreuse qui se rétrécissait entre deux énormes rochers, un inconnu surgit et lui bloqua le passage. Il attrapa les rênes de son cheval et lui ordonna de mettre pied à terre. Il toucha sa machette, se caressa l'entrejambe. Elle resta là un instant, passive, silencieuse. *C'est assez*, se dit-elle. Alors elle éperonna vivement sa monture et renversa l'homme. Elle affirme qu'elle peut encore entendre le craquement de son tibia, le bruit spongieux des sabots qui s'enfoncèrent dans son estomac. Ce soir-là, au dîner, devant un bol de soupe de dinde, elle rapporta son aventure à Nanette.

— J'espère que tu l'as tué, répondit ma grand-mère, trempant une tortilla dans sa soupe. Mais Wallace, ma chérie, ce n'est pas une attitude qui sied à une jeune fille.

10 h 15

Le choc de se faire traiter de petit con par sa grand-mère arrache Jack au canapé. Je devrais essayer, sauf que ça se terminerait en concours de hurlements, dont je sortirais en pleurs et Jack rayonnant de triomphe adolescent. Je n'ai pas l'autorité hautaine de ma mère.

Mon téléphone vibre sur la table. Peter s'en empare.

— C'est un SMS de Jonas.

Il l'ouvre.

Merde, merde, merde. Mon cœur cesse de battre.

— Ils proposent qu'on se retrouve à la plage de Higgins Hollow. À 11 heures. Ils se chargent des sandwichs.

Je retiens un soupir de soulagement.

— J'ai la désagréable impression que c'est moi qui ai organisé ça hier soir avec Gina, avant de sombrer dans le coma, ajoute Peter.

— Est-ce qu'on tient vraiment à passer la journée à la plage ? dis-je. Je préférerais me pelotonner dans le hamac.

— Je ne voudrais pas qu'elle se vexe. Gina peut être susceptible.

— Elle s'en moque. On a tous la gueule de bois.

Ma voix sonne faux, même à mes propres oreilles. Peter vide son café.

— Ça m'a toujours sidéré. Jonas est un peintre de talent. Il a réussi. Il a le physique d'une idole de cinéma. Il aurait pu épouser Sophia Loren, s'il avait voulu. Je pense qu'il s'est mis avec Gina juste pour emmerder sa mère.

— Eh bien, cela me semble une raison valable.

Peter éclate de rire. Il adore quand ma mère fait sa langue de vipère.

— Vous allez arrêter, tous les deux ? dis-je.

— Alors, les poussins, ça vous dit d'aller à la plage ? lance Peter.

— C'est quand, la marée basse ? demande Maddy.

Peter consulte le quotidien local et suit du doigt la table des marées.

— 13 h 23.

— On peut amener les bodyboards ? demande Finn.

— « Emmener », le corrige ma mère.

— Je ne viens pas, décrète Jack. J'ai rendez-vous avec Sam au Racing Club.

Je pose un regard inquisiteur sur mon fils :

— Et tu comptes y aller comment ?

— Avec ta voiture.

— Pas question. Tu n'as qu'à prendre ton vélo.

— Tu rigoles ? C'est à 25 bornes.

— La dernière fois que tu as emprunté ma voiture, tu as oublié de faire le plein et j'ai failli tomber en panne d'essence. J'ai cru que je n'arriverais pas jusqu'à la station Texaco.

— On a déjà tout organisé. Il va m'attendre.

— Envoie-lui un message. Dis-lui qu'il y a un changement de programme.

— Maman !

— Le sujet est clos.

Mon portable vibre dans ma main. C'est Jonas.

OK pour la plage ?

Je le sens à l'autre bout qui tient son téléphone, qui me touche à travers lui. Je sens ses doigts qui tapent, et chaque mot recèle un message secret à mon intention.

— Il faut que je réponde à Jonas, Pete. Quelle heure ?

— Va pour 11 h 30.

Jack se lève et prend mon sac sur la table du salon. Je le regarde fouiller et en extraire ma clé de voiture.

— Qu'est-ce que tu fais ?

— Je te la rends avec le réservoir plein, promis.

— Donne-moi ça, dis-je en tendant la main. Soit tu viens avec nous à la plage, soit tu vas au Racing Club à vélo. Point final.

— Pourquoi tu fais ça ? Tu le fais exprès pour me compliquer la vie !

Jack jette la clé par terre et claque la porte de la véranda.

— Je sais pas comment tu fais pour supporter d'être marié à cette garce ! lance-t-il à son père avant de s'éloigner à grands pas en direction des chambres.

— Excellente question, s'esclaffe Peter.

— Tu plaisantes ?

— Détends-toi. C'est un adolescent. Il est censé être insolent avec sa mère. Il faut bien qu'il coupe le cordon.

Tout mon être se hérisse. Rien n'est plus crispant que quelqu'un qui vous demande de vous détendre.

— Insolent ? Il m'a traitée de garce. Et tu l'encourages en riant.

— Donc c'est ma faute ?

— Bien sûr que non, dis-je, exaspérée. Mais il calque son comportement sur le tien.

Peter se lève.

— Je vais chercher des cigarettes en ville.

— On est en train de discuter.

— Est-ce qu'on a besoin d'autre chose ?

— Pete, merde !

Maddy et Finn se sont figés comme des petits animaux à un point d'eau qui observent un dragon de Komodo s'approcher d'un buffle. Ils n'ont pas l'habitude de voir leur père en colère. Peter perd rarement son sang-froid. Il préfère plaisanter de ce qui l'irrite. Mais là, il m'examine avec des yeux plissés soupçonneux, comme s'il sentait que les molécules autour de moi vibrent à une autre fréquence – comme s'il m'avait prise sur le fait, sauf qu'il ignore de quel fait il s'agit.

— Est-ce que tu pourrais prendre de la crème ? lance ma mère de la cuisine, où elle nous écoute en faisant semblant de réchauffer du café.

« Pense Botticelli », entends-je sa voix me souffler dans ma tête. La part de moi la plus rationnelle sait qu'elle a raison, je dois lâcher du lest. Je me suis envoyée en l'air avec mon meilleur ami la nuit dernière. Peter s'est contenté de rire quand mon fils m'a manqué de respect, ce qui est mon pain quotidien. Mais c'est le ton d'avertissement dans sa voix qui me fait démarrer au quart de tour.

— Tu n'as pas besoin d'en faire un drame, Pete.

— C'est moi qui fais un drame ? Tu es sûre que tu veux avoir cette conversation, Eleanor ?

Je sens remonter mon petit déjeuner. Une panique soudaine. Je jette un coup d'œil à Maddy et à Finn sur le canapé, leur petite bouille nerveuse. Leur gentillesse. Leur inquiétude. Qu'est-ce que j'ai fait ? Qu'est-ce qui m'a pris ? C'était une grosse erreur et maintenant je ne peux plus revenir en arrière.

— Excuse-moi, dis-je enfin.

Je retiens mon souffle et me prépare au pire.

5

Août 1972, Connecticut

Les étés sont étouffants dans la campagne du Connecticut. À 8 heures, l'air est déjà lourd d'humidité enclavée, et on se sent écrasé par l'omniprésence du vert. Après le déjeuner, je me réfugie dans le champ de maïs de mon grand-père. Je le parcours d'un bout à l'autre, me laisse caresser au passage par les feuilles qui se balancent mollement, m'allonge sur la terre noire entre les rangs. Là, cachée et protégée, j'écoute le froissement léger de la végétation et je regarde les fourmis légionnaires monter à l'assaut des sillons avec leur lourd fardeau. En fin d'après-midi, des nuées de minuscules moucherons fondent sur nous et nous battons en retraite dans la maison jusqu'à ce qu'ils disparaissent, avalés par l'ombre du prunier-cerise.

Le soir après dîner, chez nos grands-parents, on attend que la température tombe un peu pour aller se promener. Sous le soleil, la route bouillonne et se cloque. Mais quand elle refroidit, c'est agréable ; le goudron est mou sans être collant et il dégage une odeur douceâtre. On a l'impression de marcher sur de la guimauve. Notre grand-père William, le père de mon père, sort avec sa canne en hickory, sa pipe et un paquet de tabac dans la poche de son pantalon. Nous longeons le vieux cimetière qui se trouve en face de la ferme, puis la petite église blanche aux fenêtres noires, et la maison revêtue de bardeaux du pasteur où les lampes à abat-jour sont allumées derrière les rideaux de dentelle. En général, nous allons jusqu'au sommet de la colline, d'où on entend tinter les cloches des moutons de la ferme voisine, au fond des vallons déjà gagnés par l'ombre.

Anna et moi prenons toujours des morceaux de sucre, et nous courons devant pour tendre notre paume au cheval pie des Straight. Il nous guette au bord du pré, dans les orties piquantes jusqu'à la taille. Ses naseaux tièdes palpitent lorsqu'il détecte notre odeur. Anna le gratte entre les yeux. Il s'offusque et piaffe. Quand nous rentrons, grand-mère Myrtle nous accueille avec du cidre et des sablés maison. Elle dit qu'elle aimerait nous garder toute l'année – le divorce n'est jamais une bonne chose pour les enfants.

« J'ai toujours admiré Wallace, ajoute-t-elle. C'est une femme très séduisante. »

L'église a une petite cour pour le catéchisme – des balançoires et une cage à poules –, mais Anna et moi préférons les pelouses bien entretenues du cimetière ombragé de grands arbres. Les rangées interminables de tombes sont parfaites pour jouer à cache-cache. Notre repaire de prédilection, c'est celle du suicidé. Elle est à l'écart, à mi-pente. Les gens qui se sont ôté la vie ne peuvent pas être enterrés à côté des autres parce qu'ils ont péché, nous a expliqué grand-mère Myrtle. La tombe du suicidé a une haute stèle, bien plus grande que moi, encadrée de deux cyprès. C'est sa veuve qui les a plantés, nous apprend grand-mère.

— Au début, c'étaient de simples arbustes. C'était il y a très longtemps. Votre grand-père l'a aidée à creuser les trous. Elle est partie s'installer à New Haven, après ça.

Quand Anna demande comment l'homme est mort, elle répond :

— C'est votre grand-père qui a coupé la corde.

Derrière la tombe, il y a une plateforme de marbre. C'est pour les fleurs, nous dit grand-mère, mais, autant qu'elle le sache, personne n'en a jamais mis. Quand il fait très chaud, Anna et moi nous y installons, cachées de la route, à l'ombre fraîche de la stèle. Nous faisons des poupées en papier. Nous les dessinons et nous les découpons. Anna se charge du visage et de la coiffure : queues-de-cheval, afros, tresses à la Fifi Brindacier, carrés courts. Nous leur confectionnons des habits, en papier eux aussi, fermés par des languettes – pattes d'eph violets à rayures et pantalons taille basse, tabliers de cuisine, blousons de cuir, bottes blanches à talons plats, jupes longues et cravates. Bikinis.

— Chaque poupée doit avoir une garde-robe complète, dit Anna, découpant minutieusement un sac à main microscopique.

Nous sommes assises derrière la tombe, lorsque nous entendons une voiture s'engager dans l'allée de gravier.

— C'est lui ! s'écrie Anna.

Notre père vient passer une semaine avec nous. Nous ne l'avons pas vu depuis une éternité – il était en déplacement pour son travail. Ses petits lapins lui manquent, nous assure-t-il lorsque grand-mère nous appelle pour lui parler au téléphone. Il a hâte de nous voir. Il nous emmènera au centre commercial Danbury Fair et nager au lac de Candlewood. Il a une surprise pour nous. Nous n'allons peut-être pas le reconnaître : il s'est laissé pousser la moustache.

Nous rangeons nos poupées de papier et galopons en criant son nom, surexcitées à l'idée de la surprise qui nous attend. Il sort de la voiture. Puis la portière passager s'ouvre.

11 heures

Après ma dispute avec Peter, sa voiture s'éloigne rapidement sur le chemin, et les enfants se replongent dans leur jeu ou leur lecture, comme des oiseaux de mer après le passage d'une grosse vague.

— Vous me faites une petite place, mes poussins ?

Ils s'écartent sans même relever la tête.

— Encore un peu.

— Maman ! s'écrie Maddy, irritée d'être dérangée.

Je m'affale entre eux, accueillant avec gratitude leur odeur familière, leur haleine d'œufs brouillés. Un bref répit. Jack boude toujours, enfermé dans sa chambre. C'est lui tout craché. Une tête de mule, déjà dans mon ventre. J'avais beau avaler des litres et des litres d'huile de foie de morue, il ne voulait pas quitter son nid aquatique tiède. Il s'est finalement résolu à sortir avec quinze jours de retard, après un accouchement interminable et horriblement douloureux. Je me rappelle avoir pensé à un moment que j'allais mourir en couches. Le lendemain matin, j'étais convaincue que c'était mon bébé qui était mort dans mon ventre, en dépit des 17 moniteurs dont les bips confirmaient que le cœur de Jack battait avec régularité. C'était la peur de perdre ce que j'aimais le plus au monde sans même avoir eu l'occasion de l'aimer. Et puis il est apparu, rose et vagissant, la peau plissée, avec de longues pattes de grenouille et des yeux de poisson papillotant. Une créature marine. Primitive. On l'a essuyé et emmailloté de bleu avant de me le tendre. Une douceur enveloppée de douceur dans mes bras, à la fois à l'intérieur et à l'extérieur de moi.

Lorsque les infirmières ont pris Jack pour que je puisse me reposer, j'ai ordonné à Peter de rentrer à la maison. Aucun de nous deux n'avait fermé l'œil depuis des heures. Je me suis réveillée dans la pénombre. J'entendais la respiration nasale du bébé, des petits couinements rêveurs juste là, à côté de ma tête. On me l'avait ramené pendant que je dormais. Je l'ai soulevé de son couffin et j'ai essayé de le coller contre mon sein sans trop savoir ce que je faisais, avec un sentiment d'imposture. Je pleurais de frustration. Folle de joie et de tristesse. Complètement retournée.

On a frappé à la porte de la chambre. L'infirmière, ai-je pensé, soulagée. Mais c'est Jonas qui est apparu. Jonas que je n'avais pas revu depuis quatre ans. Qui était sorti de ma vie, fâché et blessé, lorsque j'avais épousé Peter. Qui était désormais marié à Gina. Jonas, mon plus vieil ami, qui se tenait dans l'encadrement de la porte avec un énorme bouquet de pivoines blanches dans du papier brun et me regardait sangloter sur mon bébé.

Il s'est approché et m'a pris Jack des mains, sans demander la permission, certain de l'obtenir. Il a écarté la petite couverture bleue de la joue fraîche de mon fils, l'a embrassé sur le nez et a dit, avec ce sourire que je connaissais par cœur :

— C'est moi, ou elle est un peu masculine ?

— La ferme. Je t'interdis de me faire rire. Ça fait mal.

— C'est ton périnée ? a-t-il demandé d'un air compatissant.

— Oh, par pitié !

Et j'ai ri entre mes larmes. Joie et regrets.

J'imagine Jack en ce moment au chalet, allongé sur son lit, les mains croisées derrière la tête, les écouteurs sur les oreilles pour se couper du monde, en train de se demander s'il doit ou non me pardonner – et si moi je vais lui pardonner. Oui et oui, ai-je envie de crier en direction du sentier. Il n'y a rien qui soit impardonnable entre deux êtres qui s'aiment. Même si, au fond de moi, je sais que ce n'est pas tout à fait vrai.

Une mouche coincée à l'intérieur de la véranda vrombit contre la moustiquaire. Ses pattes et ses ailes frottent les filaments métalliques. De temps en temps, elle s'interrompt pour se demander si elle devrait réviser sa stratégie, et on n'entend plus que le bruit des pages qui tournent, une bulle de bave qui éclate doucement à la commissure des lèvres de Finn, concentré sur son jeu. De l'autre côté de l'étang, la petite plage publique se remplit. Chacun établit son camp sur le sable. Les gens déballent leur pique-nique sur des nappes de coton pour marquer leur territoire. Je n'aurais pas dû accepter de retrouver Jonas et Gina. Je ne veux pas affronter Jonas en plein jour, manger les sandwichs au thon de Gina et revenir sur le dîner d'hier soir avec un sourire hypocrite. Rien ne m'oblige à y aller. C'est Peter qui a organisé cette sortie. Il n'a qu'à emmener les enfants. Personne n'y trouvera à redire. À part moi. Parce qu'ils auront l'occasion de voir Jonas, d'être près de lui, et pas moi. Ils pourront étendre leur serviette à côté de la sienne dans le sable chaud. Et la perspective de ne pas le voir me remplit du désir douloureux de le toucher, de caresser sa main sous les vagues. Ce type est une addiction. Une sirène. *Une sirène avec une bite.* À cette idée, j'éclate de rire.

— Qu'est-ce qu'il y a de drôle ? demande Maddy.

— Rien de spécial.

— Ça craint, maman, dit-elle en retournant à son livre. De rire pour rien. Ça fait clown maléfique.

Elle gratte une piqûre de moustique à sa cheville.

— Plus tu grattes, plus ça va te démanger.

Les enfants sont encore en pyjama. Une goutte de cire s'est solidifiée sur la manche de Finn. Elle date d'hier soir, quand ils sont venus dire bonne nuit aux adultes éméchés.

— On vous entendait chanter, a expliqué Finn en poussant la porte-moustiquaire avec une expression malicieuse qui signifiait : « Je sais que je ne suis pas censé être ici mais j'y suis quand même. »

— Mais qu'est-ce que vous faites debout ? Vous devriez dormir depuis des heures.

— Vous êtes trop bruyants, a protesté Maddy. Je ne sais pas comment fait Jack. Il dort comme une bûche.

— Grimpe, ai-je dit à mon fils, le hissant sur mes genoux. Mais pas plus de cinq minutes.

Il s'est penché en avant pour arracher une stalactite de cire sur le bord du bougeoir. Quelques gouttes sont tombées sur sa manche.

— Est-ce que je peux éteindre les bougies ?

— Non, jeune homme.

— Tu nous raccompagneras au chalet ? J'ai entendu du bruit dans les fourrés. Je pense que c'est peut-être un loup.

— Il n'y a pas de loup ici, banane ! a pouffé Maddy. Je vais me chercher un verre de lait.

Finn s'est laissé glisser de mes genoux et a couru se blottir contre Peter sur le canapé. Mon mari discutait avec Gina, caressant le dos de Finn comme si c'était un chat. À table, en face de moi, John Dixon, le parrain d'Anna, et Pamela, la dernière épouse de mon grand-père, se disputaient avec la mère de Jonas au sujet de la nidification des oiseaux.

— C'est notre plage, disait Pamela. De quel droit on nous en interdirait l'accès ?

— Je suis à 100 % d'accord. La plage, c'est pour les poules, pas pour les oiseaux, a ajouté Dixon avec un gros éclat de rire.

— La plage appartient à Mère Nature, a répondu la mère de Jonas. Est-ce que vous croyez vraiment que l'endroit où vous étendez votre serviette est plus important qu'une espèce menacée ?

— Est-ce que quelqu'un peut m'ouvrir ? a crié Maddy, sortant du cellier avec deux verres de lait.

Peter s'est redressé en chancelant. Il a ouvert la porte de la véranda et lui a ébouriffé les cheveux au passage.

— Papa ! Je vais tout renverser, a protesté ma fille en riant.

Un peu de lait a giclé par terre et Finn s'est mis à quatre pattes pour laper la petite flaque.

— Je suis un chat.

— T'es un cochon, a répliqué Maddy avant de m'envoyer un baiser. Bonne nuit, maman. Je t'aime. Bonne nuit tout le monde.

— Bonne nuit les loulous, a dit Peter, regagnant le canapé. Et maintenant, plus un bruit.

J'ai vu Jonas arracher une coulure de cire, comme Finn venait de le faire. Il l'a pétrie machinalement. D'abord il a formé une boulette, puis un cygne, puis une tortue, un cube et un cœur, comme s'il révélait ses pensées à travers ses doigts. J'ai songé à notre toute première rencontre : il avait l'âge que Finn a aujourd'hui. Un gentil petit garçon. Impossible d'imaginer que mon petit bonhomme pourrait lui aussi bouleverser la vie de quelqu'un un jour. À cet instant, Jonas a levé les yeux et a surpris mon regard.

— Vous êtes trop coulants avec eux, a soupiré ma mère, tandis que les petits disparaissaient dans la nuit. De mon temps, les enfants étaient censés se taire.

— Si seulement cette règle s'appliquait encore à toi, Wallace, a lancé Peter.

— Ton mari est incorrigible, a protesté ma mère avec un sourire ravi. Je ne sais pas comment tu fais pour le supporter.

— L'amour est aveugle, Dieu merci. Ou au moins, ma femme l'est. C'est le secret de mon bonheur.

— De mon temps, on divorçait et on se remariait. C'était tellement plus facile. Rafraîchissant, même. Comme d'acheter un nouveau tailleur.

— Hum. Ce n'est pas exactement ce dont je me souviens. Et si Anna était là, je peux garantir qu'elle serait d'accord avec moi, ai-je dit.

— Oh, je t'en prie. Tu t'en es très bien sortie. Si ton père et moi étions restés ensemble, tu aurais pu mal tourner. Devenir une imbécile heureuse, une ravie de la crèche. Imagine, tu serais peut-être gérante d'hôtel aujourd'hui. Le divorce, c'est bon pour les enfants. Les gens malheureux sont plus intéressants, a conclu ma mère en se levant pour débarrasser quelques fourchettes qui traînaient.

Je sentais monter le désir familier de me disputer avec elle, mais Jonas s'est penché vers moi et a murmuré :

— Ignore-la. Elle dit des choses qu'elle ne pense pas quand elle boit. Tu le sais bien.

J'ai hoché la tête et je me suis servi un fond de grappa, avant de lui passer la bouteille. Nos doigts se sont effleurés quand il l'a prise. Il a levé son verre.

— Trinquons.

— À quoi ? ai-je demandé en choquant mon verre contre le sien.

— À l'amour aveugle.

Ses yeux étaient rivés sur les miens. J'ai attendu quelques minutes avant de quitter la table. Dans la cuisine, ma mère me tournait le dos, les mains dans l'évier.

— Je veux bien un peu d'aide pour la vaisselle, Eleanor. On n'a plus d'eau chaude, pour changer.

— Un instant. Je vais aux toilettes.

— Fais pipi dans les fourrés. C'est ce que je fais toujours.

Je suis sortie par le cellier et j'ai attendu dans l'ombre, me demandant si j'avais bien interprété son attitude, ce que j'éprouverais si je me rendais compte que je m'étais trompée et que je me retrouvais plantée là, comme une gamine de 16 ans à qui on pose un lapin. La porte de la véranda s'est ouverte et j'ai entendu des pas sur le sentier sablonneux. Jonas s'est immobilisé, a scruté l'obscurité et m'a trouvée. Nous nous tenions face à face. Le vent froissait l'étang, les grenouilles-taureaux coassaient.

— Tu m'attendais, Ellie ?

— Chut.

J'ai posé un doigt sur ses lèvres. De l'intérieur nous parvenait le bourdonnement étouffé des voix. Un disque sur la platine.

— Tourne-toi, a-t-il murmuré, soulevant ma jupe. Mets les mains contre le mur.

— Tu m'arrêtes ?

— Oui.

— Vite.

— Maman !

Maddy tire sur mon tee-shirt.

— Maman ! Tu m'écoutes ? Est-ce qu'on peut prendre les masques ?

— On a trouvé un nid de poisson hier, ajoute Finn. Il y a peut-être des œufs.

— Alors ? On peut ? Maman !

Je secoue la tête pour m'arracher à ma rêverie, me remettre sur les rails.

— Les masques et les palmes sont dans le premier chalet, parviens-je à dire.

Je me sens sale. Contaminée. Je ferais n'importe quoi pour me nettoyer à l'intérieur. Et j'ai le cœur brisé. Parce que je sais que les radiations ont déjà pénétré par l'accroc dans ma combinaison de protection et je ne suis pas sûre de survivre.

Mai 1973,
Briarcliff, État de New York

Une belle matinée printanière. Mon père se marie. Je porte une robe en dentelle, des chaussures en similicuir, des chaussettes blanches opaques qui m'arrivent aux genoux. J'ai 6 ans. Mon père épouse Joanne. Joanne est une romancière à succès.

— Un bon parti, nous assure-t-il. Rien n'est plus séduisant qu'une femme forte.

Ses cheveux sentent le shampoing Herbal Essence.

— Votre père adore qu'on lui donne des ordres, rit Joanne, et ils s'embrassent devant nous.

Joanne a 25 ans.

— On pourrait presque être sœurs, dit-elle à Anna.

Elle est jolie, trapue, et elle porte un manteau en peau de mouton retournée. Je m'inquiète pour le mouton qui doit vivre sans sa peau. Ils ont déménagé en banlieue. Mon père va à New York tous les jours pour travailler, mais on ne le voit presque jamais.

Joanne a une Mustang rouge neuve.

— Ma mère dit que le rouge est criard, lui fais-je remarquer lorsque je découvre la voiture, et elle a un rire qui sonne faux. Tu aurais dû la prendre bleue. Le bleu, c'est chic.

— Tu ne sais même pas ce que ça veut dire, rétorque Anna, et elle me pince cruellement le bras.

Joanne et Anna s'entendent bien, mais avec moi « ça ne colle pas », confie-t-elle à ma sœur, qui s'empresse de me le répéter. Parfois, Joanne vient à New York et elle embarque Anna pour une journée « entre filles » : lèche-vitrines au grand magasin de jouets FAO Schwarz, déjeuner chez Schrafft's, puis un tour à la patinoire Wollman, à Central Park. À Marimekko, elle lui achète un sac fuchsia et orange, avec des boutons argentés qui ressemblent à des pièces de 10 cents. Elle adore les épais cheveux châtain foncé de ma sœur et lui apprend à les brosser dix minutes par jour pour qu'ils brillent.

Chaque soir, à 18 heures, Joanne boit un scotch avec de l'eau gazeuse, pendant que notre père prépare le dîner et ouvre le vin pour l'aérer. Il aime cuisiner avec des échalotes et m'autorise à m'asseoir sur un tabouret haut pour l'aider à éplucher les carottes. Il utilise une grosse cocotte en fonte noire qu'il doit essuyer avec de l'huile au lieu de la laver à l'eau et au savon. Ça l'abîmerait, m'explique-t-il. L'huile la nourrit. Et je lui demande pourquoi une casserole a besoin de manger.

Joanne n'est pas contente qu'il doive payer une pension alimentaire et des frais de scolarité. Le dimanche soir, lorsqu'elle nous ramène à la gare, elle nous tend une feuille de papier pliée : la liste des articles qu'elle a déduits de la « paie » de ma mère.

8 tranches de pain, 4 cuillères à soupe de beurre de cacahuète, 6 yaourts, 2 tourtes au poulet congelées, 2 steaks hachés…

Le jour du mariage, je regarde mon père avancer vers l'autel. À côté de moi, sur le banc, grand-mère Myrtle est assise très droite, sa toque légèrement inclinée, les lèvres pincées. Elle n'aime pas Joanne non plus. La dernière fois qu'ils nous ont déposées chez nos grands-parents, nos valises étaient remplies de linge sale. « Cette femme est une souillon. Et elle est aussi cossarde qu'un chat au soleil. Ton père a peut-être obtenu son diplôme avec mention à Yale, mais il a le cerveau dans son pantalon. Elle l'a bien embobiné. Je ferais mieux de regarder si vous n'avez pas de poux rouges. »

Je baisse les yeux vers les plis de dentelle sur mes cuisses, gratte une croûte sur mon genou. Mes jambes sont couvertes de cicatrices d'impétigo et de bobos à force de tomber de la cage à poules sur le goudron de l'aire de jeux. Ma grand-mère me prend la main pour me réconforter. J'aime le contact de son alliance en argent contre mes doigts. Elle reste comme ça. Je suis de l'index les veinules bleues qui sillonnent le dos de sa main. Je l'aime très fort.

Anna est en marine. Elle est devenue un peu boulotte et Joanne a décidé que ce serait plus seyant. J'ai le pied qui tressaute nerveusement. Ma sœur me flanque un coup dans le mollet. On m'a dit de ne pas remuer. Un rayon de lumière rouge tombe sur l'autel. Il semble venir d'un vitrail en hauteur. C'est le sang du Christ qui coule de ses plaies. Mon père passe devant moi pour s'approcher du prêtre. Je me jette à ses pieds, attrape la jambe de son pantalon et m'y accroche. Il tente de se dégager sans se départir de son sourire, mais je refuse de lâcher. Je suis une furie de dentelle blanche, de morve et de larmes. Il continue d'avancer à petits pas et de faire comme s'il ne traînait pas une enfant agrippée aux chevilles. Je suis un poisson-pilote.

Nous arrivons devant l'autel. L'organiste entame *La Marche nuptiale*. Les invités se lèvent, un peu hésitants. Joanne apparaît à son tour, fonçant vers nous, sa rage dissimulée par un épais voile bouffant. Elle a choisi une minirobe de satin qui révèle ses pattes courtaudes. On dirait des saucisses fourrées dans de minuscules souliers. Elle m'enjambe, prend la main de mon père, adresse un hochement de tête au prêtre. Je reste enroulée autour des chevilles de papa tandis qu'ils échangent leurs vœux. Au moment où ils disent oui, je me demande : *Pourquoi est-ce qu'elle ne porte pas de culotte ?*

Novembre 1973, Tarrytown, État de New York

Un des « week-ends » de notre père. Il est censé nous prendre un week-end sur deux, mais c'est la première fois qu'on le voit en plus d'un mois. Ils ont toujours d'autres obligations. Joanne a trop d'amis et tous veulent rencontrer son vieux bonhomme, nous explique-t-il. Je demande :

— C'est qui le vieux bonhomme ? Et nous, on le connaît ?

La maison est marron. Dans le jardin, des cordes pendent d'un arbre nu, là où il y avait une balançoire. Derrière, un pont branlant mène à une mare boueuse.

— On ne peut pas s'y baigner, dit mon père, mais en hiver on pourra patiner dessus.

Le salon est long, étroit, avec d'immenses baies donnant sur le « lac », ainsi que Joanne l'appelle.

— C'est impossible de trouver des propriétés au bord de l'eau. On a sauté sur l'occasion.

La seule pièce épargnée par la moquette est la cuisine.

Samedi après-midi. Anna et moi jouons aux osselets, assises par terre dans la cuisine. La pluie crépite contre les vitres avec une monotonie lancinante. J'en suis à dix et je suis sur le point de recommencer au début quand Joanne apparaît, brandissant sa brosse. Elle tire quelques cheveux qu'elle agite sous mon nez.

— Tu t'es servie de ma brosse, Eleanor. Alors que je te l'avais clairement interdit.

— Je n'ai rien fait.

— Il y a eu des poux dans ta nouvelle école chic, continue-t-elle, furieuse. Je vais devoir la faire bouillir. Si elle est fichue, j'enverrai la facture à ta mère. C'est du poil de sanglier.

— Ce n'est pas moi !

— Les cheveux sont blonds. Je ne supporte pas les menteuses.

Elle se baisse pour ramasser nos osselets.

— Tu n'as pas le droit !

Mon père entre par la porte du garage.

— Allons, vous deux. Arrêtez de vous chamailler.

— Ne me parle pas comme à une enfant, Henry, s'insurge Joanne.

— Elle nous a pris nos osselets sans raison et elle ne veut pas les rendre.

— Ellie a pris la brosse de Joanne sans demander la permission, intervient Anna.

— C'est pas vrai !

— Ce n'est qu'une brosse, dit mon père. Je suis sûr que Joanne n'est pas fâchée. Est-ce que je vous ai déjà raconté que votre grand-mère était championne aux osselets, à l'école ?

Il ouvre le freezer et en examine le contenu.

— De la tourte au poulet, est-ce que ça vous dirait ? Joanne et moi sortons ce soir.

— Je ne veux pas que tu sortes, dis-je. Tu sors toujours.

— On sera juste à côté. Et on vous a trouvé une baby-sitter du quartier très gentille.

— Est-ce qu'on pourra regarder la télé ? demande Anna.

— Je n'aime pas cette maison. Elle est moche. Je veux rentrer chez nous.

— Tais-toi, dit Anna. Tu gâches toujours tout.

Je m'enfuis, en pleurs. Derrière moi j'entends Joanne parler à travers ses propres larmes de colère.

— Je n'en peux plus, Henry. Je n'ai pas signé pour être mère.

Je me jette sur mon lit et enfouis mon visage dans l'oreiller. Je répète comme un mantra :

— Je la déteste, je la déteste, je la déteste.

Quand mon père vient me consoler, je me détourne et me recroqueville comme un cloporte. Il me soulève et m'assied sur ses genoux.

— Je n'irai nulle part ce soir, mon lapin. Allez, arrête de pleurer.

— Elle est méchante.

— Elle ne le fait pas exprès. C'est difficile pour elle aussi. Joanne est quelqu'un de bien. S'il te plaît, donne-lui une chance. Pour moi.

Je me blottis tout contre lui et je hoche la tête, sachant que c'est un mensonge.

— C'est bien, ma chérie.

— Mais enfin, Henry, proteste Joanne quand il lui annonce qu'il passe la soirée avec nous. Cela fait des semaines que ce dîner chez les Streep est prévu.

— Tu te débrouilleras très bien sans moi. Ce sont plus tes amis que les miens, de toute façon. Et Sheila a dû préparer un repas délicieux. Je n'ai pas vu mes filles depuis une éternité.

— C'est samedi soir. Je ne vais pas sortir seule.

— Encore mieux. Reste à la maison avec nous. On regardera un film. On fera du pop-corn.

— La baby-sitter est en route. On ne peut pas annuler maintenant.

Elle lui tourne le dos pour mettre ses grandes créoles dorées face au miroir de l'entrée. Elle lisse ses sourcils et se pince les joues.

— On la dédommagera pour le déplacement. Elle comprendra.

Je regarde le reflet de Joanne dans le miroir, fascinée par ses narines qui enflent et se rétrécissent. Sa bouche dessine une barre de colère. Lorsqu'elle me surprend en train de l'observer, je lui adresse un sourire triomphant.

En fin de compte, c'est quand même elle qui gagne. Après cet épisode, chaque semaine, notre père vient nous chercher à la gare et nous dépose chez les parents de Joanne à une demi-heure de là. Il a toujours une nouvelle excuse : Joanne a ses ragnagnas et elle est patraque ; ils sont en train de traiter la maison contre la pourriture du bois ; ils ont été invités chez des amis à Roxbury et Joanne pense que nous allons nous ennuyer. La prochaine fois, promis, nous passerons le week-end avec lui. Quand il nous fait signe de la voiture, il a l'air malheureux, et je sais que c'est ma faute.

Le père de Joanne, Dwight Burke, est un poète célèbre. Il a une voix rauque envoûtante et porte un costume trois-pièces au petit déjeuner. Le matin, quand il monte travailler dans son bureau, il a un verre de bourbon à la main. Nancy est une femme plantureuse et chaleureuse. Catholique. Elle a un rosaire dans la poche de son tablier et me demande si je crois en Dieu. Elle confectionne des miches de pain rondes luisantes de beurre et dit *souper* au lieu de *dîner*. Elle a toujours les cheveux arrangés comme si elle sortait de chez le coiffeur. Ce sont des parents comme on n'en voit que dans les livres. Campagnards et bienveillants. Je me demande comment ils ont pu donner naissance à une telle peau de vache.

Le petit frère de Joanne, Frank, habite encore chez eux. Il a 15 ans. Une grossesse imprévue. « Une bénédiction », dit Nancy quand Anna demande pourquoi Frank est beaucoup plus jeune que sa sœur. « Elle veut dire une erreur », corrige Frank. Il a les cheveux blonds, une coupe en brosse militaire et de l'acné. Quand il se penche dans son pantalon de toile, on voit sa raie des fesses.

Les Burke vivent dans une maison de brique blanche à deux étages, entourée de pieds-d'alouette et de pachysandra, avec vue sur l'Hudson. Ils ont je ne sais combien de labradors chocolat qui s'appellent Cora ou Blue. La maison sent toujours la levure de boulanger. Le dimanche matin, nous allons à l'église.

Anna et moi avons notre propre chambre dans une petite mansarde au-dessus de la cuisine. On y accède par un escalier caché derrière une porte de placard dans le cellier. « La chambre de bonne », dit Nancy. Personne d'autre n'utilise cette partie de la maison. Nos fenêtres à carreaux en losange donnent sur une paroi rocheuse abrupte, qui suinte une eau glacée venant de ses profondeurs.

Anna et moi sommes redevenues amies. Nous jouons à « Un, deux, trois, soleil » dans le jardin, découpons des poupées de papier assises dans l'escalier en bois, ou lisons blotties dans notre lit. Personne ne nous embête. Personne ne crie. À l'heure du déjeuner, Nancy fait tinter une cloche de vache et nous nous précipitons dans la salle à manger, où brûle toujours un feu de cheminée, même au début de l'été. Nancy aime bien nous avoir chez eux. Elle nous couvre de câlins et de bisous, ouvre nos valises de week-end et range nos affaires dans des tiroirs de la commode en hickory.

Frank a une salle de jeux à l'arrière de la maison, où il élève des souris, des hamsters et des gerbilles dans des aquariums vides. Les rongeurs vivent face à Waldo, le boa constrictor, qui dispose de la plus grande cage en verre. Le soir, après manger, Frank nous oblige à le regarder nourrir son serpent. Les souriceaux sont minuscules, tout roses. Je le supplie de me laisser sortir, mais il bloque la porte. La pièce sent la sciure de cèdre et la peur.

— Vous vous amusez bien, les enfants ? demande Nancy de la cuisine, où elle termine la vaisselle.

— On nourrit Waldo, crie Frank. Tiens. Prends ça.

Il fourre un souriceau frétillant dans la paume d'Anna.

— Non, j'ai pas envie.

Elle veut le lui rendre, mais il enfonce les mains dans ses poches.

— Si tu ne donnes pas à manger à Waldo, il aura faim ce soir. Il va peut-être essayer de s'échapper. Est-ce que vous savez qu'un jeune boa est capable d'étrangler un humain en quelques secondes ?

Anna ouvre le haut de la cage, les paupières closes, et lâche le bébé. Je vois le petit animal tomber dans un tas de sciure. Pendant cinq longues secondes, il cligne des yeux et regarde autour de lui, soulagé d'être vivant. Waldo s'approche et fond sur sa proie. Plus de souris. Il ne reste qu'une bosse de la taille d'une bille dans la gorge du serpent. Il la fait descendre dans son estomac avec un mouvement de déglutition sinueux.

Frank aime son boa, mais il lui préfère encore ses hamsters. Il les élève et les vend pour se faire de l'argent de poche. C'est son bien le plus précieux. Un week-end, Goldie, sa chouchoute, s'échappe. Frank est dans tous ses états. Il monte et descend l'escalier, cherche sous les canapés, derrière les livres, l'appelle. Il est sûr qu'un des chiens l'a mangée et il flanque un coup de pied à Mabel, la doyenne des labradors, qui glapit et s'éloigne en boitillant.

— Tout va bien ? demande Nancy, qui prépare un ragoût de bœuf dans la cuisine.

Frank s'en prend à moi, à présent. Il m'accuse d'avoir donné Goldie à Waldo.

— Je sais que tu me trouves affreux. Je t'ai entendue le dire.

Il me coince contre le mur de l'escalier. Son haleine sent les biscuits soufflés au fromage et le lait. Je regarde la poussière orange fluo autour de ses lèvres et je lui jure que ce n'est pas moi.

Ce soir-là, quand Nancy tire la couverture d'Anna pour la border, le corps sans vie de Goldie tombe par terre. Elle a été écrasée entre le mur et le lit. Nancy va chercher la pelle et la balayette, ouvre la fenêtre et jette Goldie dans le massif d'hortensias.

Frank observe du seuil. Il émet un couinement aigu. Sa figure se tord et se pince, ses boutons gonflent, rouge vif. Je suis sûre qu'il va s'étouffer devant nous. Je le dévisage, hypnotisée, me demandant s'il va mourir. Mais il laisse échapper un sanglot étranglé. Anna et moi échangeons un regard horrifié, puis nous éclatons de rire. Frank s'enfuit, honteux. J'entends ses pas résonner dans notre escalier de bois, le claquement lointain de la porte. À la fenêtre, Nancy nous tourne le dos, les yeux perdus dans les ténèbres.

La fois suivante, quand nous arrivons à la gare, notre père nous annonce que nous passerons le week-end avec Joanne et lui. Dwight et Nancy pensent que c'est mieux ainsi.

6

11 h 30

Dans la famille de ma mère, *divorce* est un mot de sept lettres comme un autre. Un mot qu'on pourrait facilement remplacer par *dommage* ou *tant pis*. Ses deux parents se sont mariés trois fois. Mon grand-père Amory, celui qui a construit le Palais de papier, a vécu ici, dans sa maison près de l'étang, jusqu'à son dernier souffle. Il coupait du bois en chaussures de randonnée, pêchait, faisait du canoë et contemplait l'écosystème changeant. Il étudiait les nénuphars, les grands hérons bleus, comptait les tortues peintes sur les arbres morts qui se ternissaient et pourrissaient dans l'eau. Les épouses passaient, mais l'étang restait à lui. À sa mort, il a légué sa maison à Pamela, sa troisième et dernière femme. La seule à avoir prouvé qu'elle en était digne, à avoir été sensible à l'aura du lieu, à son âme – à avoir souscrit à la religion de l'étang. Le Palais de papier, il l'a laissé à ma mère. Mon oncle Austin, qui était resté vivre au Guatemala, n'en voulait pas. Ma mère, en revanche, était très attachée à ce lieu.

Sur le mur de mon bureau, à New York University, il y a une photographie en noir et blanc de ma mère jeune fille au Guatemala. Mon bureau est un capharnaüm : des livres qui tombent des étagères, une table sur laquelle s'empilent des thèses d'étudiants, des bouts de crayons de papier, des dissertations de littérature comparée à corriger, un plant d'avocat déprimant que je suis obligée de garder parce que Maddy me l'a « fait » pour mon anniversaire quand elle avait 6 ans. Le seul endroit dégagé, ce sont les murs blancs, entièrement nus, à l'exception de cette photographie. Dessus, ma mère monte un palomino. Elle a de longues tresses et porte une tunique de paysanne brodée, un jean retroussé sur les chevilles, des sandales mexicaines en cuir. Elle a 15 ans. Derrière elle, un petit garçon vêtu de blanc pousse une brouette en bois sur la route poussiéreuse. Au-delà des champs, on distingue les coulées de lave sur les contreforts d'un volcan dont le sommet se perd dans les nuages. D'une main, ma mère s'accroche au pommeau lustré de sa selle de cow-boy. Dans l'autre, elle tient un épi de maïs. Elle sourit à l'objectif, détendue, heureuse, avec une désinvolture et une liberté que je ne lui connais pas. Ses dents sont blanches et régulières.

Elle m'a raconté que la photo a été prise par le beau jardinier, que le garçon derrière elle était son fils. Quelques minutes après, l'enfant heurtait le cheval avec sa brouette. L'animal s'est emballé, a traversé la prairie au galop et a jeté ma mère à terre. Elle s'est cassé un bras et deux côtes.

Elle n'est plus remontée sur un cheval. À l'automne suivant, elle quittait le Guatemala pour un pensionnat chic de la Nouvelle-Angleterre, où elle jouait au tennis en jupette blanche et priait chaque matin. Elle n'a jamais regardé en arrière.

J'ai toujours aimé cette photo. Elle me rappelle le *David* de Michel-Ange : une fraction de seconde gravée pour l'éternité, l'instant avant le lancer. Le point de bascule. Les hasards qui font qu'on tournera à gauche ou à droite, ou qu'on restera simplement assis à jamais au milieu de la route poussiéreuse. Ce garçon, cette brouette, ce cheval, cette chute, la décision de ma mère de quitter le Guatemala, de retourner au Bois sauvage : c'est ce qui m'a donné l'étang.

De la véranda, je regarde Finn et Maddy patauger. Maddy montre quelque chose vers les nénuphars. Finn recule, mais elle lui prend la main, maternelle.

— C'est bon, les couleuvres d'eau ne sont pas dangereuses, le rassure-t-elle.

Ils suivent des yeux la petite tête noire qui zigzague à travers les roseaux.

— Regarde ! Des vairons, s'écrie Finn, et ils plongent tous les deux.

L'extrémité jaune vif de leur tuba dessine des huit à la surface.

— Est-ce que quelqu'un a vu mes lunettes de soleil ? demande ma mère, émergeant de la cuisine. Je sais que je les ai posées sur la bibliothèque. Quelqu'un a dû les changer de place.

— Elles sont là, sur la table, dis-je. À l'endroit où tu les as laissées.

— Je vais à côté. J'ai promis à Pamela de lui apporter du lait et deux œufs.

— Tu aurais dû demander à Peter de faire des courses pour elle.

— Certainement pas. N'importe qui avec un minimum de bon sens sait qu'il vaut mieux éviter ton mari quand il a la fumée qui commence à lui sortir par les oreilles. Mais toi, Eleanor, tu ne peux pas t'empêcher de jeter de l'huile sur le feu. Je vais porter mon lait et mes œufs. Je reviendrai lorsque vous aurez cessé de vous conduire comme des gamins devant vos enfants. Tu devrais faire un effort, ma chérie. Tu es impossible. C'est un homme bien. Un homme raisonnable. Tu as de la chance de l'avoir.

— Je sais.

— Et soigne-moi cette gueule de bois. Tu as vraiment une tête à faire peur. Il y a du ginger ale au frigo.

Ma mère a toujours eu le béguin pour Peter. Elle n'a pas tort. C'est un homme merveilleux. Un hickory majestueux. Doux, mais jamais faible. Opiniâtre, attentionné, stimulant. Un accent british sexy. Il nous fait rire. Il m'adore. Il adore les enfants. Et je l'adore en retour, d'un amour aussi fort et profond que les racines d'un arbre. Il y a des jours où j'ai envie de lui arracher les membres un par un, mais c'est sans doute la définition du mariage. Un rouleau de papier toilette peut déclencher la Troisième Guerre mondiale.

Ma mère disparaît dans le bosquet au bout de la plage, panier à œufs dans une main, pichet de lait dans l'autre. Deux minutes plus tard, je l'entends crier « Hou hou ! » lorsqu'elle arrive devant chez mon grand-père. Il est mort depuis de nombreuses années, mais ce sera toujours sa maison. Une porte-moustiquaire s'ouvre, se referme, un rire étouffé. Pamela dit : « Il ne fallait pas ! » Bien qu'une bonne dizaine d'années les séparent, elles sont très proches. « C'est pour ainsi dire la seule personne que je peux encore supporter dans ces bois, même si ce serait reposant si elle acceptait de mettre autre chose que du violet. Et on pourrait croire qu'elle a inventé le botulisme quand on voit comment elle cuisine, dit ma mère. J'ai trouvé un morceau de bleu dans son frigo qui se trouvait être du beurre. Tout le monde pense que papa est mort de vieillesse, mais je la soupçonne de l'avoir empoisonné accidentellement. »

Un crissement de pneus. C'est la voiture de Peter. Je me prépare. Mais à quoi ? Tout ? Rien ? Quelque chose entre les deux ? Ce moment où on ne sait pas à quoi s'attendre. J'entends ses pas sur le sentier et j'ai une brève sensation de vertige. Je tourne le dos à la porte-moustiquaire. Prends une position neutre sur le canapé et me plonge dans mon livre pour que lui non plus ne sache pas quoi penser. Comme au judo. Mais il passe devant la véranda et se dirige vers les chambres.

— Jack, ouvre ! crie-t-il en tambourinant à la porte. Sors de là. Immédiatement.

Je me retourne et m'efforce de déchiffrer son expression. Jack apparaît et s'assied sur les marches à côté de son père. Je ne les entends pas, mais je vois Peter parler avec emphase. Jack écoute, le regard noir, l'air maussade, puis éclate de rire. Tout mon corps se détend. Mon mari et mon grand dadais de fils se lèvent et se dirigent vers moi. Ils sourient tous les deux.

— Alors, madame s'est calmée ? demande Peter.

Il sort ses cigarettes, tâte ses poches à la recherche d'un briquet.

— Je t'amène ton fils repentant. Il comprend qu'il s'est mal conduit et qu'il ne doit plus jamais parler comme ça à sa mère. Excuse-toi, Jack.

Il lui ébouriffe les cheveux.

— Je m'excuse, maman.

— Et…, l'encourage Peter.

— Et je ne te parlerai plus jamais comme ça.

Peter me tire du canapé.

— Allez, fini de ronchonner, d'accord ? Ton fils t'aime. Et maintenant, direction la plage.

Il s'approche de la porte et appelle les petits.

— Ohé ! Sortez de là. Départ dans cinq minutes.

Ils s'éclaboussent et plongent la tête sous l'eau comme s'ils n'avaient rien entendu.

— Alors, je peux prendre la voiture ? me demande Jack.

— Dans tes rêves, mon garçon.

— Dans ce cas, est-ce que vous pouvez au moins me déposer chez Sam ?

Deux secondes se sont écoulées, et Jack est déjà redevenu un adolescent qui croit que tout lui est dû, indigné d'être injustement privé de ses droits. Son attitude devrait m'exaspérer. Mais là, avec mon cœur qui bat à contretemps, sa prévisibilité m'apparaît comme une bouée de sauvetage. Je lui tends la joue.

— Un bisou, s'il te plaît, espèce de casse-pieds.

Il m'embrasse du bout des lèvres, mais je sais qu'il m'aime. Peter regarde sa montre.

— Zut. On est en retard. Sonne le rassemblement, Ellie. Je charge la voiture. Jack, préviens Sam qu'il peut venir te chercher au bout de la route dans un quart d'heure.

J'appelle Finn et Maddy encore une fois et me dirige vers la salle de bains. Le sac de congélation tout poisseux qui contient nos crèmes solaires a mystérieusement disparu. Je suis sûre de l'avoir laissé dans le cellier hier. Je tire le large tiroir du bas du placard encastré où ma mère planque tout ce qui traîne et heurte sa vue. Le sac est là, bien sûr, avec les tongs de Maddy que je cherchais partout, et un maillot de bain humide appartenant à Peter qui maintenant sent le moisi comme s'il avait passé trois jours dans le lave-linge. Tout au fond, je déniche une grande Thermos à motif écossais rouge que ma mère avait déjà quand j'étais plus jeune que Maddy. En ce temps-là, elle était coiffée d'une tasse en plastique beige très chic. Je dévisse le bouchon et la renifle. Elle n'a pas dû servir depuis vingt ans, pourtant ses parois dégagent encore un vague relent de café froid. Je la rince, la remplis au robinet de la baignoire, prends une gorgée. L'eau a un arrière-goût métallique de tuyaux. J'ai besoin de glaçons.

Au bout du sentier, je m'arrête un instant pour regarder avancer mon mari avec trois bodyboards sur la tête et un tas de serviettes sous le bras, les enfants à sa suite. Je ne le mérite pas.

— Peter !

— Oui ?

— Je t'aime.

— J'espère bien, grande nouille !

7

Mai 1974, New York

La floraison des cerisiers. La butte derrière le Metropolitan Museum est une marée rose. J'en mangerais si je pouvais. J'escalade les branches les plus basses d'un arbre et me cache sous un dais fleuri. Entre les pétales, je distingue les hiéroglyphes sur l'obélisque qu'on appelle l'Aiguille de Cléopâtre.

Ma mère étend une nappe à carreaux sur l'herbe, prend une assiette en carton dans son panier et ouvre au-dessus un sachet contenant des œufs durs écalés. Elle déplie un carré de papier aluminium avec un mélange de sel et de poivre, y plonge le bout de son œuf et mord dedans.

— Miam, dit-elle à voix haute.

Elle sort sa Thermos écossaise rouge, retire la tasse en plastique et se verse du café au lait.

— Eleanor, descends. On ne va pas y passer la journée.

Je me laisse glisser de l'arbre précautionneusement. Je porte mon nouveau justaucorps et des collants roses sous mon uniforme scolaire. Je ne veux pas les filer. Après le pique-nique, nous irons directement à mon premier cours de danse classique.

— Tiens, dit ma mère, me tendant un sac en papier brun et une briquette de lait. Beurre de cacahuète ou saucisse au foie.

On est samedi. Le parc est bondé, mais nous sommes seules ici. Personne d'autre ne prend la peine d'escalader les rochers pour s'installer dans le bosquet caché derrière. Je m'assure que l'herbe est sèche et m'assieds sur mon gilet à côté d'elle. Elle est plongée dans un roman et nous mangeons en silence. Le ciel au-dessus de nous est d'un bleu vif et frais. J'entends une balle de base-ball claquer, des acclamations joyeuses. Les rochers sentent bon le propre. C'est le premier jour de printemps véritable et ils s'aèrent au soleil après une longue hibernation sous un manteau de neige et de crottes de chien.

— J'ai apporté des sablés aux noix de pécan. Tu veux le dernier œuf dur ?

— J'ai envie de faire pipi.

— Eh bien, va derrière un rocher.

— Je ne peux pas.

— Ne fais pas ta chochotte, Eleanor. Tu as 7 ans. Personne ne fait attention.

— J'ai mon justaucorps et mon collant.

— Dans ce cas, tu vas devoir te retenir.

Elle corne sa page, range le livre dans son sac et entreprend de remballer notre pique-nique.

— Allez, aide-moi.

Les leçons de danse sont un cadeau de mon père, cadeau dont je me passerais volontiers. Je voulais faire de la gymnastique, comme toutes les filles de ma classe. Flips avant et ponts. En plus, Anna dit que je suis trop charpentée pour la danse classique. Et j'ai raté le premier cours, si bien que les autres seront en avance sur moi.

Ma mère consulte sa montre.

— Il est 14 h 45. Il faut se dépêcher si nous ne voulons pas être en retard.

Quand nous arrivons au studio de Mme Rechkina, les élèves sont déjà alignées devant le miroir du fond, leurs parfaits petits chignons enserrés dans des résilles noires. Je suis hors d'haleine et mes collants sont maculés de terre.

— Maman, c'est trop tard.

— Ne dis pas de bêtises.

— J'ai envie de faire pipi.

— Mais non, ça va aller, dit-elle en ouvrant la porte et en me poussant à l'intérieur. Je viens te chercher dans une heure.

Mme Rechkina m'adresse un sourire pincé et fait signe aux autres filles de me laisser une place au centre de la salle. Je les rejoins. Je me mets en première position. Le pianiste entame un menuet.

— *Plié, mesdemoiselles**.

*Madame** passe entre nous pour corriger des détails.

---

* Les mots en italique signalés par un astérisque sont en français dans le texte.

— *Plié, encore** ! Gracieux, les bras, s'il vous plaît !

Je regarde la fille devant moi et tâche de l'imiter.

— *À la seconde**.

J'écarte les pieds et plie les genoux. Et soudain ce sont les grandes eaux. Une large flaque se forme sur le parquet brillant, s'étale et gagne le bord de mes nouveaux chaussons roses. J'entends glapir derrière moi. La musique s'interrompt. Je m'enfuis de la pièce en larmes, laissant une empreinte de pas mouillée sur le sol immaculé. Je m'enferme à clé dans les toilettes.

— Mademoiselle Joséphine ! crie *Madame** à son assistante. Une serpillière, *s'il vous plaît. Vite, vite** !

La semaine suivante, ma mère m'oblige à retourner au cours.

— Eleanor, dit-elle d'une voix sévère. Nous ne sommes pas des lâches dans la famille. Il faut savoir affronter ses peurs. Sinon, tu as perdu avant même d'avoir commencé.

Je la supplie de m'autoriser à rester à la maison avec Anna, mais elle ne veut rien entendre.

— Ne sois pas ridicule. Tu crois que les autres gamines n'ont jamais fait pipi de leur vie ?

— Pas sur le parquet, pouffe Anna, qui rit si fort qu'elle doit se tenir le ventre.

12 h 30

Le parking de la plage est bouillant. Je pose les pieds sur le goudron sableux et pousse un cri strident.

— Ouille, ouille, ouille ! dis-je en réintégrant la Saab. Je pense que ma peau est restée accrochée au bitume.

Je tâte le plancher à la recherche de mes tongs, les trouve coincées sous mon siège.

— Les enfants, vous devriez mettre des chaussettes. Le sable va être brûlant.

Je ramasse une paire de chaussettes de sport d'un blanc douteux qui traîne à mes pieds et la donne à Finn.

— Maddy ?

— Pas la peine, j'ai mes sandales.

— Tu te brûleras quand même les pieds.

— Maman, me dit-elle avec un air atterré. Je ne vais pas mettre des chaussettes avec des sandales. Trop la honte.

— Pourquoi ? Qu'est-ce que tu as contre les chaussettes avec les sandales ? intervient Peter, qui est en train de décharger le coffre. C'est l'uniforme du touriste anglais.

Lorsque tout le monde est descendu, je baisse le pare-soleil et m'examine dans le miroir. Je passe mes doigts dans mes cheveux, me pince les joues, noue mon sarong un peu plus bas sur mes hanches. Je vois le pick-up déglingué de Jonas garé plus loin.

Peter se tient devant la portière ouverte et me tend la main.

— Tu viens ?

Je prends les serviettes et la Thermos d'eau fraîche sur la banquette arrière.

— Et sois aimable avec Gina quand elle nous fera une remarque à propos de notre retard. On veut la gentille Eleanor, pas la vilaine Eleanor.

— Je suis toujours gentille, dis-je, lui donnant un coup de pied aux fesses qu'il parvient à esquiver.

Au sommet de la dune, cent parasols apparaissent devant nous. Unis. Rayés. Rouges, blancs et bleus. L'océan est turquoise, lisse. Pas de marée rouge, pas d'algues. Une journée idéale pour la plage. Une journée *Les Dents de la mer*. Des enfants jouent au frisbee, font des châteaux de sable entourés de douves profondes qui se remplissent d'eau par le fond. Des filles sublimes se pavanent en bikini microscopique, faisant semblant de ne pas voir les regards. Mes yeux balaient l'immense étendue plate. Jonas va toujours vers la gauche.

C'est Peter qui les repère en premier. Ils ont installé leur tente rayée jaune et blanc face à l'océan. Elle ressemble à un petit chapiteau de cirque ouvert sur un côté. Gina s'est levée et elle agite en l'air une serviette fuchsia. Mes enfants dévalent la dune, leur père derrière eux. Je les suis plus lentement. Je me dis que je dois me préparer sans trop savoir ce qui m'attend. Et si Peter sentait quelque chose de différent entre Jonas et moi ? Gina aura-t-elle remarqué notre disparition pendant la soirée ? Je m'efforce de visualiser la pièce au moment où je suis sortie. Jonas à table, le buste un peu en arrière, juste en dehors du halo de la bougie. Peter était vautré sur le canapé ; Gina riait à une réflexion de Dixon, ma mère s'activait, versait de la grappa dans des tasses à expresso, débarrassait les assiettes et lavait les verres dans l'évier. Je suis presque sûre que Gina me tournait le dos.

Assis sur le sable, Jonas contemple la mer. Je prends une grande inspiration. Nous ne sommes pas des lâches dans la famille.

Juillet 1976, le Bois sauvage

Je flotte sur un bateau pneumatique bleu. J'ai les yeux fermés, le visage tourné vers le soleil. Des points noirs dansent dans la lumière rouge sous mes paupières. Je me laisse dériver, bercée par le bruit de ma propre respiration, poussée par le vent salin jusqu'au milieu de l'étang. Il n'y a que moi. Personne d'autre que moi. Un moment de perfection. Mon bras pend par-dessus bord. J'ouvre les doigts pour sentir la résistance de l'eau. J'imagine que je suis un canard. D'un instant à l'autre, une tortue serpentine va remonter des profondeurs glacées et pincer mes pattes jaunes, m'entraîner avec elle. Au loin, j'entends le bruit des pagaies en bois qu'on jette dans un canoë. Peggy et Anna ont ramé jusqu'à l'autre rive. J'ouvre les yeux. Je distingue tout juste les petites flammes orange vif de leurs gilets de sauvetage alors qu'elles tirent leur embarcation hors de l'eau. Puis elles disparaissent entre les arbres, en direction de la plage.

Maman et son nouvel ami Leo sont allés chercher les enfants de celui-ci à la descente de l'autocar Greyhound. Ils vont passer dix jours avec nous. Leo est musicien de jazz, saxophoniste. Il vient de Louisiane. Il a une épaisse barbe noire et rit beaucoup. Il pense que le sport, c'est pour les lavettes. Il adore les crevettes. Anna se méfie de lui, mais je le trouve sympa. Les enfants de Leo, Rosemary et Conrad, vivent à Memphis avec leur mère. Ils ont un accent du Sud prononcé. Rosemary a 7 ans. Effacée. « Sans intérêt », décrète Anna. Conrad en a 11, un de plus que moi. Il est petit, trapu, avec des lunettes à verres en cul de bouteille et des yeux de grenouille. Il est collant. On ne les a vus qu'une fois, dans un snack à New York, quand ils sont venus rendre visite à leur père. Rosemary a commandé un steak saignant et a parlé du péché originel.

Ma mère est au téléphone.

— Son ex voudrait le voir mort, confie-t-elle à une amie. Si cela ne tenait qu'à elle, il ne reverrait jamais ses gosses. Franchement, je ne demanderais pas mieux, ajoute-t-elle en riant. Mais je t'interdis de le répéter. Ils ne sont pas très attachants. Cela dit, je suppose que peu de gens aiment vraiment les enfants des autres. Leo dit que son fils déteste l'eau. Se retrouver à l'étang avec lui par cette chaleur infernale promet d'être un cauchemar. Espérons seulement qu'il se lave.

Elle nous a fait jurer de bien nous tenir.

Au milieu de l'étang, tout au fond, poussent des forêts d'utriculaires. Les poissons aiment s'y cacher. Je me tourne sur le ventre et pisse par-dessus bord. Mon ombre crée une petite fenêtre qui me permet de mieux voir en dessous de la surface. Un banc de vairons nage avec des mouvements vifs et saccadés entre les tiges de nénuphars et les herbes en décomposition. Une tortue peinte s'élève lentement dans la lumière glauque. Plus bas, un crapet ondoie au-dessus de son nid, gardien vigilant et paresseux. Je me penche, la tête partiellement immergée, et j'ouvre les yeux. Le monde devient flou, émoussé. Je tiens aussi longtemps que me le permettent mes poumons. J'écoute le bruit de l'air. Si je pouvais respirer sous l'eau, je resterais ainsi éternellement.

Au camp, j'entends claquer une portière, le rire tonitruant de Leo. Ils sont là.

12 h 35

Jonas est allongé sur le dos, en appui sur les coudes. Ses cheveux noirs brillent comme le plumage huileux d'un canard. Un mince tee-shirt de coton blanc est plaqué sur son torse. Son alliance scintille au soleil. Il ne se retourne pas à notre approche. Je me demande si c'est parce qu'il ne peut pas me regarder en face, regarder en face ce que nous avons fait. Ou si c'est parce que j'étais un vieux fantasme. Maintenant que c'est fait, je ne suis plus qu'une femme qu'il a baisée, une situation à gérer. Ou alors il veut lui aussi repousser le moment décisif, s'accrocher à son ancienne vie tant qu'il le peut, avant que tout change. Parce que, d'une manière ou d'une autre, les choses vont changer.

Peter s'assied à côté de lui, désigne un point sur l'horizon. Jonas se tourne pour lui répondre. Des ondes de chaleur étourdissantes s'élèvent du sable.

— Salut !

Gina s'approche de moi, les yeux plissés. Je me concentre sur le piercing à son nombril, qui apparaît et disparaît sous son tankini. Finn et Maddy ont déjà étalé leurs serviettes et se vaporisent mutuellement avec du spray solaire.

Jonas ne m'a toujours pas regardée, mais je vois ses avant-bras se contracter imperceptiblement.

Je jette un coup d'œil aux enfants, le ventre noué.

— Sérieusement, Ellie ? lance Gina, se plantant devant moi.

— Maman ! appelle Finn. Tu peux régler mon masque ?

J'ouvre la bouche, mais aucun son ne sort. Je pense : *Dis ce que tu as à dire, mais sois discrète, s'il te plaît.*

— Ça fait genre une heure qu'on vous attend. Les sandwichs doivent être totalement ramollis, poursuit Gina.

Je me force à parler d'une voix calme, mesurée, persuadée que mon visage me trahit. Sous la pile de serviettes que je porte, mes mains tremblent.

— Je suis désolée. J'aurais dû appeler. Je me suis bêtement énervée après Jack ce matin et ça a dégénéré. Écoute, je pose ça et je cours à la supérette en chercher des frais.

Elle me regarde comme si je n'avais plus toute ma raison.

— Hé, Ellie, ça va pas la tête ? Je rigolais. Comment tu peux imaginer que je suis vraiment en colère à cause des sandwichs ?

Elle rit, mais une expression fugace passe sur son visage, comme une pensée indéfinissable, et je me demande si elle a senti le nœud dans mon ventre se défaire.

— Bien sûr que non, dis-je avec un rire forcé. Je raconte n'importe quoi. Soit c'est le Zolpidem, soit c'est la préménopause.

— T'es bête, dit-elle en me prenant par le bras. Je suis contente que vous soyez venus. Jonas refuse de se baigner. Il fait juste un temps sublime, non ?

— J'ai trop chaud.

— Je vous jure, vous êtes incroyables. Vous avez une vie merveilleuse dans le coin le plus beau de la planète, et tout ce que vous trouvez à dire, c'est qu'il fait trop chaud. Jonas était impossible, ce matin. On va se baigner, les enfants ? ajoute-t-elle en se tournant vers Finn et Maddy. Le dernier à l'eau est un gros nase. Allez, mes petits canards, on se remue le popotin !

Elle frétille des fesses et Maddy me jette un regard consterné, mais ils se lèvent et font la course jusqu'à la mer.

— Hé, patronne, il fait soif, dit Peter. Envoie la bibine.

Je vise et lui lance la Thermos. Elle tourbillonne en l'air pour atterrir à ses pieds, droite dans le sable.

— Impressionnant.

Jonas se tourne alors vers moi. Il me regarde dans les yeux. Se lève et essuie le sable sur ses paumes, puis s'approche, les bras tendus pour prendre les serviettes. Il se penche et m'embrasse sur la joue.

— Tu m'as manqué, me murmure-t-il à l'oreille.

— Salut, dis-je à voix basse.

Je ne peux pas. C'est au-dessus de mes forces.

— Tu m'as manqué aussi.

Il laisse courir le bout de son doigt sur mon bras et je frissonne.

— Qui vient se baigner ? lance Peter. On cuit, ici.

Février 1977, New York

J'ai 11 ans. Il neige. Anna et moi passons la semaine chez son parrain, Dixon. Papa et Joanne habitent maintenant à Londres – il a été muté là-bas –, et maman et Leo sont à Detroit pour un concert. Ils vont se marier en mai. Dixon est le copain « cool » de ma mère. Tout le monde l'adore. Il a de longs cheveux châtain clair retenus par une queue-de-cheval et conduit un pick-up. Il connaît la chanteuse Carly Simon. Maman dit qu'il n'a pas besoin de travailler. C'est son meilleur ami. Ils se connaissent depuis qu'ils ont 2 ans, sinon, je pense que Dixon ne lui adresserait même pas la parole. Ils allaient à la maternelle ensemble et passaient leurs étés au Bois sauvage, se baignaient tout nus, et ramassaient des palourdes et des coques dans le sable à marée basse. « Pourtant, je déteste les fruits de mer, précise ma mère. Mais Dixon sait s'y prendre avec les gens. » Une fois, Anna lui a demandé pourquoi elle ne l'avait jamais épousé. « Parce que c'est un coureur », a-t-elle répondu. Et j'ai pensé piste d'athlétisme.

Les Dixon habitent dans un vaste appartement biscornu de la 94e Rue Est, à côté du parc. Leur fille Becky est ma meilleure copine. Anna a le même âge que sa grande sœur Julia, mais elles n'ont jamais vraiment accroché. Julia fait de la gymnastique. Leur mère est partie vivre dans une communauté il y a deux ans. Becky et moi sommes donc le plus souvent livrées à nous-mêmes. Nous jouons à la ficelle, allons à Central Park en rollers, inventons des recettes répugnantes que nous nous mettons au défi d'avaler. Ce matin, nous avons fait des milk-shakes avec de la levure de bière et une préparation pour entremets à la fraise. Dixon s'en moque, tant qu'on mange. La dernière fois qu'on a dormi chez lui, il nous a emmenées voir *Délivrance* au Trans-Lux. Nous avons passé le week-end à hurler : « Couine comme un porc ! » Maman a failli avoir une attaque, mais Dixon lui a dit qu'elle était coincée et puritaine. Il n'y a que lui qui peut lui parler comme ça.

Un étrange silence enveloppe la ville. De l'autre côté de la vitre, ce n'est qu'un tourbillon de blanc aveuglant. J'écoute le cliquetis des tuyaux qui se dilatent et se contractent au passage de la vapeur. Il règne dans l'appartement une chaleur sèche étouffante. Le radiateur métallique me brûle le devant des jambes tandis que je me penche pour essayer de soulever la lourde fenêtre à guillotine de quelques millimètres. J'ai beau forcer, elle refuse de bouger.

— Est-ce que quelqu'un peut m'aider ? J'ai besoin d'air.

Personne ne réagit. Nous jouons au *Monopoly* et Anna vient de tomber sur Marvin Gardens, la plus chère des propriétés jaunes. Elle réfléchit.

Dixon et sa nouvelle épouse Andrea ont passé la matinée dans leur chambre, la porte fermée.

— Ils ont un lit à eau, dit Becky, comme si cela expliquait tout.

Ils se sont rencontrés dans un sauna indien au Nouveau-Mexique. Andrea est enceinte de six mois. Ils sont presque sûrs que c'est l'enfant de Dixon.

— Ça va, a répondu Becky à ma mère qui lui demandait ce qu'elle pensait de sa nouvelle belle-mère.

— Moi, je la trouve gentille, ai-je lancé.

— Gentille ? a répété ma mère, comme si elle avait avalé un noyau d'olive.

— Quoi ? Ce n'est pas bien ?

— *Gentil* et *intéressant* ne font pas bon ménage.

— Elle nous parle comme à des adultes, ce qui est plutôt cool, a ajouté Becky.

— Oui, eh bien, vous n'êtes pas des adultes. Vous avez 11 ans.

— L'autre soir, à table, elle m'a demandé si j'étais contente d'avoir mes premières règles, a dit Becky.

C'était la première fois que je voyais ma mère rester sans voix.

Chez Dixon, Anna me rappelle à l'ordre. C'est mon tour. Je lance le dé. Nous sommes assises par terre dans le salon. J'aime l'odeur du parquet. À la maison, on utilise le même produit à la cire de carnauba.

Je me demande si je devrais me servir de ma carte « Vous êtes libéré de prison » quand une porte s'ouvre au fond du long couloir sombre qui mène aux chambres. Dixon sort, nu. Il se gratte les couilles distraitement. Andrea apparaît derrière lui. Elle arque le dos comme un chat et s'étire.

— Ça, c'était de la baise, dit-elle.

La lumière est tamisée, mais on voit tout : sa touffe rousse luxuriante, ses cheveux frisés à la Janis Joplin, son sourire repu.

Dixon passe devant nous et s'accroupit face à la platine. Il pose le bras de lecture sur un vinyle. Je remarque les poils noirs dans sa raie des fesses.

— Écoute les chœurs sur ce morceau. Clapton est un génie.

J'ai les yeux fixés sur la minuscule brouette en argent dans ma main. J'ai envie de disparaître. Becky me bouscule un peu trop fort.

— Hé, t'accouches ou quoi ?

8

12 h 15

— Tu viens te baigner ? demande Peter.

— Minute. Je viens de traverser le Sahara.

Je lui prends la Thermos des mains et bois au goulot.

— Charmant. Ma femme a été élevée par des loups.

— Je sais, je faisais partie de la meute, dit Jonas en riant.

Peter me tend l'écran protection 50.

— Tu peux m'en mettre dans le dos ?

Je m'agenouille derrière lui, presse une noisette de crème dans ma paume. Je me demande comment il s'est débrouillé mais le tube est déjà plein de sable, et je sens crisser les grains sous mes doigts quand je lui masse les épaules. Assis à côté de nous, Jonas m'observe.

— Voilà, dis-je avec une petite tape sur le dos de mon mari. Tu es officiellement protégé.

Je m'essuie les mains avec une serviette et me glisse à l'ombre de la tente.

— Ah, on est mieux là.

— Ne traîne pas trop ou je vais ressembler à un vieux pruneau le temps que tu me rejoignes, dit Peter en s'emparant d'une planche.

À l'instant où je le vois s'éloigner, je regrette de ne pas l'avoir accompagné, parce que maintenant je me retrouve seule avec Jonas. Je suis mal à l'aise. Pourtant, nous en avons passé du temps rien que tous les deux sur cette plage, à ramasser des oursins et des coquillages nacrés à marée basse, à épier depuis les dunes les touristes allemands nus que nous soupçonnions d'être des pervers, ou encore à nous demander ce que ça faisait de se noyer. Mais là, blottie sous sa tente, j'ai l'impression d'être face à un inconnu.

Il y a une petite fenêtre en mailles sur le côté. Je regarde Jonas à travers cette grille, à la fois tout proche et inaccessible. Il est concentré. Il dessine quelque chose dans le sable avec la pointe d'un coquillage. De ma place, je ne vois pas ce que c'est.

— Où est Jack ? demande-t-il sans lever la tête.

— Il boude.

— Pourquoi ?

— Parce que j'ai refusé de lui prêter ma voiture.

— Pourquoi tu as refusé ?

— Parce qu'il s'est conduit comme un petit con.

Il rit. Dans les vagues, Gina nous fait signe ; Jonas lui répond. Il s'approche de la minuscule fenêtre.

— Je peux te rejoindre ?

— Non.

— Alors tu veux bien entendre ma confession ?

— Je ne suis pas sûre que trois *Je vous salue Marie* servent à grand-chose.

Il appuie la main contre le filet.

— Ellie…

— Non.

Je mets ma main contre la sienne. Nous restons là sans un mot, paume contre paume, juste la toile ajourée entre nous.

— Je t'aime depuis que j'ai 8 ans.

— C'est un mensonge.

Août 1977, le Bois sauvage

Il y a une fenêtre dans le toit de feuillage au-dessus de moi. Étendue sur la berge moussue d'un ruisseau, je contemple un carré de ciel presque parfait. Tantôt il est d'un azur uniforme, tantôt un nuage glisse, rappelant une peinture au plafond d'une église. Une mouette apparaît dans le cadre. J'entends ses cris interrogatifs et plaintifs longtemps après qu'elle a disparu. Je sors un caramel au chocolat de ma poche. Je passe presque tous mes après-midi ici, depuis quelque temps. Quand ma mère me demande où j'étais, je réponds « nulle part », ce qui semble lui convenir. Je pourrais aller en ville en stop avec un tueur en série qu'elle ne s'en rendrait pas compte. Le monde tourne autour de Leo et Anna. Ils se disputent à propos de tout et n'importe quoi. C'est comme ça depuis qu'il a épousé maman. Je redoute le moment du dîner. En général, ça ne commence pas trop mal. Leo nous fait la leçon sur la Chine ou nous explique pourquoi les révélations des Pentagon Papers sur la guerre du Vietnam sont toujours d'actualité. Mais rapidement il s'en prend à Anna. Il n'aime pas son amie Lindsay : elle s'habille comme une prostituée, a le corps trop développé mais le cerveau pas assez, croit que « Khmer rouge » désigne une couleur de rouge à lèvres. Pour couronner le tout, ses parents ont voté Gerald Ford à la dernière présidentielle. Pourquoi est-ce qu'Anna a eu un C+ en maths ? Au lieu de rester assise à table, elle ne pourrait pas aider sa mère à faire le service ? Sa jupe est trop courte.

— Pourquoi tu regardes, espèce de pervers ? rétorque-t-elle.

Et quand il se lève, elle s'enfuit dans sa chambre et s'enferme à clé.

— C'est ses hormones, dit maman à Leo, s'efforçant d'aplanir les choses entre eux. Tous les adolescents sont insupportables, et les filles sont pires. Tu verras, quand Rosemary aura son âge.

Il a promis de faire un effort. Mais c'est pire depuis que nous sommes ici. Leo a décidé qu'il était temps de « taper du poing sur la table ». Il envoie Anna dans le chalet si elle répond, et notre mère refuse d'intervenir.

— Je m'excuse, mais je ne peux pas constamment jouer les arbitres entre vous, dit-elle à Anna.

Ma sœur s'étend sur son lit, refuse de pleurer et me crie après si j'essaie d'entrer. Une fois, en juillet, ils ont eu une dispute mémorable, au point que maman a fini par jeter un œuf contre le mur de la cuisine.

— Je n'en peux plus. Je vais voir mon père et Pamela à côté.

Elle m'a donné une banane.

— Je te conseille d'aller passer la journée ailleurs si tu ne veux pas devenir sourde.

Je me dirigeais vers l'océan, songeant à la façon dont j'allais empoisonner Leo – pour sauver Anna, puisque ma mère ne faisait rien – quand j'ai trébuché sur une racine qui a arraché la bride de ma tong. Je me suis assise sur le sentier pour la remettre en place. Sous la végétation, j'ai vu une trace à peine marquée, sans doute un chevreuil. Je me suis enfoncée dans les broussailles et j'ai suivi la piste qui s'interrompait devant un buisson de liseron épineux. J'allais faire demi-tour lorsque j'ai cru entendre le clapotis d'une rivière. Ce qui m'a étonnée, car tout le monde sait qu'il n'y a pas de cours d'eau dans cette partie des bois. C'est pour ça qu'au XVIIe siècle les premiers colons du *Mayflower* ont continué jusqu'à Plymouth après avoir abordé au cap Cod. J'ai écarté les ronces avec ma serviette et j'ai traversé le fourré en essayant de ne pas trop m'égratigner les jambes, pour émerger dans une petite clairière. Au centre, une source vive jaillissait du sol et se transformait en ruisseau. Les arbres tout autour avaient reculé, laissant un tapis de mousse veloutée. Je me suis allongée et j'ai fermé les yeux. *Le poison, c'est trop risqué.* Le mieux, c'était sans doute de s'enfuir. Avec Anna, on n'aurait qu'à venir ici. On construirait une cabane dans un arbre avec une plateforme et un toit de branchages. Il y avait de l'eau douce, et on irait pêcher à la plage – très tôt, quand tout le monde dormirait encore. On cueillerait des canneberges et des myrtilles sauvages pour ne pas attraper le scorbut. J'ai commencé à faire une liste dans ma tête de tout ce dont on aurait besoin : boîtes vides de café Medaglia d'Oro avec des couvercles en plastique pour stocker nourriture, allumettes, bougies, hameçons et fil à pêche, marteau et clous, savon, deux fourchettes, une culotte de rechange, des sacs de couchage, de l'anti-moustique. Maman allait regretter de ne pas avoir pris la défense d'Anna et d'avoir laissé Leo la punir. Peut-être pas tout de suite, mais un jour, on lui manquerait.

Cependant, fin août, tout ce que j'ai, ce sont deux boîtes à café rouillées, une vieille pince et quelques trognons de bougie. Au-dessus de moi, un vol d'oiseaux dessine le V de la victoire, comme une pensée fugace traversant mon carré de ciel bleu. Une ombre passe sur mon visage. Je me fige. J'essaie de me rendre invisible.

— Salut.

Un petit garçon me regarde. Il doit avoir 7 ou 8 ans. Je ne l'ai pas entendu approcher. Ses épais cheveux noirs lui tombent sur les épaules. Il a les yeux verts. Les pieds nus.

— Je m'appelle Jonas. Je suis perdu.

Il n'a pas l'air plus perturbé que ça, ni effrayé.

— Salut, moi c'est Ellie.

J'ai vu sa famille sur la plage. Sa mère est une femme à la tignasse frisée qui nous dispute si nous laissons nos trognons de pomme dans le sable. Ils habitent quelque part dans le bois.

— Je suivais le balbuzard, dit-il en guise d'explication.

Il s'assied à côté de moi sur la mousse et lève les yeux vers le ciel. Pendant un long moment, nous ne parlons ni l'un ni l'autre. J'écoute le bruissement des arbres, la source qui clapote sur les rochers. Je sais qu'il est là, mais il est comme une ombre.

— C'est une fenêtre, dit-il au bout d'un moment.

— Je sais. On devrait rentrer, dis-je en me levant, époussetant mon short en jean.

— Oui. Ma mère va s'affoler, déclare-t-il avec une petite mine sérieuse.

J'ai envie de rire, mais je me retiens. Je prends sa main et le ramène à sa mère, qui me remercie d'un air de reproche.

12 h 50

— Ce n'est pas un mensonge.

Finn, Maddy et Gina sont allés jusqu'au bout du banc de sable, à la limite des eaux profondes. Derrière eux, Peter bat des pieds, propulsant son bodyboard sur les crêtes. J'ai envie de pleurer.

— Si. Tu te souviens du pique-nique sur la plage, le soir où tu m'as présenté Gina ? Tu as mis un point d'honneur à m'expliquer que tu étais éperdument amoureux d'elle et que tu avais « enfin » tiré une croix sur moi. C'était il y a au moins vingt ans.

— J'ai dit ça uniquement pour te blesser.

— Je me rappelle parfaitement où ça s'est passé. En fait, c'était sur cette plage. Je me souviens même de ce que je portais. Je me souviens de ce que toi tu portais. J'ai eu une sensation de vide dans le ventre, comme quand le wagon plonge sur des montagnes russes.

— Tu étais en jean, dit-il doucement. L'ourlet était mouillé.

Sur sa planche, Maddy chevauche une vague qui la ramène jusqu'au bord. Lorsqu'elle touche le sable, elle se lève et fait une petite danse triomphale avant de repartir en courant dans l'eau.

— Merde. Merde. Merde. Qu'est-ce qu'on a fait, Jonas ?

Je suis effondrée. À cause d'hier. De maintenant. De tout ça.

— Ce qu'on aurait dû faire il y a très longtemps.

— Non.

— Hier, j'ai passé la plus belle nuit de ma vie. La première.

Je secoue la tête, le corps tout entier agité par un sanglot.

— Il était déjà trop tard pour ça il y a des années, dis-je.

Il écarte sa main de la mienne. J'ai l'impression de recevoir une gifle. Maintenant, je ferais n'importe quoi pour qu'il revienne. Soudain, je sens un frôlement. Jonas a passé la main sous la tente. Il me caresse la jambe, trouve l'intérieur de ma cuisse.

— J'aime cette partie de ton corps.

— Arrête.

— Toute douce. Une peau de bébé.

Ses doigts tirent sur mon maillot de bain.

— Je suis sérieuse, Jonas. Ils sont juste là. Je vois les enfants.

— Ils sont à 100 mètres dans l'eau. Allonge-toi. Ferme les yeux. Je surveille.

— Non.

Mais j'étends ma serviette sur mes hanches et me couche sur le sable. J'entends des pas derrière ma tête, de l'autre côté de la toile. Une lanière de Velcro claque. Une balle en caoutchouc fait des allers-retours entre deux raquettes de bois. Je sens des effluves d'huile de coco.

Jonas tire sur le bas de mon maillot, fait glisser un doigt autour de mon sexe, pousse son index à l'intérieur.

— Gina est tout près. Et Peter…

— Chut. Ils sont loin. De l'autre côté de la barre. Je vois ton mari là-bas.

Il enfonce son doigt, puis le retire si lentement que je peux à peine respirer. Je pousse un gémissement, espérant que le vent l'a aussitôt emporté. Puis il me branle, rapide et brutal. Mon bassin ondule, monte et descend sur ses doigts, désirant qu'il mette toute la main. Je suis sur une plage bondée. Mes enfants jouent dans les vagues. Et la proximité de Peter et Gina m'excite plus que tout.

— Gina sort de l'eau, murmure Jonas.

Il me pince le clitoris. Je suis parcourue de frissons de jouissance et je ravale un cri alors qu'elle marche vers nous.

— Il n'est pas trop tard, ajoute-t-il.

Il s'essuie la main dans le sable et se lève pour aller à la rencontre de sa femme.

9

Septembre 1978, New York

La période morose entre la fin de l'été et la rentrée des classes. C'est un jour pour aller acheter des chaussures à Stride Rite – et se faire offrir un bretzel gratuit et une bande dessinée. Ni tonnerre ni éclair, ni grêle ni soufre, simplement un ciel lourd et bas. Mais aujourd'hui, Anna part en pension dans le New Hampshire. Elle a un bus à midi, au coin de la 79ᵉ Rue et de Lexington Avenue. La semaine de notre retour à New York, un soir qu'il rentrait d'un concert, Leo l'a surprise avec sa copine Lindsay en train de faire la manche. Elles racontaient à un homme en costume-cravate qu'elles s'étaient fait voler leur argent et avaient besoin de monnaie pour le bus. L'homme a sorti un billet de 10 dollars et leur a conseillé de prendre un taxi. Leo a attendu qu'il ait disparu avant de se manifester.

— Anna, qu'est-ce que tu fais dehors ? a-t-il demandé, l'air de rien. Il est tard. Tu devrais être rentrée.

— Je raccompagnais Lindsay au bus.

— Je ne pense pas, non.

— C'est parce que tu ne penses pas en général.

— Je vous ai vues.

— Ah oui ? Tu as vu quoi ?

— Je vous ai vues mentir. Voler. Comme des putes à deux balles de la 14e Rue.

— T'es vraiment qu'un gros vicelard !

— Donne-moi cet argent. Tout de suite. Je vais discuter avec ta mère de ce que nous allons faire de toi.

— Il s'imagine qu'il peut me dire ce que je dois faire, a ricané Anna, s'adressant à Lindsay. Mais ce n'est pas mon père. Heureusement. Tirons-nous d'ici.

— Ton père est parti, a dit Leo.

— Pas du tout. Il travaille à Londres.

— S'il avait envie de te voir, il le ferait.

— Va te faire foutre. Oh, attends, c'est exactement ce que tu veux, non ?

Leo affirme qu'il ne se souvient pas d'avoir levé la main et que la gifle est partie toute seule, mais d'après Lindsay ça se voyait dans ses yeux qu'il voulait lui faire mal. Maintenant, chaque fois qu'il la croise, il a l'impression d'être un monstre. L'un des deux devait partir. Anna va donc en pension. Je m'en accommoderai. Il n'y a pas si longtemps, elle m'a surprise avec sa brassière de sport et elle a déchiré ma dissertation pour se venger. Malgré tout, je suis triste pour elle. Je sais qu'elle a peur et qu'on lui manque déjà. Et je sais qu'elle regrette que notre mère ait choisi Leo.

Assise sur son lit, je la regarde glisser quelques bricoles de dernière minute dans sa valise.

— Je te défends de toucher à mes affaires, dit-elle lorsque je prends le tac-tac accroché à la poignée de la porte.

Elle me l'arrache des mains et le fourre dans le fond de son placard.

— Et si tu mets des vêtements à moi, je te tue.

Je sors de sa corbeille à papier un magazine pour ados. C'est un vieux numéro de *Tiger Beat*, avec Donny Osmond en couverture.

— Ça, je peux ?

— Ça, d'accord.

Elle s'assied sur sa valise pour fermer la glissière, puis balaie la chambre du regard, soucieuse. Est-ce qu'elle n'a rien oublié ? Il y a un flacon de Love's Fresh Lemon sur sa commode.

— Tiens, dit-elle. Vu que je ne serai pas là pour ton anniv.

Elle a enlevé ses posters, mais il reste des punaises un peu partout et de grands rectangles plus clairs sur le mur, comme des cadres fantômes. Il y a un bout de papier glacé coincé sous une punaise. C'est tout ce qu'Anna laisse derrière elle : un petit morceau de James Taylor, le reste en boule dans la poubelle.

— Pourquoi est-ce que je ne peux pas avoir ta chambre ? Pourquoi est-ce que c'est lui qui va la récupérer ?

— Je te déteste, maugrée-t-elle, éclatant en sanglots.

Le pire, c'est qu'elle est remplacée. L'ex de Leo a décidé qu'un garçon de 13 ans, c'était trop pour elle. Elle garde Rosemary et on hérite de Conrad. L'horrible Conrad aux yeux de merlan frit et au corps trapu de lutteur. Anna prétend que sa mère a dû le surprendre en train de se masturber dans les toilettes. On est censés aller le chercher à l'aéroport après avoir déposé Anna à l'autocar. Anna a peur de voyager seule et maman le sait, mais Leo voulait qu'elle soit là pour accueillir son fils, donc elle ne l'emmènera pas dans le New Hampshire.

— Je ne peux pas être à deux endroits à la fois, s'est-elle justifiée.

— Tu devrais aller vivre avec papa, dis-je à Anna.

Elle va à son bureau, ouvre le tiroir du bas et en sort une enveloppe bleue *Par Avion*.

— Je lui ai écrit cet été. Je lui ai expliqué que ça se passait mal avec Leo et je lui ai demandé si je pouvais venir habiter avec eux à Londres, dit-elle en me tendant la lettre.

Sa réponse est courte. Il aimerait pouvoir la prendre chez lui, mais ils n'ont pas les moyens de louer un appartement plus grand pour l'instant. Ils doivent faire attention, et Joanne essaie d'avoir un bébé. *« Si ça ne tenait qu'à moi*, ajoute-t-il, *bien sûr que tu pourrais venir. »* Mais il est certain que la situation va s'arranger. Leo est un chic type. C'est signé *« Bisous, Papa »*.

— Il ne veut pas de moi.

— Il dit « si ça ne tenait qu'à lui ».

— Justement, ça ne tient qu'à lui, idiote.

Au moment de partir, elle s'enferme dans la salle de bains. Elle ouvre le robinet à fond, mais je l'entends pleurer. Leo est sorti faire des courses de dernière minute, il n'y a donc pas d'adieux désagréables. Personne ne parle dans l'ascenseur. Nous regardons défiler les paliers jusqu'à ce que le liftier tourne brutalement la poignée de cuivre et nous ouvre la porte.

— Bon voyage, nous lance Gio, le portier, alors que nous traversons le hall en file indienne, les yeux rivés sur le sol de marbre noir et blanc. Revenez vite, Anna. Vous allez nous manquer.

Elle a un mince sourire.

— Apparemment, vous êtes le seul à le penser, dit-elle avec un regard glacial pour ma mère.

— Vous avez besoin d'un taxi ?

— Non merci, Gio. Si mon mari rentre avant nous, dites-lui que nous avons emmené Anna au car. Eleanor, s'il te plaît, aide ta sœur à porter sa valise.

Nous traînons sa valise dans Lexington Avenue. Nous passons devant le grand magasin Lamston, le drugstore, et le coffee shop qui vend des sodas à la glace. L'autocar attend au coin de la rue.

— Ça sera peut-être comme la colo. Tu as toujours voulu aller en colo.

— Peut-être, dit-elle en me prenant le bras. J'aimerais que tu puisses venir avec moi.

C'est la chose la plus gentille qu'elle m'ait jamais dite.

— Je suis désolée.

Nous rangeons sa valise dans la soute et restons face à face quelques instants.

— Ne le laisse pas gagner.

Sans un mot pour notre mère, elle monte dans le car. Et ne se retourne pas.

13 h 15

Je suis dans l'eau jusqu'aux genoux. Chaque fois qu'une vague se brise sur moi, je contracte les muscles de mes jambes, me tourne légèrement de profil, agrippe le sable avec mes orteils. Je ne veux pas être engloutie.

Peter et les enfants sont encore loin. Je scrute l'océan autour de leurs planches pour m'assurer qu'il n'y a pas d'aileron, pas d'ombre sous la surface. Cela fait longtemps que je ne me suis pas baignée ici sans arrière-pensée. Chaque fois qu'on vient à la plage, j'imagine qu'un requin approche. Je suis la première à le voir. J'imagine mes cris d'alerte, les éclaboussures affolées tandis qu'ils se précipitent vers le rivage, mi-courant, mi-nageant. J'appelle à l'aide, mais il n'y a personne d'autre, alors je m'élance vers le danger. J'arrache mes enfants aux mâchoires du requin, risquant ma vie pour eux. Chaque fois, une question me taraude : s'il n'y avait que Peter, est-ce que je me jetterais à l'eau pour le sauver ?

Il agite le bras et je leur fais signe de sortir.

— Venez manger !

Il regarde derrière lui une grosse vague approcher et pagaie de toutes ses forces. Elle le soulève et le pousse jusqu'à la plage. Il glisse devant moi, une expression de pure extase sur le visage.

Gina a sorti le pique-nique à l'ombre de la tente. Il y a encore l'empreinte de mon corps, à côté d'une pile de sandwichs au thon sur une assiette en carton.

— Jonas est allé aux toilettes, dit-elle, distribuant des gobelets de citronnade. Oh, regarde, il est adorable.

Elle indique le dessin qu'il faisait tout à l'heure dans le sable. Celui que je ne voyais pas de la tente. C'est un cœur. À l'intérieur, il a écrit : « *Je n'aime que toi.* »

Elle tend aux enfants un sachet de carottes miniatures.

— Est-ce que tu imagines avoir un mari aussi romantique ? demande-t-elle à Maddy.

— Tu en as de la chance, Gina.

— Mais oui, elle a de la chance, dis-je.

— Et moi ? Je compte pour des prunes ? lance Peter.

— À peu près, déclare Maddy. Mais ne le prends pas mal. C'est très bon, les prunes.

— Moi j'aime pas, décrète Finn. M'obligez jamais à manger des prunes. Parce que je déteste ça.

Je me tourne vers les dunes et vois Jonas revenir des toilettes.

— Hé, mec ! s'écrie Peter. Tu as raté de super vagues. C'était génial.

— Je sais, j'étais trop occupé à faire les yeux doux à ta femme.

Il s'allonge sur le sable à côté de moi, les mains croisées sous la tête. Je sens la tiédeur de sa peau toute proche. La matérialité de l'espace entre nous. Pas tant gazeux que liquide. J'ai un frisson à la pensée de cette intimité interdite.

— Tu peux l'avoir si tu y mets le prix, dit Peter en riant. J'attendais juste le bon acheteur.

Il avale la dernière bouchée de son sandwich.

— Mes gars vont contacter les tiens, réplique Jonas.

Son bras effleure le mien. Je m'autorise à respirer son odeur pendant une seconde, avant de m'écarter.

— Très drôle, dis-je.

Peter a de la mayonnaise sur la joue.

— Tu as un truc, là.

Je mouille un coin de ma serviette avec un peu de salive et je l'essuie.

— Beurk, s'écrie Finn.

— Ce n'est que de la salive, bêta. Et Peter, s'il te plaît, fais-moi plaisir : ne dis plus jamais « Hé, mec ». Jamais.

Gina s'amuse à mettre des petits cailloux et des morceaux d'algue noire secs tout autour du cœur que Jonas m'a dessiné. Maddy ramasse des pierres et des coquillages pour l'aider. Elle revient avec un oursin plat.

— Regardez ! s'écrie-t-elle, comme si elle venait de découvrir le trésor de la Sierra Madre.

— Parfait, décrète Gina, le plaçant sur le I du mot « *AIME* ».

Je ne peux pas croiser les yeux de Jonas.

— On devrait y aller, dis-je à Peter.

— Je veux rester encore un peu, proteste Finn d'un ton plaintif.

— Pas de geignements.

— Moi aussi, je veux rester, renchérit Maddy.

— Je suis en train de cramer.

Peter consulte sa montre.

— Les enfants s'amusent bien. Restons encore une demi-heure.

Il a raison. Les enfants sont heureux. Ce n'est pas leur faute si j'ai couché avec Jonas.

— Laissez-les-nous. On les ramènera, propose Gina.

— Ça marche, répond Peter avant que j'aie pu dire quoi que ce soit. Vous pourrez piquer une tête dans l'étang au retour. Histoire de rincer le sel.

— Super.

Je fronce les sourcils, pour faire comprendre à Jonas qu'il doit trouver une excuse, mais il sourit, amusé.

Mon mari entreprend de ranger nos affaires.

— Vers 15 heures ?

— Parfait, dit Jonas en me regardant.

— Je prépare les margaritas, lance Peter.

— Tu peux me saler un verre, réplique Gina.

Dans la voiture, Peter pose la main sur ma cuisse.

— Enfin seuls, poupée, dit-il d'une voix suave.

— Ben non, à cause de toi. J'essayais de me débarrasser d'eux. Ils vont venir à la maison et ils vont rester jusqu'à l'heure du dîner.

— Peut-être, mais en attendant, on a deux heures devant nous. On pourrait aller nager à l'Étang noir.

Il me bécote dans le cou.

— Nus, ajoute-t-il de sa voix faussement sexy. Ce maillot de bain m'excite.

— Mon vieux maillot tout miteux t'excite ?

— Ma vieille femme toute miteuse, en fait.

Je ris. C'est le problème avec Peter, il finit toujours par me faire rire.

— Allez, on va s'amuser.

Il glisse la main entre mes jambes et me caresse la cuisse, là où mon sarong s'est entrouvert.

— Depuis combien de temps est-ce que tu n'as pas fait l'amour dans un lieu public ?

Je tressaille. Le souvenir de la main de Jonas. J'essaie aussitôt de chasser cette pensée.

— Tu sais quoi ? C'est une bonne idée. Ça fait une éternité qu'on n'y est pas allés.

— Super, dit-il.

Mais il retire sa main.

10

Juin 1979, Connecticut

À travers la grande baie vitrée de la salle à manger chez mes grands-parents, où je mets la table, le regard porte jusqu'aux champs de la ferme voisine, de l'autre côté des mamelons. Leurs vaches ruminent le long des barbelés. Les derniers rayons du jour bronzent le sommet des arbres qui brillent au loin. Mon père et Joanne divorcent. Il prétend que c'est parce que ses filles lui manquaient trop et qu'elle refusait de rentrer aux États-Unis. Il nous a choisies. Nous passons le mois de juin ensemble.

Dans le salon, devant le journal de 18 heures, mon père et ma grand-mère se disputent à voix basse. Je pose une fourchette argentée sur chaque serviette, le couteau à droite, me faisant aussi discrète que possible, l'oreille tendue.

— C'est le comble, dit grand-mère Myrtle. Cette mégère t'a fait cocu. Enfin, si tu veux mon avis, c'est un mal pour un bien.

Elle monte le son de la télévision.

— C'est l'âge, je deviens sourde comme un pot.

— Tu te trompes, maman. Les filles me manquaient.

Il y a une indolence dans sa voix qui me fait penser à des pièces vides.

— C'est la seule chose que tu as réussie dans ta vie, ces deux petites.

J'entends mon père se lever et s'approcher du bar, le tintement des glaçons qui tombent dans son verre de bourbon.

Dans notre chambre au-dessus de la cuisine, Anna est allongée sur son lit, les yeux au plafond.

— Il faut que je me tire d'ici, déclare-t-elle lorsque je la rejoins.

Nous sommes là depuis deux jours à peine et déjà elle en a assez. Une copine de pension, Lily, l'a invitée à passer les vacances dans le « cottage » familial, à Newport.

— Ils sont membres du country club. Son frère Leander travaille à la boutique de tennis.

— Tu ne sais même pas jouer.

— Oh, arrête de faire ta rabat-joie.

— Si tu pars, je vais m'ennuyer comme un rat mort.

— Je n'ai aucune envie de rester coincée ici pendant un mois, juste parce que papa a décidé de rentrer.

Elle se lève, prend un magazine dans son sac et se laisse retomber sur le lit. Je la regarde lire.

— Arrête de me dévisager, dit-elle.

— Tu veux aller te baigner demain ?

— Non.

— Tu veux faire du vélo ?

Elle m'ignore. Je m'assieds sur mon lit.

— Si tu devais choisir entre Coca et Fanta pour le restant de tes jours, si tu ne pouvais avoir que l'un des deux, tu choisirais lequel ?

— Je n'ai pas besoin de choisir.

— Oui, mais hypothétiquement.

— Hypothétiquement, tu vas te prendre une claque si tu ne la fermes pas.

— Papa sera malheureux si tu pars.

— Pitié. Il manquerait plus qu'il essaie de nous faire culpabiliser. Il nous a abandonnées. Et maintenant, il faudrait qu'on lui soit reconnaissantes ?

On frappe doucement à la porte. Notre père passe la tête dans l'entrebâillement.

— Coucou mes chéries, dit-il gaiement. Le dîner va être prêt. Votre grand-mère a fait du bœuf braisé.

— Je n'ai pas faim, dit Anna.

Il s'assied sur le lit à côté d'elle.

— Qu'est-ce que tu lis, ma grande ?

— Un magazine, répond-elle sans même lever les yeux.

— Vous faites au moins une tête de plus depuis la dernière fois qu'on s'est vus, à Pâques. Comment s'est passé ton trimestre ? demande-t-il à Anna. Ta mère m'a dit que tu avais eu un A en français. *Mademoiselle, tu es vraiment magnifique !**

Son accent est abominable. Ma sœur lui adresse un regard dédaigneux.

— Bon. Allez vous laver les mains et venez aider votre grand-mère.

— Ferme la porte derrière toi, lance Anna.

Il doit être tôt. De fins traits de lumière grise s'infiltrent entre les persiennes et rayent mon couvre-lit. Une colombe mélancolique appelle sa compagne. J'écoute son chant triste et sourd. Anna dort encore. Un murmure me parvient de la cuisine. Je me lève et descends à pas de velours. La porte est entrouverte. Mon père est assis, la tête entre les mains. Debout devant le plan de travail, grand-mère Myrtle fait une pâte brisée. Elle lui tourne le dos. Je l'observe couper le beurre dans la farine et verser de l'eau glacée dessus.

— Il y a un bus à 11 h 20 vendredi matin. J'ai regardé les horaires. Elle a une correspondance à New Haven.

Elle ouvre un placard, sort du sucre.

— Anna est en colère contre moi.

— Qu'est-ce que tu imagines, Henry ? C'est une fille de 15 ans qui connaît à peine son père. Elle aura besoin d'une jupe de tennis. On peut aller à Danbury demain.

— Maman, dis-moi ce que je dois faire pour arranger les choses.

— Que veux-tu que je te dise ? Comme on fait son lit, on se couche. À toi de le refaire s'il ne te convient pas.

Par la fenêtre de la chambre, je vois mon grand-père déjà à l'œuvre au potager, agenouillé dans la terre humide. Il désherbe autour de la rhubarbe, un panier plein de petits pois à côté de lui. Une porte-moustiquaire claque.

Mon père traverse la pelouse pour le rejoindre. Ma grand-mère sort un rouleau à pâtisserie d'un tiroir.

J'enfile un short en jean. Dans la cuisine, un demi-pamplemousse m'attend à ma place. Ses petits quartiers roses soigneusement découpés se détachent de la peau et il est saupoudré d'une fine croûte de sucre roux. À côté, une cuillère d'argent sur une serviette en tissu. J'embrasse ma grand-mère sur sa joue duveteuse et m'assieds à table.

— Je pensais vous emmener toutes les deux vous baigner chez les Wesselman. Ils ont une piscine.

Elle m'embrasse sur le sommet du crâne.

— Il faut que tu mettes un chapeau, Eleanor. Tu as les cheveux tellement décolorés par le soleil qu'ils sont presque aussi blancs que les miens.

— Les chapeaux me grattent le front.

— Après, on pourra passer prendre des livres à la bibliothèque. J'ai prévu des côtelettes d'agneau pour ce soir. Et tu pourras m'aider à ramasser des asperges dans le jardin.

— Je ne veux pas qu'Anna parte.

— Les asperges, ce n'est pas facile à cultiver, tu sais. Ton grand-père avait peur que les jeunes pousses soient toutes mangées par les chevreuils et les lapins, au printemps.

— Je vais me retrouver toute seule.

— Il n'y a aucune raison que ta sœur voie son été gâché parce que ton père a choisi d'épouser cette épouvantable bonne femme.

Elle me donne une assiette de toasts et un pot de confiture de pommes sauvages maison, s'assied à côté de moi.

— Ton père a un bon fond, mais il manque de caractère. En revanche, toi, tu as du caractère. Anna est coriace, c'est sûr, mais toi, tu es stoïque.

Elle se sert un verre de lait fermenté.

— C'est ma faute si ton papa est faible. Je l'ai trop choyé.

Derrière nous, une lame de parquet craque. Mon père est là. Au-dessus de la cuisinière, une horloge murale égrène les secondes. Je baisse le nez sur mes toasts, gênée pour lui. Je voudrais pouvoir disparaître, lui épargner cet embarras.

— Ellie et moi parlions d'aller se baigner, lui dit ma grand-mère, comme si de rien n'était. J'ai appelé les Wesselman. Joy me dit qu'ils croulent sous les myrtilles.

— Je pensais emmener les filles à la carrière.

— J'ai déjà fait la pâte à tarte.

Elle se lève, ouvre et ferme quelques placards.

— Je sais que j'ai rangé ces seaux de cueillette quelque part.

J'attends qu'il proteste, mais il regarde par la fenêtre, les mains dans les poches.

— Le noyer noir que papa et moi avons planté l'an dernier a bien pris, dit-il.

— En fait, grand-mère, j'aimerais mieux aller me baigner à la carrière. On pourra aller ramasser des myrtilles pour toi après.

Mon père redresse le dos et se tourne vers moi avec un sourire si large que je me sens bouleversée.

— Bien sûr, ma chérie. Si c'est ce qui te fait plaisir, alors c'est une excellente idée.

La carrière est nichée dans un repli entre deux collines derrière la ferme des Straight. J'ai persuadé Anna de venir. Maintenant qu'elle sait qu'elle part vendredi, elle a retrouvé sa bonne humeur. Nous grimpons tous les trois la pente, serviette à la main, suivant la piste en direction d'un vaste pâturage qui s'étend sur la crête comme une ligne d'horizon vert vif. Sur le plateau au sommet de la première colline, des vaches pie paissent au soleil, leur queue chassant les mouches, leurs pis suintant de lait épais. Le pré est jonché de bouses – certaines assez sèches pour être brûlées, d'autres encore molles. La carrière se trouve de l'autre côté, à l'ombre d'un bosquet. C'est un bassin clair et profond, entouré de granit moussu glissant, avec des corniches grossièrement taillées dans la roche, parfaites pour sauter dans l'eau revigorante. Mais d'abord, il faut traverser le pré.

Mon père ôte ses mocassins et les pose côte à côte, avec une précision militaire.

— On fait la course, annonce-t-il avec un sourire.

Il démarre, évitant expertement les bouses. Il a passé son enfance ici.

— Le dernier arrivé est une patate ! crie-t-il en se tournant vers nous.

Son air insouciant et heureux fait plaisir à voir. Anna se débarrasse de ses baskets et s'élance à son tour, décidée à le rattraper. Je les suis, hilare. Le vent fouette mon visage, ma serviette claque derrière moi comme un étendard. Les vaches paissent autour de nous et se dandinent mollement, indifférentes aux deux gamines qui les dépassent à toute allure.

14 heures

L'ancienne route qui mène à l'Étang noir a presque disparu. Les mauvaises herbes ont envahi la partie centrale, si hautes qu'elles fouettent le châssis, un bruit qui m'évoque le vent sur la prairie. La route tourne, se divise une fois, deux fois, trois fois, pour se terminer devant une barrière cassée. Évitant les crottes de coyotes, grises de fourrure de lapin et de chardons, je descends derrière Peter la pente raide qui mène à une étroite plage de sable. L'Étang noir est le plus petit plan d'eau du bois, fréquenté uniquement par la population locale. « Notre » étang est grand et limpide. Sa beauté tient en partie à son étendue, 1 500 mètres de long, un miroir transparent reflétant le ciel. Celui-ci est plus ancien, plus sage, ratatiné, comme s'il connaissait trop de secrets. Un trou d'eau sans fond, cerné d'une forêt touffue, qui passe la moitié de ses journées à l'ombre.

Un épais tapis d'aiguilles de pin couvre la plage. Personne ne l'a foulée depuis un certain temps. Quand nous étions enfants, nous venions parfois pique-niquer ici. C'était toujours une aventure. À chaque visite, il fallait faire un effort pour se souvenir de l'embranchement à prendre, de l'endroit où tourner. C'était facile de se perdre. Une fois où j'étais venue avec Anna, nous étions tombées sur un couple en train de faire l'amour. La femme était sur le dos, les jambes en l'air, l'homme sur elle. Je me rappelle avoir pensé qu'elle était trop grosse pour être nue, que la scène avait quelque chose d'obscène. Pas à cause du sexe, qui m'effrayait et me fascinait, mais de la façon dont son corps s'écrasait sur le sol comme de la pâte, et aussi parce qu'elle semblait indifférente à notre présence. Nous avions battu en retraite et nous étions rentrées en courant, riant de honte et d'excitation.

Peter et moi nous asseyons au bord de l'eau. Il sort une cigarette de sa poche, l'allume.

— Tu te souviens de la première fois où tu m'as amené ici ?

— Notre tout premier été.

— Je crois que ça reste le moment le plus romantique de ma vie.

— C'est sympa pour le reste de notre vie conjugale.

Peter rit, mais ce que je dis est vrai. Je l'avais amené ici pour une baignade en fin de journée. Après, alors que nous faisions l'amour sur la plage, je m'étais souvenue du couple nu, des jambes écartées de la femme, de toute cette chair, et j'avais gémi si fort que mon cri avait produit un écho. Peter avait joui à cet instant. J'ai toujours su qu'il y avait quelque chose de mauvais en moi, une perversité, une pourriture secrète que je me suis appliquée à lui dissimuler. Et j'espère qu'il ne la verra jamais.

— Écoute, dit-il en me prenant la main. Je te dois des excuses.

— Pourquoi ?

— À cause de ce matin. Et d'hier soir. Je sais que tu étais fâchée que je ne lise pas le poème d'Anna.

— J'étais fâchée sur le moment. Mais Jonas s'en est très bien sorti. Tout ce qui compte, c'est qu'on le dise pour elle chaque année.

— Ça ne fait rien. Je te présente mes excuses. Je me suis conduit comme un mufle et je le regrette.

— On avait tous trop bu. Tu n'as aucune raison de t'excuser. Je te le promets.

Aucune.

— Tout à l'heure, dans la voiture, quand j'ai posé la main sur ta cuisse, je t'ai sentie te crisper.

— Pas du tout, dis-je, m'en voulant de mentir. En fait, j'aimerais que tu fasses ça plus souvent.

Il écrase son mégot dans le sable et me regarde d'un air dubitatif.

— Dans ce cas, tant mieux.

Il m'embrasse. Ses lèvres ont un goût de cigarette et de sel. Un peu plus loin, au bord de l'étang, une tortue boîte se laisse glisser d'un rondin.

Je me lève et j'enlève mon maillot.

— Alors, ce bain ?

Je ne peux pas faire l'amour avec lui maintenant. Pas après ce qui vient de se passer sur la plage. Je ne peux pas le trahir à ce point. Il essaie de me rattraper, mais je me jette à l'eau – l'eau qui, j'espère, me purifiera. Il s'élance derrière moi, nu. Hors d'haleine, je nage vers la partie ombragée, tâchant de garder 10 brasses d'avance sur lui. Mais il est plus rapide, plus fort. Il m'enlace la taille, satisfait, plaque son érection contre mon dos caoutchouteux.

— Je t'ai eue.

— Et si on remettait ça à un autre moment ? Il faut vraiment qu'on rentre.

— Cinq minutes, ça ne fera pas de grosse différence.

— Justement, dis-je en riant. Il m'en faut au moins dix.

Je plonge et repars vers la plage et mes vêtements – vers mon âme, me semble-t-il.

Juillet 1979, Vermont

Rangée après rangée. Une mer verte ondoyante. Je n'ai jamais vu autant de maïs. Les champs de William Whitman semblent infinis. Une armée formidable qui donne l'assaut aux collines devant sa ferme. Whitman est le plus vieil ami de Leo. Ils se sont connus à l'école primaire. Dimanche, c'est son anniversaire et nous sommes tous invités à passer le week-end dans le nord du Vermont, où il possède une exploitation de 120 hectares.

Whit a quitté Philadelphie pour venir s'installer ici il y a quelques années, après la mort de sa femme. Il a tout laissé : un cabinet d'avocats de haut vol et sa belle maison à Chestnut Hill, nous raconte Leo, alors que nous roulons sur le chemin de terre qui, il nous le jure, va nous conduire à la ferme, même si ma mère reste persuadée qu'on s'est trompés quelque part.

— Je pense qu'on était censés tourner à gauche au croisement.

Je demande à Leo :

— De quoi est-ce qu'elle est morte ?

Conrad et moi sommes coincés chacun contre une portière à l'arrière, un imposant étui à guitare cabossé entre nous.

— Oh, ça, c'est une histoire vraiment horrible. Whit et leur fils Tyson étaient tous les deux absents, un week-end entre hommes. Ty devait avoir 10 ans.

— Un week-end entre hommes ? Ce n'est pas très engageant, dit ma mère qui s'efforce de lire la carte à la lumière déclinante. Et concrètement, ça donne quoi ?

— Oh, tu sais, répond Leo en riant. Guides indiens. Grand Hibou, Petit Hibou. Grand Loup, Grand Louveteau. Feu de camp. Perles. Têtes de flèches sculptées.

Ma mère lui adresse un regard perplexe, comme si le concept la dépassait.

— Tu sais, comme les Castors Juniors. Quoi qu'il en soit, à leur retour, le dimanche soir, ils ont trouvé Louisa morte dans l'entrée. Elle avait reçu tellement de coups de poignard que sa robe était toute rouge. D'après Whit, Tyson s'est figé sous le choc. Pas un mot. Pas une larme. Puis il s'est allongé sur le marbre et s'est blotti contre sa mère, son visage contre le sien. Il est resté comme ça jusqu'à l'arrivée de l'ambulance. Scrutant ses yeux morts. Comme s'il cherchait son âme.

— C'est trop triste, dis-je.

— Le pauvre gosse ne s'en est jamais remis. Il parle à peine.

— C'est un gogol, grommelle Conrad, sans lever le nez de *Mad*, le magazine qu'il est en train de lire.

— Conrad.

Leo maîtrise sa voix, mais l'avertissement est clair.

— Un gogol fini, me répète Conrad, chuchotant sans aucune discrétion.

Les mains de Leo se crispent sur le volant. Depuis que son fils a emménagé à New York, l'an dernier, il fait de gros efforts pour éviter les conflits. Il voudrait que Conrad soit heureux avec nous. Mais il a beau déployer des trésors de gentillesse, il est évident que son fils préférerait retourner à Memphis. Comme Anna, il est malheureux que sa mère ne l'ait pas choisi. Il passe son temps enfermé dans sa chambre – la chambre d'Anna – à écouter ABBA et Meat Loaf, à soulever des poids ou à regarder *MASH* sur sa télé portable. Ça pue les pieds chez lui : une odeur écœurante, humide et aigre.

Nous arrivons à destination au crépuscule. Whitman et Tyson nous attendent dans l'allée, trois chiens bondissant autour d'eux.

— On entendait arriver votre vieille guimbarde à plus d'1 kilomètre. On aurait pu venir à votre rencontre, lance l'homme en étreignant chaleureusement Leo. Et toi, Wallace, toujours belle à croquer.

— Ça fait trop longtemps, répond Leo en lui tapant dans le dos.

Tyson est étonnamment séduisant. Grand, le visage doux, vêtu d'une salopette délavée.

— Ellie, dis-je en lui tendant la main.

Il détourne les yeux, se dandine sur place.

— Tyson doit avoir ton âge, Conrad, dit Whitman en nous aidant à sortir nos bagages. Ty, prends les sacs qui restent. Tu les monteras dans le grenier.

Nous les suivons à l'intérieur. Whitman est l'opposé de son fils. Petit, nerveux, bavard – il parle si vite que je ne sais pas comment il fait pour respirer. Il me rappelle un coq de dessin animé, avec son rire de poulet nain grinçant, son accent du Sud et ses mouvements vifs et saccadés. Il me plaît.

Dans la vieille ferme, le dîner nous attend.

— Civet de lapin accompagné de sa jardinière de maïs et haricots. Je suis devenu un vrai gars de la campagne depuis qu'on a quitté Philadelphie, annonce-t-il fièrement. Tout vient du jardin. Même le lapin.

— Vous élevez des lapins ? demande Conrad, examinant son assiette d'un air méfiant.

— On les attrape, répond l'homme en riant. C'est un fléau. Des nuisibles. On est obligés de mettre des pièges si on veut avoir une chance de récolter des légumes. Mais par ici on mange ce qu'on tue. Même si on n'a pas de lapin dans la marmite aussi souvent que je le souhaiterais.

Ty trafique les pièges dès que j'ai le dos tourné. Il ne supporte pas leurs cris.

Assis au bout de la longue table de chêne, ce dernier mastique tranquillement son civet. Whitman s'adresse à moi :

— Tu as déjà entendu un lapin crier ?

— Non.

— C'est pas joli, joli. Je ne peux pas en vouloir à mon garçon. À propos de nuisibles, les cerfs sont une vraie calamité cette année. Tu sais ce que ça signifie, jeune homme ?

Conrad secoue la tête.

— Demain soir, venaison.

Whitman rugit de rire devant l'air atterré de Conrad.

— Conrad n'est pas très aventureux sur le plan gastronomique, dit Leo en déchirant un autre morceau de pain, sa barbe déjà semée de miettes. Si ça ne tenait qu'à lui, il se nourrirait de poisson pané et de Maltesers.

Je mords dans un morceau de viande.

— Tu devrais goûter, Conrad, dis-je.

— J'ai goûté. C'est très bon.

— Je t'ai vu faire. Tu pignoches.

— N'importe quoi.

— Menteur !

— Grosse vache !

Tyson s'est figé, comme s'il voulait se faire oublier.

— Ce n'est pas grave, dit Whitman pour alléger l'atmosphère. Je n'ai mangé que des œufs cocotte jusqu'à l'âge de 12 ans. Je ferai des spaghettis aux boulettes de viande demain. Et, promis, je n'ai pas abattu de vache, Conrad.

D'ailleurs, à ce propos, si vous allez faire un tour en forêt, habillez-vous en rouge. Ce ne serait pas la première fois que les chasseurs de cerfs s'aventurent sur ma propriété hors saison.

— Je déteste les chasseurs, dis-je.

— En ce qui me concerne, ils ne me gênent pas tant qu'ils tuent pour mettre à manger sur la table. Mais ceux-là tirent pour le sport. Aucune conscience morale. Ils laissent les animaux agoniser. Même pas capables de les achever. Une honte. Mes chiens tombent sur les cadavres dans la forêt et reviennent la gueule barbouillée de sang.

— Je crois que je vais gerber.

— Conrad.

Leo est sur le point d'exploser. Ma mère vide d'un trait son verre de vin.

— On avait un chien quand j'étais petite, au Guatemala. Il se glissait dans le poulailler et coupait la tête des poules. Le jardinier a fini par l'abattre.

— Au Guatemala ? demande Whitman, remplissant son verre.

— Ma mère a déménagé là-bas quand j'avais 12 ans.

— Et pourquoi le Guatemala ?

— Un divorce malencontreux. Et le personnel de maison ne coûtait rien. À l'époque, on pouvait avoir un cuisinier pour 8 cents de l'heure. Nanette était habituée à un certain luxe. Mais elle haïssait le Guatemala de toute son âme. Elle était persuadée qu'elle allait se faire attaquer à la machette par un villageois.

— Elle est toujours là-bas ?

— Elle est morte il y a quelques années. Et les machettes n'y sont pour rien. Mon frère Austin y vit toujours. Il a épousé une Guatémaltèque. Il déteste les États-Unis. Il pense qu'on est tous des sauvages.

Elle rit, vide son verre.

— Il est ornithologue. Spécialiste des perroquets. Dans le genre métier inutile…

— J'aime bien les perroquets, intervient Tyson d'une voix douce.

Après dîner, nous gravissons derrière Whitman un escalier très raide qui conduit dans un haut grenier aux poutres apparentes. Trois matelas sont posés à même le sol.

— Je laisserai la lumière des toilettes allumée en bas. Je ne voudrais pas que l'un de vous se casse la figure dans le noir. J'espère que vous n'avez rien contre les chauves-souris.

— Non mais c'est quoi ce délire, papa ? s'insurge Conrad, une fois que nous sommes seuls. On va pas tous dormir dans la même chambre ?

— Ça va être sympa. Tu n'as qu'à imaginer qu'on campe, dit ma mère sans grande conviction.

Je me réveille en pleine nuit. Je distingue des murmures. Des voix basses et rauques. Il me faut quelques instants pour que mes oreilles s'ajustent. Maman et Leo se disputent. Elle n'est pas contente.

— Arrête, Wallace. Assez.

J'entends le froissement des draps lorsque Leo s'écarte d'elle.

— Ça fait des semaines qu'on n'a pas fait l'amour.

— Bordel ! Pas devant les gosses.

— Je ne ferai pas de bruit, promis.

J'ai envie de faire pipi mais si je me lève, elle saura que je les ai surpris et elle sera mortifiée. Je ne peux pas lui faire ça.

— Tu es ivre, dit Leo d'une voix glaciale.

— S'il te plaît.

Je me bouche les oreilles, rabats la couverture sur ma tête pour ne pas l'entendre le supplier. Elle est pitoyable. Paniquée, désespérée. Les cris d'un lapin ressemblent peut-être à ça.

Il doit être très tôt quand je me réveille de nouveau. Tout le monde dort encore. La lumière blafarde de l'aube pénètre par une petite lucarne. Conrad est allongé sur ses draps, tout habillé. Il n'a même pas ôté ses chaussures. Ma mère et Leo se tournent le dos. J'espère que, tout à l'heure, il lui dira qu'il l'aime.

Je descends sur la pointe des pieds. J'ai besoin de prendre l'air. Dehors, la fraîcheur matinale me saisit. Je n'avais pas encore vu la ferme en plein jour. Le cadre est idyllique. Des rosiers grimpants courent le long des barrières de bois. Dans le potager s'alignent des plants de courgettes en fleur, et des pois gourmands s'enroulent sur des tuteurs, un fouillis de capucines orange vif enchevêtrées à leur pied. Trois lapins prennent leur petit déjeuner dans les laitues.

Au-delà du jardin, les rangs de maïs s'étendent jusqu'aux collines tapissées de forêts sombres qui s'élèvent vers le ciel rose. J'enfile mon pull et me dirige vers un champ de pommes de terre. Il dégage une odeur musquée douceâtre qui flotte dans l'air à quelques dizaines de centimètres du sol.

Je suis un large chemin pour tracteur qui partage en deux la mer de maïs. J'écoute les frissons des épis, leurs murmures. J'aimerais oublier ce que j'ai entendu la nuit dernière.

Je marche depuis une heure quand, dans un virage, je tombe en arrêt. À 10 mètres, un grand cerf se dresse au milieu du passage. Un papa Bambi dont la fière ramure se dresse comme les arbres dénudés en hiver. Nous échangeons un regard et je prie pour qu'il ne s'enfuie pas. Un coup de feu retentit. Ses yeux s'agrandissent de surprise et il s'effondre. Du sang jaillit d'un trou dans son cou. Il gît au sol, dans un triste et doux silence. Il y a un mouvement dans le maïs et le canon d'un fusil apparaît. Je recule pour me dissimuler entre les tiges vertes. Tyson avance sur le chemin. Il s'essuie les lèvres du revers de la main. Il a des yeux vitreux, des yeux de somnambule. Il se baisse et s'allonge à côté de l'animal agonisant. Il semble tout petit à côté de lui, un enfant. Il fixe le cerf sans ciller, jusqu'à ce que sa vie s'éteigne. Il s'agenouille puis, dans un geste à la fois beau et révoltant, se penche et l'embrasse délicatement sur la bouche. Il m'entend prendre une brusque inspiration. Aussitôt il se relève, le fusil armé.

— Tyson, attends !

Il me dévisage, puis fait demi-tour avant que j'aie pu prononcer un autre mot. Je regarde la pointe du maïs serpenter dans son sillage.

Lorsque je regagne la ferme, Conrad est au potager. Il remue un seau d'eau dans lequel Whitman verse une poudre brune. Tyson se tient en retrait, une petite tache de sang sur le bout de sa chaussure.

— Bonjour, Ellie, me lance notre hôte. On se demandait où tu étais passée.

— Je suis allée me promener dans les champs de maïs.

Tyson pose sur moi un regard intense. Pendant tout le trajet de retour, j'ai essayé d'analyser la scène à laquelle j'avais assisté, de comprendre ce qui l'avait poussé à commettre cet acte cruel. Je peux imaginer le genre d'angoisse qu'il doit ressentir encore aujourd'hui, la rage contre l'assassin de sa mère toujours en liberté, impuni. En même temps, ce que j'ai vu ressemblait plus à un geste d'amour qu'à une vengeance mal placée.

Whitman me tend un seau.

— Viens nous aider à épandre ça.

— Ça pue. C'est quoi ?

— Du sang de vache séché. Ça éloigne les chevreuils et les lapins. Ils détestent l'odeur. Un filet autour de chaque plant. Il n'y en a pas besoin de beaucoup. J'espère que vous avez faim, les jeunes. Il y a une tonne de bacon au four. Les œufs du poulailler étaient encore tièdes quand je les ai ramassés.

Conrad et moi lui donnons un coup de main sous le regard de Tyson, qui se tient entre les rangs de laitues et de concombres. À la fin, toute la vie dans le potager a pour moi l'odeur de la mort.

11

16 heures

— Une margarita ?

Peter passe un quartier de citron vert autour d'un verre mexicain bleu cobalt, puis retourne le verre sur une assiette remplie de sel.

— Est-ce que c'est légal à cette heure ? demande ma mère, consultant sa montre.

— Sûrement pas, répond mon mari, versant une généreuse rasade de tequila dans un shaker.

— Dans ce cas, je ne peux pas résister.

Les blagues éculées sur l'alcool de la bonne société protestante me sortent par les yeux.

— Qu'est-ce qu'ils fabriquent ?

Je ne comprends pas pourquoi Jonas et Gina ne sont pas là avec les enfants, et je sens monter ma nervosité à chaque minute qui passe. Depuis que nous sommes rentrés de l'étang, je suis sur des charbons ardents. Je n'ai pas pu jouer au backgammon avec Jack ni me faire la manucure dont j'aurais pourtant grand besoin. Je me suis contentée de relire un vieux numéro du *New Yorker* en me rongeant les ongles. Il ne s'est pas écoulé vingt-quatre heures et déjà je compte les minutes qui me séparent du moment où je vais revoir Jonas – comme si ma propre vie n'était rien et que seuls importaient les moments où il est là. Je m'en veux. J'imagine mon estomac rempli de rognures d'ongles. Une existence entière de douleur jamais digérée. Si on m'ouvre le ventre, c'est ce qu'on trouvera. D'étranges dépôts, coupants et friables.

Jack est pelotonné sur le canapé à côté de moi, la tête sur mes genoux, absorbé par son téléphone. Sous cet angle, il ressemble à un petit garçon. Mon cœur fond. Je me penche pour l'embrasser, mais il me repousse.

— Je suis encore en colère contre toi, grogne-t-il.

— C'est très malpoli de leur part de nous faire attendre comme ça. Bougez-vous un peu, dit Peter, qui se glisse à côté de nous en s'efforçant de ne pas renverser son verre. Une gorgée ?

— Après le bain.

— Moi, je veux bien, intervient Jack.

Peter s'apprête à lui donner son verre.

— Pas question ! dis-je.

Je les pousse pour me lever.

— Je vais nager. Dites à Jonas et Gina que je les verrai une autre fois.

— Tu crois qu'il faut s'inquiéter ? demande ma mère depuis la cuisine.

— Merci, maman. Oui, ils ont dû tous se noyer. Ou ils sont morts dans un horrible accident de voiture.

Je claque la porte-moustiquaire derrière moi.

— Ta femme est une harpie depuis ce matin, lance-t-elle à Peter. Elle est indisposée ?

— Je t'entends ! dis-je avant de me diriger d'un pas rageur vers l'étang.

Je m'éloigne du bord en une dizaine de brasses, puis je m'étends sur le dos, bras en croix, et je fais la grenouille pour me propulser. J'écoute le gargouillis étouffé de l'eau qui glisse le long de mon corps.

Une fois au milieu de l'étang, je me retourne sur le ventre et j'ouvre les yeux, m'efforçant de percer la pénombre verdâtre. Je ne vois rien. Mes sens me trahissent, je perds pied. J'imagine que je coule. S'enfoncer dans un monde crépusculaire, lutter pour remonter à la surface, avaler de l'eau comme si c'était de l'air.

Octobre 1979, New Hampshire

Les couleurs de l'automne en Nouvelle-Angleterre défilent de l'autre côté de la vitre, une succession de taches floues jaunes et rouges, avec de temps en temps le trait noir d'un pin. C'est le week-end portes ouvertes à la pension d'Anna. Dixon, maman, Becky et moi allons passer la journée là-bas. Je n'ai jamais été dans le New Hampshire.

— Moi non plus, me rétorque Anna lorsque je l'appelle pour lui annoncer notre visite. On ne sort jamais du campus. Je suis coincée dans une faille temporelle de brique rouge, avec des filles qui jouent au hockey sur gazon et se nourrissent de laxatifs.

En réalité, Anna est plus heureuse là-bas. Elle ne rentre presque jamais. Quand il y a un pont, elle va chez une amie dont la famille habite plus près de l'école.

C'est une idée de Dixon. Maman n'avait pas l'intention de s'y rendre, mais il a insisté. Il a beaucoup d'affection pour Leo, mais les mariages ne sont pas éternels ; les enfants, si.

— En vrai, ils ne sont pas éternels non plus, riposte-t-elle.

— Tu es sinistre. On croirait entendre ta mère, dit Dixon en lui donnant une bourrade dans les côtes.

Andrea et Dixon se sont séparés. Lorsque le bébé est né (chez eux, dans la baignoire), il a bien fallu admettre que Dixon n'était pas le père.

— Je suis beaucoup de choses. Supérieurement intelligent, un dieu au pieu, un spécialiste de Whitman. Mais asiatique, non.

— Tu rencontreras quelqu'un d'autre, dit maman. Tu ne restes jamais seul plus de deux secondes.

— Peut-être, mais ça ne dure pas.

— C'est parce que tu as un instinct déplorable et que tu ne sors qu'avec des cruches.

— C'est mon talon d'Achille, je l'admets. Si j'avais eu un tant soit peu de bon sens, je t'aurais épousée.

— Clairement.

— Je ne veux pas être injuste avec Andrea. Elle suivait simplement sa propre vérité.

— Tu m'ôtes les mots de la bouche.

— OK, dit-il en riant. En tout cas, le bébé était mignon, pas vrai, Becks ?

— Si on veut. Il avait la tête difforme.

— C'était temporaire. Le canal pelvi-génital d'Andrea est très étroit.

— Est-ce qu'on pourrait éviter de parler du vagin d'Andrea, papa ?

Becky et moi sommes serrées sur la banquette arrière, entre le sac de voyage de Dixon et un grand panier en paille mexicain dans lequel maman a fourré à la hâte des affaires qu'Anna a oubliées en septembre.

Je demande si on ne pourrait pas le mettre dans le coffre.

— Le coffre est rempli de caisses. On va aller cueillir des pommes sur le trajet du retour. On fera de l'*apple butter*[1], ajoute maman comme je ronchonne. Fais-moi penser à acheter de la pectine, Dix.

— Chouette, de l'*apple butter*, dit celui-ci.

Il allume la radio, cherche une station sans parasites.

— S'il te plaît, regarde la route, proteste ma mère.

— S'il te plaît, un seul conducteur par voiture.

L'unique station qui ne grésille pas trop passe « Time in a Bottle ».

---

1. Sorte de compote cuite longuement et très concentrée.

— Pitié, gémit ma mère. Jim Croce me donne de l'urticaire. Trop larmoyant.

— Un peu de compassion, Wallace. Le pauvre gars a été tué par un pacanier.

— Ce n'est pas une excuse.

Il monte le son au maximum. Elle se bouche les oreilles, mais elle sourit. Elle est toujours détendue en compagnie de Dixon.

Nous quittons la voie rapide pour prendre une route de campagne bordée de murs de pierres et de rangées d'érables. Elle serpente à travers des pâtures, des fermes blanches, des vergers qui s'étendent à perte de vue, les pommiers encore lourds de fruits. L'école d'Anna se trouve sur une toute petite route. Deux énormes piliers et une discrète plaque de bronze ternie presque illisible signalent l'entrée. Lamont Academy. La longue allée de gravier s'ouvre soudain sur de vastes pelouses plantées d'arbres aux troncs si larges qu'il faudrait trois personnes pour les encercler.

L'école est plus grande que je ne l'imaginais, plus impressionnante. Des dortoirs de brique rouge et des bâtiments scolaires tapissés de lierre. Une bibliothèque avec des colonnes de marbre et une chapelle revêtue de bardeaux blancs. Sur le parking de gravier, les élèves se bousculent autour de leurs parents, soulagés et joyeux. Anna n'est pas là. Nous la trouvons assise au soleil, sur les marches de son dortoir, un livre de poche sur les genoux. Elle pleure.

— Pourquoi est-ce que Phineas est mort ? sanglote-t-elle en se levant. Je hais ce bouquin.

— *Une paix séparée*[1] est le grand roman tragique des étudiants de bonne famille, décrète Dixon. Tout le monde sait ça.

— Il était tellement séduisant, se lamente Anna. Il était parfait.

— Ce sont toujours les meilleurs qui partent les premiers.

— N'importe quoi, soupire ma mère.

Elles sont toutes les deux sur la réserve, comme deux adolescents au bal du lycée qui attendent que l'autre fasse le premier pas. La pension a cassé quelque chose entre elles. En dépit des tentatives maternelles pour l'amadouer, Anna garde une certaine distance, une froideur qui ne se réchauffe jamais, comme si son passé était dans le rétroviseur, toujours visible, mais qu'elle gardait les yeux résolument fixés sur la route devant elle.

Ma mère se décide enfin. Elle la serre dans ses bras.

— Je suis heureuse de te voir. Tu as l'air en pleine forme.

— Je ne pensais pas que vous viendriez.

— Quelle idée !

— Tu n'es pas venue l'an dernier.

— Eh bien maintenant nous sommes là, dit Dixon, la prenant par les épaules. Et c'est une journée magnifique.

1. Roman de John Knowles paru en 1959 aux États-Unis, et qui raconte la vie dans un pensionnat du New Hampshire.

Il faut juste que je trouve les chiottes avant de me pisser dessus, et après on fera le tour du propriétaire.

— Papa, s'il te plaît, soupire Becky.

— Les parents de Lily nous ont invités à déjeuner avec eux à l'auberge, nous annonce Anna.

— Je croyais que nous allions déjeuner en famille, mais c'est très aimable à eux, répond ma mère.

Elle sourit, mais je vois bien qu'elle est déçue.

— D'abord, je veux montrer mon domaine à Ellie, dit Anna.

Elle me prend la main comme si nous avions toujours été les meilleures amies du monde.

Becky nous emboîte le pas, mais Dixon l'arrête.

— Tu as vu la taille de cet arbre, Becks ? Il doit bien avoir 200 ans.

Anna est dans une chambre triple, une grande pièce avec de hautes fenêtres, un parquet usé, et trois lits une place le long des murs. Sur un rebord de fenêtre, les racines poilues d'un noyau d'avocat germent dans un bocal rempli d'eau trouble. Le lit d'Anna n'est pas fait – je reconnais le tissu indien violet dessus. Deux photographies sont punaisées au mur. Sur l'une on voit Anna et ses deux amies au bord d'une piscine. La seconde est de nous deux. Nous grimpons à un arbre à Central Park. Nous rions.

Elle s'assied en tailleur sur son lit. Tapote la place à côté d'elle. Le matelas s'enfonce sous moi.

— Alors, devine quoi ? dit-elle. Mais tu dois promettre de ne rien répéter.

— Promis.

— Je suis sérieuse. Sous peine de mort.

Elle se penche vers moi.

— J'ai perdu ma virginité le week-end dernier.

Elle a l'air très fière d'elle, comme si c'était un exploit. Je voudrais avoir la réaction adéquate, à la fois désinvolte et adulte. Anna me fait une confidence. Mais tout ce qui me vient à l'esprit, c'est une odeur de renfermé et de transpiration refroidie. Ce sont les supplications de ma mère. Je tire sur un fil du couvre-lit. Il se forme un accordéon de tissu.

— Je ne savais pas que tu avais un copain.

— Je n'en ai pas. C'est un ami du frère de Lily. Il a 19 ans. On était toute une bande chez eux pour le Jour de Christophe Colomb.

— C'était comment, alors ?

— Pas génial. Mais au moins, je ne suis plus vierge.

— Et si tu tombais enceinte ?

— Aucune chance. J'ai emprunté le diaphragme de Lily.

— Beurk, c'est dégueu !

— T'es bête, je l'ai lavé avant, pendant au moins deux heures, dit-elle en riant.

— C'est quand même dégoûtant.

— Je m'en fous. Tout plutôt que de devoir aller chez le médecin avec maman.

Elle se lève et s'approche de la fenêtre, soulève le bocal avec l'avocat et l'examine à la lumière.

— Il faut que je change son eau.

— Je vais attendre.

— Attendre quoi ?

— D'être amoureuse.

Anna repose le bocal sans rien dire, le dos tourné. La fenêtre qu'elle avait ouverte entre nous se referme.

— Peut-être que je n'attendrai pas, après tout. Je n'en sais rien. C'est sûrement idiot.

— Non, je pense que c'est une bonne idée, dit-elle en me faisant face.

— Ah bon ?

— Pour toi. Pas pour moi. Je ne me vois pas tomber amoureuse. Ce n'est pas mon genre.

Nous roulons dans la nuit. La voiture sent les pommes. Becky et moi jouons à la cocotte en papier.

— Choisis un chiffre, dit-elle.

— 3.

Elle ouvre et ferme les coins trois fois.

— Choisis une couleur.

— Bleu.

Elle déplie le triangle bleu pour me révéler mon avenir. À l'intérieur, elle a noté :

Tu feras crac-crac avec un gros porc dégoulinant de graisse.

Elle écrit comme une gamine de 8 ans.

— Tu es vraiment obsédée, dis-je en riant. À toi.

Je prends ma cocotte et glisse mes doigts dans les fentes triangulaires. Ouvert. Fermé. Ouvert. Fermé. Ouvert. Becky choisit le rouge.

Je déplie le rabat et elle lit ce que j'ai écrit.

— Tu vas bientôt rencontrer un mystérieux inconnu, murmure-t-elle. Et il te la mettra dans la chatte.

— Je n'ai jamais écrit ça, espèce de malade !

— Attends.

Becky se penche sur moi et ouvre aussi discrètement que possible le sac de voyage de son père. Elle en sort un livre blanc sans rien sur la couverture.

— Tu crois que je suis obsédée ?

Le livre est rempli de dessins en noir et blanc. Tous représentent un couple en action. La femme ressemble à une actrice qui joue la mère de famille dans je ne sais plus quel feuilleton, sauf qu'elle est nue. Lui a de longs cheveux bruns et une barbe. Il porte une chemise déboutonnée et rien en dessous. Son sexe pend entre les pans de sa chemise. Il est immonde. Je pense à Anna avec cet étudiant. Quand je l'imagine avec un garçon qu'elle ne connaît pas, je me sens triste pour elle, et je me demande si, au fond, elle regrette. Parce qu'une fois que c'est fait, on ne peut pas le défaire.

Becky tourne la page sur une nouvelle illustration. La femme est appuyée contre un mur. L'homme est à genoux, le visage entre ses jambes.

— C'est hyper crade, non ? murmure Becky. Elle doit avoir le goût de pisse.

— Beurk !

On rit si fort que ça fait mal.

— Qu'est-ce qu'il y a de drôle ? demande Dixon à l'avant. Je veux rire, moi aussi.

Becky remet le livre dans le sac de son père.

— Rien, on lit, dis-je.

— Ellie, tu sais bien que lire en voiture te rend malade, intervient ma mère, ouvrant la boîte à gants pour en sortir un sachet en plastique. Tiens, au cas où. Mais par pitié, si tu sens que ça remonte, essaie de te retenir jusqu'à ce qu'on trouve un endroit pour se garer. Ou l'odeur va me donner envie de vomir à moi aussi.

16 h 10

J'attends que mes poumons me fassent mal. Quand je sens que je ne pourrai pas le supporter une seconde de plus, je relève la tête et je prends une grande inspiration. Mes longs cheveux projettent un arc de gouttelettes à travers le ciel. Quelque chose me mord la cheville, une douleur vive et brève. La terreur me saisit. Puis Jonas jaillit de l'eau devant moi. Il rit à la vue de mon expression paniquée.

— Tu es dingue ou quoi ? J'ai cru que c'était une tortue.

Je m'éloigne à la nage, furieuse. Il me rattrape par mon bas de bikini.

— Lâche-moi.

— Non.

— Tu es vraiment très con quand tu t'y mets.

— Tu sais que c'est faux, susurre-t-il en me tirant vers lui.

— Vous étiez en retard.

— Tes gosses sont de vrais poissons. Ils ne voulaient pas sortir de l'eau.

— Ne m'en parle pas, dis-je en soupirant. Il y a des jours où j'aimerais passer leurs bodyboards dans une broyeuse. Je ne sais pas comment fait Peter.

Nous fendons l'eau, ensemble mais séparés.

— Je crois que Gina a senti un truc. Il y a eu un moment bizarre quand on est arrivés.

Au loin, je vois Maddy et Finn se courir après sur la rive. Derrière eux ma mère étend une nappe blanche sur la corde à linge. Une porte claque. Le rire de Gina perle. Jonas l'entend aussi. Je détourne les yeux.

— Tout va bien, me dit-il.

— Non, ça ne va pas. Je pense que quelque chose ne tourne pas rond chez moi. Il me manque une case. Je devrais être accablée de remords. Au lieu de quoi, sur la plage, avec Gina, j'étais contente de moi. Comme si j'avais gagné. Ce cœur dans le sable...

— C'est vrai, tu as gagné.

— C'est horrible de dire ça.

— Oui.

J'ai toujours admiré cette qualité chez lui : sa capacité à admettre ses défauts et ses limites, une relation apaisée et indifférente avec la personne qu'il est.

— J'aime Gina. Mais toi, tu coules dans mes veines. Ce n'est pas un choix.

— Bien sûr que si.

— Non. C'est ce qu'on doit faire. Et je l'accepte. Mais je suppose que c'est la différence entre nous. Accepter les choix qu'on a faits.

— S'il te plaît. Je ne veux pas parler de ça.

Les secrets que la fille de Leo, Rosemary, m'a révélés la semaine dernière quand j'étais à Memphis avec Peter ont peut-être modifié mon regard sur le passé, mais en ce qui concerne Jonas et moi, ça ne change rien. Nous sommes le sacrifice, la pénitence.

— Je ne quitterai pas Peter.

— Alors c'est tout ? On en reste là ?

Jonas se détourne pour contempler la partie sauvage et inhabitée de l'étang, envahie par les roseaux et les joncs. Là où notre amitié s'est scellée. Un petit garçon caché dans les arbres, à califourchon sur une branche basse, et une grande bringue en colère qui avait envie de mourir. L'arbre est toujours là, mais il s'élève haut vers le ciel à présent.

— C'était il y a si longtemps, soupire-t-il.

— Oui.

— Il est devenu immense.

— Ça arrive.

Il hoche la tête.

— Ça me plaît de penser que les arbres poussent vers le haut et vers le bas à la fois. J'aimerais qu'on puisse en faire autant.

Je crève d'envie de l'embrasser.

— Tu devrais rejoindre les autres.

— J'ai dit à Gina que je rentrerais à pied de l'autre rive.

— Non, va la retrouver.

Il me regarde, le visage indéchiffrable.

— D'accord. On se verra peut-être au camp.

— Peut-être.

Je déteste ce moment : le vide créé par l'éloignement de son corps, le manque familier en moi qui se rouvre. Mais je ne dois pas essayer de le retenir, même si c'est ce que j'ai voulu toute ma vie : lui, nous deux. Parce que Jonas se trompe : c'est mal et il est trop tard. J'aime Peter, j'aime mes enfants. Rien ne compte plus que ça.

Je le regarde repartir vers la plage. Je sens l'écart entre nous se creuser. Et soudain, je me lance à sa poursuite. Je l'entraîne sous l'eau et là, à l'abri des regards, je l'embrasse, me promettant que c'est la dernière fois.

— Tu essaies de me noyer ? me demande-t-il lorsque nous remontons à la surface, hors d'haleine.

— Ce serait plus simple.

— Merde, Ellie ! Ce qui s'est passé hier, je l'ai attendu toute ma vie. Ne me le reprends pas.

— Je suis bien obligée. Je vais le faire. Même si je n'en ai pas encore le courage.

— S'il te plaît.

Nous rejoignons la rive sauvage en papillon. Nos jambes frappent l'eau de concert, et nos bras se déploient. Puis nous nous écroulons sur la petite plage de sable, côte à côte, enveloppés par la douceur de l'air.

12

Avril 1980, Briarcliff, État de New York

Dimanche. Le printemps a été humide, mais c'est une belle journée, ensoleillée et fraîche. Tout est vert, épanoui. Joanne a demandé à mon père de faire le tri dans ses cartons qui encombrent le grenier de ses parents. Nous longeons l'Hudson, vitres baissées. Depuis qu'ils sont séparés, il passe plus de temps avec nous. Il fait des efforts – il est même allé voir Anna dans le New Hampshire –, mais s'il était encore avec Joanne, on ne le verrait probablement pas.

Il a préparé un pique-nique : sandwichs jambon-tomate, cornichons aigres-doux, poires, bière pour lui, boisson chocolatée pour moi. Il est d'excellente humeur.

— Joanne ne va pas me manquer, mais je vais regretter Dwight et Nancy. Ils ont toujours été adorables avec moi. On s'arrêtera quelque part pour casser la croûte. Je ne veux pas arriver trop tôt.

— J'aime bien leur maison. J'aime son odeur.

— Nancy sera contente de te voir, dit papa. Elle est un peu déprimée depuis que Frank est parti à la fac.

Je suis soulagée de savoir qu'il ne sera pas là. J'ai la nausée rien qu'à l'idée de sa lèvre supérieure humide, de son serpent répugnant.

— Ça fait une éternité. Quand je pense qu'Anna et moi on y allait tout le temps avant.

— Pas tout le temps, tu exagères, proteste mon père, se garant sur le parking de la gare de Tarrytown. Il y a une petite aire à pique-nique sympa de l'autre côté de la voie.

Lorsque je sors de la voiture, un frisson de tristesse me parcourt, à la fois très clair et indéfinissable. Je ne suis pas venue ici depuis des années, mais c'est l'arrêt où nous descendions sur la ligne Harlem-Hudson, quand nous rendions visite à papa et Joanne, avant Londres. Là où nous avons appris à ne rien attendre d'autre de notre père que le court trajet entre la gare et la maison des Burke.

Nous traversons la voie et nous asseyons sur un banc face à l'Hudson. Le fleuve secoue les vestiges de l'hiver et s'étire pour profiter du printemps. Je regarde passer une grosse branche emportée par un courant lent mais puissant. Mon père tire son vieux couteau suisse de sa poche et ouvre sa bière avec le décapsuleur. J'ai toujours été fascinée par ce couteau et ses trésors cachés : la minuscule paire de ciseaux, la lime, la scie de poupée. Il déplie la grande lame, prend une poire mûre et découpe une fine spirale d'un geste précis.

— Pourquoi est-ce qu'on a arrêté d'aller chez les Burke, papa ?

— Parce que je voulais profiter de mes filles.

— Dans ce cas, pourquoi tu nous laissais chez eux avant ?

— Tu sais bien, c'était Joanne, soupire-t-il, coupant un quartier de poire qu'il m'offre sur la pointe du couteau. Attention. Cette lame est plus tranchante qu'on ne le croit. Il y a un morceau de munster dans le sac.

Avec mon père, c'est toujours la faute des autres.

— Est-ce que je t'ai déjà raconté comment je me suis fait cette cicatrice ?

Il me montre son pouce. Se penche en avant. Marque une pause théâtrale. Mon père ne se contente pas de raconter des histoires, il les joue. Les met en scène. Enfle comme une frégate au poitrail rouge bombé. Attend que son public soit bien installé. D'habitude, quand il se répète, je fais semblant de découvrir l'anecdote. Je ne veux pas le blesser. Mais aujourd'hui, au contraire, j'ai envie de le piquer. De le dégonfler. *Oui. Tu me l'as raconté au moins vingt fois.*

— Mon père m'a donné ce couteau pour mes 10 ans. En me disant que c'était pour les hommes, pas pour les petits garçons, et qu'il fallait s'en servir avec respect. Je me suis entaillé le pouce la première fois que j'ai voulu l'utiliser. En essayant d'ouvrir une bouteille de Coca avec. On m'a fait 12 points. Il y avait du sang partout dans le magasin. Comme si c'était une jugulaire. Mon père m'a repris le couteau et ne me l'a rendu qu'un an plus tard. Il m'a dit qu'il avait commis une grave erreur. Qu'un garçon qui ne voyait pas la différence entre un décapsuleur et une lame faisait juste semblant d'être un homme. Je n'ai jamais oublié la leçon.

Derrière lui, le train Harlem-Hudson ralentit pour entrer en gare, en direction du sud.

— Ton grand-père m'a appris à tailler le bois, tu sais. Et à tirer. Tu te souviens de la petite tortue que je t'avais sculptée ?

Je fais non de la tête, bien qu'elle soit posée sur l'étagère au-dessus de mon lit. Je lui passe le fromage, prends un sandwich dans le sac. Je soulève la tranche de pain du dessus. Elle est imprégnée de jus rose. Une par une, je retire les graines de tomate et les jette dans l'herbe. Sur le fleuve, un voilier navigue à contre-courant.

Nous nous garons dans l'allée de gravier circulaire des Burke à 14 heures tapantes.

— Juste à l'heure, dit papa, content de lui.

Un labrador chocolat somnole au soleil sur la terrasse. Il se lève en titubant et se frotte contre la jambe de mon père, puis reste immobile, comme si ce simple geste l'avait sonné.

— Salut ma vieille, dit mon père en la flattant. Tu te souviens de Cora ? me demande-t-il.

— Le chiot ?

— C'est une vieille dame, maintenant. En années chien.

Il frappe.

— Coucou ! Nancy ? Dwight ? Il y a quelqu'un ?

Personne ne répond.

— La voiture de Nancy est là. Elle doit être dans le jardin à l'arrière, dit-il en ouvrant la porte.

Tout est exactement comme dans mon souvenir : la paire de pinces en cuivre rutilantes et la pelle à cendres appuyées contre la cheminée de brique blanche, les vieux fauteuils à oreilles, très bourgeoisie de la côte est. Le tapis persan élimé. Un vase de pivoines du jardin est posé sur une table basse, à côté d'un livre d'art sur lequel sont tombés quelques pétales.

— Il y a quelqu'un ?

Je le suis dans la cuisine. La cafetière répand une odeur aigre de café brûlé. Mon père l'éteint et rince le récipient en verre sous le robinet. Il siffle et fume lorsque l'eau dissout le cercle caramélisé et se teinte de brun.

— Elle n'est pas dans le jardin. Ils ont dû aller faire un tour. Je vais commencer à descendre mes cartons du grenier. Va voir ta chambre, si tu veux.

— On devrait peut-être attendre. On n'est pas chez nous, quand même.

— Les Burke sont de la famille, avec ou sans Joanne.

La porte cachée qui mène à notre ancienne chambre est ouverte. Je m'immobilise dans l'escalier de bois, sur le palier où Anna et moi nous asseyions pour jouer à la poupée. Là-haut, rien n'a changé. Les taies d'oreiller à fleurs sur lesquelles nous dormions quand j'avais 6 ans, les napperons en dentelle sur la commode. Les couvre-lits à plumetis. Je revois le visage douloureux de Frank le jour où nous avons trouvé son hamster Goldie derrière le lit d'Anna. Ses pleurs, son petit cri aigu. Le soleil se déverse par les fenêtres à meneaux. Au-dessus du grand rocher austère, le ciel est bleu vif. Les rhododendrons de Nancy sont en fleur. Rien n'a changé, pourtant notre ancienne chambre me paraît soudain triste et creuse. Comme le décor d'une enfance heureuse qui, quand on regarde derrière, révèle ses fausses cloisons et ses espaces vides. Soudain, j'ai envie d'être avec mon père.

En bas, je m'arrête devant la salle de jeux où Frank élevait ses hamsters. Sur la porte est toujours punaisé un papier jauni : « DÉFENSE D'ENTRER SOUS PEINE DE MORT. » J'ouvre la pièce interdite sans fenêtre. Il faut un moment à mes yeux pour s'habituer à la pénombre. C'est un débarras, à présent. Des caisses s'empilent le long des murs. Les cages à rongeurs ont disparu. Mais, dans un coin, éclairé par la pâle lueur bleutée d'un néon, je remarque un aquarium. Il est cinq fois plus gros que celui dont je me souviens. Comme je m'en approche, je distingue un changement subtil, un mouvement sinueux, reptilien. Je bats en retraite et sors de la pièce.

Nancy épluche des pommes, assise à la table de la cuisine.

— Bonjour, ma chérie, te voilà ! s'écrie-t-elle joyeusement.

Elle pose son couteau et s'essuie les mains sur son tablier.

— Waldo est devenu énorme, pas vrai ?

— On a frappé. Papa a dit qu'on pouvait commencer à descendre ses affaires.

— Bien sûr, mon trésor. Je m'étais juste étendue un instant pour faire une petite sieste. Dis-moi, tu es devenue une charmante jeune femme. Ça va te faire combien, 15 ans ?

— Treize. Quatorze en septembre.

— Tu dois avoir soif après ce long trajet. J'ai fait du thé glacé. Dwight devrait rentrer d'un instant à l'autre. Il a pris la voiture pour aller rendre un livre à son ami Carter Ashe.

Elle s'approche du réfrigérateur mais ne l'ouvre pas. Elle secoue brièvement la tête, comme pour se débarrasser d'une pensée gênante.

— Il a raté le déjeuner. Tu dois avoir soif. J'ai fait du thé glacé.

Je rejoins mon père dans le grenier. Il est entouré de cartons et de vieilles photographies. La lumière vient d'une petite lucarne. L'air est chaud, étouffant. Ça sent le passé.

— Regarde, dit-il en me tendant une épaisse enveloppe en papier kraft. Toutes mes planches-contacts, et les négatifs. Il y en a de très belles de ta maman.

Je feuillette les planches en noir et blanc. Une interminable collection de photos de ma mère en robe de cocktail et collier de perles, étendue sur un canapé, souriant à l'objectif. Anna dans son bain, couverte de mousse, une passoire sur la tête. Ma mère et moi à l'aire de jeux. Elle me pousse sur une balançoire. Une de mes chaussures à brides rouges est tombée. En bas de la pile, je trouve une série de clichés de nous quatre. Nous nous tenons sur les marches du musée d'Histoire naturelle, Anna et moi en robes à fronces assorties, des babies aux pieds. Papa me porte sur ses épaules. Je n'ai aucun souvenir de cette journée.

Dans la partie la plus basse du grenier s'alignent trois cartons ouverts avec le nom de mon père au marqueur noir. Ils contiennent des vinyles. Sa collection de 78 tours dans des enveloppes en papier brun, des 33 tours dans des pochettes usées. Je passe le doigt sur les tranches. J'aime ce bruit. Les disques, je m'en souviens bien.

Mon père prend une photo aux couleurs fanées sur la pile devant lui.

— Tu as vu celle-ci ?

C'est une photo de mes parents. Ils ont l'air incroyablement jeunes. Ils sont dans un champ. Ma mère est étendue dans l'herbe, le visage éclairé par le soleil, la tête sur les genoux de mon père. Elle porte un short de marin et un chemisier blanc à froufrous, les trois boutons du haut ouverts. Ses yeux sont fermés. Il la regarde. Il a un air heureux que je ne lui connais pas. Derrière eux, au loin, un volcan s'élève dans un ciel décoloré.

— L'Acatenango. Ta mère m'avait invité au Guatemala pour me présenter à ta grand-mère Nanette et à ton oncle Austin. La cata. Tu n'as pas connu Nanette, je crois.

— Je ne suis pas sûre. Je pense que je l'ai vue une fois, mais je n'avais que quelques mois.

— Bien sûr. Tu étais à l'hôpital. Après ton opération. Elle était venue pour Noël. Elle m'avait offert une tapisserie brodée artisanale représentant Marie et Joseph sur un âne. Elle prétendait que c'était une relique maya, dit-il en riant. D'ailleurs, elle doit encore être au fond de l'un de ces cartons. C'était une force de la nature, cette femme. Elle me détestait. Elle disait que je n'étais pas digne de sa fille. Elle avait raison. Ta mère était beaucoup trop bien pour moi… Leo et elle semblent très heureux.

— Possible.

Il me reprend la photo, la contemple longuement.

— Je l'ai tellement aimée.

— Qu'est-ce qui s'est passé ? Je veux dire, c'est toi qui es parti, non ?

— Crois-moi, c'était la dernière chose que je souhaitais.

— Dans ce cas, pourquoi vous avez divorcé ?

— Je suppose que ta mère a fini par comprendre que Nanette avait raison à mon sujet.

Il rit, mais une part de lui pense que c'est vrai.

— N'importe quoi. Et Nanette devait être une sacrée garce.

Il sourit.

— Là-dessus, Miss Ellie, tu n'as pas tort.

Il se lève et époussette son pantalon.

— Allez, on arrête la séquence nostalgie et on charge tout ça dans le coffre.

Nancy nous étreint sur le pas de la porte.

— Dommage que vous ne puissiez pas attendre encore un peu. Je suis sûre que Dwight va rentrer d'un instant à l'autre. Il est juste allé rendre un livre.

Elle nous fait des signes d'adieu.

— Elle avait l'air triste. Seule, dis-je, la regardant diminuer derrière nous.

— Dwight est un type bien, un grand poète, mais il a ses démons. Le mariage n'est pas toujours un chemin semé de roses.

Deux jours plus tard, mon père reçoit un appel affolé de Joanne. Le corps de Dwight Burke a été repêché dans l'Hudson. Il avait disparu depuis lundi matin.

— Il était chez son ami Carter Ashe, lui explique Joanne. Ils ont bu un bourbon de trop. Tu le connais. Ma mère ne voulait pas qu'il conduise dans cet état. Elle l'a persuadé de dormir sur place. D'après Carter, papa a pris la voiture au lever du soleil. Il a décidé d'aller se baigner dans le fleuve. Histoire de faire passer les excès de la nuit.

Quand mon père me rapporte cette conversation, il ajoute :

— Rien ne vaut un bain glacé après une cuite. Mais ce fleuve peut être traître.

16 h 30

Je ne connais rien de plus beau que Jonas au sortir de l'eau. Ses cheveux coupés à la diable, ruisselants, qui battent contre sa nuque. Pieds nus, vêtu simplement d'un vieux short, la peau mate luisante, des yeux vert pâle attentifs. Il cueille une feuille sur une branche et méticuleusement découpe ses nervures, place dans ma main le fragile squelette. Il froisse la partie déchirée, l'agite sous mon nez. Je hume son odeur fraîche et mentholée.

— Mmm. Sassafras.

— Tu savais que les Amérindiens s'en servaient contre l'acné ? dit Jonas.

J'éclate de rire.

— Super romantique.

— On va vite fait jusqu'à la plage ?

Le soleil semble s'être déversé dans l'océan. Des vagues en fusion enflent, sans jamais moutonner. Un cormoran plonge dans l'or liquide. Des pluviers explorent les bancs de sable à la recherche de crustacés microscopiques et de couteaux.

Quelques baigneurs s'attardent encore. Nous nous asseyons dans un creux au sommet des dunes, cachés derrière un écran de graminées sauvages. Le ciel est strié de traînées rose foncé. Je suis amoureuse.

— Il y avait un phoque sur la plage tout à l'heure, dit Jonas. On y est allés avec Finn. Il avait le ventre bien entaillé. Il a dû être attaqué par un requin.

— Pourquoi est-ce que tous ces idiots s'excitent encore dès qu'ils voient un phoque ? Ils sont partout, maintenant. C'est un peu les pigeons de la mer.

— Les phoques sont des animaux incroyables. Tu savais qu'ils pouvaient boire de l'eau de mer ? Ils la filtrent et évacuent le sel dans leurs urines. J'avais fait une rédaction là-dessus en primaire. Si j'ai bonne mémoire, je disais que quelqu'un devrait chercher le moyen de fabriquer un épurateur d'eau salée avec les vessies de phoque.

— Tu étais vraiment un drôle de gamin.

Jonas regarde les grains de sable couler entre ses doigts.

— Alors, vous avez fait quoi, Peter et toi, après avoir quitté la plage ?

— Je ne sais plus, rien de spécial.

— Quand on est arrivés, il nous a remerciés d'avoir gardé les enfants. De vous avoir permis de passer un peu de temps « en tête à tête ».

— Jonas.

— Excuse-moi, dit-il d'un air penaud de petit garçon. Je ne peux pas m'en empêcher.

— Mais si.

Il fait un nœud avec une herbe coupante et souffle dans le trou. Une note basse de corne de brume s'élève.

— Très bien. Puisque tu veux tout savoir, on s'est garés au bout d'un sentier dans les bois, on a étendu nos serviettes humides sur la banquette arrière, et on a baisé. Ça faisait longtemps.

— Tu mens.

— C'est mon mari, Jonas.

— Arrête.

Il regarde par terre, les cheveux devant le visage. Je ne peux pas voir ses yeux. Je soupire.

— On est allés se baigner vite fait à l'Étang noir, puis on est rentrés et je me suis assise sur la véranda pour essayer de lire la pile de *New Yorker* que j'avais en retard. Qu'est-ce que vous fabriquiez ? J'ai cru devenir folle.

Jonas relève la tête avec un grand sourire.

— Putain, je suis raide dingue de toi.

Au loin, sur la mer vitreuse, la grosse tête d'une otarie brise la surface. Je la regarde apparaître et disparaître à l'horizon.

— Moi aussi, je suis amoureuse. Mais je ne suis pas sûre que ce soit la question.

Octobre 1980, New York

La répétition de l'orchestre s'est terminée tard. Nous préparons le concert de Noël du lycée. Je suis seconde flûte.

— N'oubliez pas de ranger vos pupitres, lance Mlle Moody, la prof de musique, tandis que les élèves se dirigent vers la porte. Rendez-vous dans cette salle pour le chant en première heure.

Elle s'approche de moi pendant que je démonte ma flûte traversière.

— J'aimerais que tu travailles le premier mouvement pendant le week-end, Eleanor. Et fais les exercices que je t'ai donnés la semaine dernière. Tu as besoin de renforcer ton embouchure si tu veux réussir ton *do* aigu. Tu ne vas pas nous faire de canard, hein ?

J'aime bien Mlle Moody, mais elle est pénible, parfois. J'enfile ma veste, range ma flûte dans mon sac.

Il n'est que 16 h 30, mais il fait déjà presque nuit. Je déteste l'heure d'hiver. Je me hâte sur Madison Avenue. La morsure du vent transperce mes vêtements. À la hauteur de la 88e Rue, je m'arrête dans un magasin pour acheter un Milky Way. Lorsque je ressors, un garçon est adossé contre le mur de l'immeuble. Il est grand, le visage couvert de cicatrices d'acné. Il porte le blouson de l'équipe de basket de Saint-Christopher, le lycée catholique du quartier.

— Salut.

Il me sourit, alors je lui rends son sourire.

— Chouettes nichons, ajoute-t-il lorsque j'arrive à sa hauteur.

— Je porte une parka, ducon.

Mais je rentre les épaules et j'accélère dans la rue sombre. J'ai envie de courir, mais je sais qu'il ne faut pas montrer qu'on a peur. J'attends que le feu passe au vert pour les piétons, quand j'entends des pas derrière moi. C'est lui. Il affiche un sourire tordu qui fait froid dans le dos. Je cherche autour de moi un adulte auprès de qui je pourrais me réfugier, mais il n'y a pas un chat. Il sort un cran d'arrêt de sa poche.

— Viens, chérie, dit-il en faisant des petits bruits de baisers.

Des voitures arrivent à droite et à gauche. Malgré tout, traverser est encore la meilleure solution. Un taxi m'évite de justesse et le chauffeur descend sa vitre pour m'insulter. Mais je continue. Je cours si vite que l'air froid me brûle les poumons. Un peu plus loin, je tourne brusquement et je me précipite dans l'entrée d'un immeuble gardé par un portier.

— Je peux vous aider, mademoiselle ?

J'ai du mal à reprendre mon souffle.

— Il y a un garçon qui me suit.

L'homme sort, regarde à droite et à gauche.

— Je ne vois personne.

Je m'assieds sur le banc qui couvre le radiateur.

— Est-ce que vous voulez que je téléphone à quelqu'un ?

Ma mère assiste à la balance de Leo au Village Gate. Et on est mercredi, donc Conrad doit être à son cours de lutte.

— Non, merci. J'habite à deux pas.

Le portier jette encore un coup d'œil dans la rue.

— La voie est libre, mademoiselle.

Je le suis dehors et je vois qu'il y a une église à l'angle de Park Avenue. Les lumières sont allumées.

— Ça va aller.

À l'instant où j'entends la lourde porte se refermer derrière moi, je regrette d'être sortie. Je marche en direction de l'avenue, jetant des regards méfiants vers chaque escalier, rasant les voitures. Les sapins de Noël sont déjà en place sur les îlots, où leurs guirlandes tracent un chemin lumineux jusqu'à Grand Central. Au printemps, ce sont des parterres de tulipes. Elles reviennent chaque année en même temps que les cerisiers en fleur. Devant chez nous, les tulipes sont rouge vif. Quand leurs pétales tombent, ils laissent des rangées et des rangées de tiges nues, couronnées de petits poils noirs qui ressemblent à des cils.

Lorsque j'arrive au carrefour, il est là, qui m'attend dans l'ombre, adossé au mur de l'église. Sa main surgit, se referme sur mon bras.

— Viens, chérie, dit-il encore.

Il ouvre son cran d'arrêt.

On nous a diffusé des spots de prévention à l'école. De courts films en noir et blanc pour nous mettre en garde contre la rubéole et l'héroïne, nous dissuader de manger des éclats de peinture au plomb et souligner l'importance de l'autodéfense. Je me rappelle soudain qu'il vaut mieux faire face à son agresseur.

— Je n'aime pas les garçons catholiques. Ils ont la peau rose. C'est dégoûtant.

Je plonge mon regard dans ses yeux rapprochés et cruels, étudie son visage grêlé. Puis je lui flanque un vigoureux coup de talon dans la cheville. Et je m'enfuis, haletante, terrifiée. Je n'ai jamais couru aussi vite de ma vie et je ne m'arrête qu'une fois en sécurité chez moi.

17 heures

— Il faut que j'y aille.

Je me lève, époussette le sable.

— Je veux te montrer un truc avant.

— J'ai promis à Finn de l'emmener faire du canoë.

— Dix minutes.

Je le suis le long de la crête des dunes jusqu'à l'orée du bois. Il me prend la main et s'enfonce entre les arbres. Il s'arrête devant un fourré touffu.

— Ici.

Il n'y a qu'un fouillis de verdure.

— En dessous.

Je me mets à quatre pattes. Là, caché par la végétation, je reconnais la vieille maison abandonnée. La maison que Jonas et moi avions découverte autrefois. Il n'y a plus que les fondations et deux murs qui se désagrègent. Le reste a été englouti par les ronces et le liseron épineux. L'indigo sauvage escalade les pierres friables, les étouffant de beauté.

— Comment est-ce que tu es retombé dessus ?

Il se baisse à son tour et me montre un trou à l'endroit où il y avait une fenêtre autrefois.

— Regarde. Tu te souviens de la cuisine ? Et cette pièce devait être notre chambre quand on se marierait.

— Bien sûr. Même que tu m'avais promis un autocuiseur. Je l'attends toujours.

Il s'allonge sur moi, tire mon soutien-gorge de maillot de bain avec les dents et lèche mes seins comme un gros chien pataud.

— Arrête.

Je le repousse en riant. Mais je sens mon sexe se gonfler.

— Désolé, mais je suis obligé.

Il me regarde dans les yeux alors qu'il m'écarte les jambes. Il me pénètre. Quand il jouit, je le sens jaillir et me remplir.

— Ne bouge pas. Attends un peu, dis-je dans un murmure.

Sa main descend et me caresse, aussi légère qu'un souffle, jusqu'à ce que je laisse échapper un cri étranglé, la douleur et le plaisir enchevêtrés pour l'éternité.

Nous restons ainsi, l'un dans l'autre ; deux corps, une seule âme.

Je serre mes jambes autour de lui, l'emprisonne, le pousse plus profond en moi. Le pain et l'eau. Le désir et le chagrin.

— Tu n'aurais jamais dû me quitter. C'est une catastrophe.

— Tu disais que tu voulais être avec Peter.

— Pas à ce moment-là. Après ce fameux été. Tu n'es jamais revenu.

— C'est pour toi que je me suis éloigné. Tu avais besoin de recommencer à zéro.

— Je n'avais personne à qui me confier, aucun moyen de me sortir tout ça de la tête. Même partir à l'étranger n'a servi à rien.

Il détourne les yeux. Une tristesse familière entre nous. Le vent se lève, ébouriffe la cime des arbres. Un aulne tacheté se balance et fait pleuvoir sur nous de minuscules cônes vert vif. Jonas en recueille un dans mes cheveux.

— Tu as déjà raconté à Peter ce qui s'était passé avec Conrad ?

— Bien sûr que non. On a fait un pacte de sang. Tu as même failli me couper le doigt.

— C'est juste que… Vous êtes mariés depuis longtemps. Je comprendrais.

— J'aimerais pouvoir lui dire. Je déteste ce mensonge. C'est injuste pour lui. Mais non, il ne sait pas. Et il ne saura jamais.

J'écoute le silence de la forêt, la fuite imperceptible du jour. Le remords m'envahit. Une lumière dorée sirupeuse éclabousse le sol, métamorphose les aiguilles de pin en limaille de cuivre. Je me dégage de l'étreinte de Jonas, m'assieds et rattache mon haut de maillot. Une tique gravit un brin d'herbe. On dirait une graine de pastèque. Je la recueille sur mon ongle et l'écrase. Je regarde ses pattes s'écarter et quand je suis sûre qu'elle est morte, je creuse un trou et je l'enfouis. Je tasse la terre par-dessus.

— Bon...

Jonas s'assied à son tour et passe ses bras solides autour de mes épaules.

— Je suis désolé.

— Il faut que j'y aille. Peter va s'inquiéter.

— Non.

Je reconnais ma propre souffrance dans sa voix. Ses mains se referment sur mes cheveux. Il m'embrasse. Brutalement, sans retenue. Je ne veux pas céder, mais je lui rends son baiser avec une passion qui me donne l'impression de me noyer. Le désir en guise d'oxygène. Clairs de lune, petits bonheurs, requins, mort, pitié, vomi et espoir combinés. C'est trop. Je dois rentrer auprès de mes enfants. De Peter. Je le repousse, me lève, désemparée.

— Ellie, attends.

— Conrad a tout gâché.

LIVRE II

JONAS

13

Juin 1981, le Bois sauvage

Il y a des tortues serpentines dans notre étang, d'énormes créatures préhistoriques tapies sous la vase fraîche, prêtes à mordre. En fin d'après-midi, elles s'extraient de leur gangue pour remonter vers la surface d'obsidienne, où zigzaguent des punaises aquatiques, pareilles à des petits catamarans nerveux. De la véranda, on voit les tortues apparaître : d'abord l'affreuse tête toute noire, comme un poing qui sort de l'eau, puis l'arrondi d'une carapace. C'est la distance entre les deux qui permet de savoir si c'est le Monstre – « l'ancêtre » – ou simplement l'une de ses descendantes plus petites, de la taille d'une tortue des Galápagos. C'est très rare de l'apercevoir. Si rare que les gens du coin disent que c'est un mythe, ou qu'il est mort depuis longtemps, et que, de toute manière, les serpentines ne sont pas dangereuses. En cent ans, elles n'ont jamais mordu personne, ici. Mais moi, je l'ai vu, le Monstre. Je sais qu'il est là, qu'il se nourrit de grenouilles-taureaux et d'oisillons, qu'il guette l'éclair orange d'un pied palmé, le craquement fragile des os de caneton.

La première fois, à la source, Jonas n'était qu'un gamin ébouriffé qui s'était perdu en suivant un rapace. Quand j'avais pris sa main pour le ramener chez lui, j'allais sur mes 11 ans, seulement trois de plus que lui, même si j'avais l'impression d'être assez vieille pour être sa mère. Jamais je n'aurais imaginé que lors de notre deuxième rencontre, quatre ans plus tard, ce drôle de garçon allait irrévocablement changer ma vie.

Ce jour-là, je me réveillai avec un sentiment de vide et de manque dans la poitrine. Mes rêves m'avaient effrayée. Un homme voulait m'obliger à manger des pommes de terre en robe de chambre. Il me disait qu'on allait me tuer. Je suppliais pour qu'on me laisse voir ma mère une dernière fois. Il y avait des joueurs de banjo. Je tapais sur la vitre, mais personne ne m'entendait.

Anna dormait encore. Son journal intime était tombé à côté de son lit, ouvert, un stylo coincé dans les spirales de la reliure. Je me retins d'y jeter un coup d'œil. De toute façon, je savais déjà ce que j'y trouverais. Je sortis le mien de sous mon matelas. De la soie jade, avec un minuscule cadenas. Maman me l'avait acheté à Chinatown le 1er janvier, après notre traditionnel déjeuner dans un restaurant chinois. Anna avait choisi un tee-shirt rouge avec une inscription qui, à première vue, ressemblait à des idéogrammes mais qui, quand on inclinait la tête, disait « Fuck You ». Ma mère avait pris un peignoir mauve. Le temps de rentrer à la maison, je m'étais débrouillée pour perdre la clé minuscule qui fermait mon journal intime. J'avais forcé le cadenas avec une épingle de sûreté et je l'avais cassé. Ce qui n'avait pas beaucoup d'importance, dans la mesure où je consignais dans mon journal principalement des listes de tout ce que je devais faire pour m'améliorer. Des choses comme « M'exercer à la flûte une heure par jour » ou « Lire *Middlemarch* ».

Il était tombé des trombes d'eau pendant la nuit et l'air était chargé d'humidité. La chaleur de l'aube s'élevait des tapis d'aiguilles de pin autour du camp. Déjà, notre cabane sentait le moisi. J'avais envie de pisser.

Je refermai silencieusement la porte derrière moi et me dirigeai vers la salle de bains, écartant les pommes de pin grignotées par les écureuils avec mes pieds nus. Les serviettes accrochées sur la corde pour sécher étaient trempées, mouchetées de débris noirs tombés des arbres.

Lorsque je m'assis, je remarquai du sang sur mon mollet. Je l'essuyai avec un morceau de papier toilette et je sortis un pansement de l'armoire à pharmacie. Un pied sur la cuvette, je m'efforçais de déchirer l'emballage quand je vis des gouttes rouges sur le sol. Je soulevai ma chemise de nuit. L'arrière était taché de sang. Enfin. J'attendais ça depuis un moment et je scrutais mes slips tous les jours, impatiente de rattraper mes copines.

Je fouillai dans le placard à linge. J'en sortis la boîte de Playtex d'Anna et je me rassis. De petites gouttes de sang tombaient dans l'eau. Je savais comment faire. Je lui avais déjà piqué des tampons pour m'entraîner. Becky disait que j'étais idiote, mais j'avais peur de rompre mon hymen si je m'y prenais mal. J'avais étudié la notice, avec ses schémas représentant un vagin qui ressemblait à un poumon et la position correcte des jambes, genoux pliés.

J'étais en train de déchirer le film plastique quand on frappa à la porte.

— C'est occupé !

— Grouille, j'ai envie de pisser.

C'était Conrad.

— Va dans les fourrés. T'es une fille ou quoi ?

— Et toi, t'es conne ou quoi ?

Je l'entendis s'éloigner entre les arbres. Il y avait des moments où il était supportable. Où il me faisait même de la peine. Mais il avait un côté malsain, sournois. C'était le genre de type qui se lavait les mains à tout bout de champ. Il avait pris l'habitude de nous suivre, Anna et moi, quand nous allions à la plage, caché à quelques pas derrière nous. Parfois, alors que nous étions allongées sur le sable chaud, nous le surprenions en train de nous mater du sommet des dunes, dans l'espoir d'apercevoir nos seins.

Je m'assurai que la porte était bien fermée et je me rassis sur les toilettes. Je remontai ma chemise de nuit autour de ma taille et j'enlevai ma culotte pour pouvoir écarter les jambes. Je positionnai l'applicateur rose et j'étais en train de pousser le piston lorsque j'entendis un bruit à l'autre bout de la pièce. Le visage plaqué contre la fenêtre en hauteur, les yeux écarquillés, Conrad regardait entre mes jambes. Je laissai tomber l'applicateur, qui roula sur le carrelage.

— Fous le camp, sale voyeur !

Mon corps tout entier vibrait de rage et de honte.

Il s'enfuit avec un rire ignoble. Dès le lendemain, tous ses copains débiles allaient être au courant. Je me rassis sur les toilettes et éclatai en sanglots. Des filets de sang tombaient dans l'eau. Je voulais mourir. Dès que j'entendis claquer la porte de sa chambre, je me précipitai dans la mienne, fourrai ma chemise de nuit tachée sous mon lit, enfilai mon maillot et courus vers l'étang. Je voulais mettre le plus de distance possible entre lui et moi. Je n'oserais plus jamais le regarder en face, c'était une certitude. Il y avait un tas de pagaies appuyées contre un arbre. J'en pris une et je poussai notre canoë en fibre de verre de toutes mes forces sur les broussailles spongieuses. Une fois sur l'eau, je m'allongeai au fond de l'embarcation et je me laissai dériver. Les bras croisés sur la poitrine, je contemplai le ciel matinal. J'étais un Viking mort, porté par le courant.

J'attendis d'être assez loin du bord pour me redresser. Alors je me mis à pagayer énergiquement. Le temps d'atteindre le milieu de l'étang, j'en arrivai à la conclusion qu'une seule solution s'offrait à moi : la noyade. Mais j'avais besoin d'un poids pour me lester. J'étais bonne nageuse et je savais qu'à la fin l'instinct de survie serait le plus fort. Si j'avais une pierre assez lourde, je pourrais l'attacher à ma cheville avec l'amarre du bateau. Conrad n'avouerait peut-être jamais ce qu'il avait fait, mais, pour le restant de sa vie de gros dégueulasse, ma mort le hanterait.

Je continuai jusqu'à la partie marécageuse de l'étang, me faufilant à travers la prêle d'hiver, dont les tiges ressemblaient à des bambous miniatures, et la dense forêt de nénuphars qui guettaient les rames pour les capturer dans leurs fouillis de rhizomes fins comme des cheveux. De ce côté, la rive était formée de débris rocheux et de galets vieux d'un million d'années, abandonnés lorsque le glacier avait lentement reculé.

À proximité du bord, je donnai un vigoureux coup de rame pour propulser le canoë, puis je la relevai, glissant silencieusement au-dessus de l'enchevêtrement de tiges. Je sentis l'embarcation racler contre le fond sableux. Comme je m'apprêtais à sauter à l'eau pour la tirer sur la terre ferme, une voix paisible me surprit.

— Ne bouge pas. Reste dans le bateau.

Je scrutai la végétation touffue. Jonas était parfaitement immobile, à califourchon sur la branche la plus basse d'un pin qui surplombait l'étang, juste au-dessus de moi. Il se fondait presque dans le décor. Torse nu, en short kaki délavé, ses longues jambes se balançant. Il était plus maigre que lors de notre précédente rencontre. Et plus grand, bien sûr – il devait avoir 12 ans à présent. Ses cheveux noirs lui arrivaient aux épaules. Mais ses yeux avaient toujours cette intensité qui m'avait frappée la première fois, près du ruisseau. Une intensité qui n'était pas de son âge.

— Donne ta rame.

— Pourquoi tu chuchotes ?

Il indiqua les roseaux sous mon canoë. Je me penchai, mais de ma place je ne voyais rien.

— Alors, cette rame ?

Je me levai avec précaution pour ne pas faire osciller le bateau et je la lui tendis. Jonas tira de sa poche un sac en plastique contenant quelque chose qui ressemblait à de la viande hachée crue et en tartina la pale. Puis il l'abaissa devant moi.

— Regarde.

Je n'oublierai jamais ce bruit : un craquement brutal. Jonas se pencha en arrière sur la branche, agrippant fermement la pagaie. Alors je le vis, émergeant de la vase, les mâchoires plantées dans la pale. C'était le Monstre, l'affreuse tortue serpentine noire, aussi large qu'une barque. Préhistorique. Une tête de poulet. Et elle était en colère. Jonas sauta de l'arbre, tirant de toutes ses forces. Les dents serrées.

— J'ai besoin de toi.

Contournant la tortue, je le rejoignis et l'aidai à traîner sa prise sur la rive.

— Je vais l'attacher avec ton amarre. Ne lâche pas.

Il courut au canoë.

— Vite, s'il te plaît.

La tortue rongeait la pagaie, se rapprochant lentement de moi.

Jonas fit un nœud coulant, se glissa subrepticement derrière la tortue et le passa autour de son épaisse queue écailleuse.

— Je la tiens.

— Et maintenant ?

— On la hisse à bord du bateau.

La tortue crachait et se débattait, tirant sur la corde. Elle tordait son long cou et cherchait en vain à l'attraper, ses dents acérées toujours agrippées à la rame. Elle me regarda, reportant toute sa rage sur moi, humiliée d'avoir été capturée, furieuse d'être exposée ainsi au grand jour, privée de sa dignité. Elle reprit sa progression le long de la pagaie, déterminée à se venger sur moi, et je ne la comprenais que trop bien.

— Lâche-la.

— Pas question, dit Jonas, tirant plus fort sur la corde.

— C'est mal. Et elle va me bouffer.

— Ça fait deux ans que j'essaie de l'attraper. Mes frères prétendent qu'elle n'existe pas.

— Eh bien, tu l'as attrapée.

— Ils ne me croiront pas.

— Alors c'est qu'ils sont bêtes.

— D'après eux, c'est moi qui suis bête.

— Ce n'est pas le moment idéal pour discuter de ça, dis-je, voyant l'animal se rapprocher dangereusement. Mais si ton plan c'était qu'on hisse à bord d'un canoë instable une tortue meurtrière enragée de 50 kilos, alors tes frères n'ont peut-être pas tort.

Il hésita, évaluant la situation : l'énorme bête qui tirait sur son joug, mon visage terrorisé, le petit bateau en fibre de verre. Alors, avec un grand soupir, il relâcha son trophée. Je laissai tomber la rame et je reculai.

Pendant quelques instants, la tortue continua à avancer. Enfin, elle prit conscience qu'elle était libre. Ses mâchoires se desserrèrent et elle nous adressa un dernier regard méfiant avant de tourner lentement son corps massif pour regagner la sécurité des profondeurs. Elle fit quelques petits pas arthritiques dans l'eau puis s'éloigna à la nage dès qu'elle le put.

Il ne restait de la pagaie qu'un bout de bois déchiqueté. Jonas m'aida à rattacher l'amarre et à haler le canoë jusqu'au camp en longeant le bord. À un moment donné, il me prit la main, comme il l'avait fait quelques années plus tôt, lorsque je l'avais ramené chez lui.

Conrad était assis au bord de l'eau. Il nous regarda arriver avec un vilain sourire narquois sur son visage flasque. J'entendais encore l'écho de son gloussement ignoble dans ma tête, mais ma détresse et ma honte avaient cédé la place à un vent de colère glacé.

— Qui c'est ? demanda Jonas.

— Mon immonde demi-frère. Je le hais.

— La haine est une émotion forte.

— Eh bien, je le hais fortement, alors… C'est un pervers. Je l'ai surpris en train de me mater aux toilettes, ce matin. J'ai prévu de l'assassiner.

— Ma mère dit qu'il ne faut pas s'abaisser au niveau des imbéciles.

— De toute façon, ce n'est pas possible de tomber aussi bas que Conrad.

— Qu'est-ce qui est arrivé à la pagaie ? demanda celui-ci, comme nous arrivions à son niveau.

Je passai devant lui sans un mot.

— Une rencontre avec une tortue serpentine qui a mal tourné, expliqua Jonas.

— Ça devait être excitant.

Sa voix méprisante et sarcastique me donna envie de lui jeter à la figure ce qu'il restait de la rame.

— Très, répondit Jonas.

Il m'aida à tirer le bateau sur la berge et à le retourner, au cas où il pleuvrait.

— J'ai eu une matinée très excitante, moi aussi, reprit Conrad.

Je serrai les dents. Je devais le laisser dire, ne pas mordre à l'hameçon.

— Je n'arrête pas de repenser à ce que j'ai vu, depuis. Et sinon, tu le sors d'où, ce môme ?

— Jonas, je te présente mon demi-frère Conrad. Il habite avec nous provisoirement, le temps que sa mère décide si elle veut le reprendre. J'ai la désagréable impression qu'on va se retrouver coincés avec lui.

— Dans tes rêves.

Même si j'avais fini par m'abaisser à son niveau, l'expression de souffrance authentique sur son visage compensa presque mon humiliation.

— Viens, dis-je à Jonas. On va raconter à tes frères ce qui s'est passé.

Cet été-là, Jonas devint comme mon ombre.

Lorsque je traversais l'étang à la nage ou en bateau pour rejoindre l'océan, il m'attendait de l'autre côté, sûr de me voir. Si à la place j'y allais à pied par les bois, je le trouvais assis sur un tronc abattu, occupé à dessiner dans le petit carnet de croquis qu'il trimballait partout avec lui – une branche cassée sur un pin, un ténébrion. À se demander s'il avait un sixième sens, une boussole intérieure qui lui indiquait où je serais.

Parfois, il me montrait des crottes de coyotes, une piste qui s'enfonçait dans un vallon envahi par les busseroles, où l'empreinte d'un chevreuil était encore visible dans les broussailles. Nous passions la plupart de nos journées au bord de l'océan, allongés sur l'immense plage vide. Nous nous encouragions à nager un peu trop loin dans l'eau glacée à marée haute, chevauchant les vagues, nous efforçant de ne pas nous laisser entraîner par le ressac. Le plus souvent, notre amitié se passait de mots. Mais quand nous parlions, nous parlions de tout.

Je savais que notre relation n'était pas rationnelle. J'étais de tempérament plutôt sociable, et je ne manquais pas de compagnie. Becky habitait à deux pas et j'avais Anna. Mais, curieusement, au cours de cet été où la situation à la maison se détériorait, où je commençais à avoir le sentiment d'être une proie, je me sentais en sécurité avec Jonas.

Nous formions un drôle de tandem. Moi, grande, pâle, arpentant les bois en maillot de bain et sandales Scholl, dissimulant mes seins embarrassants et mes courbes nouvelles sous de vieux tee-shirts au col râpé hérités de mon père. Et Jonas, qui faisait bien 30 centimètres de moins, toujours pieds nus, en short kaki et tee-shirt crasseux des Allman Brothers. Un jour, je lui dis que je trouvais ça répugnant. Mettre ses affaires à la machine à laver de temps en temps ne leur ferait certainement pas de mal. Il haussa les épaules et me rétorqua que nager dans l'océan et dans les étangs était antiseptique.

— En plus, tu es extrêmement malpolie.

— Je suis maternelle. Je me soucie de ton bien-être.

— Je ne suis pas un bébé.

— Je sais. Tu es un enfant.

— Comme toi.

— Plus maintenant.

— C'est-à-dire ?

Je me serais giflée.

— Rien. Je suis plus vieille que toi, c'est tout.

Mais il insistait.

— Non. Tu dis que je suis encore un enfant et pas toi. Personne ne t'oblige à jouer avec moi si ça ne t'intéresse pas. Tu n'es pas ma nounou.

— Arrête de faire le bébé.

— Justement, j'en suis un, apparemment.

— Très bien. D'accord. Je suis une *femme* maintenant, comme ma mère adore me le répéter. Sincèrement, j'ai envie de vomir quand elle dit ça. « Eleanor, sois fière. Tu es une femme maintenant. »

Il me dévisagea avec beaucoup de sérieux, puis posa une main rassurante sur mon épaule.

— Je suis désolé. Ça a l'air vraiment atroce. Allez, viens, j'ai trouvé un truc super hier. Au fait, ajouta-t-il en se retournant alors que nous marchions. On a un cours d'éducation sexuelle en sixième, donc je sais que les femmes saignent.

— Tais-toi, c'est dégueu.

— Le pouvoir de donner la vie est une chose magnifique.

— Oh non, pitié ! m'écriai-je en lui flanquant une petite tape.

— Sois fière, Eleanor, tu es une femme maintenant, lança-t-il, détalant avant que je ne le plaque au sol.

Au fond du bois, dans un bosquet de faux acacias, Jonas avait découvert une maison abandonnée. Le toit et les murs s'étaient depuis longtemps effondrés, et il ne restait que les contours de pierre de deux petites pièces. Les roses sauvages et le chèvrefeuille s'enchevêtraient autour de la ruine. À la suite de mon ami, j'enjambai les décombres et le rejoignis là où quelqu'un avait autrefois vécu. Jonas ramassa un bâton et gratta une bosse dans le sol sablonneux. Une bouteille saphir apparut, polie comme les débris de verre sur la plage. Il nettoya un espace et je m'allongeai par terre à côté de lui. Des nuages blancs pommelés glissaient dans le ciel bleu. Je fermai les yeux pour écouter le murmure des pins, humer le parfum de la salicorne et du genévrier.

— Tu crois que c'est là que se trouvait le lit conjugal ? demanda soudain Jonas.

— Tu es vraiment un drôle de garçon.

— Je me disais juste que cet endroit était cool. On pourra reconstruire la maison et vivre ici quand on sera mariés.

— OK, primo, tu as 12 ans. Et deuzio, tu es complètement barge.

— J'en déduis que ça veut dire oui.

— Si ça te fait plaisir. Mais je veux un autocuiseur.

— Mes frères me charrient à cause de toi, m'avoua Jonas un après-midi où je le raccompagnais chez lui.

Je les connaissais un peu. Elias avait 16 ans. Anna et lui avaient pris des cours de voile ensemble deux étés plus tôt, et une fois ils avaient été tirés au sort pour s'embrasser pendant un jeu. Hopper avait mon âge, 14 ans. Grand, d'épais cheveux roux et des taches de son. On s'était salués une ou deux fois aux bals du vendredi soir organisés par le yacht club, rien de plus.

— Ils te taquinent parce que j'ai l'âge d'être ta babysitter. Et c'est vrai que c'est un peu bizarre.

— Hopper a le béguin pour toi. Je pense que c'est pour ça qu'il me prend la tête. Même si ça n'explique pas le comportement d'Elias.

— Hopper ? dis-je en riant. On se connaît à peine.

— Tu devrais l'inviter à danser à l'occasion.

Jonas s'accroupit et ramassa une minuscule coquille d'œuf bleue dans les hautes herbes bordant la route.

— Regarde. Les merles d'Amérique sont de retour. J'avais peur que les geais les aient chassés.

Il me tendit la coquille délicatement. Elle était d'une légèreté aérienne, fine comme du papier.

— Pourquoi je serais sympa avec lui alors qu'il n'est pas cool avec toi ?

— C'est juste qu'il est jaloux.

— Je devrais plutôt lui dire de te ficher la paix.

— S'il te plaît, non. Ce serait humiliant.

Nous avions machinalement ralenti avant le virage. Derrière se trouvait la maison des Gunther : la seule propriété du Bois sauvage entourée d'une clôture. C'étaient de drôles de gens. Autrichiens. Ils ne se mélangeaient pas aux autres. Ils étaient tous les deux sculpteurs. Parfois, je les croisais sur la route quand ils promenaient leurs deux bergers allemands. Les chiens me terrifiaient. Dès qu'on passait devant chez eux, ils se précipitaient sur la barrière en aboyant, les babines écumantes. Une fois, l'un des deux avait réussi à s'échapper et il avait mordu Becky à la jambe.

Je les entendais déjà dévaler la pente en aboyant.

— D'accord. Je l'inviterai. Mais ça m'étonnerait qu'il soit vraiment jaloux de toi.

D'habitude, dès qu'on arrivait devant chez les Gunther, on se mettait à courir. Mais cette fois Jonas s'immobilisa au milieu de la route.

— Merci, Ellie. Ça fait toujours plaisir à entendre.

Les chiens étaient déchaînés. Ils se jetaient contre la clôture, furieux d'être ignorés.

— Viens. Ils vont passer à travers.

Il refusait de bouger, en dépit des aboiements stridents qui redoublaient d'intensité.

— Jonas !

— Je peux rentrer tout seul, déclara-t-il froidement avant de s'éloigner.

En haut de la butte, M. Gunther sortit de son atelier.

— Astrid ! Frida ! *Herkommen ! Jetzt !*

Le lendemain, j'allai à la plage mais je ne vis Jonas nulle part.

— Papa, dit Conrad. Tu savais qu'Eleanor les prend au berceau ? Elle est amoureuse d'un gamin de 10 ans.

C'est la fin de l'été. Ma mère est allée à la déchetterie avant qu'elle ne ferme. Devant l'évier, Leo lève les filets d'un tassergal qu'il a pêché ce matin – il y en a beaucoup en ce moment, qui se déplacent en bancs près des côtes.

— C'est juste un gosse qui me suit partout. Et il a 12 ans, pas 10, dis-je, sentant mes joues s'enflammer.

— Qui est-ce qui te suit ?

Leo était parti en tournée avec un groupe de jazz depuis presque un mois. Je suis contente qu'il soit de retour. Ma mère est de bien meilleure humeur quand il est là.

— Jonas, ce mec qui traîne toujours dans le coin, intervient Conrad. C'est le chéri d'Ellie.

— Ah, cool, dit Leo avant de disparaître dans le cellier. J'entends des choses tomber, des jurons.

— Arrête tes conneries. C'est qu'un gamin, dis-je à Conrad.

Je recule ma chaise et débarrasse mon assiette.

— C'est bien ce que je disais. Tu les prends au berceau.

— Est-ce que quelqu'un sait où Wallace range le cellophane ? demande Leo. Pourquoi est-ce qu'elle s'entête à acheter du papier paraffiné ? Qui utilise ça ?

Assise sur le canapé, Anna essaie de reconstituer sa bague composée de plusieurs anneaux entrecroisés. Elle lève le nez, souriante, prête à appuyer là où ça fait mal.

— Hé, Conrad, tu es jaloux ou quoi ? Ellie, je crois que Conrad est amoureux de toi.

Il fait une drôle de grimace qui lui déforme le visage. Il se force à rire.

— Qu'est-ce que t'en penses, Ellie ? Conrad te plaît ? Il veut sortir avec toi.

— Arrête, Anna. C'est dégoûtant.

Pourtant, j'éprouve un sentiment déconcertant de familiarité, comme si ses mots me rappelaient quelque chose que je savais au fond de moi sans l'admettre.

— Va te faire foutre, grogne Conrad.

Maintenant qu'elle a repéré le défaut dans la cuirasse, Anna lui tourne autour, se rapprochant pour lui asséner le coup de grâce.

— Les prendre au berceau, c'est une chose, mais l'inceste, ça craint carrément.

Conrad bondit et l'attrape sans ménagement par le poignet.

— La ferme ! Ferme-la ou je te casse le bras.

— Calme ta joie. J'essaie seulement de t'aider. Je veux juste m'assurer que tu sais que c'est un péché avant que tu commettes l'irréparable.

Leo sort de la cuisine à l'instant où son fils balance à Anna un coup dans la figure.

— Conrad !

En moins de deux, il est là. Il l'attrape par le col et l'écarte d'Anna avec des mains comme des battoirs qui empestent le poisson.

— C'est quoi, ton problème ?

Il le traîne jusqu'à la porte de la véranda et le jette dehors si violemment que Conrad tombe par terre.

— Debout !

Conrad lutte pour retenir ses larmes.

— Quel bébé, dit Anna avec un sourire narquois.

Elle retourne sur le canapé et se replonge dans sa lecture, comme si elle ne savait pas qu'elle venait d'allumer un incendie.

Chaque été, Dixon organise un pique-nique sur la plage pour clôturer la saison. C'est ma soirée préférée. En fin d'après-midi, tout le Bois sauvage se réunit autour d'un grand feu de joie à Higgins Hollow. On ramasse des algues sèches noircies par le soleil pour démarrer le feu, on entasse des morceaux de bois flotté noueux et on regarde les flammes cracher des étincelles vers le ciel. On danse et on chante. Au crépuscule, on allume des cierges magiques et on court comme des lucioles. Les adultes boivent trop. Les enfants les espionnent et jouent à l'épervier dans les dunes. On prépare des homards et de gros coquillages dans d'énormes casseroles émaillées tachetées de blanc, et on cuit des épis de maïs enveloppés de papier aluminium dans la braise, après les avoir fait tremper dans l'eau de mer.

Chez nous, on est plutôt hamburgers. Ma mère insiste toujours pour apporter des condiments aigres-doux, de la moutarde et des oignons crus qui lui donnent une haleine infecte. Elle propose à la ronde des radis avec du sel, comme si c'était un mets rare.

Cette année, Conrad est privé de pique-nique. Il est puni toute la semaine. Il supplie son père de ne pas le laisser seul. Même ma mère tente de fléchir Leo, en vain.

— Je reconnais qu'il est particulièrement pénible en ce moment, dit-elle.

Ils sortent de l'eau après un bain dans l'étang. Anna et moi mangeons de la glace à la fraise sur la véranda.

— Sans parler de sa chambre qui sent toujours les pieds. Il ne pourrait pas faire quelque chose ? Ce traitement contre les mycoses plantaires qu'on trouve en pharmacie, ça pourrait peut-être aider ? Je lui ai donné du talc, mais il dit que ça le gratte. Tu devrais en parler avec lui.

Je regarde Leo s'essuyer comme s'il faisait reluire une grosse voiture blanche. Son maillot de bain tombe et son ventre rebondit à chaque passage de la serviette. Il ressemble à un poupon géant. Ce n'est pas un grand nageur, mais ma mère a décidé qu'il devait se mettre au sport.

— Cela dit, ça ne doit pas être évident pour lui dans cette maison. Toutes ces femmes. Tu n'as pas beaucoup été là cet été, Leo. Ce n'est pas simple de trouver sa place dans une famille qui n'est pas la sienne. Il a besoin que tu prennes son parti.

— Il a surtout besoin de comprendre que ses actes ont des conséquences.

— Oui, mais il se sent encore plus exclu. Et ça ne nous facilite pas la vie.

— Il ne s'agit pas de toi et des filles, Wallace. Il s'agit de mon fils.

— Laisse-le nous accompagner. Il adore jouer à la chasse à l'ours avec toi. C'est une tradition.

— Je n'admettrai pas que mon fils se permette de frapper une fille.

— Elle l'avait sûrement cherché.

À mon réveil, le lendemain matin, je reste un moment allongée sur le dos, les yeux fixés sur le vasistas. Les bords sont poudrés de pollen jaune. Il y aurait besoin d'une bonne averse pour tout nettoyer. Cela fait plusieurs jours qu'on n'a pas vu un nuage. Je regarde une araignée s'affairer sur sa toile. Un papillon de nuit desséché pend au bout d'un fil, se balançant avec les courants d'air. Mes cheveux sentent la fumée et le ketchup. Il y a quelqu'un sous la douche. L'eau crépite sur les feuilles mortes. Les tuyaux vibrent et le jet s'interrompt. Conrad jure. Il a dû marcher sur du liseron épineux. Je prends mon livre et l'ouvre à la page cornée. Il faudra quelques minutes au ballon pour se remplir.

Le camp n'a qu'une douche, fixée à un petit arbre à côté de la salle de bains et protégée par une vieille palissade très appréciée des faucheux. Personne n'utilise les patères à moitié pourries pour accrocher sa serviette. On préfère la pendre aux branches basses de l'arbre. L'eau savonneuse s'écoule directement dans la terre, entraînant les aiguilles de pin et les brindilles avec elle. Il est strictement défendu de pisser sous la douche. Sinon, le sentier ne tarderait pas à sentir comme un passage souterrain.

Au bout de dix minutes, je prends ma serviette et mon après-shampoing Wella Balsam et je me dirige vers la salle de bains. Il y a une flaque mousseuse sur le chemin, qui s'infiltre lentement dans le sol. Je saute par-dessus et atterris de l'autre côté, m'éclaboussant un peu au passage. Ça pue l'urine. Génial. Je repars dans l'autre sens au pas de charge et je frappe à la porte de ma mère.

Elle apparaît quelques secondes plus tard, nouant son peignoir, les traits tirés.

— Leo dort encore, chuchote-t-elle.

— Tu sens ça ? dis-je en tendant la jambe.

— Eleanor, je ne suis pas d'humeur à te renifler. On s'est couchés à point d'heure. Et j'ai bu un gin tonic de trop.

— Conrad a pissé dans la douche.

— Au moins, c'est qu'il se lave. Il faut voir le bon côté des choses.

— Maman ! C'est dégoûtant ! J'ai marché dedans.

— Je lui parlerai. Mais il est déjà puni. Je ne suis pas sûre que ça arrangera la situation.

— Pourquoi est-ce qu'il est là, d'abord ?

Elle sort et referme la porte derrière elle.

— Tu sais, si ta sœur et toi faisiez un effort, il ne se comporterait pas comme ça, dit-elle en se frottant les tempes. Est-ce que tu peux aller me chercher de l'eau et une aspirine à la cuisine ?

— Pourquoi est-ce que c'est *nous* qui devons le supporter ? Pourquoi est-ce qu'il ne retourne pas vivre chez sa famille à Memphis ?

— Mais nous sommes sa famille.

— Parle pour toi.

— Fais un effort, Ellie. Pour Leo.

Elle se retourne afin de s'assurer qu'il dort.

— Invite-le à venir se baigner avec toi, à l'occasion. Ou à faire un jeu de société. Ça ne te tuera pas.

— Il triche. Et il nage comme un pied. Il n'est même pas capable d'aller jusqu'au milieu de l'étang.

— Essaie, pour moi.

— OK. Je lui proposerai de m'accompagner à la plage aujourd'hui. Mais s'il fait encore son abruti, tu me dois 100 dollars.

— Je peux déjà te les donner, soupire ma mère. Mais merci.

Les restes du feu de la nuit dernière fument encore dans le sable. Quelqu'un a érigé tout autour une barricade de morceaux de bois récupérés sur la plage pour que personne ne se brûle les pieds. Il y a une assiette en carton abandonnée et quelques épis de maïs à moitié enterrés.

— Alors, vous vous êtes bien amusés ? demande Conrad.

— Oui.

— Il y avait qui ?

— La bande habituelle.

Conrad projette du sable avec son gros orteil. Les grains retombent sur l'assiette en crépitant.

— Est-ce que mon père a participé à la chasse à l'ours ?

— Ben oui.

Il a l'air déçu.

— Qui faisait le chien ?

— Je ne sais plus. Un des enfants. Dommage que tu n'aies pas pu venir, dis-je, n'en pensant pas un mot.

Nous étalons nos serviettes loin de l'eau. La marée monte. Je m'assieds et sors une boîte de soda aux agrumes Fresca de mon sac. Lorsque je veux l'ouvrir, la languette me reste dans la main.

— Donne.

Conrad la transperce avec un éclat de coquillage pointu et me la rend.

— Merci.

— Tu viens te baigner ?

— Je vais attendre d'avoir un peu plus chaud. Je ne suis même pas sûre d'y aller. La mer est grosse aujourd'hui.

— Je croyais que t'aimais ça, quand elles étaient grosses, réplique-t-il avec un rire gras.

Je l'ignore et j'ouvre mon livre. Il reste là, à gratter une piqûre de moustique sur sa jambe. Au bout d'un moment, il se lève et s'approche de l'eau. Je me tourne sur le ventre, soulagée. Je ferme les yeux et pose la tête sur mes bras. Je suis gagnée par une agréable somnolence, lorsque je sens quelque chose de mouillé tomber sur mon dos.

— Regarde ce que j'ai trouvé. Jonas et toi avez dû l'oublier hier soir.

Je l'enlève. C'est un préservatif usagé. Je glapis et bondis sur mes pieds.

— T'es vraiment un gros malade !

Je me précipite dans l'eau pour me rincer. La première vague me prend au dépourvu et je tombe. Lorsque je tente de remonter, je suis ballottée par le ressac. J'ai besoin d'air, mais je m'oblige à m'enfoncer sous l'eau. Je prends appui sur le fond pour me propulser vers la surface, et j'aspire à pleins poumons en hoquetant. J'essaie de regagner la plage avant l'arrivée d'une autre vague. Quelques adultes m'ont vue en difficulté et se précipitent pour m'aider à sortir.

— Ça va, merci. Ça va.

Mon maillot pèse une tonne. Je me débarrasse tant bien que mal du sable, du krill et des algues. Un caillou rose tombe à mes pieds. Conrad est plié en deux. Je passe devant lui sans un mot.

— C'était une blague, dit-il. Détends-toi.

Je ramasse ma serviette et mon livre, les fourre dans mon sac et lui lance :

— Tu devrais aller te baigner. C'est une journée parfaite pour se noyer.

— Tu me dois 100 dollars, dis-je à ma mère à mon retour.

— Où est Conrad ?

— Mort, avec un peu de chance.

— Je fais de la soupe aux palourdes, ce soir.

Le lendemain matin, lorsque je me rends à la maison pour prendre mon petit déjeuner, je trouve Jonas assis sur la terrasse. Conrad est attablé sur la véranda. Il mange des corn flakes dans son immonde peignoir en éponge marronnasse, plongé dans une BD qui s'appelle *Spy vs Spy*.

— Salut, dis-je en m'installant à côté de Jonas. Qu'est-ce que tu fabriques ici ?

— Je suis venu te dire au revoir.

— Ah ?

— On était censés partir samedi, mais ma mère a surpris Elias dans les dunes avec une fille l'autre soir, au pique-nique. Et, pour reprendre ses mots, elle n'a pas aimé ce qu'elle a vu. En clair, le cul nu de mon frère. Quoi qu'il en soit, on rentre à Cambridge cet après-midi, conclut-il en soupirant.

Sur la véranda, Conrad repose sa bande dessinée. Il a cessé de manger et il reste là, la cuillère suspendue au-dessus du bol. Je sais qu'il écoute, mais je m'en moque.

— C'est quand, la rentrée ? je demande à Jonas.

— Dans quinze jours, je pense.

— Tu entres au collège, hein ?

— Oui.

— Waouh !

— Oui, répond Jonas avec un rire un peu triste. L'école des grands.

Nous nous taisons tous les deux, un sentiment de gêne nouveau s'installe entre nous. Évoquer l'école, la vraie vie loin du Bois sauvage – lui dans le Massachusetts, moi à

New York –, accentue notre différence d'âge, en fait un fossé infranchissable.

— Je sais, dit Jonas, lisant dans mes pensées. C'est bizarre.

Il enfonce ses orteils sur le sable humide.

— Je pensais qu'on pourrait peut-être traverser l'étang à la nage une dernière fois.

— Je suis censée aller en ville avec Anna et ma mère.

— Dans ce cas, on se dit au revoir, répond Jonas en se levant, la main tendue. À l'été prochain.

— Pourquoi tu ne l'embrasses pas ? entend-on derrière nous.

— La ferme, Conrad, dis-je en prenant la main de Jonas.

— Un gros baiser bien baveux avec la langue.

— Ignore-le, me souffle Jonas.

— Tu sais quoi ? J'ai quand même le temps d'aller me tremper vite fait. Je reviens.

Je cours me changer. À mon retour, Jonas est déjà dans l'eau. Je plonge et le rattrape.

— Désolée, il est complètement débile.

— C'est une phase. Les garçons de son âge ne pensent qu'à ça.

Je ris.

— Tu es vraiment un cas, Jonas.

— J'ai passé un super été, Ellie. Merci, répond-il, quelques brasses devant moi.

— Je me suis bien amusée aussi. On fait un dernier concours ? Celui qui retient sa respiration le plus longtemps.

— Ce n'est pas un concours si je gagne toujours. Même si je dois bien admettre que tu as fait de légers progrès.

J'éclate de rire.

— Arrête. Je suis la championne nationale.

— Un, deux, trois, partez ?

Je hoche la tête.

Nous nous enfonçons et retenons notre respiration. Sans réfléchir, je l'attire vers moi et l'embrasse sur la bouche.

J'attends que Jonas soit parti pour avoir une explication avec Conrad.

— Pourquoi tu fais ça ?

— Pourquoi je fais quoi ?

Il tourne la page de sa BD, prend une cuillère de céréales détrempées. Un peu de lait coule du coin de sa bouche. Ses lèvres sont trop grosses, trop rouges. Je regarde le liquide qui dégouline sur son menton et dans son cou comme une goutte de sueur blanche.

— Pourquoi tu te conduis comme un connard ?

— Tu ne devrais pas passer ton temps avec un gosse de 12 ans.

— De quoi je me mêle ?

— Ça me dégoûte.

— Qu'est-ce que ça peut te faire ?

— Rien. Mais tu fais honte à la famille.

Il se lève et s'approche trop près de moi.

— Tu l'as laissé te tripoter ?

Anna et ma mère passent devant la maison.

— Ajoute des poires sur la liste, dit ma mère. Et des steaks. Oh, on n'a presque plus de bourbon.

Elles montent dans la voiture.

— Est-ce qu'il t'a mis un doigt ? murmure Conrad.

— Tu sais quoi ? C'est toi qui me fais honte. C'est toi la honte de cette famille. Pas moi.

— C'est ça, ouais, ricane-t-il.

— Mais oui. Personne ne veut de toi ici. Tu passes ton temps à rôder dans les fourrés comme un pervers, avec ta tronche couverte de points noirs répugnants. Pourquoi est-ce que tu ne retournes pas chez ta mère ? Ah, c'est vrai. Elle ne veut pas de toi non plus.

Le visage de Conrad vire au cramoisi.

— N'importe quoi.

— Ah oui ? C'est quoi, son numéro ? On n'a qu'à l'appeler et lui poser la question.

Je m'approche du vieux téléphone noir et je décroche le combiné. Il y a une liste de numéros sur un bout de papier punaisé au mur. Je cherche celui de sa mère et le compose.

— Ça sonne.

— Je t'emmerde ! crie-t-il avant de s'enfuir en larmes.

— Ouh, le bébé !

Du combiné s'élève une voix ténue, lointaine.

— Allô ? Allô ?

Je raccroche.

Je ne tarde pas à payer pour ma méchanceté. Ça commence par une démangeaison sous mes paupières. Ma gorge enfle. En fin d'après-midi, j'ai le visage couvert de pustules. Je ne peux pas ouvrir les yeux. Le docteur dit qu'il n'y a qu'un moyen de contracter ce genre de réaction au sumac vénéneux. Pendant le pique-nique, quelqu'un a dû jeter dans le feu une bûche autour de laquelle la plante s'était enroulée. Je devais être assise sur le trajet de la fumée, qui a charrié l'huile toxique jusque dans mes oreilles, ma bouche, mes narines. Ma mère m'installe un lit de camp dans le cellier sombre. Elle me pose sur le visage et le cou de la gaze humide, imbibée de lotion à la calamine. Je ressemble au lépreux de *Ben-Hur*. Elle m'apporte de la tisane de camomille froide avec une paille. Un saladier rempli de glaçons. Avaler est une torture.

Tout le monde joue au poker dans le salon. J'entends les jetons de bois qu'ils lancent dans la cagnotte. Anna et Leo font un concours de bluff. Ma mère rit. Conrad rit. Les bandes sur mon visage sèchent et adhèrent aux plaies douloureuses. J'essaie d'appeler, mais je n'ai plus de voix. Ils rient encore. Je tape du pied par terre et j'entends enfin des pas.

— Maman ?

— Elle m'a envoyé te demander ce dont tu avais besoin, dit Conrad.

— J'ai besoin d'elle, dis-je dans un souffle. Mes bandes sont collées.

— OK.

Au lieu de partir, il s'assied au bord du lit. Un gargouillis de panique monte dans ma gorge. Allongée, sans défense, je me prépare au pire. Je sens son regard sur moi.

— Va chercher maman ! dis-je d'une voix éraillée.

— Attends.

Il soulève délicatement la gaze et la remplace par un gant de toilette frais.

— Je vais la chercher.

— Conrad, c'est à toi ! l'appelle Anna de l'autre pièce.

— J'arrive ! crie-t-il. Je peux te lire quelque chose, si tu veux, ajoute-t-il à mon intention.

— Demande juste à maman de venir.

Il se lève. Son pied frotte le plancher crasseux. J'attends qu'il s'en aille.

— Je m'excuse pour le préservatif, dit-il enfin. Je ne sais pas pourquoi j'ai fait ça.

— Parce que tu veux que tout le monde te déteste.

— Ce n'est pas vrai.

— Dans ce cas, pourquoi est-ce qu'il faut toujours que tu gâches tout ?

— Je ne veux pas que tu me détestes.

— C'est un peu tard pour ça, non ? lance Anna de la porte. Fiche la paix à ma sœur, Conrad.

— C'est bon, Anna, dis-je.

— C'est parce que tu ne peux pas ouvrir les yeux. Tu ne vois pas qu'il est en train de te reluquer comme un gros porc.

Je sens Conrad se raidir.

— Allez, joli cœur, tout le monde t'attend.

— Arrête, Anna. Il ne m'embêtait pas.

— Comme tu veux. C'est ton problème. Et si tu ne viens pas maintenant, Conrad, on joue sans toi.

— J'arrive.

— Je suis désolée, dis-je. Et je m'excuse pour ce que j'ai dit à propos de ta mère.

Conrad s'assied au bord du lit.

14

Janvier 1982, New York

Je me couche et j'attends. Bientôt je reconnais les pas feutrés de ma mère devant ma porte, dans le long couloir tapissé de livres de notre appartement. Elle devrait porter des chaussures. Le vieux parquet se fend et attaque tous ceux qui sont assez imprudents pour marcher en chaussettes. Une rapide course dans le couloir – une malheureuse glissade – et on se retrouve avec un éclat de bois fin dans le pied, trop profond pour être retiré à la pince à épiler. À force, je suis capable d'accomplir le rituel sans l'aide de personne : gratter l'allumette, attendre que la pointe de l'aiguille rougeoie pour la stériliser, tailler un minuscule sillon dans la chair au-dessus de l'ombre de l'écharde. Creuser.

Ma mère éteint la lumière. Je guette le chuintement de sa porte. Dans le salon, Leo pose son livre, tire la chaînette de l'abat-jour monté sur un vase Ming, repousse son lourd fauteuil en bois. La porte de leur chambre s'ouvre et se referme, avec un claquement plus net cette fois. Des « bonne nuit » étouffés, le bruit de l'eau dans la salle de bains. Le choc assourdi du gobelet en plastique sur la porcelaine. Je compte les minutes. J'entends le craquement du lit qui s'enfonce un peu sous le poids de Leo. Ma poitrine se gonfle, retombe. J'écoute le frottement de mes draps de coton. J'attends. J'attends. Le silence est complet. Je peux y aller. Sans un bruit, je me lève et tourne lentement le bouton de la porte. Toujours le silence. Je cherche l'interrupteur à tâtons. Je rallume. J'attends. Rien. Ils dorment déjà ou sont trop fatigués pour s'en soucier. Je referme soigneusement, me recouche dans mon lit étroit, remonte le drap jusqu'à mon menton. J'ai fait ce que je pouvais. C'est plus sûr quand le couloir est allumé.

En octobre dernier, alors que nous étions rentrés du cap Cod depuis un mois, je me suis réveillée une nuit les cuisses glacées. Sur le moment, j'ai pensé que j'avais écarté ma couverture dans mon sommeil. En la remettant en place, je me suis rendu compte que ma chemise de nuit était remontée sur mon ventre. Et ma culotte était humide. Je n'attendais pas mes règles si tôt. Je me suis essuyée sur ma chemise et je m'apprêtais à me lever pour aller aux toilettes, quand j'ai remarqué qu'il n'y avait pas de traînée sombre, pas de sang là où je m'étais essuyé la main. Je l'ai portée à mon nez, étonnée. Une odeur forte et âcre que je ne reconnaissais pas. Une substance visqueuse. C'est alors que j'ai perçu un mouvement dans le placard.

Quelqu'un était caché à l'intérieur. Je ne distinguais pas son visage, mais je voyais son sexe encore en érection, la chair blanchâtre dans le noir. Il le pressait, les dernières gouttes de sperme luisant au bout. J'étais tétanisée. Je n'osais plus respirer. Au cours des trois derniers mois, on avait retrouvé quatre femmes violées et étranglées à New York, et leur assassin courait toujours. La dernière victime avait à peine 18 ans. On l'avait repêchée dans le fleuve, nue, les mains attachées dans le dos. Lentement, je me suis rallongée. S'il croyait que je ne l'avais pas vu, il partirait peut-être sans me faire de mal. J'ai fermé les yeux et j'ai prié. *S'il te plaît, va-t'en. S'il te plaît, va-t'en. Je ne crierai pas. Je ne dirai rien à personne.* J'ai senti monter en moi un hurlement silencieux. J'étais en proie à une terreur incontrôlée. Quelques minutes se sont écoulées. Enfin, j'ai perçu des pas. La porte de ma chambre a grincé. Je me suis autorisée à entrouvrir les yeux pour m'assurer qu'il n'y avait plus personne. Au moment où la porte se refermait, Conrad s'est retourné.

Février

De l'autre côté de la porte, j'entends le parquet grincer imperceptiblement.

— Ellie ? chuchote Conrad. Ellie, tu dors ?

Il s'approche de mon lit dans l'obscurité. Au bout de quelques secondes, il se penche, remonte ma chemise de nuit au-dessus de mes cuisses, défait sa braguette, se touche. Un bruit léger, caoutchouteux. Surtout pas un mot. Pas un geste. Faire semblant de dormir. Il pense que j'ignore tout de ses visites nocturnes. De ce qu'il fait dans ma chambre. Pour autant qu'il le sache, je suis plongée dans un profond sommeil. Je pourrais aussi bien avoir pris un puissant somnifère. Il ne sait pas et ne doit jamais savoir. Tant qu'il est convaincu que personne ne connaît son secret, je peux faire comme si tout était normal, m'asseoir à table avec lui, passer devant sa chambre pour aller à la salle de bains. Si je n'avais pas été paralysée de terreur cette première nuit, si j'avais hurlé, ce serait peut-être différent. Mais tout aurait été étalé au grand jour : l'humiliation, la tache. Lorsque je me suis réveillée cette première nuit, il avait déjà joui sur moi. J'avais vu son sexe. Ça, aucun hurlement n'aurait pu l'effacer. Et aujourd'hui, nous devrions tous vivre avec cette image ignoble dans la tête. Je serais souillée à jamais, un objet de pitié. Je préfère encore porter le poids de la honte.

Je sais que mon silence le protège. Mais il me protège aussi. Conrad est terrifié à l'idée d'être attrapé, condamné par son père, rejeté à jamais. C'est ma seule arme. S'il s'approche trop, je fais semblant de me réveiller, alors il s'enfuit avant d'être pris sur le fait. Il regagne son trou à rat. Je ne risque rien. Mais je n'ai pas le droit de m'endormir.

Mars

Leo et Conrad se disputent.

— Bon sang, crie Leo. Mais qui m'a fichu un gosse pareil ? C'est une honte !

J'entends un poing s'écraser contre le mur.

— Est-ce que tu m'as entendu ? Tu m'as entendu ?

— Papa, s'il te plaît.

— Range cette chambre !

D'autres bruits mats, des coups.

Je viens de rentrer d'un baby-sitting, et je meurs d'envie de pisser. Je jette un regard dans le couloir. La porte de Conrad est grande ouverte. Je ne veux pas qu'il sache que je suis là, mais je dois passer devant sa chambre pour aller aux toilettes. Je pose mes affaires, accroche ma doudoune sans manches au portemanteau et marche sur la pointe des pieds, espérant ne pas me faire remarquer.

— Papa, s'il te plaît. J'ai essayé. Je ne comprends pas.

— Tu ne comprends pas quoi ? Que Des Moines est la capitale de l'Iowa ? C'est de la géographie, pas de la physique quantique. Si tu as encore une note en dessous de la moyenne, ils te virent. Tu comprends, ça ?

— Oui.

— Il n'y aura pas de seconde chance.

— Je n'ai pas fait exprès. Ce n'est pas ma faute si je suis nul en géo, papa.

— Ça ne veut rien dire, être nul en géo. Tu es paresseux, un point c'est tout.

— Ce n'est pas vrai, proteste Conrad d'une voix qui se brise.

— Tu me traites de menteur ?

— Non, je…

Leo se tourne juste au moment où je passe.

— Demande donc à Eleanor de te donner des cours. Elle n'a eu que des A, ce semestre. Eleanor, entre.

Je m'immobilise sur le seuil.

— Je n'ai pas besoin de son aide. Je vais m'améliorer, promis.

— Ta sœur a de bonnes notes parce qu'elle est motivée. Elle travaille dur et elle veut se montrer à la hauteur de nos attentes.

— Je n'ai pas de mérite, je retiens les choses facilement.

— C'est pas ma sœur !

Quand Conrad me regarde, ses yeux crachent du venin.

— Désolée, il faut que j'aille aux toilettes.

La voix de ma mère s'élève dans les profondeurs de l'appartement.

— Leo ? Je te sers un verre ?

Mes paupières sont closes, mais je sens l'haleine humide de Conrad. Son visage est tout près du mien. Il guette des signes de vie. Je m'applique à respirer régulièrement, lentement. Il s'approche encore, caresse mes cheveux. Je m'agite, comme si j'étais sur le point de me réveiller. Il retire sa main et recule dans l'ombre. Il attend. Je me tourne sur le côté, bouge encore. Cela suffit à le décourager. Il ouvre la porte. Juste avant de sortir, il prononce quelques mots. Un murmure, mais suffisamment distinct :

— Un de ces quatre, je vais te la mettre pour de vrai. Je vais te foutre en cloque. Et après, on verra qui c'est, l'enfant modèle.

J'ai un goût de vomi dans la bouche, mais je me retiens. Pas un muscle ne tressaille.

Avril

Au dispensaire, il n'y a que des femmes. Des femmes âgées, d'autres jeunes et enceintes. Trois Portoricaines sont assises en face de moi.

— Yo, *mamacita*, me nargue l'une d'elles. T'as un homme dans ta vie ?

Ses copines rient. Je fixe le plastique orange de ma chaise. Dehors, il neige. Les premières fleurs de cerisier ont gelé. Mes grosses chaussures sont trempées. Entre la station de métro et le dispensaire, j'ai failli me dégonfler. Mais je suis là, maintenant, et j'attends avec un ticket rose numéroté, comme si j'étais chez Baskin-Robbins.

L'infirmière nous appelle cinq par cinq. Je lui tends le mot de ma mère m'autorisant à prendre un contraceptif, indispensable étant donné que je n'ai que 15 ans. Je lui ai piqué son papier à lettres et j'ai imité sa signature. L'infirmière y jette à peine un coup d'œil avant de le poser sur une pile de lettres sans doute identiques. On me conduit dans une zone derrière un rideau, avec les Portoricaines et une femme enceinte. Une conseillère nous fait un laïus sur les risques de la contraception orale, les possibilités d'adoption, et nous distribue des tests de grossesse. La femme enceinte proteste, affirmant que c'est du gaspillage, mais on lui répond que c'est la procédure. Les trois filles me toisent, agressives.

— Qu'est-ce que tu fais là, la blondinette ? Papa veut pas payer pour un vrai docteur ?

Je vais aux toilettes avec mon test et pisse sur la bandelette.

Ma mère pense que je passe la journée avec Becky, et que nous allons voir *Victor Victoria*. Elle m'a même donné de l'argent pour acheter du pop-corn et un soda. J'aimerais lui dire la vérité, mais je ne peux pas lui faire une chose pareille. Ça lui briserait le cœur, détruirait son mariage. Elle est heureuse avec Leo. Et je suis plus forte qu'elle, assez forte pour porter ce fardeau seule. C'est ma faute. J'ai été gentille avec Conrad, je lui ai ouvert la porte. « C'est ton problème », a dit Anna le soir du sumac vénéneux. Elle avait raison. Maintenant, où que j'aille, je suis prisonnière de son corps, de son haleine moite, de ses mains nauséabondes, de son membre répugnant.

Après la séance d'information, on nous fait passer dans un vestiaire où on nous distribue des chemises d'hôpital en papier.

— Enlevez tout, ne gardez que les chaussures, nous dit l'infirmière.

D'autres femmes en chemise de papier et snow-boots attendent leur tour, assises sur un long banc. Deux heures s'écoulent avant qu'on appelle mon nom. On me conduit dans une salle de consultation.

Le médecin a un masque sur la bouche. Je ne vois pas son visage, juste ses yeux distraits.

— S'il vous plaît, demandez à la patiente de s'allonger sur la table et de mettre les pieds dans les étriers.

— J'ai juste besoin d'une ordonnance pour la pilule.

— Avez-vous expliqué à la patiente qu'elle ne pouvait pas avoir d'ordonnance sans examen ?

— Bien sûr, docteur, dit l'infirmière en me lançant un regard agacé. Elle a signé les papiers.

Lorsque je monte sur la table, je sens ma chemise se déchirer. Comment est-ce que je vais retourner au vestiaire ? Je m'étends sur le dos et l'infirmière place mes chaussures mouillées dans les étriers métalliques. Il fait chaud dans la pièce, mais je claque des dents.

On frappe à la porte.

— Entrez, dit le médecin.

Un jeune homme asiatique en blouse blanche apparaît.

— Nous avons ici un étudiant de Kyoto qui s'intéresse à nos méthodes de contraception. Cela ne vous dérange pas s'il observe ?

Le docteur lui fait signe de le rejoindre au bout de la table, ignorant mon regard horrifié, et lui tend un masque. Le jeune homme me salue d'une légère inclinaison du buste, bras serrés contre ses hanches, avant de mettre sa tête entre mes jambes.

— Intéressant. L'hymen est intact.

— En effet. Attention, ça va vous faire froid.

15

Novembre 1982, New York

Des paquets d'eau glissent sur les fenêtres. Ma chambre est une tombe, étanche. Je bâille, m'assieds sur mon lit, jette un coup d'œil dans la cour de l'immeuble. La pluie forme une petite mare carrée au milieu. Un gobelet en carton vogue à la surface, traînant un morceau de film plastique, comme les tentacules d'une méduse. Je tends le bras vers mon réveil. J'ai une interro d'histoire en première heure et j'ai mis l'alarme sur 6 heures pour finir de réviser. 7 h 45. Paniquée, je réalise que je ne l'ai pas entendue. Je bondis, remplis mon sac à dos en catastrophe, répétant à voix haute les points clés : crise du Stamp Act, taxation sans représentation, batailles de Lexington et Concord. J'enfile les vêtements que j'ai laissés traîner par terre. Je suis presque à la porte lorsque je me souviens de ma pilule. Je retourne en courant dans ma chambre, fouille dans le fond de mon placard, sors la boîte ovale sans inscription que je cache dans un vieux patin à glace et avale *mardi*.

Depuis que j'ai commencé à prendre la pilule, les visites nocturnes de Conrad ont cessé. Au début, j'ai cru que c'était un concours de circonstances. Deux jours après mon rendez-vous à la clinique, il était allé passer les vacances de printemps à Memphis avec sa mère et Rosemary, sa petite sœur perchée que je n'avais pas vue depuis trois ans et qui, pour autant que je sache, s'était peut-être fait nonne entre-temps. Pendant les semaines qui ont suivi son retour, chaque soir, je me suis forcée à rester éveillée, guettant les craquements du parquet, le murmure de ses vêtements, le bruit de sa braguette. En vain. À croire que je prends une pilule magique.

Conrad a changé. Il a l'air plus heureux. Sa mère lui a demandé de revenir en juin pour passer l'été là-bas.

— On va aller voir mon oncle au Nouveau-Mexique, nous a-t-il annoncé à table, le jour de son retour. Rosemary a calculé qu'il y avait exactement 999 miles de Memphis à Santa Fe. On va faire un détour pour que ça fasse 1 000.

— Cool, a dit Leo. Oncle Jeff ?

— Oui.

— Toujours marié à l'hôtesse de l'air ?

— Linda.

— C'est ça, avec les cheveux bouffants.

— Ils sont séparés.

— Ta mère ne la supportait pas. Elle disait que c'était une chasseuse de fortune. Pourtant, avec un orthopédiste, ce n'est pas non plus comme si elle avait décroché le gros lot, a ajouté Leo, se servant une généreuse portion de purée de pommes de terre. Quelqu'un peut me passer le beurre ?

Conrad a aussi changé physiquement. Il a arrêté de boutonner sa chemise sur sa pomme d'Adam, ce qui lui donnait l'air d'un tueur en série, et il a enfin commencé à utiliser le shampoing antipelliculaire que ma mère avait laissé bien en évidence dans la salle de bains. Il a été accepté dans l'équipe de lutte au lycée. Il y a même une fille qui lui plaît. Leslie. Une seconde arrivée en cours d'année.

En juin, juste avant qu'il ne parte dans le Tennessee, nous sommes allés voir *E.T.* tous les trois. Alors que nous regardions un petit garçon communier avec une créature extraterrestre en mangeant du pop-corn, j'ai songé que, pour la première fois depuis longtemps, la vie semblait presque normale.

Cela fait plus de six mois, et toujours pas de coups discrets à la porte, d'ombre aux aguets au-dessus de mon lit, de menaces chuchotées. Je ne sais pas si les vacances avec sa mère et sa sœur lui ont fait prendre la mesure de ce qu'il avait fait, si Leslie et lui passent leur temps à faire du frotti-frotta, ou si les hormones que je prends changent mon odeur. En tout cas, la pilule marche.

Je fais le kilomètre qui me sépare du lycée au pas de course. La pluie tambourine sur mon parapluie, des flaques sales éclaboussent mes chevilles. Je vais sans doute me planter en histoire. Je ne me rappelle même plus pourquoi Paul Revere est si important.

Décembre

— Te voilà, dit ma mère, se glissant entre les lourds rideaux de velours de la scène.

Elle se laisse tomber sur une chaise pliable métallique dans la section des cordes à présent désertée.

— Tu n'es pas censée venir ici.

— Le concert a été un succès, dit-elle, ignorant ma remarque. Même si le chef d'orchestre n'avait aucun sens du rythme. Avec les frais de scolarité exorbitants qu'on paie, ils pourraient embaucher quelqu'un qui a un tant soit peu d'oreille.

— Maman !

Je la fusille du regard et articule « Tais-toi ». La moitié des musiciens sont encore dans les coulisses, en train de ranger leurs instruments. M. Semple, notre chef d'orchestre, est juste à côté, qui bavarde avec les hautbois.

— Je devrais lui en toucher deux mots. Il ne se rend peut-être pas compte.

— Si tu lui parles, je te tue.

Je dévisse ma flûte, passe un chiffon blanc au bout de mon écouvillon et le glisse à l'intérieur du tube argenté. Un léger filet de salive s'échappe de la tête quand je la renverse.

— Et pourquoi un mouvement du concerto brandebourgeois IV quand vous pourriez faire le V ?

Elle sort du baume pour les lèvres de son sac et s'en applique consciencieusement.

— Peu importe, tu étais la meilleure, Eleanor. Ton solo de piccolo a toujours été ma partie préférée de *Casse-Noisette*. Cette gamme montante rapide et claire : *Bada bada bada baa... brump, ba ba, badadadada boum-paa*, chante-t-elle à tue-tête.

— Pitié, maman !

Je range ma flûte et mon piccolo dans mon sac à dos.

— Les bassons, en revanche, étaient calamiteux.

Leo et Conrad nous attendent dans le hall à la sortie de l'auditorium.

— Bravo ! s'écrie Leo. Tu es devenue une flûtiste accomplie, jeune fille. Qu'est-ce que tu en dis ? ajoute-t-il en se tournant vers son fils.

— C'était bien.

— Seulement bien ? Je l'ai trouvée extraordinaire.

— Le classique, c'est pas mon truc.

Quelques amies se précipitent pour me féliciter, gloussant d'excitation. « Tu as été géniale », « Je n'imaginais pas que tu étais aussi douée », « Est-ce que c'est dur ? »... Je les adore, mais je sais qu'elles ne sont pas venues pour ma flûte. Elles sont ici pour les timbales de Jeb Potter, le garçon le plus sexy du lycée.

Conrad s'incruste dans notre cercle.

— Salut. Ça va ? fait-il en posant une main sur mon épaule. Je suis Conrad, le frère d'Ellie.

— Demi-frère.

1er janvier 1983, New York

Si j'avale encore un ravioli chinois, je vais éclater. Nous sommes dans un restaurant bondé de Chinatown, assis à une grande table ronde. Notre repas traditionnel du Nouvel An. Maman et Leo sont un peu grognons. Ils ont la gueule de bois. Un serveur pousse un gros chariot métallique, heurtant les chaises au passage, et distribue des petites assiettes blanches remplies de mets mystérieux sur les tables. Ça sent la transpiration et la fumée, et le tintamarre est assourdissant. Le serveur pose une bière devant ma mère, qui la boit au goulot.

— Il faut soigner le mal par le mal, décrète-t-elle. En moins de vingt-quatre heures, j'ai déjà enfreint ma première résolution.

Je regarde Anna et je gémis.

— Je suis énorme, dis-je.

— Arrête. Moi, j'ai l'impression d'être une tique gorgée de sang.

Anna est là pour les vacances. Elle est en première année à UCLA, l'université de Californie à Los Angeles. Elle dort dans ma chambre, puisque Conrad a récupéré la sienne. Maman lui a installé un lit pliant, mais le matelas est bosselé, trop fin au milieu, et on sent la barre métallique à travers. Du coup, je lui ai donné mon lit. Le soir, nous parlons tard. Depuis que nous sommes allés la voir à son lycée, quand elle s'est confiée à moi pour la première fois, nous sommes amies.

— Qui veut un bao au porc ? demande Leo, prenant deux assiettes sur le chariot.

Conrad va pour se servir, mais son père l'en empêche : il a pris du poids.

— Rosemary ?

Rosemary passe les fêtes avec nous. Elle est toujours timide, avec des cheveux châtain clair. Petite pour son âge. Triste. Elle a 14 ans, mais elle porte des chaussures plates à lacets marron avec des jupes plissées en laine. Ce doit être sa mère qui l'habille. Elle ne voulait pas venir, mais Leo a insisté. Il est heureux d'avoir ses deux enfants sous son toit ; en revanche, maman est au bord de la crise de nerfs. Elle a toujours une course à faire au supermarché. Pour Noël, Rosemary nous a offert à chacun une clochette souvenir en céramique de Graceland. Leo a joué des airs de Noël au saxophone, et on a tous chanté. Puis Rosemary a demandé si elle pouvait interpréter son solo du spectacle de l'école, *Lully Lulla Lullay*. Un chant qui me fait irrésistiblement penser à quelqu'un qui joue de la flûte à bec. Et elle s'est sentie obligée de nous l'infliger en entier, les yeux fermés, en se balançant d'avant en arrière. À un moment, des larmes se sont mises à couler sur ses joues. Anna a pincé ma cuisse si fort que j'ai failli hurler.

— On dirait qu'elle n'a jamais grandi, dit Anna le soir, quand nous sommes couchées. Sa peau est translucide. Ça doit être l'excès de religion.

— Il faut qu'on parle de cet été, dit Leo à Rosemary. Ce serait bien si tu pouvais passer de vraies vacances avec nous, cette année. Tu nous manques.

Je vois ma mère lui donner mentalement un coup de pied dans les chevilles, mais elle sourit à Rosemary, hoche la tête avec enthousiasme et vide sa bière, avant de faire signe au serveur.

— J'ai mon stage avec l'orchestre de l'école. Et après, je vais au lac Placid avec maman.

— Maman ne m'a rien dit au sujet du lac Placid, intervient Conrad.

— C'est un voyage entre filles. Tu n'es pas invité.

Il lui pique son bao et mord dedans. Des bouts de viande brune suintent entre les bords du petit pain blanc.

— Tu ne crois pas avoir assez mangé comme ça, Conrad ? demande Leo.

Février

Il y a encore du monde sur l'aire de jeux. Il fait un froid polaire et presque nuit, mais Mme Strauss, la femme pour qui je fais du baby-sitting après les cours, voulait à tout prix que j'emmène sa fille de 5 ans au parc pour prendre l'air, même si elle devait bien voir que j'avais des engelures et que mon nez était prêt à tomber. C'est une de ces femmes qui affichent une amabilité trompeuse, le genre à faire ses courses dans les magasins prétentieux comme

Bendel's ou Berdgorf, et qui aimerait mieux mourir que d'aller chez Bloomingdale's. Les Strauss vivent dans un immeuble de brique blanche moderne de la 75e Rue Est, avec un auvent beige qui fait toute la largeur du trottoir pour qu'on puisse monter dans un taxi sans être mouillé par la pluie. Les baies vitrées de leur appartement avec balcon donnent sur le parc. Quand les Strauss ont la flemme de sortir leur braque de Weimar, ils le laissent faire ses besoins là, et la merde gelée forme d'horribles masses grisâtres sur les dalles.

Après la cage à poules, la petite Petra me traîne au toboggan, puis aux balançoires. Les enfants courent dans tous les sens, emmitouflés dans d'épais manteaux de laine, avec des moufles et une écharpe autour du cou, le nez morveux. Assises ensemble sur un banc, les nounous les ignorent et tâchent de faire passer le temps entre la sortie de l'école et le dîner avec le minimum d'efforts possible.

— Pousse-moi ! réclame Petra.

J'ai oublié mes gants. Mes mains virent au bleu tandis que je pousse la chaîne en métal de la balançoire. La fillette s'élance vers le ciel, toujours plus haut. Les arbres sont nus. Dans la poche de mon manteau, je sens le poids des rouleaux de pièces que j'ai dérobés dans le tiroir de la cuisine, où Mme Strauss laisse de la monnaie à sa domestique pour la buanderie commune située au sous-sol de l'immeuble.

Je sors de l'ascenseur et dis bonsoir à Pepe, le liftier. Une sonnerie l'appelle quelques étages au-dessus. Il tire la grille de cuivre. La porte se referme. Je cherche ma clé dans ma sacoche. Du palier, j'entends Conrad et Leo se disputer, pour changer. Ils parlent si fort que tout l'immeuble doit en profiter. Conrad braille que son père ne comprend rien à rien : l'herbe n'est pas à lui. Il la gardait juste pour un copain.

Je m'assieds sur le carrelage noir et blanc et m'adosse à la porte. Pas question que j'aille plus loin pour l'instant.

— Interdiction de sortie pendant un mois, hurle Leo.

— Tu n'as pas le droit ! J'ai des billets pour un match de catch au Garden. C'est André le Géant. J'ai invité Leslie.

— Tu n'as qu'à les offrir à Ellie.

— Je les ai payés avec l'argent que maman m'a donné pour Noël. T'es vraiment dégueulasse. Je te déteste.

Je fais mes devoirs d'algèbre, assise à mon bureau, quand Conrad apparaît à la porte de ma chambre.

— Tiens, salope, dit-il en me jetant ses billets.

— Hé, pourquoi tu t'en prends à moi ? Je hais le sport !

Mars

Le froissement du papier me réveille. La couverture orange et blanc d'un livre de poche apparaît dans l'entrebâillement de ma porte, qui est maintenant munie d'une sécurité. Je regarde avec horreur *Des souris et des hommes* remonter lentement et soulever le crochet métallique au-dessus de l'œillet. Le livre disparaît. La poignée tourne.

— Maman ? dis-je avant qu'il n'ait le temps d'ouvrir. C'est toi ?

J'attends que ses pas s'éloignent dans le couloir pour remettre le crochet en place.

Avril

Il tombe une bruine lugubre ininterrompue depuis notre arrivée dans le Connecticut. Ma grand-mère répète que pleurs d'avril apportent fleurs de mai, mais cette pluie me fait penser à un cœur lourd plus qu'aux bourgeons verts du printemps. Anna et moi passons deux semaines chez nos grands-parents paternels. Grand-mère Myrtle souffre de fibrillation auriculaire et, pour la première fois de sa vie, elle admet qu'elle se sent flageolante et qu'elle n'aurait rien contre un peu d'aide à la maison. Anna veut profiter des vacances pour passer du temps avec eux.

— Qui sait quand je rentrerai de Californie. Ils seront peut-être morts d'ici là, m'a-t-elle expliqué quand elle m'a appelée pour m'annoncer ses projets.

— Sympa. Tu vas vraiment nous manquer.

— Bien sûr que je vais te manquer.

— Je sais. Tu me manques déjà.

À présent, Anna et moi sommes allongées sur nos lits jumeaux, où nous avons passé les trois derniers jours à lire les romans que notre grand-mère a empruntés pour nous à la bibliothèque. « Ça devrait vous occuper le temps que le soleil revienne », nous a-t-elle dit en nous tendant un épais volume à chacune. *Guerre et Paix* pour ma sœur, *Les Hauts de Hurlevent* pour moi.

Je porte le mien à mon nez, en renifle les pages. J'aime l'odeur des livres de bibliothèque. Ils sentent le vieux, et cela leur donne une saveur particulière, un caractère antique, noble, comme les marches d'un palais de marbre, ou un sénateur.

Anna bâille, s'étire.

— Ce bouquin est trop long. Trop russe. Toute cette prose virile lourdingue. Je n'en peux plus. Je vais voir si j'en trouve un autre en bas.

Seule dans notre chambre, je regarde les gouttes glisser sur les vitres. Mes yeux se perdent dans le paysage vaporeux. La brume a métamorphosé le pommier sauvage en spectre. Ses branches humides tapent au carreau. Peu importe s'il pleut pendant tout le mois, je suis heureuse d'être ici. Parce que je me sens à l'abri. Parce que je peux passer du temps avec ma grande sœur drôle, brusque et sardonique. Parce que je peux aller me coucher sans appréhension. Parce que je sais que ma grand-mère, toute frêle qu'elle soit, m'aimera toujours, envers et contre tout. Parce qu'elle continuera à faire des gaufres et à vouloir me laver les cheveux dans l'évier de la cuisine avec du shampoing pour bébé Johnson, comme elle le fait depuis que je suis toute petite, rinçant son odeur douceâtre d'huile minérale sous le robinet d'eau chaude, tandis que je renverse la tête en arrière dans une position impossible, la nuque contre la porcelaine froide. Et pourtant, même ici, une vigilance instinctive me réveille souvent la nuit. Je reste allongée des heures dans le noir, à écouter les ronflements rassurants d'Anna, avant de replonger enfin dans un sommeil agité.

— Tu as une mine de déterrée, m'a dit Anna à son retour de Californie.

— J'ai des insomnies.

— On dirait que tu t'es pris un pain dans chaque œil.

Quand Conrad a commencé à venir dans ma chambre, j'ai hésité à en parler à ma sœur. Mais je savais qu'elle irait voir notre mère, même si je lui faisais promettre de se taire. Anna n'est pas comme moi. Elle aime se battre. Elle se fout de l'opinion des gens. Elle n'a pas besoin d'être aimée. Anna est une guerrière. Elle n'aurait pas ménagé Conrad. Et elle ne comprendrait pas pourquoi je n'ai rien fait – elle ne comprendrait pas que, pour moi, le seul moyen de me protéger contre la honte et l'humiliation, c'était de faire comme si je ne savais pas. Si j'en avais parlé à Anna, elle l'aurait attaqué, aurait tout révélé au grand jour et, d'une certaine manière, m'aurait livrée à lui. Conrad aurait su que je connaissais son secret honteux depuis le début. Et puis il avait arrêté de venir dans ma chambre et j'avais pensé : après tout, il ne s'est rien passé de grave. Il se touchait lui, mais pas moi. Personne n'a besoin de savoir. Sauf que, depuis peu, ses visites nocturnes ont repris, et maintenant je regrette de ne pas l'avoir dit à Anna quand c'était encore possible.

Elle réapparaît avec un exemplaire de *Gatsby le magnifique* qui a appartenu à mon grand-père. Je lève les yeux en la voyant entrer.

— Tu n'as pas lu ce bouquin cent fois ?

— C'est une première édition, dit-elle d'un ton plein de révérence.

— Il t'a autorisée à le prendre ?

— Je ne voulais pas le déranger. Il est dans son bureau. De toute façon, je ne compte pas le lire. Je veux juste m'allonger sur mon lit et le caresser. Et plus si affinités.

— Tu es bête.

— Et fière de l'être. Une jolie petite tête de linotte, c'est ce qu'il y a de mieux pour une fille en ce monde.

— Est-ce qu'une de vous deux peut venir m'aider à préparer le dîner ? crie notre grand-mère. Il y a des pommes de terre à éplucher.

— J'y vais, dis-je à ma sœur. Tu peux peloter tranquillement ton livre.

J'entre dans la cuisine.

— Est-ce que je peux faire les carottes à la place ? Je suis incapable d'éplucher correctement une patate.

Je finis toujours avec de pitoyables pentagones pâles, les trois quarts de la chair partis avec les épluchures. Je vais décevoir ma grand-mère, et je déteste ça.

— Et si tu allais chercher le courrier ? propose-t-elle. Je l'ai laissé dans la boîte toute la journée.

Elle se place devant l'évier et entreprend d'éplucher les pommes de terre. Les fines languettes de peau tombent élégamment dans la bassine. Je m'approche d'elle et frotte mon nez contre sa joue avec de petits ronflements de poney.

— Qu'est-ce que tu fais, grande bêtasse ? dit-elle avec un sourire. Mes bottes en caoutchouc sont dans l'entrée, si tu en as besoin.

Dehors, la bruine s'est transformée en pluie battante. Un éclair déchire le ciel, illuminant les stèles du cimetière de l'autre côté de la rue. Quelques secondes plus tard, un coup de tonnerre retentit.

Mai

Je me réveille en sueur, tournant le dos à la porte. Je me suis laissé surprendre par le sommeil. Un réverbère projette des ombres d'arbres au plafond. Des doigts de sorcière. Je ne le vois pas, mais je le sens derrière moi, à côté du lit. Il regarde. Réfléchit. Je remue un peu, laisse échapper un murmure comme si j'étais en train de rêver. J'attends qu'il parte. Mais il ne bouge pas. Le bout d'un doigt touche ma cheville, remonte, s'arrête à la bordure de l'ourlet. Appuie contre ma cuisse. Une pression humide, molle. Je me rends compte soudain que ce n'est pas son doigt. J'ai un mouvement de recul instinctif. Trop rapide. Trop conscient.

— Ellie ? murmure-t-il. Ellie ?

Je me recroqueville, épaules concaves, genoux à la poitrine, gémissant comme dans un cauchemar. Puis, bredouillant des mots incohérents, je jette un bras en l'air.

— Ce n'est pas un paon. Ta maison est ici.

Conrad bat en retraite. Il attend que je m'apaise. Lorsque ma respiration a retrouvé un rythme lent et régulier, il sort. La porte soupire derrière lui.

16

New York, juin 1983

Il est 8 heures du matin, et il fait déjà lourd. L'air étouffant exhale l'odeur gris poussière des trottoirs chauds, la pisse de chien, les taches d'essence sur l'asphalte, le parfum pâle et sucré des tilleuls. Nous partons pour le Bois sauvage aujourd'hui. Nous sommes garés en double file. J'aide Leo à ranger les bagages dans le coffre. Il est pressé. On a six heures de route devant nous et il veut éviter les bouchons. Mais maman court encore après le chat et la voiture est loin d'être chargée, car Conrad, qui descend les sacs, est une vraie tortue.

— Tu ne peux pas remuer tes gros gigots ? lui lance Leo.

— Connard, marmonne son fils.

Leo ne réagit pas.

Ma mère passe la tête par la fenêtre du troisième étage.

— Ellie, tu veux que je prenne ta brosse à dents électrique ? Oh et, s'il te plaît, tu peux faire un saut au supermarché pour aller me chercher un autre carton ? Quelque chose pour mettre la litière du chat pendant le trajet.

Quand la voiture est enfin pleine, ma mère apparaît avec un panier de pique-nique et la cage de transport du chat.

— Il se cachait sous le lit.

Elle pose la cage sur la banquette arrière et me tend le panier.

— Tu peux glisser ça à tes pieds, Ellie ? Leo ne veut pas s'arrêter pour déjeuner. Il y a une pomme et trois nectarines. J'ai fait des sandwichs. Beurre de cacahuète ou rosbif.

Elle s'assied à l'avant et s'évente avec un prospectus qui se trouvait sur le tableau de bord. Je place le chat au milieu pour faire une barrière entre Conrad et moi.

— Pourquoi est-ce qu'on n'achète pas une voiture avec la clim ? demande-t-il.

— Tu pourras piquer une tête dans l'étang d'ici quelques heures, répond Leo avant de refermer le coffre.

Je descends ma vitre. Un léger courant d'air humide pénètre dans l'habitacle. J'ai hâte d'arriver. Anna passe l'été dans un kibboutz dans le nord de la Californie, j'aurai donc notre chambre pour moi toute seule. Je me suis inscrite à un stage de voile. Et Jonas sera là. L'an dernier, ses parents étaient en congé sabbatique à Florence. Sa mère écrit une biographie de Dante. Je me demande s'il a beaucoup changé ou si je vais me rendre compte que l'écart entre nous s'est encore creusé.

On roule au pas. Quelque part à Rhode Island, notre radiateur surchauffe. Leo se gare sur le bas-côté broussailleux en pestant.

— J'avais besoin de me dégourdir les jambes, de toute manière, déclare ma mère.

À 20 mètres devant nous, un autre véhicule tombe en panne. Plus loin, un homme en costume rayé sur un immense panneau d'affichage fait de la publicité pour un concessionnaire automobile. Je regarde les voitures nous dépasser à une allure d'escargot avec un vague sentiment d'irritation, comme si on nous avait pris notre place dans la file.

— J'ai rempli d'eau un bidon au cas où, dit ma mère. Il est juste derrière toi, Conrad.

— Tu peux me le passer, s'il te plaît, demande Leo en défaisant sa ceinture de sécurité. Il va falloir attendre un peu que le radiateur refroidisse.

Conrad jette un coup d'œil derrière lui.

— Il est tout au fond, je ne peux pas l'attraper.

— Il faudra que tu sortes de la voiture de toute façon.

— C'est bon, fais-je.

Sans leur laisser le temps de dire quoi que ce soit, je me tortille pour me retourner et m'étire par-dessus les sacs de courses, les valises et le panier de poires pour m'emparer du bidon.

— Je l'ai, dis-je avec un grognement.

— Ellie, tu es un ange. Conrad, je m'occuperai de toi plus tard, ajoute Leo d'une voix méprisante.

— « Je m'occuperai de toi plus tard », marmonne Conrad, moqueur, avant de se tourner vers moi avec une expression haineuse. Fayotte.

Entre nous, le chat de ma mère miaule et gratte contre les parois de sa cage.

Il est près de minuit lorsque nous arrivons au camp. La maison est restée fermée tout l'hiver. Les canoës sont entreposés sur la véranda. Tout est couvert de pollen et de toiles d'araignées. Un animal s'est débrouillé pour entrer et a renversé les assiettes des étagères. Des éclats de porcelaine blanche sont éparpillés sur le sol du salon. Les souris ont fait leur nid habituel dans le tiroir à couverts. Des crottes sur les dents des fourchettes, du placenta sur les cuillères à café. Il faut allumer l'eau chaude. Les lampes torches sont toutes à plat. Personne n'a envie de faire les lits.

Je pisse dans les buissons et je vais me coucher dans mon chalet. Je m'écroule sur le matelas nu. Je suis heureuse d'être ici. J'écoute les grenouilles-taureaux coasser et beugler, le vent dans les arbres. La pleine lune brille par le vasistas. Dehors, une brindille craque. Il y a quelqu'un. Je retiens mon souffle. J'attends. Les pas se dirigent vers l'étang. Puis j'entends des éclaboussures et un petit vagissement de bébé. Je me lève et m'approche doucement de la porte-moustiquaire. Je scrute les ténèbres. Enfin, je distingue une maman raton laveur et ses quatre petits. Ils pêchent au bord de l'eau. Elle s'interrompt, renifle l'air. Elle m'a sentie. Bientôt, elle retourne à sa tâche. Elle passe la patte à la surface et attrape un poisson. Sans bruit, j'avance sur le sentier. Elle se fige, inquiète. Je fais encore un pas. Elle tourne vers moi sa tête de bandit masqué et grogne. Quelques secondes plus tard, ils se sont évanouis parmi les arbres. Il ne reste rien de leur passage, hormis le frémissement de l'étang. La lune est si brillante que je vois les galets sous la surface. J'enlève ma chemise et je m'enfonce jusqu'à la taille parmi les roseaux, puis je me dissous dans l'eau. Je n'ai jamais nagé seule ainsi : la nuit, nue, en silence. J'éprouve une sensation de luxe et de mystère.

Je sors et je m'ébroue. Je récupère ma chemise sur la branche et pique un sprint jusqu'à mon chalet. Je referme la porte derrière moi.

Une main surgit des ténèbres et se plaque sur ma bouche.

— Je t'observais, murmure Conrad.

J'ai la sensation d'une dégringolade vertigineuse dans mon ventre. Tout mon être se glace de panique. Je crie, mais il ne sort qu'un gémissement étouffé.

— Tu devrais te baigner à poil plus souvent, dit-il, passant sa main sur mon corps. Tu as la peau douce, élastique.

Il me pousse sur le lit.

J'essaie de me libérer, mais il est plus fort que moi.

— Tu savais que je te regardais.

— Arrête, Conrad.

— Allumeuse. Tu me laisses entrer dans ta chambre la nuit. Tu ne me dis jamais de partir. Je sais que tu fais semblant de dormir.

Je secoue la tête et me débats, désespérée.

— Ce n'est pas vrai.

— J'ai raconté à mes amis que tu me laissais te toucher.

Il s'enfonce en moi brutalement, et c'est comme un coup de poignard qui déchire mon hymen. Qui me transperce. Je pense à la maman raton laveur qui écoute mes petits vagissements de bébé dans les branches. Lorsqu'il jouit, je pleure.

Un merlebleu traverse le ciel, vole d'arbre en arbre. Je suis recroquevillée en position fœtale sur la mousse au milieu des bois, au bord de mon ruisseau secret. Lorsque Conrad est parti, je me suis réfugiée dans la salle de bains et je me suis lavée au robinet d'eau chaude pour effacer toute trace de lui sur ma peau. Ça n'a servi à rien. Je ne suis plus moi-même. Je ne peux pas rentrer à la maison. Je ne peux pas rester ici. Je ne le laisserai pas me dégoûter de cet endroit. L'étang est à moi. Les bois sont à moi. Il faut que je dorme. La nuit me hait. Je suis une morte-vivante.

Des heures plus tard, je reviens à moi, transie, claquant des dents, les vêtements trempés de sueur, engourdie. Je n'arrive pas à retrouver mes repères, perdue dans les brumes d'un rêve persistant qui refuse de se laisser attraper. Je veux rester là mais l'ici ne me le permet pas. Je me lave le visage dans le courant frais, passe la main dans mes cheveux. Ma chair me répugne. Je dois rentrer à la maison. Je ne pourrai plus jamais rentrer à la maison.

J'approche du camp subrepticement, me cache dans les buissons derrière le cellier. Mon seul objectif, c'est de me faire invisible : ramper, trouver un trou, m'y glisser, fermer les yeux, ne rien voir que les taches noires sous mes paupières. Le break de Leo n'est pas là. Ma mère prépare à manger, seule dans la cuisine. Je l'épie entre les feuillages. Elle remplit une grande casserole d'eau en fredonnant. Je fais un pas vers elle. Elle lève la tête, en alerte, comme un chevreuil, comme si elle avait senti ma présence. Elle ferme le robinet, va à la fenêtre, regarde dehors. J'attends qu'elle se soit tournée pour sortir du bois et j'entre par la porte de derrière.

— Te voilà ! Je ne t'ai pas vue de la journée. Je commençais à m'inquiéter.

— Je suis allée faire un tour en ville.

— Ton copain Jonas est passé.

— Où est tout le monde ?

— Conrad et Leo sont au magasin. J'ai oublié la bière. Je fais des tacos de poisson.

— Je pense qu'il vaut mieux que je ne mange pas ce soir. J'ai mal au ventre.

Ma mère émince un chou sur le plan de travail : une montagne d'os vert pâle.

— Maman ?

— Hmm ? fait-elle sans se retourner.

— Il faut que je te dise un truc.

— Tu veux bien me passer la crème ?

Elle essuie la lame de son couteau avec un torchon et prend un bouquet de persil lavé. Elle le secoue brièvement.

— M'man.

— Ne m'appelle pas comme ça, tu sais que ça m'énerve.

J'entends une voiture dans l'allée.

— Ah, parfait. Ils sont là. Je vais pouvoir mettre le tassergal sur le gril.

Elle verse un peu d'huile d'olive dans une poêle en fonte, ajoute quelques gousses d'ail écrasées.

— Alors, qu'est-ce que tu voulais me dire ?

Les portières claquent.

— Je crois que j'ai de la fièvre.

Elle met le dos de sa main sur mon front.

— C'est vrai que tu es un peu chaude.

Elle remplit un verre d'eau au robinet.

— Tiens. Je t'apporte de l'aspirine dès que j'ai lancé le poisson.

Je regagne ma chambre, mais je m'arrête devant la porte. J'ai peur d'entrer, peur de ce que je vais trouver.

Le plus étrange, c'est que rien n'a changé. Il n'y a aucune trace de violence, pas d'odeur de terreur. Le sol jaune est vif et joyeux. Ma mère a laissé des draps de coton propres et des taies d'oreiller fleuries sur le matelas. Rien n'a changé, à part moi.

Je garde la chambre pendant quatre jours. Je frissonne et je pleure. Je ne veux pas voir Conrad. La nuit, je verrouille la porte et la bloque avec une chaise. Ma mère pense que j'ai une grippe intestinale. Je mets le doigt dans ma gorge, me force à vomir dans la poubelle la nourriture qu'elle m'apporte. Je tire la chasse dix fois, comme si j'avais la diarrhée. Elle interdit l'accès de ma chambre.

— Pas la peine que tu nous contamines tous.

Elle me porte des bols de bouillon de poule avec du riz et des compresses froides. Ma mère n'est pas une personnalité chaleureuse, en revanche c'est une excellente infirmière. Chaque jour, Jonas passe me voir, mais elle le renvoie chez lui.

Le lundi matin, premier jour du stage de voile, je suis miraculeusement guérie. Je promets d'appeler immédiatement si je me sens mal. Je lui assure que ça me fera du bien. Elle me conduit au yacht club et me dépose sur le quai.

— Leo viendra te chercher à 17 heures.

— Je pensais que c'était toi qui viendrais.

— Leo doit emmener Conrad acheter un nouveau maillot à Orleans. Apparemment, il ne rentre plus dans celui qu'il a pris.

— Pourquoi est-ce que Conrad a besoin d'un maillot ? Il ne se baigne presque jamais. Maman, je n'ai pas envie d'être malade dans la voiture avec Leo.

Elle soupire.

— D'accord, 17 heures.

Je regarde le break disparaître avant de me diriger vers la rampe de mise à l'eau. J'ai l'impression que mon corps ne m'appartient pas, qu'il est faible, transparent. Mais je suis soulagée d'être loin du camp, loin de *lui*.

Un groupe attend le moniteur sur le quai. Jonas est assis un peu plus loin, ses jambes maigres ballantes au-dessus de l'eau. Il dessine quelque chose qui a attiré son attention dans le port.

— Salut, me lance-t-il, comme si on s'était vus hier.

— Tiens, un revenant. Qu'est-ce que tu fabriques ici ?

— Je viens prendre des cours de voile.

Je m'assieds sur le quai, à 1 mètre de lui, redoutant qu'il sente la honte sur moi. Mais il se lève avec un grand sourire et me serre dans ses bras. Je suis stupéfaite. Il a vraiment changé. Il est toujours bronzé, débraillé, torse nu, mais il fait plus que 14 ans. Il doit mesurer pas loin d'1,80 mètre et il est devenu beau gosse. Pendant un instant, alors que nous nous étreignons, je me sens intimidée. Je regrette de ne pas m'être lavé les cheveux.

— Tu as changé. Mais tu as toujours ton short pourri.

— Celui-là doit faire 10 tailles de plus, dit-il en riant. Mais sinon, oui, c'est le même. Tu me connais, fidèle à mes habitudes. Et toi, comment ça va ?

L'arrivée du moniteur m'épargne un mensonge. Il nous crie de prendre un gilet de sauvetage et de monter à bord, trois par dériveur. Cinq Sunfish sont amarrés dans la baie. Ils ressemblent à des bonbons, avec leurs voiles rayées vert, turquoise, citron, orange, rouge et lavande.

— J'espère que ça ne te dérange pas que je sois là, dit Jonas alors que nous nous installons. C'est ta mère qui m'a dit que tu t'étais inscrite. J'ai bien reçu tes cartes postales. Merci.

— Tu rigoles ? Je suis super contente de te voir, dis-je, ce qui est vrai.

— Tu as changé, toi aussi.

— J'ai eu une grippe intestinale.

Je suis une Intouchable.

— Non, dit-il en m'examinant. Je ne pense pas que ce soit la diarrhée.

— Beurk.

— Tu l'as dit.

— J'ai dû grossir.

— Non. Tu es plus belle que jamais.

— Et toi, plus ridicule que jamais.

Je ris, mais ça me fait plaisir.

Une fille plus âgée monte à bord et se glisse entre nous.

— Je m'appelle Karina. C'est ma seconde année.

Elle s'empare de l'écoute. Nous écarte.

Il y a de la houle. Derrière nous, un bateau se retourne. Quelqu'un grimpe sur la dérive et le redresse. La voile mouillée claque contre le mât. Les adolescents se hissent hors de l'eau, trempés et heureux. Ils essorent leurs tee-shirts. Ils ramènent la bôme, tirent sur l'écoute. Notre moniteur tourne autour de notre petit troupeau de dériveurs dans une barque blanche équipée d'un moteur hors-bord.

— Parés à virer ! Envoyez ! Gare à la bôme ! Bordez !

— C'est du mandarin ou du grec ancien ? demande Jonas. J'ai un doute.

Nous rions, mais une heure plus tard il mène notre bateau comme un pro, reléguant au second plan la cheftaine Karina, me criant de border ou de choquer, de faire des nœuds, de me pencher sur le côté. Notre voile faseye, on vire de bord, louvoie, abat. Peu importe. Je suis heureuse de respirer. Heureuse d'être avec Jonas. Hors d'atteinte. *Je vais y arriver*, me dis-je, alors que notre dériveur vogue vers le large. *Je survivrai.* Personne n'a besoin de savoir. Je vais cacher un couteau de cuisine sous mon matelas. S'il me touche, je le tue. Cette pensée me rend euphorique. Je ferme les yeux et offre mon visage à la morsure du vent salé.

17

Juillet

Dimanche. Il n'y a pas de cours aujourd'hui. Nous avons prévu d'aller pique-niquer sur la plage. Nous traverserons l'étang en canoë et terminerons à pied, pour que Jonas puisse pêcher au retour. Lorsqu'il arrive, je suis en train de faire des sandwichs jambon-munster dans la cuisine. J'ai déjà mis un bocal de pickles à l'aneth dans le panier et une Thermos de thé glacé. J'ajoute un sachet de cerises, des serviettes en papier et un paquet de biscuits fourrés au chocolat Milano. Appuyé contre le plan de travail, Jonas me regarde emballer les sandwichs dans du papier paraffiné et replier les coins avec soin.

La porte-moustiquaire claque. Conrad s'assied à la table de la véranda. Je fonce dans le cellier, fais semblant de chercher quelque chose dans le frigo.

Tous les soirs, depuis cette horrible nuit, je verrouille la porte de mon chalet. En plein jour, je me sens à peu près en sécurité, tant que je ne me retrouve pas seule avec lui. Tant que je ne le regarde pas. Je suis devenue un cheval avec des œillères. Conrad fait comme si de rien n'était, sauf qu'il se montre avec moi d'une sollicitude inhabituelle : il tire ma chaise à la table du dîner, remplit mon verre d'eau dès qu'il est vide.

— Quel gentleman ! s'extasie ma mère.

Jonas se tourne vers lui.

— Salut, Conrad.

— Salut. Quoi de neuf ?

— Rien de spécial. Ellie nous prépare un pique-nique pour la plage.

— Ah oui, elle fait quoi ?

— Des sandwichs jambon-fromage.

— Je viendrais bien avec vous.

— Si tu veux.

Le pot de moutarde m'échappe des mains et se fracasse par terre, repeignant le sol en jaune Dijon. Je m'accroupis pour ramasser les éclats de verre. Jonas me rejoint dans le cellier.

— Ça va ? Tu t'es coupée ?

— Ça va. J'ai juste mis de la moutarde et du verre partout.

— Conrad veut nous accompagner.

— On ne rentrera pas à trois dans le canoë.

— Je pêcherai une autre fois. C'est pas comme si les perches allaient disparaître.

— Tu aurais dû me demander avant.

— Qu'est-ce que j'étais censé dire ? « Un instant, je vois avec Ellie si elle est d'accord... Oups, désolé, elle ne veut pas. » Ambiance...

— J'aurais besoin de papier journal mouillé et d'un balai, dis-je sèchement.

— Tu es sûre que ça va ?

— Oui. Arrête de me demander ça.

Nous prenons le sentier qui conduit à la plage à travers bois en file indienne : Conrad, puis Jonas, puis moi. Jonas fait la conversation à Conrad. Je ralentis et laisse l'écart entre nous se creuser. Quand ils sont hors de vue, je me penche en avant, secouée de haut-le-cœur. J'avais tort. Je ne peux pas. Je ne peux pas me retrouver face à lui. Sourire alors que je ne porte qu'un bikini. Nager alors que je sais. Et que je sais qu'il sait. La panique se tortille en moi tel un serpent et sort par ma bouche.

Devant, Jonas m'appelle. Je crie :

— Je me suis cogné l'orteil. Je vous rattraperai.

Je veux faire demi-tour et rentrer à la maison, me barricader dans ma chambre. Mais je ferme les yeux et m'ordonne de me calmer, d'avancer. J'ai fait ce chemin si souvent que j'en connais chaque racine, chaque arbre. Je sais qu'au prochain tournant je verrai des vignes sauvages s'enrouler autour des troncs et des buissons, et des grappes de raisin sucré pendre parmi les lauriers, vestiges d'un passé agricole pas si ancien. Il y a cent ans, cette colline boisée était couverte de champs cultivés. Je sais que plus loin le chemin va s'élargir, grimper plus raide. Je franchirai la crête pour redescendre dans un creux entre les dunes, où un sentier coupe-feu longe la côte. Au sommet de la dune suivante, j'arriverai à une cabane délabrée mais toujours debout, construite pendant la guerre pour surveiller les sous-marins allemands. Anna et moi y jouions avec nos poupées quand nous étions petites. Je me dresserai là-haut, face à l'immensité de l'océan, mon océan. Je connais cet endroit par cœur. Il est à moi, pas à lui.

La plage est belle, vaste. La marée est basse. Conrad est déjà dans l'eau jusqu'aux cuisses. La peau de son dos est d'un blanc éclatant au-dessus de son horrible caleçon rouge vif. Des boutons d'acné grêlent ses épaules. Je balaie l'océan du regard, espérant apercevoir un aileron de requin. Puis je dévale la dune, laissant flotter ma serviette derrière moi.

Je m'assieds à une distance raisonnable de Jonas.

— Hé, dit-il en tapotant la place à côté de lui, mais je l'ignore.

Conrad plonge sous une vague qui le renverse. Ses jambes grasses pointent hors de l'eau comme des doigts géants nous adressant le signe de la paix, avant que la mer ne le remette à l'endroit.

— Vous vous êtes disputés, tous les deux ?

— Pas plus que d'habitude. C'est un connard et je le hais.

— Pourquoi tu as l'air furieuse contre moi, alors ?

— Je ne suis pas furieuse. Tu as gâché une journée sympa. Ce n'est pas la mort.

— Je n'ai rien gâché du tout, Ellie. C'est une belle journée, magnifique. Regarde cette eau. Même Conrad est content d'être ici.

— Tout va bien, dans ce cas, dis-je en me levant. Je vais me balader sur la plage. Amusez-vous bien tous les deux. De toute manière, il n'y a pas assez de sandwichs pour trois.

— Tu peux prendre le mien, si tu me promets d'arrêter ton délire.

— Ne parle pas si fort.

Je le plante là et m'approche de l'eau, fâchée contre moi-même. Conrad a souillé l'étang, souillé le Palais de papier. Il m'a souillée, moi. Mais je ne le laisserai pas gâcher ma relation avec Jonas, salir tout ce qu'il me reste.

Il saute par-dessus les vagues, le dos tourné. Je ramasse un morceau de silex – mon cœur, me dis-je – et le lance de toutes mes forces, visant sa tête. Le galet s'enfonce dans l'eau à 1 mètre de lui. J'ai toujours lancé comme une fille et ça m'énerve. C'est une faiblesse visible de tous. Je cherche un meilleur projectile. Chaque fois qu'une vague reflue, cent petits trous apparaissent dans le sable lisse, laissés par les palourdes qui s'enfouissent à la hâte pour échapper au regard perçant des mouettes. Je repère la pierre parfaite : grise, de la taille d'une mandarine, avec une bande blanche en relief au milieu. Lorsque je me redresse, Conrad m'observe. Je la mets dans ma poche et m'écarte. Je longe le bord de mer jusqu'à ce qu'il ne soit plus qu'une tache quand je me retourne.

Lorsque je rentre de la plage, je trouve Jonas qui m'attend sur les marches de mon chalet. Il tient quelque chose au creux de ses mains.

— Regarde.

C'est une grenouille arboricole minuscule, de la taille d'un bouton.

— Trop mignon. Mais tu dois avoir de la pisse de grenouille plein les mains. Elles font ça quand tu les prends.

Je passe devant lui et ouvre brutalement la porte.

— Oui. C'est une réaction instinctive provoquée par la peur, dit-il.

— Bon, on se voit lundi.

— Ellie, attends. Je suis désolé.

Il repose la petite grenouille et la regarde s'éloigner en quelques bonds.

— Pourquoi ?

— Je n'en sais rien. Mais tu es fâchée contre moi. S'il te plaît, ne sois pas fâchée. Je n'ai pas été assez puni comme ça ? Toutes ces discussions de mecs sur le sport et Van Halen, les deux sujets que je déteste le plus au monde.

Il a l'air d'un petit garçon. Je m'en veux. Ce n'est pas sa faute, mais il n'y a rien que je puisse dire pour m'expliquer, parce que je ne peux rien dire tout court.

— Ça aurait pu être pire. Tu aurais pu avoir droit aux plus grands tubes de Bread, dis-je, puis je m'assieds à côté de lui. Excuse-moi, ce n'était pas sympa de ma part.

Au bout de trois semaines au club de voile, Jonas et moi passons du Sunfish à un Rhodes. Nous recevons chacun un petit badge thermocollant. Jonas est un vrai loup de mer. Je ne suis pas aussi douée, mais je fais un second potable et je me sens apaisée quand je suis sur l'eau avec lui. Normalement, on est six à bord, mais notre moniteur veut qu'on apprenne à être « autonomes », capables de naviguer à deux. Aujourd'hui, Jonas et moi sommes donc seuls. Il a bruiné toute la matinée et nous sommes au milieu de la baie, dans nos cirés jaune vif. Le vent capricieux tourne toutes les dix secondes. J'ai pris tellement de coups de bôme que même Jonas a cessé de se moquer de moi.

— C'est nul !

— Je suis d'accord, dit-il. Rentrons.

Il tire sur l'écoute et tente de virer de bord, mais le vent refuse de coopérer. Le bateau est ballotté par la houle et la voile claque.

— On devrait appeler pour se faire remorquer. Le moniteur viendra nous chercher.

— Pas question, proteste Jonas. C'est la première fois qu'on sort à deux. Le vent va revenir.

Au lieu de quoi, il se met à pleuvoir si fort que l'eau qui dégouline de mes cheveux remplit mes oreilles. Je ne vois plus le quai. À proximité, dans la brume, notre moniteur remorque un autre bateau.

— Je l'appelle.

— Encore cinq minutes.

— Je crève de froid.

Jonas se lève, vérifie le foc.

— OK, cinq minutes, alors. Pas plus, dis-je.

Je relève mon col et me recroqueville dans le cockpit. Jonas s'appuie au mât, scrutant la pluie comme s'il cherchait des réponses. Je le dévisage :

— À quoi tu penses ?

Une mouette surgit du brouillard et se pose à la proue. Elle incline la tête et regarde Jonas sans ciller. Il est le premier à détourner les yeux.

— Je ne veux pas que tu t'énerves, dit-il.

— Promis.

Il s'assied à côté de moi avec un soupir résigné.

— Est-ce que toi et Conrad, vous avez… tu sais… fait des choses ensemble ?

— Fait des choses ? dis-je, avec une grimace éloquente. Quelles choses ? Qu'est-ce que tu veux dire, exactement ? Pourquoi tu me demandes ça ?

— C'est juste que… il a dit un truc le jour où tu nous as plantés sur la plage.

Je me crispe.

— Quoi ? Qu'est-ce qu'il a dit ?

— Que tu le laissais te tripoter. Que tu étais une fille facile. Que je ne devrais pas placer trop d'espoirs en toi.

Un petit rire hystérique m'échappe. J'ai la sensation que ma trachée se bouche.

— C'est dégueulasse.

Il rit avec un soulagement évident.

— Vous n'avez pas de lien de sang, mais bon, ça me donnait un peu envie de gerber.

— C'est quoi, son problème ? Tu ne peux pas imaginer à quel point je le hais. Je préférerais mourir plutôt que de le laisser me toucher, dis-je d'une voix tremblante.

— Je n'y ai jamais vraiment cru.

Je ne veux pas pleurer devant lui, mais les larmes coulent toutes seules.

— Ellie, ne te prends pas la tête avec ça. Il faisait juste son intéressant. C'est un sale con, dit Jonas, essuyant mes joues du bout des doigts. Donc je peux recommencer à espérer ? ajoute-t-il en riant.

— Je suis trop vieille pour toi.

— Je sais que c'est ce que tu penses, mais tu as tort.

— Et tu es beaucoup trop bien pour moi.

Ça, je sais que c'est vrai.

Il sort un chocolat fourré à la menthe de la poche de son ciré et le partage en deux.

— On casse la croûte ?

Il y a quelque chose de tellement adorable chez lui, il est tellement mignon que ça me brise le cœur. Mes larmes se remettent à couler.

— Qu'est-ce qu'il y a ? Tu n'aimes pas la menthe ?

Un sanglot m'échappe, entre le rire et les larmes. Conrad m'a volé quelque chose. Je ne serai plus jamais adorable, plus jamais propre. J'avais toujours cru que, la première fois, je le ferais avec quelqu'un que j'aimais. Quelqu'un comme Jonas. Je pleure sans pouvoir me retenir, maintenant, hoquetant toute la terreur et la honte que j'ai réussi à contenir jusque-là.

— Ellie, arrête, tu veux ? Je n'aurais jamais dû t'en parler. Je suis un idiot. Excuse-moi.

J'essaie de me maîtriser, de reprendre mon souffle, mais je sanglote de plus belle. Le brouillard nous enveloppe à présent, si épais qu'il assourdit mes gémissements, fait de nous des fantômes.

— Il adore m'humilier. On le sait tous les deux. J'aurais mieux fait de me taire. Arrête de pleurer, s'il te plaît.

Je veux tout lui dire, partager ce fardeau, mais je ne peux pas. Il n'a que 14 ans et je dois endurer seule cette nuée de corbeaux dans mon ventre. Les blessures à l'intérieur finiront par cicatriser, même si c'est de traviole. Et la prochaine fois je serai prête, armée, et pas uniquement avec la pilule. Au loin, j'entends mugir une sirène.

— On devrait rentrer, dis-je à travers mes sanglots et ma morve.

— Ellie, je ne comprends pas. S'il te plaît, arrête de pleurer. Puisque ce n'est pas vrai. Tu ne me dis pas tout, c'est ça ? insiste-t-il, l'air anxieux, perturbé. Il s'est passé quelque chose ?

Mes yeux fixent mes baskets détrempées. Il y a 2 centimètres d'eau au fond du bateau. Je tape du pied, produisant de petites éclaboussures, m'essuie le visage avec la manche de mon ciré.

Je sens son regard qui me scrute, songeur.

— Est-ce qu'il t'a fait du mal ?

— Non, dis-je dans un souffle.

— Tu le jures ?

Je hoche la tête mais mon visage doit me trahir, car son corps s'affaisse d'un coup, comme désossé par la lame aiguisée de la vérité.

— Merde.

— Tu ne dois rien dire. Jamais. Personne n'est au courant.

— Ellie, je te promets qu'il ne te touchera plus jamais.

Je ris, mais le son est amer, creux.

— C'est ce que je me suis promis la première fois qu'il est venu dans ma chambre.

Une ombre large passe sous la coque. S'attarde un instant avant de s'évanouir dans le brouillard. Notre embarcation se balance doucement, tandis que je raconte tout à Jonas.

18

Août

Les plus belles journées de l'été viennent souvent après une grosse averse. Des cumulus blancs flottent dans un bleu plus soutenu, l'air est si frais, si vif, qu'on en boirait. C'est le cas aujourd'hui. L'orage d'hier a lavé le ciel. À mon réveil, j'ai oublié, il se peut même que je sourie, avant que la mémoire me revienne. Une brindille craque devant ma porte, les marches ploient avec un grognement creux. Le visage de ma mère apparaît derrière la moustiquaire.

— Pourquoi est-ce que c'est fermé à clé ? demande-t-elle en appuyant sur la poignée.

— C'est juste le mécanisme qui se bloque parfois.

Je me lève pour ouvrir.

— Range ça, s'il te plaît, dit-elle, posant une pile de draps propres pliés sur mon lit. Leo a envie d'essayer le vieux bateau de papa aujourd'hui.

Le petit voilier de mon grand-père a passé l'été sur une remorque au bout de l'allée, recouvert d'aiguilles de pin.

— On pensait y aller vers 11 heures, avec la marée descendante. Alors debout. On ne traîne pas.

— Allez-y sans moi, si ça ne vous embête pas. Je n'y tiens pas vraiment.

— Leo veut faire une sortie en famille. On prendra un pique-nique et on ira jusqu'à Long Point.

Long Point est le bout du bout du cap, une mince langue de sable qui s'incurve sur elle-même, enserrant le large port de Provincetown dans une étreinte protectrice, l'ultime rempart entre la civilisation et le vaste océan. De la rampe sur la plage de ville, on peut aller jusqu'à Long Point, jeter l'ancre dans la baie abritée, regarder les crabes qui détalent entre les herbes marines, chercher des palourdes à marée descendante. Mais si on traverse la langue de sable, à trois minutes de marche, on se retrouve face au large, rien entre vous et le Portugal, hormis de temps en temps un voilier cherchant refuge, et les bateaux de pêche au loin qui se dirigent vers les eaux poissonneuses de Stellwagen Bank, en quête de thons rouges et de flétans, de baleines remontant à la surface.

— Pourquoi est-ce qu'il faut que je vienne ? De toute manière, il n'y aura pas assez de place pour tout le monde.

On peut tenir à deux dans le bateau, trois au maximum, et Leo compte pour deux.

— Conrad vient. On le prendra chacun notre tour. Conrad et toi n'aurez qu'à commencer.

— Pas question que je navigue avec lui.

Elle soupire.

— Ellie, je te demande de faire un petit effort.

— C'est une très mauvaise idée. Il nage comme un pied.

— Ne sois pas méchante. Ça ne te va pas.

— C'est la vérité.

— Pourquoi est-ce que tu es si désagréable ? Qu'est-ce que ce pauvre Conrad t'a fait ? demande-t-elle, agacée.

— Bon, d'accord. Mais dans ce cas, Jonas vient aussi.

— Je te l'ai déjà dit. C'est une sortie en famille.

— Maman. Sérieusement. Réfléchis. Si on chavire, Conrad sera un boulet. Je n'arriverai jamais à retourner le bateau seule si la mer est agitée. Alors soit on s'entasse tous les quatre dedans, ce qui veut dire qu'on est sûrs de couler, soit j'ai besoin de Jonas.

— Si tu veux. Il fait trop beau pour se disputer.

Dans l'allée, Conrad et Leo essaient d'accrocher la remorque à la voiture, sans succès. Fascinée par l'étrange normalité de cette scène, je les regarde rire à gorge déployée de leur propre incompétence.

— Il ne faut jamais demander à un saxophoniste de faire un boulot de mec, dit Leo quand il me voit. Viens donc nous filer un coup de main. Conrad, tu tiendras la remorque pendant qu'Ellie mettra la goupille.

J'hésite. Je cherche une excuse pour me défiler, mais rien ne vient.

— Ellie, c'est quand tu veux. Cette remorque ne se mettra pas en place toute seule.

Il me tend la goupille en métal.

— Prends ça pendant que Conrad et moi on la soulève.

— Alors, les enfants, ça vient ? lance ma mère souriante, posant une glacière sur la banquette arrière.

Conrad et Leo mettent en place la remorque. En se relevant, Conrad me bouscule et je lâche la goupille. Aussitôt, il se baisse pour la ramasser.

— Excuse-moi, Ellie, dit-il d'une voix si basse que je l'entends à peine.

Jonas nous attend devant chez lui, assis au bord de la route sous la lumière mouchetée. Il a l'air détendu. Torse nu, comme d'habitude. Mais il y a de la méfiance dans ses yeux, un froncement de sourcils.

— Grimpe, Jonas, dit ma mère. Conrad, pousse-toi.

Jonas s'assied à côté de lui et se penche à la fenêtre, faisant semblant de regarder les arbres défiler. Je ne l'ai jamais vu se détourner de qui que ce soit, jamais vu son corps pâlir. Et je sais que c'est ma faute, parce que j'ai brisé son élan. Je lui ai pris sa vivacité de chevreuil, sa fraîcheur de jeune animal sauvage. Je l'ai contraint à être mon complice, à porter mon mensonge. C'est comme si je lui avais volé sa virginité.

— On devrait peut-être sortir le spi, lui dis-je pardessus Conrad. Si on veut naviguer au vent arrière.

La météo était parfaite dans le bois – juste ce qu'il faut de brise – mais, le temps d'arriver au port, le vent a forci. Les vagues quadrillent la baie et frappent les bateaux au mouillage. Il n'y a presque personne sur l'eau.

Nos premières tentatives tournent court. Chaque fois, le bateau est repoussé vers le rivage avant qu'on ait pu baisser la dérive. Conrad glapit quand la coque lui heurte le mollet. Sur la plage, ma mère nous lance des conseils inutiles.

— Grimpez tous dedans. On fait un dernier essai, lance Leo.

— Ce n'est pas une super idée, dis-je du bateau. La mer est trop agitée.

— Tu as sans doute raison, mais puisqu'on est là...

— Je crois que je vais passer mon tour, déclare Conrad, clairement nerveux.

— Allez, ça va être sympa, dit Jonas avec une cruauté nouvelle dans la voix.

À cet instant, Leo profite d'une accalmie entre deux vagues pour nous propulser. Et voilà que le bateau gîte, filant vers le large. Le vent tend la voile blanche. Assis à la proue, Conrad a les pieds qui rasent l'eau, comme de gros appâts roses.

— Je ne supporte pas de le regarder, marmonne Jonas.

— Il faut que tu fasses comme si de rien n'était. Tu m'as promis.

— Pourquoi ? Comment est-ce que tu peux encore lui parler ?

— Je ne peux pas. Mais je n'ai pas vraiment le choix. Je vis avec lui.

— En fait, si, tu as le choix. Si ta mère savait…

— Ma mère ne le saura jamais. *Ja-mais.*

— Il ne peut pas s'en tirer comme ça, Ellie.

— Tais-toi ! dis-je, cassante. Remonte tes jambes, Conrad. Tu vas te faire mordre par un requin.

Jonas se détourne. Ses lèvres forment un pli sévère. Les vagues moussent le long de notre petit voilier, qui prend de la vitesse.

Conrad replie ses jambes et s'assied en tailleur. Il a la plante des pieds couverte de corne et des fissures sillonnent ses talons, là où il s'est arraché les peaux mortes. Il me regarde et sourit.

— Vous aviez raison. C'est trop cool !

Il crache son chewing-gum dans l'océan. Je le vois s'enfoncer dans l'écume de notre sillage. Je sors une cannette de Fresca de la glacière et la lance à Conrad.

— Tu attrapes ?

— Merci.

Il tire sur la languette et la jette à l'eau.

— Tu ne devrais pas faire ça, proteste Jonas. Un oiseau pourrait s'étouffer avec.

— Ça va. C'est pas comme si quelqu'un risquait de me voir, glousse-t-il.

— Ce n'est pas la question. Et moi, je te vois.

— Je pense que j'y survivrai.

— Abruti, grommelle Jonas.

La côte diminue derrière nous. Je distingue à peine ma mère qui nous fait des signes sur la plage.

Une vague impressionnante nous soulève et nous retombons avec un claquement mat.

— Putain, Jonas ! lance Conrad, trempé de la tête aux pieds. Je croyais que si t'étais là, c'était parce que tu savais naviguer.

— Je te laisse volontiers la place, réplique Jonas, lâchant la barre.

— Connard.

Conrad se lève et se dirige à petits pas vers nous. Je sens notre frêle embarcation commencer à ballotter sur les flots.

— Jonas, fais pas l'idiot. On va casser le bateau.

Il ne répond pas mais reprend la barre.

Une autre vague nous fait décoller.

— On ne devrait pas trop s'éloigner. Choque la voile, ou on va franchir la pointe.

— OK, je vire de bord.

Il prépare les écoutes.

— Conrad, assieds-toi. Attention à la bôme ! crie-t-il.

Conrad lui montre son majeur. Il me sourit. Ses dents ressemblent à des dragées de chewing-gum.

Lorsque la bôme le frappe, je le vois basculer et tomber par-dessus bord. Un instant plus tard, il réapparaît derrière nous, battant des bras.

— Arrête, Jonas ! Arrête le bateau !

Jonas choque la grand-voile et nous ralentissons. Il y a une bouée orange dans le coffre. J'essaie de la détacher, mais mes doigts tremblent sur le nœud mouillé.

— Au secours ! hurle Conrad, tandis que notre bateau s'éloigne inexorablement. Sortez-moi de là !

Il panique, suffoque.

— Enlève ton sweat, ça t'alourdit !

Tout en criant, je tire sur la bouée.

— Putain, lance-moi cette bouée, connasse !

— J'essaie !

Mais je m'assieds, tétanisée. Jonas pose sa main sur la mienne.

La vague suivante soulève Conrad. Je vois son visage livide de terreur. Il tend le bras vers moi.

LIVRE III

PETER

19

Février 1989, Londres

Je cavale dans Elgin Crescent, en direction de Ladbroke Grove. J'espère attraper le dernier métro pour Mile End. Il est tard et je suis glacée jusqu'aux os. J'ai trop bu et ma vessie est sur le point d'exploser. J'envisage de m'accroupir entre deux voitures, quand un homme corpulent se plante devant moi. Il veut mon portefeuille. Il a la tête rasée et une croix gammée tatouée dans le cou. Les pubs viennent de fermer et il y a encore des gens qui se déversent dans la rue, mais je ne vais pas dire non à un type armé d'un couteau. Je lui donne tout l'argent que j'ai sur moi.

— Ta bague.

— C'est du toc. Elle n'a aucune valeur.

— Ta bague, sale pute.

Il me flanque un coup de poing dans le ventre et je me plie en deux. Une petite voix me souffle *Ne fais pas l'idiote*, mais je n'arrive pas à relier mes pensées à mes actes.

— Je t'emmerde, dis-je, et je lui crache à la figure.

Il s'essuie avec le revers de sa manche avant de me balancer une torgnole si violente que j'entends mes dents claquer.

Je l'ai mérité.

Août 1983, le Bois sauvage

Le corps de Conrad échoue sur la rive trois jours plus tard, à quelques kilomètres sur la côte. Une femme du coin en promenade avec ses deux enfants tombe dessus. D'abord, ils prennent le cadavre gonflé pour un phoque mort. Ses oreilles ont été rongées par les crabes. Je suis dans ma chambre, sous une couverture pour ne pas entendre les gémissements de Leo, quand la porte s'ouvre sur Jonas. Il tremble, tout pâle. Je m'arrache à mon cocon pour le prendre dans mes bras. Je pose ma tête sur son épaule. Je ne vois pas son visage, mais ça ne fait rien. Je sais qu'il pleure, parce que je pleure aussi.

— Je suis désolée.

Nous restons ainsi un long moment enlacés, le cœur de Jonas battant contre le mien.

— Personne ne doit jamais savoir, dit-il.

— Personne.

Il y a une épingle à nourrice sur ma commode. Nous piquons nos pouces, pressons une goutte de sang et les appuyons l'un contre l'autre.

Jonas s'essuie la main sur son short et tire de sa poche une bague de pacotille argentée avec une pierre verte. Il la pose dans le creux de ma main et referme mes doigts dessus. Elle est froide. L'une des griffes de métal mord ma ligne de vie.

— Je t'aime, Ellie.

Je passe la bague à mon annulaire, mets ma main dans la sienne.

Je l'aime aussi.

L'été suivant, Jonas ne vient pas au Bois. « Il a décidé d'aller en colonie de vacances dans le nord du Maine », me dit sèchement sa mère, lorsque j'appelle. Il m'écrit une lettre. Les simulies sont horribles, mais il apprend à construire un canoë en écorce de bouleau. Il a aperçu un élan gigantesque.

Est-ce que tu savais que les ours, contrairement à beaucoup de mammifères, voient en couleurs ?

Il y a des vivaneaux d'eau douce dans le lac. Je lui manque, mais c'est mieux comme ça, écrit-il. J'ai beau savoir qu'il a raison et que tout est ma faute, je me sens anéantie, abandonnée. Comme s'il avait dû choisir entre la colonie et moi et qu'il avait choisi la colonie *plutôt* que moi, et non pas *à cause* de moi.

Février 1989, Londres

Je tombe. Je crache du sang sur le trottoir.

— Tu commences à me faire chier, connasse.

Je retire la bague de mon doigt et la lui tends, quand une silhouette surgit de l'ombre.

— Laissez-la.

— Va te faire enculer, fils de pute, répond Face de goret avant de s'écrouler devant moi.

L'homme se penche sur lui, l'air un peu surpris. Il a un cric à la main.

— Je l'avais dans le coffre, me dit-il, indiquant la Rover déglinguée derrière lui.

Il est grand, efflanqué, dans les 25 ou 30 ans, vêtu d'une veste en velours mangée aux mites et d'une fine écharpe de laine, en dépit du froid polaire. Les Britanniques ont le chic pour ignorer la météo. Quand il tombe des cordes, ils se contentent de remonter leur col. Je remarque en me relevant que ses souliers en cuir marron ont l'air faits sur mesure.

— On devrait peut-être filer. Il risque d'être un peu bougon quand il va revenir à lui. Je peux vous accompagner quelque part ?

— Vous ne croyez pas qu'on devrait appeler les flics ?

— Ah, fait-il en souriant. Américaine. Évidemment. Personne d'autre ne serait assez bête pour se promener seule à Londres la nuit.

Je suis hors d'haleine, mais je trouve quand même la force de lui répondre.

— Je serai peut-être plus en sécurité avec lui.

— Comme vous voulez.

Il sort un paquet de Rothmans de la poche de sa veste, en allume une, laisse tomber le cric dans son coffre et referme celui-ci.

— Vous êtes sûre que vous ne voulez pas que je vous dépose quelque part ? Oh, merde ! ajoute-t-il, ôtant une contravention de sous son essuie-glace.

Face de goret est toujours dans le cirage à mes pieds, mais il gémit. Je le regarde, fascinée. Un mince filet de vapeur blanche s'échappe de sa bouche molle, comme de la fumée de cigarette. Je me retiens de lui donner un coup de pied.

— Est-ce que vous êtes un tueur en série ?

— Oui, répond-il en riant. Mais pas ce soir. Il fait trop froid.

— Dans ce cas, j'aimerais bien que vous me raccompagniez, oui.

— Peter, dit-il en me tendant la main.

Août 1983,
Memphis, Tennessee

L'enterrement se tient à Memphis. Ma mère rencontre l'ex-épouse de Leo pour la première fois à l'ombre d'un vieux magnolia, devant une tombe béante. Je regarde les gouttelettes de sueur couler dans le cou du prêtre et sur son col blanc amidonné. Leo joue une sonnerie militaire de funérailles au saxophone tandis que le cercueil de Conrad s'enfonce dans la terre humide. Au milieu, il doit s'interrompre. Son saxophone laisse échapper un sanglot. J'ai les yeux secs. Je suis consciente que je devrais pleurer, je le voudrais, mais je n'y arrive pas. Je n'en ai pas le droit. La mère de Conrad me regarde d'un air haineux, et je suis sûre qu'elle sait. Elle porte des bas couleur chair et des escarpins à bout ouvert. Elle serre sa fille contre sa fine robe de coton noir. Rosemary a le visage blafard et les yeux exorbités. Elle me sourit et m'adresse un petit signe de la main, comme si elle venait de m'apercevoir dans les gradins à un match de basket. Les genoux de sa mère flanchent. Rosemary détourne le regard et l'aide à se redresser.

Après, Leo nous emmène, maman, Anna et moi, déjeuner vite fait dans un restaurant chinois. Il y a des cœurs de palmier dans tous les plats et personne ne parle. À 15 heures, nous le déposons devant son ancienne maison pour la réception. Elle est un peu délabrée, avec des bardeaux blancs et une galerie soutenue par des colonnes. « Corinthiennes », précise Leo, la tête ailleurs. Elles sont trop élégantes pour la maison, trop optimistes, et je trouve ça triste. Dans la pelouse, il y a deux lilas des Indes. Le gazon en dessous est tapissé de fleurs minuscules comme une multitude de petits bouts de papier colorés. Je remarque un porte-parapluie en forme d'alligator à la gueule ouverte à côté de la porte. Je n'arrive pas à imaginer que Conrad ait pu vivre ici.

Ma mère serre la main de Leo.

— Tu es sûr que tu ne veux pas que je t'accompagne ?

— J'aime mieux pas. J'ai besoin de passer un moment avec elles.

Ma mère hoche la tête.

— À quelle heure est-ce que je viens te chercher ?

— Je prendrai un taxi pour rentrer au motel.

Assises dans la voiture de location, nous le regardons disparaître dans la maison de bois. À l'intérieur, j'entends le ronronnement d'un ventilateur. Des sanglots.

Nous sommes presque arrivées quand ma mère quitte la voie rapide pour faire un détour par un centre commercial.

— Je dois faire une course. Faites-vous plaisir, ajoute-t-elle en nous donnant 5 dollars chacune.

Nous descendons de la voiture. C'est la fin de l'après-midi et il fait lourd. Nous la regardons disparaître dans un drugstore.

— Qu'est-ce qu'on est censées acheter avec 10 dollars dans une galerie marchande de Memphis ? demande Anna, perplexe.

— Des glaces ?

— Ah non. Assez de calories. Plutôt mourir.

— Charmant, dis-je.

— Quoi ? Tu veux grossir ?

— Plutôt mourir ?

Elle reste interloquée.

— C'est un peu déplacé, non ?

— Ah oui. Oups, fait-elle.

Pendant un instant, ses traits se figent. Puis elle se met à rire. Soudain, je ris avec elle. Une hystérie aiguë si violente que les larmes coulent enfin.

— Ça va, les filles ? demande maman qui réapparaît avec un petit sac en papier blanc, son beau visage las et amaigri. Je peux savoir ce qu'il y a de drôle ? Je rirais bien, moi aussi.

J'entends ma mère au téléphone dans sa chambre.

— Je pense que c'était la semaine avant la mort de Conrad. On n'a pas fait l'amour depuis.

Nous sommes rentrés à New York voilà quelques jours. La ville est poisseuse. Une odeur de bananes vomies s'élève des ordures en décomposition qui s'entassent dans les poubelles. On ne peut pas faire un geste sans se retrouver avec de grosses auréoles de sueur sous les bras. Les climatiseurs laissent goutter une eau rance sur les trottoirs. Notre appartement est suffocant. Il sent la poussière, l'antimite et le relent douceâtre des cafards dans les murs. Personne n'a envie d'être ici, mais Leo ne veut pas retourner à l'étang. Il se sent responsable : c'est lui qui a insisté pour qu'on sorte ce jour-là. C'est lui qui a poussé le bateau à l'eau, en dépit de la mer agitée. La nuit, sa culpabilité l'obsède. Il fait les cent pas dans le salon, whisky à la main. Il répète les mêmes phrases en boucle à ma mère, un disque rayé de « et si », cherchant des réponses qu'il ne peut pas trouver. Pourquoi est-ce que je ne lui ai pas fait mettre de gilet de sauvetage ? Pourquoi est-ce que la bouée était attachée par un double nœud ? Comment ça se fait que personne ne s'en est aperçu ? Est-ce que Conrad a vu la vague venir ? Est-ce qu'il a su ?

— Non, dis-je, la gorge serrée. Il n'a rien vu venir.

À présent que Conrad n'est plus là, Anna a récupéré sa chambre. Chaque fois que Leo passe devant, il la regarde comme si sa présence était une trahison.

— Il faut que je me tire d'ici et que je retourne à Los Angeles, me confie-t-elle. J'ai l'impression de vivre dans une morgue avec un bouc en colère.

C'est absurde, mais je vois très bien ce qu'elle veut dire.

— Ne me demande pas ça ! hurle Leo. C'est au-dessus de mes forces.

— Ce n'est pas ma faute, plaide ma mère.

Leur chambre est fermée, mais j'entends les cris à travers la cloison. Il y a un choc et le bruit du verre qui se brise.

— Tu ne peux pas le garder, braille Leo.

— Arrête. Arrête. C'était la lampe de ma grand-mère.

— J'emmerde ta grand-mère !

— S'il te plaît. Je t'aime.

La porte s'ouvre. Leo passe devant ma chambre, s'enfuit de l'appartement, de l'immeuble, et disparaît dans la nuit chaude. Ma mère sanglote. Je me force à écouter, puis, n'y tenant plus, je mets mon oreiller sur ma tête.

Cinq semaines plus tard, il nous annonce qu'il part. Il fait ses valises, prend son saxophone et embrasse ma mère.

— Reste. Je t'en supplie, reste.

Elle s'accroche à son bras, déjà seule avant même qu'il ait franchi le seuil. Lorsque la porte se referme sur lui, elle va à la fenêtre et attend qu'il réapparaisse dans la rue.

Elle le regarde s'éloigner d'elle à grands pas. Sa grossesse commence à se voir.

Mai 1984, New York

Le bébé meurt pendant l'accouchement. Le cordon ombilical se rompt, l'enfant ne peut plus respirer et il suffoque dans le liquide amniotique. L'équipe médicale fait son possible pour le sauver. Ils arrachent et tirent, déchirent la paroi vaginale, le périnée. Les médecins crient, les infirmières courent. C'est un garçon. Minuscule, bleu comme dans un tableau de Picasso. Leo a disparu sans laisser d'adresse. Il ne saura jamais que ses deux fils sont morts noyés.

Mon père m'accompagne pour aller chercher maman à l'hôpital. Il pousse son fauteuil roulant sur le trottoir, prend soin d'éviter les bosses. Un taxi nous attend. Le sac contenant les vêtements de bébé lavés et pliés est accroché au dossier. Elle ne remarque pas que mon père l'y a laissé. Par la vitre arrière, je le vois se balancer, puis s'immobiliser.

Dans la 5e Avenue inondée de soleil, les cerisiers sont en fleur.

— J'adore cette saison, dit ma mère, le regard éteint. On devrait aller pique-niquer. On fera des sandwichs au concombre.

— On va commencer par te ramener à la maison. Ellie a préparé de la soupe et j'ai mis un avocat mûr et une laitue dans le frigo. Quand tu seras bien installée, je redescendrai chercher du bourbon. Je crois qu'on en a tous besoin.

— Il faut que je trouve Leo. Je dois lui dire.

— Je m'en occupe, dit mon père.

Il y a quelque chose de différent dans sa voix, une autorité et une tendresse que je ne lui connaissais pas. Dans le taxi qui nous ramène chez nous, je prends conscience que, pour la première fois de ma vie, j'ai des parents.

Le compteur tourne lentement.

— Vous croyez que ça serait arrivé s'il était resté ? demande ma mère.

Ses cheveux sont aplatis, son beau visage fort est rouge et bouffi.

Mon père prend sa main.

— Ne dis pas de bêtises. Ils ont fait tout ce qu'ils ont pu. Ce n'est la faute de personne.

— C'est obligatoirement la faute de quelqu'un, dit-elle.

Et je sais qu'elle a raison.

20

Février 1989, Londres

Dans la voiture, alors que nous roulons vers Mile End, je demande à Peter de s'arrêter pour que je puisse faire pipi. On est à Londres, ce qui signifie que tout est fermé après 23 heures.

— Ça ne peut pas attendre cinq minutes ?

— Si je pouvais attendre, je ne proposerais pas de me mettre les fesses à l'air dans la rue devant un parfait inconnu.

— Oui, bien sûr. Je comprends. Charmant, dit Peter, se garant dans une rue pavée étroite. Et voilà.

Je m'accroupis derrière un arbre, priant pour que personne ne regarde par la fenêtre dans la rangée de maisons dans mon dos. Mes cuisses blanches luisent à la lueur pâle d'un réverbère. Je grogne faiblement, le ventre encore douloureux du coup que j'ai reçu. Une flaque se forme sur le sol glacé entre mes pieds. Je les écarte du passage. Je n'ai jamais éprouvé une telle sensation de soulagement.

Lorsque je me relève pour me rhabiller, Peter me regarde de la voiture. Il rit quand il se rend compte que je l'ai vu et couvre ses yeux, l'air faussement consterné.

Le Bois sauvage

17 h 45

Un essaim d'abeilles bourdonne dans ma tête – la piqûre cuisante et délicieuse de cette journée. Je n'arrive pas à m'en débarrasser. La traversée de l'étang a lavé mon corps, mais Jonas est toujours là, dans mes pensées. Plantée devant la cuisinière, encore en maillot mouillé, une serviette autour de la taille, j'attends que la bouilloire chauffe. Je revois son visage dévasté quand je l'ai laissé sur la rive. Au milieu de l'étang, là où l'eau vert pâle s'obscurcit, j'ai fait une pause pour reprendre mon souffle. J'avais peur de me retourner et de le voir toujours là, peur de rentrer pour retrouver Peter et ma vie.

— Tu dois avoir la peau comme un pruneau, dit ma mère, prenant une vieille boîte noire de thé Hu-Kwa sur l'étagère. Ça faisait des heures que vous étiez partis, Jonas et toi. On s'apprêtait à appeler les secours.

— Je pense qu'ils auraient été ravis de se déplacer pour rien, dis-je en riant. Et on n'a pas été absents des heures. On est juste allés jusqu'à la plage pour admirer l'océan. La lumière était magnifique.

— C'est la pleine lune, ce soir.

Derrière moi, Peter joue avec les enfants à *Parcheesi*[1]. Je me retourne pour voir s'il nous écoute, mais il vient de faire un double avec ses dés et il est occupé à former un barrage.

— Il y avait du monde ? demande ma mère.

— J'ai vu les Biddle sur la droite, du côté de Higgins. Et même si je n'ai pu distinguer que sa jupe violette, je suis presque sûre que c'était Pamela qui marchait sur la plage. Sinon, il n'y avait pas grand monde. Les panneaux pour les pluviers siffleurs ont été enlevés.

— Pas trop tôt.

Elle fait levier avec le manche d'une cuillère pour ouvrir la boîte de thé, me la tend et prend la bouilloire sur le feu.

— L'eau doit être assez chaude.

— S'il te plaît, Wallace, intervient Peter, laisse-la bouillir. Autant me donner une tasse de pisse tiède. Et n'essaie pas de m'amadouer avec cette saleté de Lapsang Souchong. Ce truc est infect.

— Je te signale qu'il est fumé aux aiguilles de pin.

— C'est encore pire.

— Quel tyran, ton mari, soupire-t-elle avec ravissement. Elle repose la bouilloire sur le brûleur et se met en quête de thé anglais nature. Finn se lève et vient se blottir contre moi.

— J'ai trouvé un œuf de requin sur la plage.

— Un œuf de requin ? Tu m'en diras tant.

---

1. Jeu de société proche des petits chevaux, mais avec des règles plus complexes.

— Attends.

Il plonge la main dans sa poche et sort quelque chose qui ressemble à un petit sac noir fragile, avec deux cornes de diable de chaque côté.

— Gina a dit que c'était une capsule à œuf. De bébé requin.

— Presque. Il s'agit d'une roussette, plus exactement. On appelle ça une bourse de sirène.

— Ce qui est totalement invraisemblable, lance Peter. À moins que la sirène ne soit gothique.

— Pose-la sur l'étagère et fais attention à ne pas la casser, dis-je à mon fils.

— Je devrais peut-être me déguiser en sirène pour Halloween, intervient Maddy.

— Excellente idée, dit Peter. Mais ça ne va pas être évident de faire le tour du quartier sans pieds, ma chérie. Ellie, viens donc jouer avec nous.

— Je n'ai pas spécialement envie de jouer. Et il faut que je me change, mon maillot est trempé.

— Ne traîne pas, si tu ne veux pas nous faire une infection urinaire, dit ma mère qui sort du cellier avec un paquet de 10 rouleaux de papier toilette. Tu peux mettre ça dans la salle de bains, s'il te plaît ? Il n'y en a déjà plus. Je ne sais pas comment vous vous débrouillez. Pire qu'une nuée de sauterelles.

— Ta fille a une vessie de la taille d'un petit pois, rétorque Peter. C'est sa faute.

— Venant de quelqu'un qui n'a jamais dû changer un rouleau de sa vie, c'est gonflé, dis-je.

— Le soir de notre premier rendez-vous, votre mère a baissé son pantalon et fait pipi devant moi, souffle-t-il aux enfants.

— Épargnez-nous vos cochonneries, proteste Jack.

— Ce n'était pas un rendez-vous, de toute façon, Peter. Tu étais juste un type qui me ramenait à la résidence universitaire. Et c'était ça ou je pissais dans ta voiture, ce que tu n'aurais sans doute même pas remarqué, vu l'état dans lequel elle était. Elle sentait la viande pourrie.

— Non, s'esclaffe-t-il. Tu avais jeté ton dévolu sur moi. Je l'ai su à l'instant où tu t'es accroupie sous un arbre, avec ta culotte blanche.

— Dans tes rêves.

— Faites-les taire, implore Jack, mimant un haut-le-cœur.

— En plus, je venais de te sauver la vie.

— C'est vrai, votre père a été héroïque.

Les petits sont hilares.

— On est invités à une soirée hamburgers chez Dixon et Andrea, annonce ma mère. Ils font un barbecue. Je leur ai dit qu'on y serait vers 18 h 30, 19 heures.

Je laisse échapper un grognement.

— Et si j'oublie : j'ai promis d'apporter un oignon rouge.

— On ne peut pas faire un dîner tranquille à la maison ? Je ne suis pas encore remise d'hier soir.

— Les placards sont vides. Personne n'est allé au supermarché, réplique ma mère d'un ton doucereux clairement destiné à nous faire culpabiliser.

— Je sais qu'on a un paquet de pâtes. Et des petits pois surgelés, dis-je.

— De toute façon, je n'ai pas envie de faire la cuisine.

— Je m'en charge. Il est censé pleuvoir, ce soir.

Peter lève les yeux du plateau de *Parcheesi*.

— Ça ne me dérange pas d'emmener les enfants là-bas, si tu veux rester à la maison.

— C'est juste qu'on n'arrête pas depuis qu'on est arrivés. J'ai besoin d'une bonne nuit de sommeil.

J'ai surtout besoin de réfléchir.

— Eh bien, tu l'auras.

Je m'approche de lui, pose les mains sur ses épaules et l'embrasse.

— Tu es un saint.

— Ne me distrais pas. L'heure est grave, décrète-t-il, avant de renvoyer l'un des pions jaunes de Finn à la case départ.

Je sors et m'immobilise devant la maison pour observer ma famille. Finn secoue les dés dans un petit gobelet en carton. Ma mère remplit d'eau bouillante une vieille théière marron. De la vapeur s'échappe du bec. Elle laisse le thé infuser avant de le verser dans une tasse ébréchée avec une passoire en bambou. Elle jette un coup d'œil dans le sucrier, fronce les sourcils et disparaît.

Peter remonte sa manche et fait gonfler son biceps.

— Vous voyez ça, les enfants ? Vous voyez ? On ne plaisante pas avec un gars comme moi, dit-il en ébouriffant les cheveux de Maddy.

— Arrête.

— On est ronchonne ?

Il l'enlace et embrasse le haut de son crâne avec un grognement.

— Je suis sérieuse, papa, répond-elle en riant.

Jack se lève, s'approche du plan de travail, prend une prune dans la coupe de fruits.

— Tu veux bien me passer cette tasse de thé, mon grand, s'il te plaît ? lui demande Peter. Ta grand-mère sénile a oublié de me l'apporter.

— Sénile, mais pas sourde ! crie ma mère du cellier.

Je m'éloigne sur le sentier, avec la sensation familière des aiguilles de pin sous mes pieds nus. Il y a de la pluie dans l'air. Une serviette mouillée traîne sur les marches de la chambre des enfants. Je la ramasse et l'accroche à une branche d'arbre. Ils ont laissé la lumière allumée. J'entre pour éteindre avant qu'une nuée de papillons de nuit et de hannetons bourdonnants ne s'agglutinent sur la moustiquaire. À l'intérieur, c'est le bazar. Comme du temps où c'était notre chalet, à Anna et à moi : un méli-mélo de culottes de bikini, de tubes de gloss, de nu-pieds et de disputes. Je ramasse les habits par terre et les jette dans le panier à linge sale, remets un pull dans la commode, suspends un maillot de bain humide à un crochet. Je sais que c'est contraire au b.a.-ba de l'éducation : les enfants doivent apprendre à ranger leur chambre. Mais me concentrer sur une tâche simple m'apaise. La panacée de ma mère : « Si tu te sens déprimée, fais le tri dans ton tiroir à sous-vêtements. »

La couverture rêche gris avoine de Jack pend, prête à tomber ; ses oreillers sont en boule, coincés entre le matelas et le mur. Je tire son lit. Il y a un bruit sourd. Ma main cherche à tâtons à travers les toiles d'araignées. Je repêche un cahier noir. Son journal. Mon garçon mystérieux, qui depuis quelque temps m'ignore, esquive, se renferme. Et j'ai les réponses devant moi.

Le réveil de voyage Braun sur l'étagère égrène les secondes. Je ferme les yeux, hume le cahier, m'imprègne de l'odeur de ses doigts, de ses pensées les plus intimes, de ses aspirations. Il ne saurait jamais. Mais moi, si. Savoir donne du pouvoir, mais c'est aussi un poison. Je remets le cahier à sa place, repousse le lit contre le mur, froisse les draps. Je ne veux pas porter d'autre secret.

Octobre 1984, New York

Je sens un fumet s'échapper de la cuisine de notre appartement sombre. Si j'ai de la chance, ce sera des hamburgers, du maïs surgelé et des épinards à la crème. Mais je ne me fais pas trop d'illusions. Hier soir, ma mère a mis au four un poulet encore enveloppé de Cellophane. Elle a la tête ailleurs en ce moment.

— C'est moi !

Je la trouve en train de faire revenir des foies de volaille et des oignons dans une poêle en fonte, un tablier sur sa jupe en jean. Il y a un plat de riz et du ketchup sur la petite table. Des poteries vernissées accrochées au mur, des épices, un bocal de piments séchés dont on ne se sert jamais. Une manique tachée est tombée par terre.

— On a répété tard, avec l'orchestre, dis-je en me baissant pour la ramasser.

— Passe-moi l'origan, s'il te plaît.

J'ouvre le placard. Les portes vitrées ont été peintes en blanc pour nous éviter le spectacle pénible de son contenu : un paquet de céréales, trois boîtes de soupe, de la nourriture pour chat, une boîte de Slim Fast périmée. Je pousse la moutarde en poudre Colman's pour attraper l'origan.

— J'ai eu Anna au téléphone, me dit-elle. Ça avait l'air d'aller. Même si je ne comprends pas qu'on ait besoin d'un diplôme en communication. C'est comme si on faisait des études pour manger. Ou marcher. Va te laver les mains, on va dîner.

L'appartement est sombre. J'éclaire le couloir au passage. Depuis que Leo est parti, l'an dernier, ma mère est obsédée par les économies d'énergie. J'ai beau lui répéter qu'éteindre et allumer constamment consomme plus, elle a décrété que c'était une légende urbaine.

Il faut un moment pour que l'eau chaude arrive au robinet, et elle devient bouillante d'un coup. Je m'essuie les mains sur mon blouson en jean et pose mon sac à dos. Le chat est lové sur mon lit. Je m'approche de la fenêtre. De l'autre côté de la cour intérieure, je vois ma mère dans la cuisine en train de mettre la table pour deux. Elle place une fourchette et un couteau à côté de chaque assiette, puis un verre à vin. Je suis déjà dans le couloir quand je pense à la lumière dans ma chambre. J'y retourne pour l'éteindre. C'est un détail, mais elle y tient.

C'est bizarre que je n'aie rien remarqué la première fois. Mon ancien journal intime est posé sur le bureau. Je m'en approche prudemment, comme s'il risquait de me mordre. Je le prends, le cœur battant, inquiète à l'idée de ce qu'elle a pu trouver, et le feuillette, revenant en arrière.

Aujourd'hui, c'est le dernier jour de l'école. Becky et moi allons à Gimbel's demain pour acheter de nouveaux maillots de bain. J'ai mon argent de poche et maman est d'accord pour ajouter 15 dollars. Becky dit qu'il y a des cours de méditation transcendantale tous les mercredis à l'hôtel de ville cet été, et elle veut qu'on essaie.

J'avance de quelques pages.

Demain, on part pour le Bois sauvage !! J'ai hâte de revoir Jonas.

Liste de choses à faire cet été :

Lire 12 livres
Faire de la flûte tous les jours
Végétarienne ?
Apprendre la voile
Perdre 6 kilos

Et en dessous :

J'ai peur. Et s'il recommence ? S'il revient dans ma chambre ? Je le hais. Je veux mourir…

Il ne faut pas que maman l'apprenne, jamais. Elle ne s'en remettrait pas.

Je le hais.
Je le hais.
Je le hais.

Je tourne encore une page.

J'ai du retard. Et si je suis enceinte ? Tout, mais pas ça.

Après, il n'y a plus qu'un paragraphe. La page est tachée de larmes, l'encre bleue a bavé.

On a trouvé le corps de Conrad sur la plage. La femme a dit qu'il avait les yeux ouverts. J'ai l'impression que je vais étouffer. Pourquoi est-ce que je ne lui ai pas lancé la bouée ? Ça me rend malade.

J'éteins la lumière de ma chambre et je regarde dehors. Quelques étages plus haut, une voix de soprano entame des vocalises, des gammes qui montent et descendent entre les murs de la cour. Ma mère referme la fenêtre, se sert un verre de vin, le boit cul sec. S'en verse un autre. *Elle sait.* La cour n'a pas été balayée depuis un moment. Le sol est jonché de menus à emporter et de sacs en plastique. Contre un mur, il y a deux boîtes de nourriture pour chat : l'un des portiers donne à manger aux chats de gouttière, ce qui est strictement interdit par le règlement de l'immeuble. D'une fenêtre au-dessus de moi tombe une soudaine averse de petits pois. Ils crépitent sur le béton comme des grêlons. Anna et moi, nous faisions pareil : nous jetions les petits pois, les brocolis, les carottes cuites et le poisson pané – tout ce que nous n'aimions pas – dès que maman avait le dos tourné. Si elle s'en doutait, elle n'a jamais rien dit.

Lorsque j'entre dans la cuisine, elle ne lève pas la tête. L'atmosphère est étouffante, oppressante. Je rouvre la fenêtre de quelques centimètres. Il y a déjà du riz et des foies de volaille aux oignons dans mon assiette. À travers la porte, j'entends le vrombissement et le souffle asthmatique de l'ascenseur de service qui s'arrête à un étage supérieur.

Ma mère pose son verre sur la table en bois, tire une chaise pour moi et me passe le ketchup. Nous nous taisons toutes les deux.

— J'ai fouillé dans ton placard aujourd'hui, dit-elle enfin. Je pensais que ce serait bien de donner tes vieux patins à glace pour la vente de charité de l'école. Ils sont trop petits pour toi.

Elle secoue la tête comme pour essayer de déloger l'image qui s'y trouve, quelle qu'elle soit.

— Comment est-ce que ça a pu arriver ?

Il y a un accent de désespoir insupportable dans sa voix.

Je lui réponds dans un souffle :

— Je suis désolée, maman.

Une larme tombe dans mon riz et disparaît, avalée par une mer de blanc.

— Pourquoi est-ce que tu ne m'as rien dit ?

— J'avais peur que tu me détestes, dis-je, fixant le sol de la cuisine.

— Jamais je ne pourrai te détester. C'est lui que je hais.

— Je suis désolée, maman.

— Ce n'est pas ta faute. C'est moi qui l'ai fait entrer dans ta vie. Si je m'étais doutée de ce qu'il te faisait… Je suis heureuse qu'il ne soit plus là.

Elle me prend la main et la serre trop fort.

— J'aurais dû m'en rendre compte. Comment est-ce que j'ai pu être aussi aveugle ?

Le bout de mes doigts vire au rose, puis au blanc. Il y a quelque chose dans son visage que je n'ai pas vu depuis longtemps. De l'acier. Un éclat de lumière.

— Si je le recroise un jour, je te jure que je le tuerai.

— Quoi ?

— Je devrais faire arrêter Leo. Je devrais appeler la police.

18 h 15

J'éteins la chambre des enfants et referme la porte derrière moi aussi vite que possible, à cause des moustiques.

La surface de l'étang s'apaise, s'assombrit. L'air du soir chasse les dernières particules de chaleur de l'après-midi. Je me dirige vers notre chalet pour me changer. Dans la maison, j'entends le rire tonitruant de Peter. Une fois, après cet épisode, Leo a appelé ma mère, ivre, depuis un bar. Il l'a suppliée de lui pardonner : il voulait revenir, n'aimait qu'elle. Elle était la femme de sa vie. Elle lui a raccroché au nez.

21

Mars 1989, Londres

Peter et moi couchons ensemble à notre troisième rendez-vous. Ce soir-là, il m'emmène dans un petit boui-boui de Brick Lane. De la vapeur s'échappe de la cuisine et ça sent le clou de girofle.

— Westbourne Grove, c'est pour les touristes. Ici, c'est un vrai restaurant indien, me promet-il.

Après, il m'invite à prendre un dernier verre chez lui, et je me surprends à accepter. Je sors peu en tête à tête avec des hommes et ne m'aventure jamais chez eux. Mais Peter est journaliste financier et, pour une raison perverse et désuète, le fait qu'il écrive à propos d'argent me rassure : comment quelqu'un avec un emploi aussi ennuyeux pourrait-il être dangereux ?

Nous rentrons chez lui sous une pluie battante. Il y a de la buée sur les vitres de la voiture, l'odeur du diesel, une chaleur. Il vit à Hampstead, pratiquement à l'autre bout de Londres. Il s'arrête devant un passage pour piétons pour laisser traverser un vieux monsieur. Baisse la fenêtre de 2 centimètres, allume une cigarette. L'homme avance à petits pas, millimètre par millimètre, col levé contre la pluie, ses doigts pâles et ridés agrippés à un parapluie cassé. Peter ne me regarde pas lorsqu'il prend ma main. Ses yeux fixent la lumière jaune clignotante du passage pour piétons, les trombes d'eau qui tombent du ciel.

— Je peux ? demande-t-il, presque timide, et je suis un peu étonnée.

Nous nous engageons dans une rue étroite puis, après un virage en épingle à cheveux, nous débouchons sur une place pavée pittoresque. Il se gare devant une rangée de maisons géorgiennes.

Je suis à peine sortie de la voiture que je suis déjà trempée. L'eau se déverse sur nous, forme des flaques, s'accumule devant sa porte.

— Cette pluie est démentielle.

— Quelle pluie ? s'esclaffe Peter.

L'appartement est magnifique, beaucoup plus grand que ce que j'imaginais : de hauts plafonds et des moulures, de larges fenêtres anciennes qui donnent sur le parc de Hampstead Heath. Des portes à six panneaux avec des poignées de cuivre en forme d'œufs, un parquet de pin inégal, une cheminée en état de marche. Dans le vestibule, d'épaisses vestes de velours et de tweed ainsi qu'un ciré Barbour couvert de boue sont accrochés à des patères.

En dessous, contre le mur, sont alignées des chaussures basses et montantes. Le cuir est usé, mais elles sont manifestement de qualité.

— Désolé, dit-il en jetant ses clés sur un meuble à l'entrée. C'est un vrai dépotoir.

De vieux journaux traînent un peu partout, il y a des cendriers remplis de mégots, un pot de moutarde à l'ancienne ouvert sur la table basse, un costume rayé posé sur le dossier d'un fauteuil rembourré.

— Ma mère, dit-il en voyant mon regard s'attarder sur les lourds rideaux de velours, les portraits d'ancêtres, les tapis turcs. Elle a beaucoup de goût.

— Tu as raison. C'est une porcherie.

— À ma décharge, je n'attendais pas de visite.

— J'aime autant.

— Les Américains sont vraiment une espèce bizarre.

— Au moins, tu ne m'as pas invitée à venir voir tes estampes japonaises.

Il rit.

— Attends un peu. Viens, je te montre la chambre.

J'hésite. Une partie de moi a envie de le suivre, l'autre de s'enfuir en courant. Mais je le suis. Contrairement au salon, la chambre est étonnamment propre, le lit fait au carré.

— Tu es ravissante, dit-il, sa voix soudain franche et assurée. Enlevons vite ces vêtements mouillés.

Je tressaille lorsqu'il défait le premier bouton de mon chemisier. Six ans se sont écoulés depuis Conrad. Je me suis autorisé quelques baisers alcoolisés, mais je n'ai jamais laissé les choses aller plus loin.

Il entreprend de m'ôter mon jean. J'arrête sa main.

— Pardon. Je croyais…

— Non, il n'y a pas de problème. C'est juste que… Je préfère le faire moi-même.

Les doigts tremblants, je finis de déboutonner mon chemisier et j'enlève mon jean. Je me tiens devant lui en slip et soutien-gorge. La pluie redouble. Des ruisselets dessinent des croisillons sur les immenses fenêtres. Derrière Peter, sur une haute commode Tudor, sont posés un paquet de Rothmans sous son film plastique et une poire à demi mangée. Je dégrafe mon soutien-gorge, le laisse tomber sur le sol. Il s'approche, prend mes seins au creux de ses mains. Mon corps tout entier tremble.

— Tu as froid.

Il me soulève et me porte sur le lit. Il me fait l'amour lentement, ses doigts effleurent mes courbes, il me laisse le temps de répondre. Nos longs corps emmêlés, la pluie sur les vitres, l'odeur âcre du tabac, ses bras forts. Je ferme les yeux, me raidis lorsqu'il me pénètre. Ma brusque inspiration me trahit.

— Tu veux que je m'arrête ? murmure-t-il.

— Non.

— On peut arrêter là.

— Ça fait un peu mal, c'est tout.

Il se fige.

— Tu es vierge, Ellie ?

J'aimerais lui dire la vérité, mais le « oui » sort tout seul. Ainsi, notre relation débute par un mensonge.

Décembre 1989, New York

La station de la 86e Rue est glauque et crasseuse, avec des traces noirâtres sur le sol et des morceaux de papier abandonnés sur les voies. Les sorties du métro débouchent aux quatre coins d'une artère large et laide. Anna et moi émergeons à l'angle nord-ouest, où nous sommes accueillies par une rafale glacée qui s'insinue sous ma doudoune. J'avais oublié le froid new-yorkais. Un marchand de rue se réchauffe à la flamme de son gril où rôtissent de grosses châtaignes fendues. Leur odeur sucrée embaume l'air nocturne.

Nous tournons sur Lexington Avenue, slalomant entre les congères piquées de noir dans nos bottes à talons hauts. À 18 heures, le halo acide des réverbères et une pénombre marécageuse ont déjà chassé la lumière du jour.

— Eh bien. Quelle connasse, dit soudain Anna.

Nous étions chez notre père à Greenwich Village, pour notre visite annuelle du 24 décembre. Il nous a présenté sa nouvelle amie. Mary Kettering, une rouquine aux lèvres fines et au nez pointu en mine de crayon. Une snob qui a étudié à Mount Holyoke, une université prestigieuse de la côte est. Lorsqu'elle nous a souri, sa bouche s'est transformée en une ligne hargneuse, révélant sa vraie personnalité.

Je porte le sac en plastique qui contient nos cadeaux. Ils sont encore emballés, mais au poids je devine que ce sont des livres. Notre père prétend qu'il les choisit exprès pour nous, mais nous savons qu'il les récupère parmi les exemplaires gratuits de la maison d'édition où il travaille. Chaque année, il nous offre des ouvrages impersonnels avec des dédicaces très personnelles à l'encre bleue. Il a une écriture élégante, singulière, et du style, ce qui est mieux que rien.

— L'antipathie était clairement réciproque, dis-je.

— C'est l'euphémisme de l'année. À ce niveau, ce n'est plus de l'antipathie, c'est de la haine, répond ma sœur. Et quand elle a commencé à parler des Hamptons !

Anna met un doigt dans sa gorge et fait mine de vomir.

— Southampton, en plus, même pas Water Mill. Plus prétentieux, tu meurs. Comment est-ce qu'il peut l'embrasser ? On dirait un squelette d'oiseau.

J'éclate de rire, avançant avec précaution sur le trottoir enneigé. Dieu que ma sœur m'a manqué, à Londres !

— Quel chameau tu fais ! dis-je. Elle aurait peut-être été plus sympa avec nous si tu n'avais pas levé les yeux au ciel chaque fois qu'elle ouvrait la bouche.

À sa décharge, une fois surmontés les premiers bégaiements embarrassés, notre père semblait sincèrement heureux et fier de nous avoir réunies. Après le repas, il s'est versé une rasade de bourbon dans sa tasse, puis a mis « Rock the Casbah » sur son nouvel électrophone, faisant des petits sauts ridicules au milieu du salon. Pieds nus, il portait un vieux Levi's en velours. Il y avait de grosses touffes de poils sur ses orteils. C'était fascinant. Mary battait la mesure du bout de ses mocassins à pompons.

— Encore une histoire pourrie de papa dans la longue série de ses histoires pourries, dit Anna.

— Peut-être qu'elle est plus gentille qu'elle n'en a l'air.

J'ai à peine le temps de finir ma phrase que je glisse sur une plaque de verglas et m'étale par terre. Anna éclate de rire.

— Je crois que c'est Dieu qui te dit que non.

Le sac en plastique s'est déchiré, déversant son contenu dans la neige fondue.

— Aide-moi à me relever.

— Laisse-les, dit Anna, qui est déjà 5 mètres plus loin. On va mourir gelées. Et on n'a pas besoin de ses livres à la noix.

— Pas de problème. Je dirai à papa que tu ne voulais pas de ses cadeaux.

— Ne t'en prive pas. Il n'aura qu'à les offrir à Mary à la place. Elle ne se tiendra plus de joie. « Oh, quelle délicieuse idée ! Il ne fallait pas, mon chéri. Une édition reliée du *Dictionnaire des citations*. »

Une femme qui promène un lévrier vêtu d'un manteau pour chien à chevrons et de chaussons s'arrête, me regarde agenouillée en train de ramasser mes cadeaux. L'animal plie ses pattes arrière frissonnantes à côté de moi et dépose une crotte dans la neige.

Je rattrape Anna à l'entrée de notre immeuble. Une bourrasque glacée s'engouffre dans le hall, et le nouveau portier, Mario, se précipite pour refermer. De minuscules lumières clignotent sur un sapin artificiel. À côté, sur le rebord de marbre, est allumée une menora avec de grosses ampoules orange.

— Mesdames, dit Mario. Joyeux Noël.

— Joyeux Hanouka, réplique Anna de sa voix la plus pincée.

Il a l'air interloqué.

— Nous sommes juives.

La porte de l'ascenseur se referme.

— Juives ? Ça vient de sortir ?

— On pourrait l'être. Qu'est-ce qu'il en sait ?

— Pourquoi tu es aussi garce ?

— Parce qu'il me débecte.

— Mario ?

Anna me regarde genre « Comment peut-on être aussi bête ? ».

— Non. Papa.

Nous tapons des pieds pour débarrasser nos bottes de la neige et les laissons sur le paillasson. La porte n'est pas fermée à clé, comme d'habitude. Les lumières du couloir sont éteintes. Maman est assise au milieu du vestibule, un lampadaire derrière elle, le chat tigré enroulé sur ses genoux.

— Tu nous fais Anthony Perkins dans *Psychose* ? demande Anna en retirant son manteau. On a apporté des biscuits.

— S'il vous plaît, ne faites pas un pas de plus dans l'appartement.

— Tu crois qu'elle est retenue en otage ? murmure bruyamment Anna. Maman, poursuit-elle d'une voix normale, tu es bizarre.

Elle accroche son manteau dans la penderie et essaie de la contourner, mais ma mère bloque le passage.

— Votre père a appelé juste après votre départ. Figurez-vous que sa nouvelle compagne Mary avait rangé un gros sac de marijuana dans une boîte à café. Il a disparu après votre visite.

— Mary fume de l'herbe ? demande Anna. C'est une blague ?

— J'aimerais bien. Sincèrement. Je n'ai pas envie de faire ça, mais j'ai promis à votre père. S'il vous plaît, déshabillez-vous et videz vos sacs.

— Tu as perdu la tête, pouffe Anna. J'ai quel âge ? Cinq ans ?

— Je sais, c'est ridicule. Mais il a donné sa parole à Mary et il veut que je respecte sa requête.

— C'est idiot, je ne fume même pas, dis-je.

— Tu n'as qu'à dire à Mary qu'elle peut prendre son sac et se le fourrer bien profond.

— Anna !

— Tu ne l'as pas vue, maman. Elle est atroce. Elle a des petites dents pointues de ptérodactyle.

— Je n'en doute pas un seul instant, rétorque ma mère, enlevant le chat de ses genoux pour se lever. Quoi qu'il en soit, j'ai promis à votre père que j'insisterais pour vous fouiller et j'ai insisté. Je n'ai pas promis que je vous fouillerais. Maintenant, je vais me faire un lait de poule avec une larme de bourbon, et au lit.

— Attends, dis-je. Il t'a vraiment demandé de nous fouiller au corps ? Le soir de Noël ? Tu sais quoi ? Très bien.

Je me déshabille, ôte mes sous-vêtements et les lui jette à la figure.

Elle me les rend avec un soupir las.

— Je suis trop vieille pour jouer à ça.

— Et nous, alors ? J'ai 23 ans. Tu peux dire à papa que je ne veux plus jamais le voir de ma vie.

— Tu as besoin d'une épilation, dit Anna avant de disparaître dans le couloir.

J'appelle Peter de ma chambre. Il est presque minuit à Londres, mais je sais qu'il ne sera pas couché. Il doit finir de rédiger un article.

— Ma mère vient d'essayer de me faire subir une fouille au corps. Joyeux Noël.

— Pardon ?

— La nouvelle petite amie de mon père nous a accusées d'avoir piqué sa came.

Il éclate de rire.

— Elle a trouvé quelque chose ?

— Merde, Peter. Ce n'est pas drôle.

— C'est hilarant. Si c'est comme ça que vous célébrez Noël dans ta famille, je ne sais pas si c'est prudent que je vienne pour le Nouvel An.

— Ne t'embête pas. Je saute dans le prochain vol pour Londres. J'en ai ma claque de cette famille de zinzins.

— C'est une très mauvaise idée. Il faudra que tu manges le saumon mayonnaise à l'aneth de ma mère qui a un délicieux goût de vomi. Et que tu ailles à la messe de minuit. Et aussi que tu dormes dans une chambre réfrigérée, avec des murs en pierre et des meurtrières. Seule. Car ma mère désapprouve.

— Je croyais qu'elle m'aimait bien, maintenant.

Les parents de Peter sont très snobs. Son père est membre du Parlement. Ils vivent dans une grande maison à Chelsea donnant sur la Tamise, quand ils ne sont pas dans leur résidence secondaire dans le Somerset. Ils chassent et boivent un Pimm's avant le déjeuner. Ils font des promenades revigorantes sur la lande dans leurs vêtements en tweed. Sa mère est une virago emperlée. Après mon cinquième rendez-vous avec Peter, elle a exigé que je lui sois présentée. Nous avons bu du sherry dans un spacieux salon au parquet en marqueterie ciré – acajou incrusté de cerisier, m'a-t-elle expliqué. Un élégant tableau abstrait était accroché au-dessus de la cheminée en marbre. Depuis peu, elle s'intéresse aux « Modernes ». Assise du bout des fesses sur un canapé en velours vert olive, je croisais et décroisais les jambes avec l'impression d'être la Becky Sharp de Thackeray : une coureuse de fortune cynique. Elle a eu du mal à cacher son dédain lorsque je lui ai avoué que je n'étais jamais montée à cheval. Je me suis un peu rattrapée en disant que je faisais un troisième cycle en littérature française à Queen Mary. « Même si, bien sûr, vous feriez mieux d'étudier l'allemand. Beaucoup plus de profondeur, et beaucoup moins de ces excès vulgaires », a-t-elle ajouté avant de se resservir du sherry.

— Elle t'aime bien, admet Peter. Et même beaucoup… pour une Américaine. Malgré tout, elle m'a clairement fait comprendre que sortir avec une jeune femme que j'avais ramassée à un coin de rue n'était pas convenable. Tu pourrais être n'importe qui, après tout.

— Ah, ah.

— Écoute, tiens bon. Je serai là dans quatre jours. On fera front commun. Au fait, j'ai hâte de fumer des pétards avec ton père.

— Ça ne risque pas. Je ne lui adresserai plus jamais la parole.

— Je croyais que c'était le but de cette visite. Que je puisse lui demander ta main.

— Oh, arrête de tout tourner à la plaisanterie. Je t'attendrai après le retrait des bagages.

Je raccroche et m'étends sur mon lit, les yeux au plafond. Le plâtre se fissure. La peinture s'écaille. Quelqu'un fait revenir de l'ail et de l'oignon dans un appartement au-dessus. L'odeur imprègne la cour. Mon lit une place – celui dans lequel je dors depuis l'âge de 5 ans – est trop court pour moi. Sur les étagères au-dessus de mon bureau, à côté de la tortue en bois sculptée par mon père, il y a toujours l'*Encyclopaedia Britannica* que ma mère a récupérée, quand j'avais 10 ans, dans une poubelle où quelqu'un l'avait jetée parce qu'elle était obsolète. « Le savoir, c'est le savoir », avait-elle décrété. Je me lève et prends le volume 4, de Botha à Carthage. À l'intérieur, il y a une feuille de papier pliée, avec la même phrase répétée inlassablement, mi-punition, mi-incantation : *« J'aurais dû le sauver. »* Je la replie, remets le livre à sa place. Dehors, le vent soulève des tourbillons de neige sèche sur le ciment. Je me dirige vers la chambre d'Anna. La porte est entrebâillée. Elle me tourne le dos. Assise à son bureau, elle se roule un joint.

22

Décembre 1989, New York

Le vol de Peter est à l'heure, en revanche, je suis abominablement en retard. Le JFK Express tombe en panne à Rockaway et il me faut attendre le prochain sur le quai, à l'extérieur. Le grésil se transforme en lourds flocons et je sens mes sourcils geler. C'est précisément pour cette raison que je hais faire le trajet jusqu'à l'aéroport. Ça part d'une bonne intention, mais pour finir personne n'est jamais content. Peter sera grognon de ne pas me voir à la sortie des arrivées internationales, épuisé et impatient après huit heures de vol. Et, alors que je brave les éléments pour aller le chercher, le visage transpercé par des milliers d'aiguilles de glace, je me sens à la fois coupable et fâchée après lui. J'aurais dû lui dire de prendre un taxi.

Lorsque j'arrive dans le hall, je suis en nage, essoufflée et prête à en découdre. Je le repère la première. Assis sur son gros sac de voyage, adossé à une cloison crasseuse, plongé dans un livre. Il sourit à ma vue.

— Pile à l'heure, beauté, dit-il, se levant pour m'embrasser. C'est fou ce que tu m'as manqué.

Je décris à Peter notre appartement plongé dans l'obscurité, ma mère dépressive obsédée par les économies d'énergie, ses mouvements lents et lourds – comme si elle ployait sous son propre poids.

— Vous avez dû passer un Noël charmant, dit-il.

Mais, à notre arrivée, l'appartement est illuminé. Une fausse bûche crépite sans bruit dans l'âtre. Un vinyle de bossa-nova grésille sur la platine.

— Maman ? On est là !

— Je suis dans la cuisine, répond-elle d'une voix chantante. Laissez vos chaussures devant la porte si elles sont mouillées.

Je secoue la tête, déconcertée.

— Finalement, c'est peut-être elle qui a piqué l'herbe de Mary, dis-je.

Peter m'adresse un regard narquois alors que nous nous dirigeons vers la cuisine. Ma mère se tient devant le réfrigérateur. Elle s'est fait un chignon. Elle porte du rouge à lèvres et un chemisier en soie.

— Peter, s'exclame-t-elle, l'embrassant sur chaque joue. Vous voilà. Vous avez fait bon voyage ?

— Oui. On a été un peu secoués dans l'avion, mais rien de méchant.

— Il a neigé par intermittence toute la journée. On craignait que le vol soit dévié.

Je les interromps :

— Où est Anna ? Elle m'avait promis qu'elle serait là.

— Un jeune homme de la fac de droit a appelé. Elle a filé aussitôt.

— Désolée, dis-je à Peter. Je voulais qu'elle soit là pour t'accueillir.

Ma mère sort un shaker argenté et trois verres à martini du freezer.

— Olive ou zeste de citron ?

— Citron, s'il vous plaît, répond Peter.

— Voilà un garçon qui me plaît, dit-elle en le servant.

Il y a du fromage, du pâté et un ramequin de cornichons sur la table de la cuisine. Elle a sorti le plateau à fromages des grandes occasions, une planche en bois de rose avec son insupportable petit couteau recourbé que quelqu'un a offert à mes parents à leur mariage, autrement dit il y a un million d'années.

Elle lève son verre.

— À la nouvelle année. Je suis heureuse de pouvoir enfin mettre un visage sur votre nom, Peter. Tu ne m'avais pas dit qu'il était aussi séduisant, Ellie ! *Tchin-tchin*.

Un peu plus, elle battrait des cils.

J'ai l'impression d'avoir pénétré dans un vieux film en noir et blanc sur la haute société, où tout le monde vit dans des appartements de 5 mètres sous plafond et déjeune drapé dans une étole en fourrure. D'un instant à l'autre, Cyd Charisse va glisser une jambe gainée de soie dans l'entrebâillement d'une porte, tandis qu'une soubrette en uniforme nous servira des canapés et qu'un petit chien blanc détalera en jappant.

Ils trinquent. Je lève mon verre pour porter un toast à mon tour, mais ils boivent déjà. Ma mère prend Peter par le bras.

— Passons au salon. J'ai fait un feu. Ellie, apporte les amuse-gueule. J'ai acheté un morceau de Stilton chez Zabar's. Je me suis dit que c'était une valeur sûre.

Peter lui emboîte le pas, me laissant plantée là avec mon verre à la main.

— Au fait, ton père a téléphoné, ajoute-t-elle avant de disparaître. Deux fois. Il va bien falloir que tu le rappelles à un moment ou un autre. C'est tellement agréable d'avoir un homme à la maison, Peter…

Je sais que tous ses efforts, cet accueil chaleureux, c'est pour moi. Et je ne tenais certainement pas à ce que mon petit ami n'ait qu'une envie en arrivant ici : fuir le donjon des horreurs. Cependant, quand j'entends ma mère partir d'un éclat de rire strident en réponse à une remarque de Peter, j'ai envie de la gifler.

— Je l'aime bien, m'assure-t-il, alors qu'il porte son sac de voyage jusqu'à ma chambre. Elle ne ressemble pas du tout au portrait que tu m'en as fait.

— Une garce narcissique ?

— Ce que tu as dit, c'est qu'elle était déprimée. Et qu'elle faisait des économies d'énergie. Tu n'as jamais mentionné qu'elle était aussi très séduisante.

— Et le Stilton ? Juste parce que tu es anglais ? On se nourrit de crackers, de beurre de cacahuète et de soupe en boîte depuis Noël. Je te promets que notre quotidien n'a aucun rapport avec ce que tu as vu ce soir.

— Alors c'est l'effet de mon charme britannique ?

— Non, elle est machiste. Et n'oublie pas qu'elle m'a demandé d'ôter mes sous-vêtements devant elle le soir du réveillon. Sans parler des gants hideux et du tire-bouchon qu'elle m'a offerts. Mais bon, c'est peut-être sa manière de se racheter. L'esprit des fêtes, tout ça…

Peter s'arrête devant la bibliothèque qui tapisse le mur du couloir. Il prend un de mes vieux livres de l'école primaire.

— *Caribou et la toundra de l'Alaska*. La lecture de chevet idéale, dit-il en le feuilletant. Oh, en plus, tu as souligné les parties importantes. J'irai plus vite.

— Ma mère est incapable de jeter un livre.

Il le remet sur l'étagère trop pleine.

— Je la trouve très chic. Élégante. Je suis étonné qu'elle ne se soit pas remariée.

— Tu n'as qu'à dormir dans sa chambre ce soir. Son lit est plus grand que le mien.

— Oh, oh.

— Je présente enfin un homme à ma mère et son premier réflexe, c'est de le draguer ? À quoi ça rime ? C'est à peine si elle trouvait l'énergie de se laver les cheveux, ces dernières années. Entre Leo et le bébé. À force de la voir traîner dans l'appartement avec la mine défaite, j'avais oublié qu'elle pouvait être séduisante. Elle passe le plus clair de la journée en chemise de nuit. Depuis qu'Anna et moi nous sommes parties, elle ne s'habille que pour aller au supermarché du coin acheter des barquettes de viande en promo qui vont atteindre la date limite de consommation.

— On dirait qu'elle aime vivre dangereusement.

— Arrête.

J'accélère le pas et j'entre dans ma chambre. Il me rattrape et essaie de m'enlacer. Je me dégage.

— Ellie. Je viens d'affronter une tempête sur l'Atlantique pour retrouver ma ravissante petite amie. Dont, soit dit en passant, je suis totalement et éperdument amoureux. Je ne tiens plus debout. Tout ce que j'ai mangé au cours des douze dernières heures, c'est un morceau de fromage moisi. Et mes chaussettes sont mouillées.

Il s'assied sur le lit et m'attire sur ses genoux.

— Sois sympa.

— Grrr. OK, tu as raison, dis-je, enfouissant ma tête dans sa poitrine. Je devrais être heureuse que tu sois parvenu à la dérider. Je le suis. C'est juste que je viens de passer une semaine pourrie. Et tu m'as manqué.

— Je sais. C'est pour ça que je suis là.

Il s'allonge sur mon petit lit antédiluvien. Ses pieds dépassent au bout.

— Je vais peut-être devoir dormir dans le lit de ta mère, tout compte fait.

— Je te déteste, Peter.

— Elles le disent toutes. C'est mon charme inimitable.

Je ris malgré moi.

1er janvier 1990, New York

Si le 1er janvier préfigure du reste de l'année, ça ne va pas être triste. La température est au-dessous de zéro, j'ai mal au ventre après notre repas traditionnel dans un restaurant de Chinatown surchauffé et bruyant où j'ai mangé trop de bouchées vapeur carnées dont je n'avais même pas envie, ma mère s'est disputée avec le serveur au sujet de l'addition, et maintenant Peter me tanne pour que je rappelle mon père.

— C'est le Nouvel An. Le moment idéal pour tendre un rameau d'olivier, dit-il alors que nous marchons dans Mott Street, luttant contre un vent cinglant.

— Merde, j'ai laissé un de mes gants à l'intérieur.

— Ils sont sans doute déjà en train de le servir à d'autres pigeons.

— Arrête tes bêtises.

Vingt minutes plus tard, nous sommes tous les deux comprimés dans une cabine téléphonique, à quelques rues de chez mon père. J'ai envie de frapper Peter. Je couvre le combiné de ma paume et je grince :

— C'était une très mauvaise idée.

À l'autre bout du fil, mon père continue de parler.

— C'est entre Mary et toi.

— Comment est-ce que ça peut être entre Mary et moi ?

— Vous devez régler ça toutes les deux.

— Il n'y a rien entre Mary et moi. Je ne l'ai vue qu'une fois.

— Je sais. Et je veux que ça change. Elle est importante pour moi.

— Et moi, je suis quoi ?

— Ellie…

— Elle t'a persuadé que tes filles étaient des voleuses et des droguées.

Il ne répond pas tout de suite.

— Écoute, Mary a fait une erreur. Je le sais. J'ai fait une erreur. Et j'en suis sincèrement navré. Est-ce qu'on peut passer à autre chose, maintenant ?

— Très bien. Mais si tu imagines qu'il existe un monde dans lequel j'accepterai de me retrouver dans la même pièce que cette pimbêche à la bouche en cul-de-poule, tu rêves.

— S'il te plaît, ne complique pas tout.

— Je t'interdis de faire comme si c'était ma faute.

— Mary et moi sommes fiancés, soupire-t-il. Nous nous marions en mars.

— Tu viens de faire sa connaissance.

— Je sais que c'est rapide, mais Mary pense qu'il n'y a pas de raison d'attendre. Nous nous aimons.

— Waouh.

Un morceau de ravioli chinois graisseux remonte dans ma gorge.

— J'ai besoin que tu me dises que tu es d'accord.

— Tu me fais de la peine.

Je lui raccroche au nez. Peter me regarde.

— Eh bien, ça avait l'air convivial.

Je fixe le combiné dans ma main. Quelqu'un a gravé le mot « *connasse* » à l'arrière. Et un smiley.

— Ils vont se marier.

— Ah.

— Pourquoi est-ce que je t'ai écouté ? J'aurais dû raccrocher à la seconde où il a mentionné son nom.

— « Je t'interdis de faire comme si c'était ma faute. »

— Tu te moques de moi ? C'est comme ça que tu réagis ? Mon père vient de m'annoncer qu'il épouse une femme qu'Anna et moi n'avons vue qu'une fois. Une femme imbuvable. Bornée. Hypocrite.

Mon haleine embue la vitre devant moi. Je fais une petite fenêtre au milieu avec le dos de mon gant, contemple la rue.

— Et une fois de plus, il ne nous a pas choisies.

Je sais que je suis sur le point de pleurer, ce qui me met encore plus en rage. La faiblesse, c'est la seule chose que je tiens de mon père. Le ciel prend une teinte silex alors que l'après-midi avance. Une bourrasque rageuse pousse un clairon en plastique sur le trottoir. Je le regarde rouler et disparaître dans le caniveau.

— Ellie, c'est toi qui l'obliges à choisir.

— Je ne comprends pas.

— C'est elle qui vous a accusées, pas lui. Il est dans une situation difficile. Il t'aime. Et manifestement il l'aime aussi.

— Tu ne le connais pas. J'ai besoin d'un allié, Pete, pas d'un avocat impartial.

— Je sais que pour l'instant tu te sens trahie, mais quand tu te seras calmée, tu verras qu'il ne s'agit pas de toi.

— Quand je me serai calmée ? Très utile, merci.

Peter ouvre la bouche pour répondre, puis se ravise.

— Tu as raison, dit-il. Je te présente mes excuses. Maintenant, est-ce qu'on peut sortir de cette cabine ? J'adore être serré contre toi, mais ça commence à sentir comme dans un bordel.

— Qu'est-ce que tu en sais ? Tu en fréquentes beaucoup ?

J'ouvre la porte en accordéon et m'éloigne. Peter me suit dans le froid mordant. Il se remet à neiger.

— Ellie. Arrête, supplie-t-il en m'attrapant par la manche. S'il te plaît. Je t'aime. On ne va pas se disputer pour ça.

Il m'attire dans le renfoncement d'une porte, à l'abri du vent.

— Je défends ton père parce que je veux que tu te réconcilies avec lui. Pour faire sa connaissance avant de rentrer à Londres. C'est tout. C'est totalement égoïste. Mais c'est comme ça. Je n'ai pas envie de devoir revenir dans cette ville épouvantable où il fait un froid de gueux.

Un taxi apparaît au carrefour. Peter descend du trottoir pour le héler.

— Rentrons. On va se serrer dans ton pauvre petit lit et faire nos résolutions de nouvelle année. La mienne est de ne plus essayer d'avoir le dernier mot avec toi, ajoute-t-il comme le taxi s'arrête devant nous.

— Vas-y. On se retrouve à l'appartement.

— Ellie…

— Tout va bien. Je ne t'en veux pas. Mais tu as raison : je dois me calmer. Marcher me fera du bien.

— Alors c'est moi qui gagne notre première dispute ? C'est presque trop facile.

Peter prend les deux extrémités de mon écharpe, les enroule autour de mon cou, enfonce mon bonnet sur ma tête.

— Ne tarde pas.

Je regarde les feux arrière du taxi tourner et disparaître dans un halo de neige. La rue est déserte. Aucun être humain sensé ne sort par ce temps. Mes larmes ont gelé sur mes joues, formant de fines stalactites de glace. Je baisse la tête et je continue dans Bank Street, en direction de l'immeuble de mon père.

Toutes les lumières sont allumées au deuxième étage de la grande maison de ville en grès rouge. Je sonne et j'attends. À travers les vitres en verre gravé de la lourde porte d'acajou, je vois une poussette sous l'escalier et le vélo de mon père attaché derrière, appuyé contre un radiateur dont la peinture s'écaille. C'est à la fois chaleureux et vieillot. Je sonne de nouveau. Mes orteils sont en train de se transformer en glaçons dans mes bottillons. Je tape des pieds pour faire circuler le sang, sonne encore, garde le doigt sur le bouton. Je sais qu'il est là, mais si la porte de sa chambre est fermée, il ne peut pas entendre. Dans le coffee shop grec à deux pas, il y a un téléphone à pièces que j'ai déjà utilisé dans ce genre de situation.

Je redescends les marches couvertes de sel et patauge dans la neige jusqu'au café. La plupart des maisons sont éclairées et accueillantes. J'entrevois des plafonds de salon, des cuisines en désordre, des murs de brique nus. L'air sent le feu de bois et le contentement. J'exhale des volutes blanches dans le tourbillon gris-brun. Une épaisse couche de neige s'amoncelle déjà sur les poubelles, qui débordent de bouteilles de champagne vides et de boîtes à pizza. On se les gèle.

Le coffee shop est au carrefour suivant, mais le temps d'y arriver, mon visage est pétrifié par le froid.

— La porte, dit l'homme derrière la caisse avant même que je sois entrée.

Il n'y a pas grand monde. Quelques déprimés assis dans les box de vinyle rouge soignent leur gueule de bois avec des œufs au bacon. Deux vieillards boivent du café au comptoir.

Le téléphone est au fond, à côté des toilettes, derrière une pile de chaises poisseuses et le distributeur de cigarettes. Il est monopolisé par un homme qui a l'air très énervé. Ses cheveux rares et gras sont attachés en queue de rat. Des pièces de 10 cents forment des petits tas sur la tablette à côté de lui. J'ôte mon gant, enlève mon bonnet et cherche de la monnaie dans mon sac, la faisant tinter ostensiblement. L'homme insère quelques pièces supplémentaires dans la fente et me tourne le dos. Je m'appuie contre le mur, attendant qu'il ait fini de se disputer avec son interlocuteur.

Une serveuse pose une assiette de tarte à la banane recouverte de crème sur le comptoir, remplit une tasse de café. Le gérant glisse un crayon derrière son oreille et tape une addition couleur pistache.

— Pardon ? dis-je, voyant une main se tendre vers la pile de pièces. Vous en avez encore pour longtemps ?

— Je suis au téléphone, madame.

— Il faut juste que je passe un appel très bref. Deux secondes.

Il couvre le combiné de sa paume.

— J'aurai terminé quand j'aurai terminé, me lance-t-il avant de revenir à sa conversation. Désolé, une hystérique.

Il y a un vieux miroir Coca-Cola bon marché à côté de moi. Je surprends mon reflet. J'ai les cheveux en pétard, soulevés par l'électricité statique, les joues rouges enflammées par le vent et la chaleur sèche. On dirait une clocharde. Derrière moi, j'entends le glouglou de la cafetière filtre. La porte tinte et je sens un courant d'air glacé sur ma nuque.

Je suis en train de me dire que mon père ne mérite pas que je me complique ainsi la vie, quand le type au téléphone braille :

— Va te faire foutre, enculé !

Puis il raccroche bruyamment. Il y a des jours comme ça. Il manœuvre le levier de récupération plusieurs fois, s'assurant qu'il n'a pas laissé la moindre pièce par erreur. Je sors 10 cents et m'approche de l'appareil.

— Vous êtes drôlement pressée, hein ? dit-il, prenant son temps pour boutonner son manteau en plein milieu du passage.

Je lance un « Connard ! » retentissant alors qu'il se dirige vers la porte. Quelques clients lèvent le nez de leur assiette, mais la plupart continuent de manger.

Ça sonne six fois avant qu'on ne décroche. C'est Mary.

— Bonjour Ellie. Bonne année.

Sa voix est comme de la mélasse. J'entends son sourire hypocrite à travers le téléphone.

— Bonne année, Mary. Tu peux me passer mon père, s'il te plaît ?

— Il se repose.

— Il faut que je lui parle, c'est important.

Je l'imagine dans son twin-set vert Irlande, avec ses petits yeux calculateurs.

— Je préférerais ne pas le déranger.

— Je suis au café à côté. J'ai sonné mais personne n'a répondu.

— Je sais.

— Est-ce que tu peux aller le chercher, s'il te plaît ? dis-je, essayant de prendre sur moi.

— Je ne pense pas que ce soit une bonne idée. Tu l'as beaucoup perturbé. Il a failli se précipiter dehors pieds nus. J'étais morte d'inquiétude.

— Je te demande juste de me le passer, s'il te plaît.

Cette fois, je n'arrive pas à retenir ma colère.

— Je pense que vous avez tous les deux besoin d'un peu de temps pour vous calmer.

— Pardon ?

— Tu t'es montrée très grossière avec lui tout à l'heure.

— C'est entre mon père et moi.

— Non, rétorque-t-elle, sans chercher à masquer son venin cette fois. C'est entre toi et moi.

Je prends une grande inspiration, m'efforce de me contrôler, de ne pas penser à toutes les fois où mon père a brisé ses promesses, à la promesse qu'il m'a faite l'été après sa rupture avec Joanne.

C'était en août. Anna était jeune fille au pair pour l'été à Long Island et Conrad était chez sa mère à Memphis. J'étais censée passer le mois avec mon père, pendant que ma mère et Leo étaient en tournée en France. Il avait sous-loué l'appartement de Dixon pour l'occasion.

Ma mère et Leo m'avaient déposée à l'arrêt du car sur le chemin de l'aéroport de Boston, avec juste assez pour acheter un sandwich et une boisson sur la route, et payer le taxi de la gare routière à l'appartement.

— Pourquoi est-ce qu'il ne peut pas venir me chercher à la descente du car ? avais-je demandé.

— Ne fais pas l'enfant, tu as 13 ans, avait répondu ma mère. Il a dit que le dîner serait prêt.

— Super. Ne t'étonne pas si je me fais kidnapper par un maquereau qui cherche des jeunes fugueuses et que je me retrouve sur le trottoir à même pas 14 ans.

— Tu regardes beaucoup trop la télé.

Le lendemain matin, il me fallut quelques instants pour me rappeler où j'étais. Une chambre sombre. Vaguement éclairée par un puits d'aération. Une odeur de lessive inhabituelle. Les lits superposés, les traces de crayon sur les murs, les draps à fleurs marron. La chambre de Becky. La dernière chose dont je me souvenais, c'était que mon père m'avait donné un de ses somnifères. Je me frottai les yeux pour chasser un sommeil sans rêves, descendis l'échelle et m'aventurai dans le couloir. Je le trouvai en train de lire un manuscrit à la table en chêne du grand salon inondé de lumière, dans son uniforme du week-end : Lacoste marine délavé, Levi's, les pieds nus.

Il leva les yeux et me sourit.

— Coucou, ma chérie.

— Il est tard ?

— Presque 15 heures. Tu as dormi dix-sept heures. Tu as faim ? Il y a un demi-sandwich à la dinde au frigo.

— Non, merci. Pourquoi tu ne m'as pas réveillée ?

— Ou je peux te faire du café, poursuivit-il en posant son manuscrit. Tu bois du café ?

— Non. Je n'ai pas le droit.

— Nouvelles règles.

Je le suivis à la cuisine et m'assis sur l'un des hauts tabourets. Il sortit un paquet de café en grains du freezer.

— Tu dois les garder au congélateur, ou ils perdent leur saveur.

Je le regardai faire. Il arrêta le moulin électrique deux fois afin de le secouer.

— Pour que la mouture soit régulière, précisa-t-il.

Il sortit deux tasses en verre du placard. Fit chauffer du lait dans une casserole. Mon père était un cuisinier minutieux.

— J'adore cette chanson, dit-il.

Il monta le son, fredonnant « Rhiannon », de Fleetwood Mac.

— Un muffin anglais ?

— Je veux bien.

Il prit une fourchette dans un tiroir, perça des petits trous sur le pourtour du muffin avant de le couper en deux et de mettre les moitiés dans le grille-pain.

— Je suis vraiment content que tu sois ici. Au fait, je t'ai fait un double.

Il brandit une clé d'un air radieux, comme si c'était une prouesse extraordinaire. Puis il attrapa un tabouret et s'assit à côté de moi.

— Ça y est. Mon divorce est définitif. Enfin.

Je ne savais pas ce que j'étais censée dire, si je devais être heureuse ou triste pour lui.

— Elle m'a facilité les choses. Elle m'a donné un ultimatum : c'était mon mariage ou mes filles. La question ne se pose même pas, clairement.

Il marqua une pause pour ménager son effet.

— Anna et toi, vous ne pouviez pas deviner, mais le fait que j'aie déjà des enfants a toujours ennuyé Joanne.

Je feignis un air étonné et retins un rire.

Le muffin sauta du grille-pain. Mon père sortit une plaquette de beurre et un pot de marmelade anglaise du frigo.

— Bon débarras, dit-il. Plus jamais ça. À partir de maintenant, c'est toi, Anna et moi. Personne ne se mettra plus jamais entre nous, c'est promis.

Au téléphone dans le coffee shop, je perds patience.

— Mary, va dire à mon père que je veux lui parler. Maintenant. Et que s'il ne vient pas, je ne lui adresserai plus jamais la parole.

Je la sens qui réfléchit à l'autre bout du fil.

— Ne prends pas cette décision à sa place, Mary, si c'est à ça que tu penses. Tu t'en mordras les doigts.

Elle pose le combiné. Ses pas s'éloignent. Je l'entends parler à mon père dans la chambre. Quelques minutes plus tard, elle est de retour.

— Il a dit : « Très bien, si c'est ce que tu veux. »

— Tu lui as dit que ce serait terminé ?

— Oui, répond-elle d'une voix sucrée. Je lui ai répété ce que tu as dit, mot pour mot.

Je suis sonnée. J'ai mal au cœur.

— Bon, dans ce cas, je suppose qu'il n'y a rien à ajouter. Tous mes vœux de bonheur. Au fait, la dernière fois que papa s'est marié, elle ne portait pas de culotte. Je crois qu'il aime ça, les foufounes à l'air.

Je raccroche et file aux toilettes. J'ai des haut-le-cœur au-dessus de la cuvette. Finalement, la nausée passe. Je n'ai jamais réussi à me forcer à vomir. Je le déteste. Je déteste sa faiblesse. Tout ce qu'il n'a jamais fait pour nous. Tout ce qu'il a promis. Les trahisons à répétition. Je m'asperge le visage d'eau froide. J'ai la peau marbrée et les yeux injectés de sang, mais au moins je peux respirer. Il faut que je rentre. J'ai besoin de Peter.

Je suis presque à la porte lorsque quelqu'un à la table derrière moi appelle :

— Ellie ?

Son timbre a changé. Il est plus grave, bien sûr. Mais je le reconnaîtrais entre mille. J'ai imaginé cet instant tellement souvent au cours des dernières années. Comment ça se passerait. Ce qu'il serait devenu. Dans ma version, j'ai sous le bras un premier jet de ma thèse sur Baudelaire et je suis en retard à mon rendez-vous avec un professeur qui porte une veste en velours. Ou je sors de l'étang après un bain revigorant – bronzée, musclée, mûre et sans remords.

Je lisse mes cheveux électriques. Je pourrais franchir la porte, le laisser croire qu'il s'est trompé.

— Ellie, répète Jonas de sa voix douce, tranquille.

Deux syllabes brèves, mais parfaites, comme une chemise repassée.

Je me retourne.

Il a changé. Moins homme des bois, moins sauvage. Ses épais cheveux noirs sont coupés court. Mais ses yeux sont toujours vert océan, lisses, purs.

— Ça alors ! C'est incroyable, dis-je.

— Tu l'as dit.

— Qu'est-ce que tu fabriques ici ?

— J'avais faim.

— Tu ne devrais pas être à Cambridge, avec ta famille ? C'est le Nouvel An.

— Elias a eu un bébé. Ils sont tous à Cleveland. Hopper est le parrain. J'avais trop de boulot. Et toi, c'est quoi ton excuse ?

— Je viens de couper les ponts avec mon père. Il habite à côté.

— Ça devait arriver. C'était qui, le type aux cheveux gras que tu engueulais ?

— Juste un connard.

— Pas ton petit copain, alors ? dit-il avec un sourire.

— Très drôle.

Je m'assieds sur la banquette en face de lui.

— Je n'en reviens pas. Tu as vieilli.

— Je t'avais prévenue, mais tu ne voulais pas me croire, répond-il.

Il déboutonne son pardessus en laine râpé. Il porte une chemise de travail bleu délavé et un jean parsemé d'épaisses taches de peinture.

— Tu as l'air d'un fou.

En vrai, il est sublime.

— Et toi, tu as l'air en forme.

— J'ai une tête de déterrée et on le sait tous les deux.

Je prends une dizaine de serviettes en papier dans le distributeur métallique sur la table et je me mouche. Je ne me lasse pas de le regarder. Il soutient mon regard, franc et ouvert, avec la même expression un peu déstabilisante qu'il avait la première fois qu'on s'est rencontrés, des yeux de vieillard dans un visage de jeune homme.

— Il paraît que tu vis en Angleterre, maintenant ? demande-t-il.

— À Londres.

Jonas montre du doigt un immeuble austère à l'angle de la rue.

— J'habite juste là.

— Tu détestes New York.

— Je suis à la fac à Cooper Union. En arts plastiques. Il me reste encore un an.

La serveuse s'approche et s'efforce d'attirer notre attention.

— Café ? me demande Jonas. Ou tu t'es mise au thé ?

— Café.

— On prendra deux cafés, s'il vous plaît. Et deux donuts au sucre.

— Pas pour moi.

— Un seul donut, alors. On partagera. Qu'est-ce qu'il y a à Londres ?

— La fac. Littérature française.

— Pourquoi là-bas ? Pourquoi pas ici ?

— C'était plus loin.

Il hoche la tête.

— Ça fait sept ans…

— Sept ans, répète-t-il.

— Tu as disparu. Tu n'es jamais revenu au Bois pendant les vacances.

— J'aimais bien la colo.

— Arrête. La désinvolture, ce n'est pas ton truc.

— C'est vrai.

Il prend ma main, touche la bague qu'il m'a offerte.

— Tu l'as encore.

Je me dégage, pose la bague sur la table. Le placage en argent est usé par endroits et les crochets tiennent à peine la pierre verte.

— C'est la première fois que je l'enlève depuis que tu me l'as donnée.

— Je suis étonné que tu n'aies pas attrapé la gangrène.

— J'ai été agressée l'an dernier. À Londres. Par un skinhead. Il la voulait et j'ai refusé. Je lui ai dit qu'elle n'avait aucune valeur. Il m'a flanqué un coup de poing dans le ventre.

— Merde.

— Un type est intervenu. Il m'a sauvée. C'est grâce à lui que je l'ai toujours.

La serveuse pose deux cafés devant nous.

— Il n'y a plus de donuts. Mais on a des beignets à la cannelle et un gâteau à la crème avec un glaçage chocolat.

— Ça va aller, merci, dis-je. Est-ce que je peux avoir du lait ?

Elle prend un bol de dosettes de lait concentré sur une table inoccupée.

— Un beignet, dit Jonas.

Je la regarde s'éloigner.

— Je sors avec lui, maintenant. Le mec de la bague. Peter. Il est ici. Enfin, chez ma mère.

— Cool.

Jonas semble indifférent. Il prend une dosette de lait, retire l'opercule et en verse dans son café.

— Et il fait quoi ?

— Il est journaliste.

— C'est sérieux, vous deux ?

— Je crois, oui.

Jonas mord dans le beignet que la serveuse vient d'apporter. Une pincée de cannelle saupoudre ses lèvres.

— J'espère que tu lui as dit clairement que tu étais déjà fiancée avec moi.

Je ris, mais quand je le regarde, son visage est très sérieux.

— Je devrais y aller. Il m'attend.

— Reste. S'il t'aime, il attendra. J'ai bien attendu, moi.

— Jonas.

— C'est la vérité.

— En fait, non. Tu es parti.

— Qu'est-ce que j'étais censé faire, Ellie ? Revenir l'été suivant comme si de rien n'était ? Faire un stage de voile ? Laisser un mensonge s'installer entre nous ? Tu sais que je n'aurais pas pu.

Pendant toutes ces années, je n'ai jamais cessé de penser à lui. Je me demandais où il était. Je voulais cheminer à ses côtés, nos âmes unies. Mais maintenant qu'il est devant moi, tout ce que je vois, c'est le fossé que la vie a creusé entre nous.

— Tu as peut-être raison. Sauf que, maintenant, il n'y a pas de *nous*.

C'est la vérité et elle est presque insoutenable.

— On ne se connaît pas vraiment. Je ne sais même pas où tu habites.

— Mais si. J'habite en face, dans cet immeuble pourri.

— Tu sais ce que je veux dire.

— Je suis le même qu'avant. Peut-être un petit peu moins bizarre.

— J'espère bien que non, dis-je en riant. C'était ta plus grande qualité.

Jonas lève la bague à la lumière.

— Il faut en prendre soin. Elle a de la valeur. Elle m'avait coûté tout mon argent de poche.

— J'en suis consciente. Elle est très précieuse.

— Je ne regrette pas ce qui s'est passé, tu sais.

— Tu devrais. On le devrait tous les deux.

— Il t'avait fait du mal.

— J'aurais survécu.

Il repose la bague devant moi. Attend que je la prenne. Elle reste là entre nous. Cette toute petite chose – si laide, si belle.

— Je ne la porte pas parce que tu me l'as donnée, tu sais. Je la porte pour ne pas oublier ce que nous avons fait.

La serveuse revient avec la cafetière en Pyrex à la main.

— Encore un peu de café ?

— C'est bon.

— Vous désirez autre chose ?

— On va prendre l'addition. Il faut vraiment que je file, dis-je, enfilant mon manteau.

Il me tend la bague.

— Tiens. Elle est à toi. Même si elle te fait penser à lui.

— Non.

— Pourquoi ?

Je pourrais mentir. Je mentirais à n'importe qui d'autre.

— Parce qu'elle me fait aussi penser à toi, dis-je tristement.

Jonas sort un stylo et déchire un morceau de serviette en papier.

— C'est mon numéro. Pour quand tu auras retrouvé la raison. Ne le perds pas.

Je le plie et le range dans mon portefeuille.

— Il fait un froid de malade dehors, dis-je.

J'enfonce mon bonnet sur ma tête, enroule mon écharpe autour de mon cou.

— Tu me manques, dit-il.

— Pareil. Tout le temps.

Je me penche et l'embrasse sur la joue.

— Il faut vraiment que j'y aille.

— Attends. Je t'accompagne jusqu'au métro.

Dehors, la neige tombe à gros flocons et s'amoncelle rapidement. Jonas passe son bras sous le mien, glisse ma main sans gant dans la poche de son manteau. Nous parcourons le court trajet qui nous sépare de la station sans un mot, écoutant le silence ouaté. C'est une sensation confortable, familière, comme du temps où nous sillonnions les bois ou marchions l'un derrière l'autre sur le sentier menant à la plage. Entre nous, tout est évident, mais rien n'est dit.

La bouche béante grise du métro apparaît trop tôt, son souffle fétide de béton exhalant des silhouettes emmitouflées et trempées. Jonas me retire ma moufle et prend mes deux mains dans les siennes.

— Si je te manque, c'est facile à arranger, tu sais.

Je me dégage et pose une paume sur sa joue.

— Oui, je sais.

Il est si rapide que je n'ai pas le temps de réagir. Il m'embrasse avec l'intensité de chaque jour, chaque mois, chaque année passés à s'aimer. Ce n'est pas notre premier baiser. C'était il y a une éternité, sous l'eau, et nous étions encore des enfants. Nous nous disions au revoir pour la première fois, sachant que ce ne serait pas la dernière. Mais à présent, quand je m'écarte de lui, c'est une souffrance. Je me tiens au bord du précipice du souvenir et tout mon être voudrait s'y jeter, mais je sais que je ne le peux pas. Jonas est animal, Peter est minéral. Et j'ai besoin d'un roc.

— À bientôt, dis-je, et nous comprenons tous les deux ce que cela signifie.

— Ellie…, appelle Jonas alors que je m'enfonce dans le métro.

Je m'arrête, mais je ne me retourne pas.

— Le mec de la bague, ce n'est pas Peter. C'est moi.

23

Février 1991, Londres

Hampstead Heath est désert, à l'exception de quelques irréductibles amoureux de la gent canine. Ils se tiennent à distance respectueuse les uns des autres et regardent leurs chiens frissonnants folâtrer à leurs dépens, leurs pattes de poulet couvertes de boue. Il pleut. Pas un déluge tropical, fertilisant, mais une bruine persistante qui tombe d'un ciel de plomb semblant ne jamais devoir s'éclaircir. Un chien noir traverse le pré comme un boulet, à la poursuite d'un ballon rouge dans la grisaille.

J'ai emménagé dans l'appartement de Peter, avec ses hauts plafonds et ses moulures de plâtre. Les murs sont garnis de bibliothèques dans lesquelles on trouve des ouvrages reliés en cuir sur la construction navale ou Agrippa, des ouvrages que Peter a réellement lus. Le soir, quand il rentre de la City, nous faisons un feu dans la cheminée, nous nous blottissons sous l'édredon en plume tandis qu'il me lit des pages du livre le plus ennuyeux de sa collection, jusqu'à ce que je le supplie d'arrêter et de me faire l'amour.

L'appartement serait paradisiaque s'il n'avait pas été décoré par sa mère, qui a une prédilection pour les austères canapés de velours juchés sur des pattes de lion et les gravures de chiens de chasse avec des volatiles flasques entre les mâchoires. Peter a scotché un poster de Clash sur une scène particulièrement cruelle pour le pauvre Jojo Lapin, et drapé des kilims sur le dossier des chaises. Mais je sens toujours sa présence, nous espionnant à travers l'œil sévère de l'auguste ancêtre dont le portrait trône au-dessus de notre lit. Je sais qu'elle n'était pas contente que j'emménage ici. Une petite amie américaine, passe encore, tant que l'histoire s'achève quand elle regagne sa vile contrée.

Les jours comme celui-ci, lorsque Peter est au bureau et que j'essaie de travailler sur ma thèse, seule à l'appartement, arpentant les pièces et mangeant du Nutella à la petite cuillère sans avancer d'une ligne, je la sens qui me toise des murs et du plafond, comme si elle les avait tapissés de sa désapprobation. Elle n'imagine pas à quel point elle a raison.

Au bout de notre ruelle, il y a un vieux pub avec une terrasse optimiste pour les journées ensoleillées. Et derrière se déploie Hampstead Heath, une immense étendue de prés et de forêts sauvages en pleine ville. Ici, les bois sont tourmentés et druidiques ; leurs racines se tordent comme des doigts aveugles cherchant un passé dont ils se souviennent encore. Des sentiers les parcourent, des pistes anciennes qui s'enfoncent dans des replis putrescents et luxuriants fréquentés par les renards et, le soir, par les hommes en quête d'une pipe.

J'y vais souvent l'après-midi pour m'aérer l'esprit quand j'ai passé trop d'heures à contempler ma machine à écrire. J'ai prévu une longue balade aujourd'hui, de Parliament Hill à Kenwood House, mais la pluie ne tarde pas à se transformer en déluge. Je change donc d'avis et je coupe à travers champs pour rentrer par les étangs de baignade.

Deux hommes âgés en bonnets de bain bleus assortis et caleçons trop larges se tiennent au bord de l'eau, leur peau blanche translucide aussi fine que du papier crépon. La pluie sourde leur bat le dos. Je les vois presque chaque jour. C'est un vice tout britannique : tirer plaisir de l'accomplissement de son devoir, s'appliquer à nager par tous les temps dans un plan d'eau glacé et hostile au milieu d'un parc public, parce qu'on en a le *droit*. C'est pour cette même raison que la mère de Peter tient absolument à traverser le jardin de leur voisin ou la basse-cour du fermier, terrorisant les canards et les oies lorsqu'elle escalade le tourniquet en bois : uniquement parce qu'il y a une servitude publique, et que c'est beaucoup plus agréable d'empiéter légalement sur la propriété d'autrui que d'en faire tranquillement le tour.

Alors que je longe l'étang d'un pas vif, je vois les deux vieux messieurs crawler péniblement, parfaitement synchronisés, deux têtes de tortue bleu vif dans une mer morne. L'eau doit être gelée.

J'approche de la sortie quand des cris retentissent derrière moi. Une femme avec un petit chien agite les bras en hurlant. Un homme l'a entendue et accourt, mais je suis plus près.

— Il se noie ! crie-t-elle en indiquant l'étang, paniquée. Je ne sais pas nager.

À la surface, je ne vois plus qu'une tête bleue.

— Il était là-bas. Il appelait à l'aide. Je ne sais pas nager.

Je lui hurle d'alerter les secours et, sans réfléchir, je me débarrasse de mes baskets, j'enlève mon imperméable et mon gros pull, et je me jette à l'eau. Elle est plus chaude que je l'aurais cru. Je refais surface à six brasses du nageur. Il fait du surplace, sous le choc, grelottant, cherchant son ami des yeux.

— C'était notre troisième traversée, on en fait toujours six.

— Sortez de l'eau, dis-je.

Je plonge et je scrute la pénombre, à la recherche d'un défaut, d'une tache plus sombre. Je remonte pour reprendre mon souffle, m'enfonce de nouveau, cette fois jusqu'au fond tapissé de roseaux. Devant moi, un point bleu.

Les secours arrivent au moment où j'atteins la rive, hors d'haleine, traînant mon fardeau. Deux infirmiers entrent dans l'eau pour m'aider. Je les repousse, suppliante :

— Sauvez-le. Par pitié, sauvez-le.

Son ami claque des dents sur le petit ponton de bois. La femme l'a enveloppé de son manteau. Nous regardons les ambulanciers masser la triste poitrine blanche du noyé, lui faire du bouche-à-bouche. Je retiens mon souffle, guettant la quinte de toux qui expulsera l'eau des poumons, la surprise dans ses yeux, comme s'il venait de cracher une grenouille vivante. Juste au bord, son bonnet de bain bleu clapote dans la vase.

Peter est à l'appartement quand je rentre, en train de lire sur le canapé inconfortable. Il ne doit pas être là depuis très longtemps, car il n'y a qu'un mégot dans le cendrier et son thé fume encore. Je me tiens dans l'encadrement de la porte. Une flaque se forme sur le tapis en coco sous mes pieds.

— Tu t'es fait surprendre par la pluie, dit-il en posant son livre. Attends, je fais du feu.

Je n'arrive pas à bouger. Mon cœur est lourd, gonflé d'eau.

— Viens donc m'embrasser, insiste-t-il. Et enlève-moi ces vêtements mouillés.

— Un vieux monsieur s'est noyé dans l'étang.

— Juste maintenant ?

— Il venait nager tous les jours. Avec un ami.

— Et tu as tout vu ? Pauvre chou.

Je suis engourdie, trop assommée pour ressentir quoi que ce soit.

— Il n'était même pas encore au fond. Il flottait entre deux eaux quand je suis arrivée.

— Attends. Ne me dis pas que tu as essayé de le secourir ? Dans l'étang ?

— On n'y voyait pas grand-chose, mais j'ai repéré son bonnet de bain bleu.

— Merde, Ellie !

Il sort une nouvelle cigarette, l'allume.

— Les secours étaient là quand je l'ai traîné sur la rive. On aurait dit un fœtus, le genre de chose qu'on conserve dans du formol.

— Tu aurais pu te noyer avec lui. Qu'est-ce qui t'a pris ?

Sa voix est enrouée par la tendresse et la sollicitude. Je détourne les yeux. J'aimerais pouvoir parler, lui expliquer. J'avais besoin de sauver cet homme. Mais je ne peux rien dire. Il m'enlace, me serre contre lui.

— On va te faire couler un bon bain chaud.

— Non. Pas d'eau.

Mon corps tout entier tremble. Je laisse Peter me dévêtir à l'endroit où je suis, puis me porter jusqu'à notre lit. Il se glisse sous les draps avec moi, tout habillé, son ventre collé contre mon dos. J'aime sentir sa chemise, son pantalon, la boucle de sa ceinture, concrets, pressés contre ma peau nue.

— Tu devrais enlever tes chaussures, dis-je.

— Je vais aller te faire du thé. Ne bouge pas. En fait, je t'interdis de sortir de cet appartement.

Mon corps refuse de se réchauffer. Je me blottis sous les couvertures mais je grelotte sans retenue. Je n'arrête pas de penser au cadavre qui s'enfonçait, à l'étreinte amniotique de la mort, à la grâce de sa chute. J'écoute Peter remplir la bouilloire électrique, faire tinter les couverts quand il ouvre le tiroir. J'imagine ses petits gestes : choisir avec soin une tasse que j'aime, mettre deux sachets de PG Tips au lieu d'un, faire infuser le thé quarante secondes de trop, verser la quantité de lait nécessaire pour lui donner la bonne nuance de beige rosé, pas trop claire, ajouter une cuillère à café bombée de sucre.

— Le whisky dedans ou à côté ? demande-t-il, mon thé à la main.

— Je veux rentrer chez moi. Je n'en peux plus de cette pluie.

— Quelle pluie ?

24

Septembre 1993, New York

La chatte s'étire sur un rebord de fenêtre ensoleillé, à côté d'un pot de géraniums rouges. Sa longue queue ondule comme une liane et balaie les pétales qui se répandent sur le parquet. L'un d'eux a atterri sur son dos, aérien, un coup de pinceau sur sa fourrure écaille de tortue. Le téléphone sonne, mais je l'ignore. Je ne suis d'humeur à parler à personne. Je hais tout le monde aujourd'hui.

Peter boit son café en lisant le journal dans la cuisine de notre appartement de l'East Village.

— Tu peux répondre ? me lance-t-il. C'est peut-être le bureau.

Je hais Peter en particulier. L'appartement empeste le tabac. Ses doigts noirs d'encre d'imprimerie laissent des traces sur les murs, les interrupteurs et les dossiers. Nous avions prévu de passer le week-end à la campagne pour mon anniversaire, mais il a dû annuler : trop de travail. Et pourtant il trouve le temps de lire le journal du dimanche et de prendre son café. Ses caleçons attendent à côté du lit que je les mette au sale. Il a acheté du lait écrémé. J'ai horreur du lait écrémé, ce liquide aqueux aux reflets bleu veine.

Je laisse sonner encore deux fois avant de me lever, rien que pour l'énerver. Trop tard. Le répondeur se déclenche.

— Eleanor ? demande une petite voix chevrotante. Eleanor, c'est toi ?

Je me jette sur le téléphone.

— Grand-mère, oui, c'est moi.

Je crie de peur qu'elle ne soit déjà en train de raccrocher, comme si ma voix pouvait arrêter sa main.

Depuis la mort de mon grand-père, mon père et la Connasse veulent la mettre dans une maison de retraite. Pas une belle maison avec une large allée circulaire bordée de troènes odorants et des infirmières rassurantes qui vous apportent un bol de soupe chaude au lit et vous font la lecture. Non, juste un gourbi à Danbury qui pue les urinoirs, avec des aides-soignantes sous-payées : parpaings administratifs, sols crasseux, couloirs sans fenêtre aux murs couleur puce.

Je lui ai donné ma parole que je ne les laisserais pas faire. Elle leur a déjà dit qu'elle n'avait pas besoin d'une personne à temps complet à domicile. Elle peut se débrouiller. Il y a une jeune fille du coin qui peut lui faire ses courses et aller chercher le courrier en bas de la côte. Elle s'en sortira. Parce que c'est ça qui inquiète la Connasse : entamer un tant soit peu leur héritage. Mon père m'a promis qu'ils ne la déménageraient pas si je trouvais une solution viable pour tout le monde. Ils redoutent qu'elle tombe, m'a-t-il dit, et à moins que je ne sois prête à passer tous mes week-ends avec elle pour prendre la relève des infirmières… « S'il le faut, je le ferai », ai-je répondu.

— Eleanor, dit ma grand-mère au téléphone d'une voix minuscule, fragile. C'est toi ?

— Oui, grand-mère.

— J'ai peur.

Elle pleure. Je ne l'avais jamais entendue pleurer.

— Ne pleure pas, grand-mère. Dis-moi ce qui ne va pas.

— Ils m'ont mise dans cet endroit. Il fait froid. Je ne trouve pas ma lampe de lecture. Il n'y a personne. J'ai peur. Ellie, s'il te plaît, viens me chercher.

Une bouffée de rage m'envahit.

— Attends. Tu es où ? Qui t'a amenée là ?

— Je ne sais pas. Je ne sais pas. Elles sont venues ce matin et elles m'ont emmenée, répond-elle d'une voix enfantine.

— Qui, elles ?

— Mary et son amie. Elle a dit que ma tension était trop haute. Que j'avais rendez-vous avec un médecin à l'hôpital. J'ai voulu appeler Henry. Il m'a dit d'aller avec elles. Je ne sais pas quoi faire. Où sont mes couvertures ?

— Je téléphone à papa. Je vais arranger ça. Demain, tu seras chez toi, promis.

— Il fait noir, ici. Il n'y a pas de fenêtre. Je ne peux pas respirer. Il faut que tu viennes tout de suite !

Elle a l'air perdue, paniquée, comme un cheval attaché dans une écurie en flammes. Tout ce que je veux, c'est serrer contre moi le corps frêle et osseux de ma grand-mère.

— Je m'en occupe. Je viens te chercher.

— Qui est à l'appareil ? demande-t-elle.

— Je serai là dans quelques heures. Essaie de rester tranquille.

— Qui êtes-vous ?

— C'est moi. Eleanor. J'appelle le poste des infirmières sur-le-champ. On va te mettre dans une chambre avec des fenêtres.

— Je ne sais pas qui vous êtes.

Une voix s'élève derrière elle, lui disant de se calmer. Le téléphone tombe, mais je l'entends se débattre dans son lit.

— Laissez-moi, crie-t-elle.

On raccroche.

Lorsque j'arrive chez Avis, il y a la queue. L'employée au comptoir semble croire qu'elle travaille à la poste. Un responsable sort du bureau du fond et nous poussons tous un soupir de soulagement. Mais au lieu d'ouvrir un autre guichet, il tape un code d'annulation sur l'ordinateur de la femme, lui dit quelque chose qui lui arrache un petit rire factice, puis il repart comme il est venu.

— Pardon, est-ce que vous pourriez appeler quelqu'un en renfort ? dis-je enfin.

— Madame, je fais aussi vite que je peux.

Comme pour souligner ses propos, elle se lève de son tabouret et, au ralenti, s'approche de l'imprimante, attend qu'un contrat sorte.

— Désolée, dis-je, espérant l'amadouer. C'est juste que je dois aller voir ma grand-mère à l'hôpital. Je ne voulais pas faire d'histoires.

— On a tous des choses à faire, réplique-t-elle, regardant l'homme devant le comptoir.

Elle lui adresse un long sourire patient et lève les yeux au ciel : elle tient à ce qu'il sache que ça n'a rien à voir avec lui. Elle est de son côté, c'est juste qu'elle n'est pas du mien.

Je me gare devant la maison de retraite quinze minutes avant la fermeture, attrape mon sac et cours à la réception.

— Je viens voir ma grand-mère, dis-je, hors d'haleine.

La femme à l'accueil pose sur un moi regard abasourdi, à croire qu'elle n'a jamais vu de visiteur. Elle consulte sa montre.

— Les heures de visite sont passées.

— Non. J'ai encore quinze minutes. Myrtle Bishop ?

Elle soupire. On ne la paie pas assez pour gérer ce genre de situation.

— Désolée. Il est trop tard.

Je dois me retenir pour ne pas trépigner.

— J'arrive de New York. Il y avait des bouchons. Elle est âgée et fragile. Elle m'attend. J'ai encore quinze minutes. Vous ne pouvez pas faire un effort ?

— Je regrette. Madame Bishop est décédée il y a trois heures.

On l'enterre à côté de mon grand-père, dans le vieux cimetière en face de chez eux. Je me fais la réflexion qu'elle a passé la majeure partie de sa vie à regarder l'endroit où son corps va se décomposer. Nous nous tenons sous un ciel menaçant, autour d'un simple trou dans la terre. Le cimetière s'est peu à peu étendu, gravissant la colline. La tombe du suicidé près de laquelle Anna et moi jouions est maintenant entourée de stèles de morts fréquentables. Ma sœur est là, mince et élégante dans sa robe en laine noire. Grand-mère la féliciterait. Peter serre ma main tandis que la première pelletée de terre tombe avec un choc sourd sur le bois sombre. Il commence à pleuvoir. Les gouttes crépitent sur le cercueil comme un accompagnement musical. Mon père est en face de moi, de l'autre côté de la fosse, les épaules secouées de pleurs. Son parapluie penche. Il pleut sur son feutre noir. Je ne me remets pas de la mort de ma grand-mère. Ça tourne en boucle dans ma tête. Je regrette et je m'en veux. Pourquoi est-ce que je n'ai pas réagi plus tôt ? Pourquoi est-ce que je n'ai pas emménagé chez elle tout de suite pour la protéger, dès que mon père et Mary ont menacé de la faire déménager ? C'était la seule personne qui me donnait le sentiment d'être en sécurité quand j'étais enfant, qui me protégeait des fantômes, me lisait des histoires pour m'aider à m'endormir, veillait à ce que je mange des protéines et des légumes, celle dont l'amour n'a jamais failli un instant. Et je l'ai abandonnée. Elle est morte de peur, littéralement.

Le pasteur referme son livre de prières aux pages cornées. Les sanglots de mon père sont désespérés, gutturaux. Il s'approche de Mary d'un pas chancelant. Elle lui ouvre les bras, mais il passe à côté d'elle pour m'enlacer. J'éprouve un bref sentiment de triomphe quand je vois l'humiliation durcir la ligne rouge des lèvres de la Connasse.

J'étreins mon père, sens son trench-coat froid et mouillé contre ma joue et lui murmure à l'oreille :

— Tu n'as pas le droit de pleurer.

Après l'enterrement, nous traversons tous la route et gravissons le raidillon qui mène à la maison. La pluie s'est arrêtée, mais les arbres du verger – les pommiers sauvages et les abricotiers encore chargés de fruits oubliés – pleurent dans les hautes herbes.

Je laisse Anna et Peter dans le salon discuter du dossier sur lequel elle travaille en ce moment. Elle est avocate dans un cabinet renommé de Los Angeles. « Ma foi, j'aurais préféré que tu choisisses une carrière plus artistique, mais au moins tu as trouvé un moyen de tirer parti de ton goût fâcheux pour la querelle », lui a simplement dit ma mère lorsqu'elle lui a annoncé qu'elle avait décroché le poste. Je vais faire un tour dans notre ancienne chambre. Elle n'a pas changé : nos lits jumeaux sont faits, nos albums préférés sont sur l'étagère, à côté d'une boîte à tabac rouge remplie de crayons de couleur de tailles inégales. Je sais que si je vais dans les toilettes du rez-de-chaussée et que ma main tâtonne sur l'étagère au-dessus de la cuvette, je trouverai un paquet de cigarettes au menthol, caché là où elle pensait que personne n'irait chercher. Ce qu'il y avait de plus merveilleux chez ma grand-mère, parmi un tas de choses merveilleuses, c'était la permanence. L'agréable parfum de citronnier qui flottait dans la maison, les petites bouteilles de ginger ale au fond du réfrigérateur pour les grosses chaleurs. Le dé à coudre en argent que lui avait offert sa mère quand elle était enfant, rangé dans une boîte mauve sur sa commode.

J'ouvre le placard dans notre chambre. En ce qui me concerne, mon père et la Connasse peuvent tout garder. C'est ce qu'ils feront de toute façon. Qu'Anna se dispute avec eux pour le lit à colonnes et la première édition de *Gatsby* si elle en a l'énergie. Je ne veux qu'une chose. Je fouille derrière la pile poussiéreuse de jeux de société : la vieille boîte de *Scrabble* et les dames chinoises. *Destins*. Je cherche notre coffret à trésors qui contenait toutes nos poupées en papier. Mais il n'est pas là. Je vide le placard, fais un gros tas sur le sol. Vérifie dans l'armoire, sous les lits. Rien.

Anna est au téléphone dans la salle à manger :

— Non, tu restes sur la 22. Après Pawling.

Son nouveau copain, Jeremy, vient d'arriver en avion de Los Angeles.

— Et pas la peine de foncer. Les routes sont mouillées et tu as déjà raté l'enterrement.

Dans le salon, les gens mangent des crackers avec du brie, un verre d'alcool à la main. Mon père est assis à l'écart dans un fauteuil, le regard dans le vague. Il y a une traînée de boue sur l'une de ses chaussures en cuir noir cirées. Il a l'air déconcerté, comme s'il s'attendait à voir surgir sa mère de la cuisine, le tablier autour de la taille, une assiette de biscuits à la main. Je m'assieds sur l'accoudoir.

— Papa, je cherche un coffret en cuivre qui était dans le placard de notre chambre. Il y était la dernière fois que j'ai regardé. Tu sais où grand-mère aurait pu le ranger ?

— Les poupées en papier ?

— Oui. J'ai tout mis sens dessus dessous.

— La nièce de Mary était ici avec nous il y a quelques semaines. Elles lui ont plu. Mary l'a autorisée à les emporter.

Je me lève.

— Bon, je vais y aller. Le plus vite on sera tous partis, le plus vite vous pourrez vendre la maison.

Je tends la main vers la bibliothèque derrière lui et tire la précieuse première édition de *Gatsby le magnifique* qui appartenait à mon grand-père.

— Je prends ça pour Anna.

Peter roule sur le bitume luisant, prenant les virages glissants beaucoup trop vite. Les phares ouvrent une tranchée dans la nuit pluvieuse. De chaque côté de la route, les arbres se penchent vers nous comme d'énormes ombres chinoises. La radio est éteinte. Je ferme les yeux et j'écoute le chuintement des pneus, les allers et retours des essuie-glaces. Je me sens incapable de parler. Je ne peux même pas pleurer. Nous dérapons dans un virage en lacets en pente raide, mais Peter redresse et accélère. Je ne lui dis pas de ralentir. Je lui suis reconnaissante de la distance qu'il creuse entre mon passé et le présent.

— Je le hais, dis-je enfin.

— Dans ce cas, je le hais moi aussi. Viens là, ajoute-t-il, ôtant une main du volant pour m'attirer contre lui.

La voiture fait une légère embardée, mais je m'en moque.

25

Avril 1994, New York

Je repousse ma chaise et je m'étire. Ça fait dix heures que je corrige des copies, me semble-t-il. J'appelle Peter au bureau. Il décroche à la première sonnerie.

— Salut, beauté. Tu me manques.

— Dans ce cas, réjouis-toi, car tu vas bientôt me voir. Je craque. Si je lis encore un devoir de deuxième année bourré de poncifs sur « le féminisme et Colette » ou « l'apologie de l'homosexualité chez Gide », je me tire une balle dans la tête. Tu veux que je te rejoigne au bureau et qu'on y aille ensemble ?

— J'ai un article à terminer. Mieux vaut qu'on se retrouve sur place, au cas où ça prenne plus de temps que prévu.

— Pitié, fais vite. Je déteste ce genre de pince-fesses. Une foule de parasites qui aimeraient mieux mourir que d'admettre que l'empereur est nu. Les parents de

Peter viennent à New York pour l'ouverture de la biennale d'art contemporain du Whitney Museum, et nous avons rendez-vous là-bas.

Je l'entends allumer une cigarette à l'autre bout du fil, inhaler.

— Ce n'est pas parce que tu n'aimes pas l'art conceptuel que le reste du monde a tort.

— Dis-moi sans rire que toi aussi tu te pâmes devant *Michael Jackson and Bubbles*.

— D'après ma mère, l'exposition devrait être très « politique » cette année.

— Où est-ce qu'ils nous emmènent dîner ?

— Dans un bon restaurant. Ils sont heureux de te voir.

— Ils sont heureux de te voir, toi. Je suis la femme qui a kidnappé leur fils et le force à vivre chez les barbares.

— Je serai là dès que je peux, dit Peter en riant. Promis.

Je sors du métro à l'angle de la 77e et Lexington. C'est une belle soirée printanière. L'air est doux, l'odeur poussiéreuse du béton s'élève des trottoirs, le vent charrie le parfum des faux acacias, les brownstones se dorent aux derniers rayons du soleil. Je m'assieds sur un perron au coin de la rue du Whitney pour troquer mes baskets contre une paire de ballerines noires. Je mets du rouge à lèvres, lisse mes cheveux, remonte mes seins et les écarte un peu. Je porte ma robe de cocktail bleu ciel préférée, mais le décolleté est un rien plongeant et, si je ne me méfie pas, mes nichons ressemblent à des fesses de bébé.

Autour du musée, c'est la folie furieuse. La passerelle de béton qui mène à l'entrée ressemble à un métro bondé à l'heure de pointe. Je suis exaspérée avant même d'être à l'intérieur. À la porte, une femme me tend un badge qui dit : *« Je n'imagine pas qu'on puisse vouloir être blanc. »* Je prends un verre de vin sur un plateau et me jette résolument dans la mêlée. S'il y a un incendie, je mourrai piétinée.

Nous avons rendez-vous devant les ascenseurs, mais ni Peter ni ses parents ne sont là. Je déniche un petit espace libre contre le mur. Je vide mon verre et regarde les belles personnes jouer des coudes. Je vois passer un serveur brun avec un plateau de flûtes de champagne et je le hèle :

— Je peux ?

Mais ma voix est noyée par le brouhaha. Je tire sur sa manche avant qu'il ne soit englouti par la foule. Le plateau oscille dangereusement, et pendant un instant je crois qu'il va lui échapper. Mais il parvient à accompagner le mouvement et se redresse, toutes les flûtes parfaitement droites. Pas une goutte de renversée.

— Imbécile, marmonne-t-il tandis qu'il accélère sans me laisser prendre un verre.

Je connais cette voix.

— Jonas ?

Il se retourne, les sourcils froncés. Ce n'est pas lui.

Je le regarde s'éloigner, saisie d'une soudaine tristesse, une déception qui me tombe dessus sans crier gare. L'impression d'avoir reçu un coup de poing dans le ventre. Comme un condamné à mort à qui on annoncerait qu'il est gracié pour lui dire quelques secondes plus tard que c'était une erreur. Quatre ans se sont écoulés depuis le coffee shop. Depuis que Jonas m'a embrassée. Depuis que j'ai ignoré le message qu'il m'a laissé sur le répondeur de ma mère le lendemain. Consciente, alors même que je l'effaçais, que Jonas était ce qui aurait pu être. Voire ce qui aurait dû être. Mais je savais aussi qu'il était trop tard. Alors j'ai supprimé le message, puis j'ai fait griller un bagel et j'ai porté à Peter son café au lit.

Peter est ce qui *est*. Notre vie ensemble me satisfait. Me comble. Nous nous aimons. Avec tout ce qui fait la réalité de l'autre : les toilettes bouchées, l'haleine au réveil, les matins où il descend me chercher des Tampax en catastrophe, les soirs où nous nous endormons devant un talk-show, le wasabi qui nous arrache des cris. Mais rien de tout cela ne compte à cet instant. Je sors de mon sac mon portefeuille gonflé de reçus périmés, de cartes de taxis que j'accepte au lieu d'avouer que je n'appellerai jamais, de vieilles photographies et d'une carte de crédit dont le plafond a été atteint. Je glisse les doigts dans la pochette transparente, derrière mon permis de conduire avec sa photo d'identité hideuse. J'extrais le bout de serviette en papier plié. Le numéro est à demi effacé, mais encore lisible.

Il y a un téléphone dans le coin du hall, près de la boutique cadeaux. Jonas décroche à la quatrième sonnerie et, cette fois, c'est bien sa voix.

— Allô ? C'est moi.

Le vacarme alentour est assourdissant. J'appuie le combiné de toutes mes forces contre mon oreille, bouche l'autre avec mon index, m'efforçant de créer une bulle de silence. Je répète « C'est moi » plus fort. Un homme entre dans le musée vêtu d'un costume en vinyle rose. La femme à son bras fait une tête de plus que lui ; elle porte une veste Chanel et des bas noirs extrafins qui révèlent sa nudité plus qu'ils ne la cachent. Ils fendent la foule, distribuant des baisers dans l'air.

— Jonas ? Tu es là ? C'est Ellie.

Il soupire.

— Je sais. Tu as bu ?

— Bien sûr que non. Je suis au Whitney.

— Ah. Tu n'es pas à Londres ?

— On est rentrés aux États-Unis. J'ai cru te voir à l'instant. Il y avait un serveur. J'ai vraiment cru que c'était toi.

— Ce n'était pas moi.

— Je sais, puisque tu es là.

Il se tait.

— Quoi qu'il en soit, j'étais au milieu de ce troupeau d'abrutis en Fiorucci vintage, j'attendais Peter, quand j'ai pensé…

— Tu as pensé : « Abruti… Jonas, bien sûr. Je ne l'ai jamais rappelé, mais je suis sûre qu'il sera heureux de bavarder pendant cinq minutes le temps que mon copain arrive. »

— Là, tu fais l'abruti. Je t'appelle maintenant.

— Pourquoi ?

— Je n'en sais rien.

Il se tait. Derrière moi, il y a un nuage de bruit.

— Très bien, dit-il.

— Ouf. J'avais peur que tu fasses la tête.

— J'en avais l'intention. Mais manifestement j'ai la fermeté d'une limace. Comment vas-tu ?

— Bien. On est là depuis six mois. J'avais le mal du pays. Il pleut à Londres.

— Il paraît.

— Peter a trouvé du travail au *Wall Street Journal.* On habite à Tompkins Square Park. Donc je vois un peu de vert par la fenêtre. Et des junkies… Je voulais te rappeler, tu sais.

— Pourquoi tu ne l'as pas fait ?

— Tu m'as demandé de choisir.

— Je t'ai demandé de me choisir moi, répond-il avec un soupir.

L'opérateur nous interrompt, me réclame 10 cents pour parler encore trois minutes. Je glisse une pièce dans la fente, attends le tintement rassurant.

— Bon, dit Jonas d'un ton qui signifie « Je vais raccrocher ». Je suis en plein boulot. Il vaudrait mieux que j'y retourne.

— On peut se voir ?

— Bien sûr. Tu as mon numéro.

Il y a une réserve, une froideur dans sa voix qui déclenche chez moi un sentiment de panique aigu. Je ne l'ai pas encore perdu, mais je sais à travers chaque atome de mon corps qu'une porte est en train de se refermer.

— Demain ?

— Dans une quinzaine, ce serait mieux, répond-il.

À l'autre bout du hall, j'aperçois Peter et ses parents qui se faufilent à travers la foule pour rejoindre les ascenseurs. Je me retourne, espérant qu'ils ne me verront pas.

— Pour ce que ça vaut, j'ai appelé parce que j'étais folle de joie quand j'ai cru te reconnaître. Puis je me suis rendu compte que ce n'était pas toi, et je n'avais plus qu'une idée en tête, te voir tout de suite. Ça ne pouvait pas attendre. Je ne pouvais plus respirer si je n'entendais pas ta voix immédiatement. J'avais encore ton numéro dans mon portefeuille, j'ai foncé sur le téléphone à pièces. J'ai appelé.

— C'est un peu théâtral, même venant de toi.

Je ris.

— Oui, un peu. Mais c'est vrai.

— Alors viens maintenant, dit-il, placide.

Peter consulte sa montre, balaie le hall du regard. Je m'accroupis derrière un gros type en smoking violet. Si j'atteins les portes latérales sans être repérée, je pourrai l'appeler de la rue. Lui dire que je ne me sens pas très bien, que je ne peux pas venir. Je peux passer chez Jonas et être de retour avant Peter. L'homme se retourne. Il a un maquillage de clown. Il me toise et j'ai l'impression d'être une petite souris.

— Bonsoir, dit-il d'une voix haut perchée de fillette.

Je lui souris, l'air de rien, comme s'il était parfaitement naturel de s'accroupir au milieu d'une foule. Il me dévisage quelques instants, plissant sa bouche barbouillée de rouge, avant de s'éloigner. J'entends mon nom. À travers la fenêtre laissée dans son sillage violet par mon ami le clown, Peter m'a vue.

— Ah, enfin, nous commencions à nous inquiéter, dit la mère de Peter, ses lèvres embrassant l'air plutôt que mes joues.

— J'avais fait tomber mes clés.

Le père de Peter se tient à côté de lui, toujours aussi élégant, épaisse chevelure argentée coiffée en arrière, costume de Saville Row. Il a vieilli. Des poches sous les yeux.

— Vous devez être épuisés, avec le décalage horaire, dis-je en l'étreignant maladroitement.

En dépit des années, les parents de Peter m'intimident toujours avec leur savoir-vivre, le mystérieux code de bonnes manières des classes supérieures britanniques. Malgré tous mes efforts pour assimiler leurs règles, j'ai constamment l'impression d'accumuler les faux pas lorsque je me retrouve face à eux. Pire, je ne sais pas quelle est mon erreur.

— J'ai fait un petit somme à l'hôtel, admet le père de Peter.

— Nous ne croyons pas au décalage horaire, ajoute sa mère.

— Moi qui avais peur d'être en retard, dit Peter. J'ai couru tout le long depuis le métro. J'ai failli y rester.

Il me donne un gros baiser humide, et je devine que sa mère hausse les sourcils. Les démonstrations d'affection en public sont clairement mal vues. Presque pire que la marque de la culotte visible sous le pantalon.

— C'est à cause des cigarettes. Eleanor, vous devez le persuader d'arrêter.

— J'étais là, dis-je. J'ai dû aller aux toilettes.

Je m'interromps. Il faut que je trouve une excuse, n'importe quoi pour filer. Jonas m'attend. Si je lui pose un lapin, il ne me le pardonnera pas une seconde fois. Peter me prend la main.

— Montons, dit son père en appelant l'ascenseur. Nous avons réservé une table au Cirque.

L'ascenseur redescend vers nous. Je l'entends se rapprocher, consciente que c'est maintenant ou jamais. À l'instant où les portes s'ouvrent, je bafouille :

— Je vous rejoins là-haut. Il faut que j'aille aux toilettes.

— Encore ? s'étonne Peter.

— Je me sens un peu barbouillée.

— C'est vrai que tu es rouge.

Il pose une main sur mon front, retenant la porte de l'ascenseur de l'autre.

— Si vous n'êtes pas bien, Eleanor, vous devriez rentrer. Inutile que nous tombions tous malades.

— Maman !

— Ta mère a sans doute raison.

Cette victoire mesquine semble tellement la réjouir que je me sens presque absoute.

— Dans ce cas, je te raccompagne.

— Surtout pas. Reste avec tes parents. Ce n'est certainement rien de méchant.

L'ascenseur tinte avec impatience.

— Peter. Il y a des gens qui attendent.

— Vas-y, je t'assure. On se retrouve à l'appartement.

À peine les portes refermées, je me précipite dans la rue pour héler un taxi.

Jonas est en bas de chez lui, les mains dans les poches, le nez en l'air, devant un arbre minable planté dans le trottoir. J'ai du mal à le reconnaître. C'est toujours Jonas, mais il est large d'épaules, musclé. Un homme. Je suis son regard. Un gros rapace est perché sur une des plus hautes branches.

— C'est une buse à queue rousse. Elle doit chasser les rats, m'explique-t-il.

— Pas très ragoûtant.

— Quand même, un oiseau de proie à Greenwich Village…

— Ça pourrait être le titre des mémoires de ma belle-mère.

Jonas éclate de rire.

— Comment tu fais ?

— Comment je fais quoi ?

— Pour me faire rire même quand je te déteste.

Son regard est franc, direct, pas de mensonge derrière ses yeux vert d'eau.

— Pour être honnête, j'espérais que tu serais devenue vieille et grosse. Toute flasque, pâle et anglaise. Mais tu es toujours aussi belle.

Il fronce les sourcils, passe les doigts dans ses cheveux bruns. Ils ont repoussé, plus ébouriffés que jamais. Il porte ses vêtements de travail, jean et tee-shirt éclaboussés de peinture. Il sent l'essence de térébenthine. Une trace ocre balafre sa joue. Je vais pour l'essuyer, mais il arrête ma main.

— Tu as de la peinture.

— Pas touche.

— Ne fais pas l'idiot.

Je le prends dans mes bras. Je suis bien contre lui. Quand je le lâche, j'ai une tache sur ma robe en lin.

— C'est juste pour ça que je te disais de ne pas me toucher.

— Merde. J'aimais bien cette robe.

Au bout de la rue, je vois un couple traverser main dans la main. Pendant un instant, je pense que c'est mon père et Mary, et un sentiment de désespoir me noue les tripes.

— Qu'est-ce qu'il y a ?

— J'ai cru que c'était mon père. Je ne lui adresse plus la parole.

— Pourquoi ?

— Il a mis ma grand-mère dans une maison de retraite. Contre sa volonté. Elle est morte le lendemain. Elle m'a appelée. Elle était terrorisée. Elle se sentait abandonnée. Je me suis précipitée là-bas, mais le temps que j'arrive il était trop tard. Je ne pardonnerai jamais à mon père.

Au-dessus de nous, le rapace s'envole. Il a repéré un petit oiseau et il décrit des cercles autour de lui. J'observe son manège.

— J'ai menti à Peter et à ses parents. Je leur ai dit que je ne me sentais pas bien.

— Je suis désolé.

Son regard dément ses mots. Il est heureux que j'aie menti pour lui.

— Ne me raconte pas d'histoires, ça ne sert à rien, dis-je.

Il sourit. Pas de mensonge possible entre nous.

— Je me disais qu'on pourrait acheter des bières et aller faire un tour au bord du fleuve.

Les fenêtres de l'appartement de mon père sont ouvertes. Quelqu'un – Mary, bien sûr – a accroché des jardinières de bon goût avec du lierre retombant et des géraniums blancs. Nous tenant par le bras, nous déambulons à travers les petites rues pavées, profitant de la douceur printanière. Au bout de Perry, nous traversons West Street pour déboucher sur un vieux quai jonché de crottes de chien séchées et d'ampoules de crack. Nous trouvons un coin à peu près propre où nous asseoir, jambes au-dessus de l'eau.

— Je pensais que ce serait romantique, mais c'est plutôt répugnant, dit Jonas.

— J'avais oublié à quel point j'aimais être avec toi.

— Pareil. Je déteste presque tout le monde à part toi.

Il me tend une bière, s'en ouvre une.

— Je ne t'avais jamais vu boire, dis-je. C'est marrant.

En fait, non, ce n'est pas drôle. C'est triste, tout ce que nous avons raté.

Il avale une longue gorgée.

— Oui. On a loupé quelques épisodes.

Nous regardons filer le courant en silence. Une petite cuillère en plastique rose passe devant nous. Baskin-Robbins, sans doute. Il n'y a pas de malaise. Pas de tension. Juste un sentiment familier : le lien entre nous que rien ne remplacera jamais.

Jonas baisse les yeux, frotte une tache de peinture sur son genou.

— J'ai été surpris par ton appel. Je suppose que je pensais… J'ai attendu longtemps. Et puis j'ai arrêté d'y croire.

— C'était trop dur.

— Et maintenant ?

— Je n'en sais rien.

Il vide sa bière, en prend une autre.

— Alors tu vas épouser ce type ?

Je détourne les yeux. Derrière nous, un embouteillage immobilise la West Side Highway. Pas très loin, j'entends la mélopée d'une sirène. Un chauffeur de taxi a la main sur l'avertisseur, un geste aussi utile que d'appuyer sur le bouton de l'ascenseur alors qu'il est déjà allumé. Un autre conducteur le klaxonne pour le faire taire, crie « Va te faire foutre, connard » par sa vitre. À 400 mètres derrière, j'aperçois le gyrophare d'une ambulance qui essaie de se frayer un passage entre les voitures réticentes.

— Peut-être, dis-je avec un soupir. Probable.

Il garde les yeux fixés sur l'Hudson.

— Promets-moi que tu m'avertiras un peu à l'avance.

— OK.

— Ne me prends pas au dépourvu. Je déteste les surprises.

— Je sais. Promis.

— Je compte sur toi.

Le soleil s'est couché, laissant derrière lui des traînées de feu. Des rangées d'anciens pilots hérissent le fleuve, noirs sur le ciel embrasé.

— Ça fait mal tellement c'est beau.

— Juste pour que ce soit bien clair, dit-il. Jamais je n'aimerai quelqu'un comme je t'aime.

26

Août 1996, le Bois sauvage

C'est Anna, pas moi, qui veut aller au traditionnel feu de camp de fin de saison. Je ne me rappelle pas la dernière fois que j'y suis allée, et je n'y tiens pas plus que ça. Mais Anna est là en célibataire. Elle ne vient presque jamais – elle n'a quasiment pas une minute à elle depuis qu'elle est en voie de devenir associée au cabinet – et Jeremy, son compagnon qui est un pur produit de la banlieue de Los Angeles, pense que le Palais de papier est une ruine : les marches des chalets qui s'affaissent, les petits cercles brunâtres de pisse de souris au plafond, le lent goutte-à-goutte de leur placenta. Personne n'a jamais eu le courage de regarder ce qui se cachait derrière les panneaux d'Homasote. Sans parler des moustiques, qui à l'écouter seraient inconnus à Manhattan Beach. C'était lors de sa seule et unique visite, il y a maintenant quatre ans. On ne l'a pas revu au camp depuis.

— On habite à la plage, chérie, avait-il dit à Anna au petit déjeuner, après leur deuxième nuit. C'est très joli ici, mais quel intérêt quand on pourrait être chez nous à l'appartement ? La clim à fond, la terrasse, un bon chardonnay.

— C'est justement pour ça qu'on aime cet endroit : parce qu'il n'y a pas de chardonnay, avais-je répliqué.

Je ne comprenais pas ce que ma sœur faisait avec lui. Il représentait tout ce qu'on détestait. Mais c'était peut-être ce qui l'attirait, justement.

— C'est bizarre, avait dit notre mère, nous rejoignant dehors avec son café et un roman. Séparément, Manhattan et la plage sont deux des choses les plus merveilleuses au monde, mais si tu les réunis, tu obtiens Manhattan Beach, le comble de la médiocrité.

— Maman !

— Je suis vraiment ravie que vous ayez pu venir tous les deux.

Elle s'était assise sur le canapé, avait ouvert son livre au milieu.

— J'y pense, Anna, avait-elle repris sans lever les yeux. J'espère que tu as expliqué à ton ami qu'on ne tirait pas la chasse quand on faisait pipi.

Après avoir bu une gorgée de café, elle avait ajouté :

— À ce propos, rappelez-moi de téléphoner pour la fosse septique. Il faut la changer. J'ai l'impression que de l'eau souillée commence à s'écouler dans l'étang. Comment expliquer toutes ces algues, sinon ?

Cet été, par chance, le patron de Jeremy l'a invité à un congrès de marketing à Flagstaff juste la semaine où Anna et lui avaient prévu de venir au cap Cod.

— Je ne sais pas comment tu as pu résister à l'appel du paysage « grandiose et ressourçant » et aux buffets à volonté pour venir dans ce « taudis », dis-je à ma sœur alors que nous traversons l'étang à la rame.

Le soir du feu, il est impossible de se garer près de la plage. C'est beaucoup plus simple d'y aller en canoë et de marcher. Nous avons pris un sac de guimauves, des chips, du vin rouge et une couverture militaire élimée pour s'asseoir quand le sable se sera refroidi.

— Tu es dure, dit Anna en riant.

— Il a insulté mon endroit préféré.

— Tu ne peux pas lui en vouloir parce qu'il ne comprend pas l'étang. C'est ma faute. J'ai oublié de lui dire que le nom « Palais de papier » était ironique.

— Ce n'est pas que ça. C'est sa vision du monde. La banlieue résidentielle érigée en idéal. Comme si le carrelage en terre cuite et les plans de travail en granit poli étaient la finalité suprême.

— C'est ce qui me plaît chez lui. Il est prévisible. Je sais à quoi m'attendre.

Je lève les yeux au ciel.

— Ellie, chacun sa merde. Je me sens en sécurité avec Jeremy. De toute manière, on ne peut pas toutes tomber éperdument amoureuses d'un riche et fringant journaliste anglais. Il en faut bien qui se contentent des Californiens insipides aux pectoraux gonflés. Alors merci de garder tes jugements de valeur pour toi.

— Message reçu.

Je n'aimerai jamais Jeremy, pas parce qu'il est prévisible, comme dit Anna, ou « bourgeois », comme soupire maman. Mais parce qu'il ne tire pas ma sœur vers le haut. Et ça m'énerve.

Nous nous concentrons sur nos rames qui fendent l'eau aussi lisse que le verre, glissant sans bruit sur le reflet du ciel rose. Un héron nous regarde passer, statue immobile parmi les joncs.

— À quelle heure part Peter, demain ? lance soudain Anna.

— Juste après le déjeuner. Il voudrait éviter l'heure de pointe.

— S'il prend la Merritt Parkway, demande-lui d'acheter des bagels à H&H.

Notre embarcation racle le sable. Je saute, m'efforçant de ne pas mouiller le bas de mon jean. Anna tressaille lorsqu'elle descend à son tour.

— Je n'aurais pas dû aller au village à vélo, ce matin. Ce chemin de terre est truffé de nids-de-poule. Je crois que je me suis défoncé le pubis.

— Charmant, dis-je en riant.

Le canoë crisse sur le sable humide. Nous le tirons jusqu'à un espace étroit entre les arbres, parmi les hautes herbes.

— Tous ces gens que je n'ai pas vus depuis dix mille ans, dit Anna sur le chemin argileux qui mène à la plage. Ça va être bizarre.

— Ça ne s'oublie pas. C'est comme le vélo, en plus ennuyeux. Et en moins douloureux.

— Si seulement je ne me sentais pas aussi grosse, dit-elle, attachant ses cheveux en queue-de-cheval. Je n'ai pas envie d'être jugée par ces cons.

Anna a une taille mannequin depuis des années, mais elle reste persuadée qu'elle est une gamine rondelette.

— Les grosses cuisses, c'est comme un membre fantôme, dit-elle. Tu as beau les avoir perdues depuis des années, tu les sens toujours frotter l'une contre l'autre.

— Tu es sublime, Anna. Moi, en revanche, j'ai passé l'hiver terrée dans l'appartement avec Peter à me gaver de Milano fourrés au chocolat. J'ai intérêt à me mettre à la diète d'ici le mariage.

Anna marche devant, contournant les gros buissons de sumac vénéneux. L'arrière de ses tongs soulève de petits nuages de poussière rouge.

— Dans le genre, je crois que j'aime autant les Brussels. Il y a les noisettes en plus.

— Et les Chessmen, tu t'en souviens ? Ces petits biscuits au beurre tout simples.

— Les préférés de papa.

— Tu lui as parlé récemment ?

En ce qui me concerne, je n'ai pas eu de contact avec lui depuis l'enterrement de ma grand-mère.

— Il m'appelle de temps en temps. On a des conversations poussives et je n'ai qu'une envie, c'est de raccrocher. C'est ridicule. Tu as toujours été beaucoup plus proche de lui.

— Plus maintenant.

— S'il téléphone, c'est uniquement parce que Mary l'y oblige. Elle adore raconter à ses amies que c'est un mari empressé et un père dévoué. Elle essaie de les faire admettre dans un country club de Southampton. Un de ces endroits où les juifs ne sont pas acceptés.

— Je la hais.

— Quoi qu'il en soit, je lui ai dit que c'était à lui de t'appeler. Jusqu'à nouvel ordre, c'est lui le parent, merde.

— Surtout pas. Sincèrement ? Je suis soulagée. Au moins, je n'ai plus à attendre qu'il me déçoive systématiquement.

Nous nous arrêtons au sommet de la plus haute dune. En dessous, à 100 mètres à droite, se presse une foule vêtue de lin. Quelqu'un a planté dans le sable des drapeaux chinois en forme de poissons sur des piquets : un cercle de manches à air colorées. Le feu est allumé, mais, tant qu'il fait jour, ses flammes sont encore peu visibles. La chaleur revêt le ciel d'une pellicule huileuse.

— Au fait, dit Anna, je sais que tu m'en veux parce que tu penses que je lui ai pardonné par lâcheté. Mais c'est juste qu'il ne compte pas assez pour moi pour que je sois en colère. Je coupe les ponts demain, si c'est ce que tu souhaites.

— Au début, je t'en ai voulu, oui, mais maintenant je me dis que j'aime autant que ce soit toi qui reçoives des mocassins moches à Noël et qui te retrouves coincée dans un fauteuil en tapisserie à boire un verre avec la Pétasse de l'enfer.

— C'est de bonne guerre.

— Joyeux Noël, dis-je en riant. Tiens, des épreuves de bouquins de ma maison d'édition.

— Et de ma part, un sac de beuh ! glapit Anna, imitant la voix aiguë de Mary.

Nous dévalons la pente en hurlant avec le vent, euphoriques, plus vite que nos jambes ne peuvent nous porter. En bas, le sable tiède et profond ralentit notre course.

Anna se laisse tomber à genoux, lève des bras victorieux vers le ciel.

— Ça me manquait trop.

— C'est *toi* qui me manquais.

Je m'allonge sur le dos à côté d'elle, écartant les bras dans le sable. Les joues d'Anna sont rose vif, ses cheveux emmêlés par le vent.

— Tu es sublime, dis-je.

— Surveille-moi si je bois trop. Sinon, je vais encore me taper un mec sexy dans les dunes.

— Pas de risque. Ils ont tous au moins 100 ans.

— On ne sait jamais, dit Anna en riant.

Je m'appuie sur mes coudes, face à la mer : les flaques de soleil cuivré, les crêtes mouchetées de blanc, la houle. Chaque fois que je contemple l'océan, même si j'y étais encore le matin, c'est un nouveau miracle : une puissance, un bleu qui emportent tout. Comme de tomber amoureux.

Le vent tourne et apporte jusqu'à nous une odeur de bois brûlé et de saumure.

Anna se lève, époussette ses genoux.

— Allez, viens. On se met en mode festif.

— Il est hors de question que je m'affiche en public avec quelqu'un qui dit : « On se met en mode festif. »

— C'est abominable, je suis bien d'accord, réplique Anna, morte de rire.

J'adore ma sœur.

Je repère tout de suite la mère de Jonas. Elle est un peu à l'écart, le dos tourné, mais je la reconnais aux cheveux grisonnants qu'elle refuse ostensiblement de teindre, aux Birkenstock en daim usé qu'elle tient à la main, et à la ligne qu'elle trace dans le sable avec son gros orteil. Elle doit sentir la vibration de nos pas, car elle se retourne comme un serpent et sourit. Elle parle à une fille que je n'ai jamais vue : jeune – peut-être 20 ans –, mignonne, menue, brune avec les pointes blondes, bronzage parfaitement régulier, short et tee-shirt coupé. Un diamant perce son nombril.

— Oxyde de zirconium, corrige Anna. On la connaît ?

— Non.

— Anna, Eleanor. Bonjour ! Je ne savais pas que vous étiez là toutes les deux, dit la mère de Jonas d'un air constipé.

Elle a toujours eu une dent contre moi.

— J'évitais la plage, dis-je. On se croirait à Coney Island, cette année.

— Je suis arrivée hier, ajoute Anna.

La mère de Jonas passe un bras possessif autour des épaules de la fille.

— Je vous présente Gina.

Anna lui tend la main, mais la jeune femme s'avance et l'étreint affectueusement.

— Je suis ravie de faire votre connaissance, dit-elle, m'enlaçant à mon tour.

Dans son dos, Anna m'adresse une grimace horrifiée que la mère de Jonas surprend.

— Je suis tombée sur votre maman au supermarché. Si j'ai bien compris, tu prévois un *mariage d'hiver*, me dit-elle, en accentuant ces deux derniers mots pour bien marquer son dédain.

— Oui. La totale. Sculptures de glace et fontaine de chocolat.

— Il était temps.

— Pardon ?

— Eh bien, il faut regarder les choses en face, on ne rajeunit pas.

— Ellie a encore quelques semaines devant elle avant de se transformer en vieille bique de 30 ans, réplique Anna, doucereuse. Mais on a bien reçu le message. Et à part ça, les garçons sont là ?

— Ce sont des *hommes* maintenant, répond la mère de Jonas, comme si elle s'adressait à une demeurée.

Elle se tourne vers des enfants qui jouent un peu plus loin.

— On ne grimpe pas sur la dune ! Elle pourrait s'écrouler sur eux. C'est dangereux, explique-t-elle à Gina.

— Comment va Jonas ?

— Il va très bien, me répond-elle sèchement.

— Oui, super, renchérit Gina. Il est exposé dans une galerie à Chelsea. On est trop contents. En plus, on a déniché un loft sublime. Une ancienne fabrique de rubans.

— Sur quoi est-ce qu'il travaille en ce moment ? demande ma sœur.

J'entends vaguement Gina parler d'acrylique et d'objets trouvés, mais mon cerveau patine. L'idée que Jonas vive avec cette fille me remplit d'une jalousie que je n'ai aucun droit d'éprouver. Une jalousie physique, palpable. Jonas m'appartient. Je dois faire un effort surhumain pour ne pas lui flanquer un coup dans les mollets.

La mère de Jonas boit du petit lait.

— Nous sommes tous absolument ravis.

Tout ce que je déteste chez elle – son manque de générosité, ses airs de sainte-nitouche, cette façon qu'elle a eue d'insinuer que Jonas ne serait jamais sorti en mer avec Conrad et moi si je ne l'y avais pas forcé – remonte à la surface. Ma mère l'a entendue dire une fois : « Elle le menait par le bout du nez. » Je m'oblige à penser à Peter, mon adorable gentleman anglais. Son intelligence sans ostentation, son ironie toujours à propos, son porc rôti avec la couenne salée parfaitement grillée, ses souliers en cuir usés, la manière dont il tire sur mes cheveux quand on fait l'amour.

Je parviens à lui adresser un sourire détendu.

— C'est une excellente nouvelle. Tu dois être heureuse pour Jonas.

— Mais oui. Et pour Gina, bien sûr.

C'est alors que je le vois traverser la foule dans notre direction. Il porte un sac de courses en papier brun sous un bras. Un paquet géant de petits pains à hot dogs en dépasse. Il repère d'abord Gina qui lui tourne le dos, sourit. Puis il me voit. S'arrête net. Nous échangeons un long regard. Il secoue la tête, de colère plus que de chagrin, un mélange de douleur et de dégoût, comme s'il n'en revenait pas, ne comprenait pas comment j'avais pu briser la promesse faite sur le quai il y a deux ans, quand nous buvions des bières en regardant l'Hudson, résignés.

Sa mère le surprend en train de me dévisager. Elle tape sur l'épaule de Gina.

— Jonas est là.

Le visage de Gina s'illumine comme si elle n'avait jamais rien vu d'aussi merveilleux.

Il se dirige vers elle, m'ignorant, et l'embrasse longtemps, passionnément.

— Je te cherchais.

Il se tourne vers ma sœur pour l'étreindre amicalement, puis il donne les petits pains à sa mère.

— Il ne restait que des gros paquets.

— Tout se mangera. On n'en a jamais assez.

Elle se dirige vers la table et les tend à un homme en train de faire cuire des steaks hachés et des saucisses épicées. Je l'entends crier : « Voilà les petits pains ! » comme si elle apportait le Graal.

— Salut.

Jonas se tourne vers moi en dernier. Son ton est amical, aucune trace de ce que j'ai vu sur son visage à l'instant. Il me sourit, calme, aimable.

— Salut.

Je lui adresse un regard interloqué. Il passe un bras autour de la taille de Gina.

— Je te présente Eleanor. On jouait ensemble quand on était gosses.

— On vient de faire connaissance.

— Ma mère m'avait dit que vous n'étiez pas là cette semaine.

— Je sais que ta mère n'aime pas qu'on la contredise, mais si, on est là, dis-je, plus pincée que je ne l'aurais voulu.

— On est arrivés le week-end dernier, Gina et moi. Alors comme ça, tu vas te marier cet hiver ? Ma mère a croisé Wallace au supermarché. Félicitations.

Sa voix est glacée.

— J'ai essayé de te joindre.

Gina nous regarde tour à tour, se sentant exclue.

— Jonas veut m'emmener à la pêche au calamar tout à l'heure, dit-elle.

— Cool, fait Anna.

— Vraiment ? Pêcher un truc gluant d'un ponton à minuit ?

Ma sœur éclate de rire.

— Si, tu vas voir, c'est génial. Tu braques une lampe électrique dans l'eau et ça grouille en dessous. Tu as à peine besoin de bouger la turlutte. Tu n'as littéralement qu'à te baisser pour les ramasser.

— Jonas et moi, on y allait tout le temps. C'était vraiment ton truc, dis-je en lui souriant pour tenter de briser la glace.

— Si ça te plaît, alors ça me plaira, décrète Gina avant de l'embrasser comme un propriétaire qui défend son lot.

— Il faut juste faire gaffe à ne pas se faire asperger d'encre, dis-je.

— Et les laisser mariner dans le lait toute la nuit avant de les faire griller, ajoute Anna.

— Je ne mange pas de fruits de mer, répond Gina.

Anna nous regarde, Jonas et moi. Puis elle prend Gina par le bras.

— Je vais me chercher une bière. Viens. Je vais te présenter aux deux seules personnes intéressantes du coin.

Elle l'entraîne sans lui laisser le temps de refuser.

C'était l'été avant que j'entre à l'université. Anna et moi avions décidé d'aller nager à Higgins. La mer était parfaite. Pas d'algues. Pas d'écume. Nous flottions dans l'eau, bercées par la houle, et Anna n'en avait que pour son professeur de communication dyadique, dont elle se prétendait amoureuse.

— Je ne sais même pas ce que ça veut dire.

— Ça veut dire que je veux me taper mon prof.

— Non, je ne sais pas ce que veut dire « dyadique », dis-je en riant.

Je plongeai sous l'eau pour ressortir là où j'avais pied.

— Alors, et toi, mademoiselle « Je me réserve pour le mariage » ? me cria Anna. Toujours vierge ?

— Bien sûr. Et je n'ai jamais parlé de mariage. J'ai juste dit que je voulais être amoureuse.

— Dans ce cas, pourquoi tu as des pilules dans le tiroir de ta commode ?

— Depuis quand tu fouilles dans ma commode ?

— Je cherchais une culotte. Toutes les miennes sont sales.

— Ne te gêne pas, surtout !

— Ne change pas de sujet.

— Je les ai au cas où.

— Au cas où tu tomberais soudain amoureuse pour la première fois ?

— Non… De toute manière, c'est déjà fait.

— Quoi ?

— Je suis amoureuse.

— Ah. C'est nouveau. Dans ce cas, qu'est-ce que tu attends ?

— C'est Jonas.

Elle fronça les sourcils.

— Attends, ce gamin qui te suivait partout ?

Je hochai la tête.

— OK, je vois. C'est un peu scabreux, ton truc. Mais un excellent choix, si tu vises l'abstinence.

— Ce n'est plus un gamin. Mais de toute façon…

— Raconte, qu'est-ce qui s'est passé ?

Je regardai ma sœur, ses cheveux noirs sur le bleu infini, et pendant un instant je fus tentée de tout lui avouer. Ce serait un tel soulagement.

— Sa mère l'a envoyé en colo dans le Maine, dis-je finalement.

— Je ne supporte pas cette bonne femme. Chaque fois que je la vois, j'ai envie de chier sur ses pompes.

Mal à l'aise, je suis des yeux Anna et Gina parties chercher des bières. Avec Jonas, je n'ai jamais ressenti autre chose que notre symbiose singulière, mais je ne sais pas qui est cet homme devant moi. Ce Jonas-là a des yeux morts.

— Je ne pensais pas que tu serais là.

Il garde le silence, me laissant m'agiter en face de lui.

— Jonas, s'il te plaît.

Il continue de me dévisager sans un mot.

— J'ai essayé de t'appeler pour te prévenir, mais ton numéro n'était plus en service. Je voulais téléphoner à ta mère. Je suis désolée.

— Pourquoi ?

— Ma mère est une idiote qui ne sait pas tenir sa langue. Je lui avais dit de ne pas en parler.

— Il n'y a pas de quoi en faire un plat.

Il ouvre un sachet de chips, en fourre une poignée dans sa bouche, puis me le tend.

— Tu as le droit d'être en colère contre moi.

— Mais non. Ne te bile pas. C'est de l'histoire ancienne.

— Jonas, j'ai vu ton expression tout à l'heure.

— Je ne m'attendais pas à te croiser, c'est tout.

— Ne raconte pas de bêtises. Je déteste quand tu fais ça.

— Ce ne sont pas des bêtises, Ellie. C'est vrai, j'étais furieux que tu me plantes encore une fois. Tu n'as pas été correcte. C'est toi qui m'as rappelé. C'était toi qui voulais qu'on soit amis. Je me suis retrouvé comme un con. Mais j'ai tourné la page. C'était il y a un million d'années. J'étais un gamin idiot avec un béguin idiot.

— Super, fais-je, me sentant grincer des dents. C'est vraiment dégueulasse de dire ça.

— Ce n'est pas le but. J'essaie juste de t'expliquer que tout va bien. Je suis avec Gina, maintenant, et je suis amoureux d'elle.

— Elle a 12 ans.

— Arrête, ce n'est pas digne de toi.

— Elle ne mange même pas de poisson.

Une fois la nuit tombée, alors que tout le monde s'est rapproché de la chaleur du feu, je m'éloigne dans l'obscurité. J'ai envie de pisser. Je monte un peu sur la dune, baisse mon jean, m'assieds sur la pente et creuse un petit trou sous moi. Le jet d'urine disparaît dans le sable. Comme le dit Anna, pisser assis sur la dune, c'est encore meilleur que debout sous la douche. Je me rhabille et m'installe un mètre plus loin, au sec. Je distingue à peine mes mains. Une nuit sans lune. Jonas et Gina sont blottis de l'autre côté du feu. Leurs visages rayonnent à la lueur orange doré des flammes. Le regard de Jonas fait le tour du cercle. Il me cherche. Il va pour se lever, se ravise. Je le vois fixer les braises incandescentes, froncer les sourcils parce que quelque chose le tracasse. Je sais qu'il pense à moi. Cet homme qui m'a sauvée. Cet homme que j'ai blessé et dont j'ai maintenant perdu la confiance. Alors je me promets de me racheter.

Au-dessus de la plus haute dune apparaît une étoile, atténuée d'abord, puis de plus en plus vive, un joyau étincelant. Et pourtant je sais que c'est la mort que je regarde. La lumière qui vacille. Le râle silencieux. La beauté qui s'éteint. Une flamme désespérée – flamboyante, transcendante – qui lutte jusqu'à son dernier souffle.

27

Décembre 1996, New York

L'aube arrive trop vite. Nue sur ma couette, je regarde par la fenêtre de notre appartement de l'East Village en écoutant les crachouillis du radiateur. On a annoncé de grosses chutes de neige, et le ciel a ce côté immobile et terne de la neige carbonique, comme si l'air faisait une pause. Aujourd'hui, je me marie.

Peter a passé la nuit à l'hôtel Carlyle de Madison Avenue avec son témoin, un ami d'Oxford, un snob qui m'a toujours considérée avec méfiance, manifestement persuadé qu'une Américaine ne pouvait être qu'une aventurière sans scrupules.

J'entends les ronflements légers d'Anna dans le salon. Elle a dû s'endormir sur le dos quand elle s'est écroulée sur le matelas. Hier soir, nous avons mis nos vieilles chemises de nuit en flanelle – celles que grand-mère Myrtle nous offrait chaque année à Noël, du temps où nous avions encore l'âge d'apprécier leur confort douillet démodé –, et nous avons bu des shots de tequila jusqu'à pas d'heure. Aujourd'hui, je vais avoir d'horribles poches violettes sous les yeux. Anna est ma demoiselle d'honneur. Jeremy et elle ont passé les derniers jours chez maman, qui s'est montrée odieuse avec lui – pour mon plus grand plaisir, je dois l'avouer. À cause de lui, je n'ai quasiment pas pu voir ma sœur. Il l'oblige à faire une heure de yoga avec lui chaque matin après le petit déjeuner et a même insisté pour nous accompagner à l'essayage de ma robe. Mercredi, alors qu'Anna et moi avions prévu un déjeuner entre filles au Russian Tea Room, il a débarqué avec des billets pour une représentation en matinée de *Cats* au Winter Garden, bien qu'Anna déteste les comédies musicales et que le spectacle se joue depuis 1982. « C'est assommant, a dit ma mère lorsque je l'ai appelée pour me plaindre. Mais c'est ce que font les Californiens quand ils viennent ici. Pour une raison qui me dépasse, ils sont persuadés qu'ils se cultivent en regardant des acteurs déguisés en animaux chanter sur scène. »

Ma robe de soie crème est accrochée à la porte de la penderie, encore dans le plastique du pressing. Elle est longue, avec une traîne, très près du corps, le décolleté assez généreux pour en révéler un peu trop. Par terre se trouvent les escarpins en satin à 300 dollars qu'Anna m'a fait acheter. Le genre de chaussures qu'on ne porte qu'une fois – le genre qu'on se promet de teindre en noir après le mariage et qu'on laisse finalement prendre la poussière au fond d'un placard, où le blanc se ternit et vire lentement au gris.

C'est Dixon qui m'escorte à l'autel, séduisant et chic en jaquette. Mon père est toujours excommunié, même s'il est présent – sur l'insistance de ma mère – sur le banc familial, à côté de Jeremy. En revanche, je n'ai pas cédé pour Mary. Je souris au bras de Dixon, songeant qu'elle lui fera sans doute payer chèrement ses velléités d'émancipation. Peter m'attend devant l'autel, heureux et fier. M'aimerait-il encore s'il savait ce qu'il y a dans ma tête : la mesquinerie, le linge sale de mes pensées, toutes les horreurs que j'ai commises. L'église est décorée de lys et de grosses roses de mai blanches odorantes. On se croirait au rayon parfums de Bloomingdale's. Je me revois soudain petite fille dans le grand magasin, avec Anna qui me tient la main sur l'escalator raide. Elle m'emmène essayer de nouvelles baskets Keds pendant que ma mère fait ses emplettes de Noël. Après, nous la retrouvons au rayon accessoires. Elle regarde une paire de gants en cuir rouge doublés de cachemire noir.

— Élégants, non ? dit-elle avant de les reposer sur la table.

Plus tard, alors que nous attendons le métro sur le quai, j'aperçois un éclat rouge dans la poche de son manteau. Le matin de Noël, elle ouvre une mince boîte ornée d'un ruban de satin vert. Ce sont les gants.

— Un cadeau de votre papa. Comment est-ce qu'il a pu deviner ? s'extasie-t-elle.

À l'église, l'organiste entame le *Canon* de Pachelbel. Cette musique m'horripile, mais Peter y tenait. Lorsque j'ai protesté que c'était trop convenu, il m'a dit en riant que c'était une tradition familiale et que je parlais comme ma mère. J'ai dû céder. Mais maintenant que j'avance dans la travée au son de cette scie sentimentale, je suis agacée.

La mère de Peter est assise parmi le contingent britannique : une foule de femmes mal chapeautées, dans un gâchis de tulle et de plumes, agrippant leurs hommes d'une main ferme, lèvres pincées devant ma robe trop moulante. Ma traîne balaie les pétales de roses sur le sol de marbre. Je cherche Jonas des yeux, priant pour qu'il ne soit pas là, bien que j'aie invité toute sa famille. Mais la neige qui tourbillonne dehors obscurcit l'église, baignée dans un gris austère, une atmosphère flamande. Je regarde droit devant moi et marche vers Peter, qui me sourit avec son assurance nonchalante un peu désuète. Je l'aime. Tout me plaît chez lui. Le bout de ses oreilles qui rougit lorsqu'il est excité. Sa démarche ample. L'équilibre, la sécurité qu'il me procure. Ses longues mains élégantes. Cette façon qu'il a de donner de l'argent aux mendiants sans détourner les yeux, avec respect. La personne qu'il voit quand il me regarde. Son témoin se tient trop près de lui. *Il a raison de protéger son ami*, me dis-je lorsque je prends la main de Peter.

C'est le matin. Il doit être très tard. Par la fenêtre, le ciel est noir charbon. La neige a cessé. Peter est sous la douche. Je le sais car je l'entends couler, du lit du Plaza où je viens de reprendre conscience. Je suis toujours dans ma robe de mariée. Mes deux pieds pointent au bout du lit, en souliers de satin, comme si j'étais une sorcière et que la maison de Dorothy venait de me tomber dessus. J'ignore comment je suis arrivée ici. Je ferme les yeux et j'essaie de me remémorer la réception. Un brouillard de chapeaux colorés. Des huîtres sur de la glace pilée. Ma belle-mère en tailleur Chanel de tweed prune en grande conversation avec la mère de Jonas. Un serveur en smoking me tend une flûte de champagne en cristal, je la vide d'un trait et en prends aussitôt une nouvelle sur le plateau. Earth, Wind and Fire. Anna et moi dansons un slow sur la piste, buvant le champagne au goulot. Nous voyons mon père s'éclipser discrètement avant qu'on porte les toasts.

— Connard un jour, connard toujours, dit Anna.

— Peter ?

— J'arrive.

Il émerge quelques instants plus tard, environné de vapeur, une douillette serviette d'hôtel autour de la taille.

— Le retour de l'alcoolique prodigue ! lance-t-il.

Il saute sur le lit et m'embrasse.

— Hello, madame mon épouse. Tu sens le vomi de bébé, ajoute-t-il en me reniflant. Tu devrais peut-être enlever ces chaussures. Elles ont été éclaboussées.

— Oh non !

Il me les retire l'une après l'autre et les jette dans la corbeille à papier.

— Tu ne les remettras jamais, de toute manière. Des escarpins en satin blanc ? Tu ressemblerais à une tapineuse de Charing Cross.

— J'ai vomi à la fête ? Devant tout le monde ?

— Non, non. Juste le personnel de l'hôtel et le chauffeur de la limousine. Il a fallu trois grooms en livrée pour te porter jusqu'à l'ascenseur.

— Il a fallu me porter ?

— Je leur ai assuré que tu étais un bagage.

— J'ai besoin d'un cheeseburger.

— Les désirs de ma ravissante ivrogne sont des ordres, dit-il en écartant les cheveux sur mon front.

— C'est le champagne. Je ne supporte pas le champagne. À cause du sucre. Je suis confuse.

— Ne t'excuse pas. Te voir lancer ta jarretière directement sur mon père a été l'apothéose de cette journée.

— Je vais me suicider.

— Ça, et le fait d'avoir épousé la femme de mes rêves, bien sûr.

Je me redresse et passe les bras autour de son cou, le regarde dans les yeux.

— Il faut que je me brosse les dents.

Lorsque je me réveille de nouveau, beaucoup plus tard, un rêve s'attarde au bord de ma conscience. Je file à travers le ciel sur un nuage. Au-dessous de moi, la mer est bleu vif, infinie. Un banc de baleines migre vers le nord, majestueux et indifférent aux petites créatures dans son sillage. Une voile blanche apparaît, surfant sur les vagues. Il y a deux enfants à bord. Derrière eux, un énorme cachalot plonge, sonde les profondeurs. Je suis sous l'eau. Je le vois remonter vers la surface à la vitesse d'une torpille, visant l'ombre triangulaire du bateau. Une maison passe, portée par les flots. Des rubans rouges claquent au vent, s'échappant d'une porte-moustiquaire cassée.

Le plateau du room service est posé sur la table de chevet. Peter dort profondément à côté de moi, une trace de ketchup au coin de la bouche. Il ne reste presque plus de frites. Je suis mariée.

Février 1997, le Bois sauvage

Deux mois après notre voyage de noces, Anna m'appelle. Au début, je me demande si c'est bien elle : elle pleure si fort que je ne comprends pas un mot. En plus, Anna ne pleure jamais.

— Doucement. Je ne t'entends pas.

Je l'écoute sangloter quelques instants, puis elle raccroche sans explication. Lorsque je la rappelle, je laisse sonner jusqu'à ce que le répondeur s'enclenche. Je téléphone à Jeremy au bureau.

— Elle va bien, dit-il d'une voix guillerette. Elle a fait un gros travail sur elle.

J'ai envie de le gifler, mais j'essaie de ne pas avoir l'air trop critique.

— Ah, super. Quand même, elle avait l'air perturbée quand elle m'a appelée.

— Elle a fait une thérapie de groupe aujourd'hui. Ça a dû remuer des trucs à l'intérieur.

Je déteste vraiment ce type.

— Quand tu la verras, tu pourras lui dire de me passer un coup de fil ?

— Et toi, la forme, Ellie ? demande-t-il, refusant de comprendre que je veux raccrocher.

— Bien. Très bien.

— C'est clair que tu avais l'air de t'éclater à ton mariage, glousse-t-il.

— Dis-lui de me rappeler.

La voie express est vide, désolée : une bande couleur cendre, salée contre le verglas, les bas-côtés durs et plats. Quelques rares pins sombres se détachent ici et là, mais la plupart des arbres sont nus. Les dernières feuilles agonisantes attendent d'être emportées par la prochaine rafale glacée. Il n'est pas 15 heures, mais le jour pâlit déjà. Anna n'a pas desserré les dents depuis que je l'ai récupérée à l'aéroport de Boston au volant d'une voiture de location. Elle semble hagarde, vide, les yeux rougis. Anna est dure. C'est un roc. Caustique et drôle. La Créature du lac noir. Je ne reconnais pas ma sœur. J'écoute le chuintement des pneus sur l'asphalte mouillé, le crissement du sel. Je tripote le bouton de la radio. Rien que des stations pourries. Je déteste le cap Cod en hiver.

Au Bois, toutes les maisons sont fermées pour la saison. Aucun signe de vie. Juste après le croisement qui mène chez Dixon, un renard traverse la route devant nous, un petit animal entre ses mâchoires. Il se fige dans la lueur des phares et nous regarde un instant avant de repartir.

L'étang est gelé. Les broussailles mortes sont ourlées de givre. Des baies rouges tranchent sur une mince branche argentée. Le camp semble nu, tous ses défauts en évidence. Je me gare à l'arrière de la maison et je coupe le moteur. Nous restons assises quelques minutes en silence, au chaud, tandis que le monde s'assombrit autour de nous. Anna appuie sa tête contre la vitre.

— Attends dans la voiture. Je vais mettre le chauffage à l'intérieur.

La porte est fermée par un cadenas. Je fais le tour, piétine un tas de feuilles mortes et cherche sous l'avant-toit. En dépit des années, je suis chaque fois surprise et soulagée quand je la trouve : une clé minuscule accrochée à un clou rouillé. La même clé et le même cadenas depuis toujours.

Je crie à Anna : « Je l'ai ! » et j'ouvre. Je trébuche sur le seuil et pénètre dans le cellier. On n'y voit rien. À tâtons, je me dirige vers le tableau électrique sur le mur du fond. Mes doigts effleurent le braille, s'arrêtent sur un interrupteur un peu plus gros que les autres. Le disjoncteur général. Il faut forcer pour le tourner vers la droite. La porte du réfrigérateur est coincée en position ouverte avec un balai pour qu'il ne moisisse pas. Il se met en marche avec un vrombissement et la lumière à l'intérieur s'allume. Le salon est nu, vidé de ses couleurs, les coussins du canapé et les plaids rangés dans de grands sacs noirs industriels. La température est plus basse dedans que dehors. On a l'impression de pénétrer dans une chambre froide – remplie d'air mort rance et glacé. L'eau a été coupée pour éviter que les tuyaux n'éclatent. Il faudra que j'attende que la maison se soit un peu réchauffée avant d'évacuer l'antigel. Ce soir, on se contentera de l'eau de l'étang.

Je fais le tour de la pièce et j'allume les lampes. Avec ce temps, il n'est pas question de dormir dans un chalet sans chauffage, mais les canapés du salon feront l'affaire. Deux radiateurs électriques sont glissés sous la table. Je les branche. Leurs fines résistances prennent une teinte rouge orangé, comme les vieux grille-pain. L'odeur de poussière brûlée qui envahit la pièce réveille en moi la petite appréhension habituelle : et s'ils déclenchaient un incendie pendant notre sommeil ? Il y a un tas de bûches et du petit bois à côté de la cheminée, ainsi qu'une pile de vieux journaux à l'encre pâlie : des *New York Times* de l'été dernier, et quelques *Boston Globe*. Quelqu'un, sans doute Peter, a préparé tout ce qu'il fallait pour faire une flambée en prévision des prochaines vacances. Je prends la boîte d'allumettes gratte-partout sur le manteau de la cheminée, m'agenouille et enflamme le journal froissé. Le feu siffle, crépite, prend vie. J'entends Anna entrer derrière moi.

— On devrait faire du patin à glace.

— Je vais ouvrir une boîte de soupe. Il y a peut-être aussi des sardines qui traînent, dis-je, sortant des coussins en plumes, des couvertures et des draps froids d'un vieux coffre.

Nous nous endormons en écoutant la danse des flammes, la chute occasionnelle des morceaux de bois dans les braises. Dehors, sous la lune, le monde est froid et austère : un pâle écho de l'endroit que j'aime, de l'endroit où pour moi la vie naît et s'achève. Pourtant, allongée à côté de ma sœur, sa main toute proche de la mienne, respirant l'odeur de fumée, de moisi et de mer en hiver, je commence à sentir le pouls du lieu. J'ignore ce qui cause l'angoisse d'Anna, mais je sais que c'est ce qui l'a ramenée ici. Comme un pigeon voyageur uniquement guidé par l'instinct, qui entend le vent souffler sur une chaîne de montagnes à 300 kilomètres et qui tient son cap.

L'aube me réveille. Une lueur de lampe au sodium s'insinue par les fenêtres de la véranda. Le feu s'est éteint pendant la nuit et déjà mon haleine blanchit l'air. J'enfile mes chaussettes sous la couverture, ramasse ma doudoune par terre et la mets par-dessus ma chemise de nuit. Les charbons rougeoient. J'ajoute du bois sec, remue les braises en prenant garde à ne pas réveiller ma sœur, me saisis d'un pichet et descends à l'étang. J'ai besoin de café. Il doit y avoir une boîte intacte de Medaglia d'Oro dans le cellier. Ma mère veille toujours à laisser du café, de l'huile d'olive et du sel. La glace sur l'étang a l'air solide. Elle doit bien faire 15 centimètres d'épaisseur. Elle a emprisonné un herbier de brindilles et de feuilles, comme fossilisées. Le long de la rive, elle est plus fine, une pellicule noire cassante. Je la brise à l'aide d'un bâton et bois au creux de mes paumes avant de remplir mon pichet.

L'arôme du café réveille Anna.

— Oh, cool, dit-elle en bâillant.

— Mon Dieu, elle parle !

Elle incline la tête, un petit mouvement de moineau en hiver. Puis son visage vire au gris, lorsque la mémoire lui revient.

— Raconte, dis-je en lui tendant une tasse. Il y a du sucre, mais pas de lait.

Je m'assieds au bord du canapé à côté d'elle.

— Pousse-toi.

Elle me laisse une place, un creux à côté de ses hanches.

— J'irais bien marcher sur la plage, si le temps se dégage, dit-elle.

— Il doit y avoir des pulls dans la commode.

Elle se redresse, glisse un oreiller derrière son dos.

— Je suis allée chez le gynéco la semaine dernière. J'avais du retard.

— Et ?

— J'étais sûre que j'étais enceinte.

— Je t'ai eue au téléphone il y a quelques jours, tu ne m'as rien dit.

— J'avais peur de le perdre encore si j'en parlais. Je n'arrêtais pas de penser : la troisième fois, c'est la bonne.

Elle boit une gorgée, grimace.

— On aurait dû passer à Cumby's pour prendre du lait. Quoi qu'il en soit, je ne suis pas enceinte.

— Merde. C'est nul. Je suis désolée, Anna.

Elle pose sa tasse sur le rebord de la fenêtre, regarde ses mains, les tourne, suit du doigt la ligne supérieure de sa paume droite.

— Tu te souviens des lignes de vie ?

Je hoche la tête.

— Et des lignes d'amour ?

— Les miennes étaient hérissées de petites plumes, répond Anna en riant. Lindsay les appelait « mes lignes de pute ».

— Qu'est-ce qu'elle devient, au fait, Lindsay ?

— Je n'aurai jamais de bébé, Ellie.

— Mais si. Tu n'as que 33 ans. Ça finira par marcher.

Elle secoue la tête.

— Je n'ai pas eu mes règles à cause du grand O.

— Quel est le rapport ?

— Le cancer de l'ovaire.

— Le grand O, c'est l'orgasme, andouille.

Les mots sont sortis avant que je ne réalise. La pièce retient son souffle, les grains de poussière se figent, le soleil se crispe au bord de la fenêtre. En moi, le silence prend comme un ciment.

Je secoue la tête.

— Non.

— Ellie.

— Comment est-ce qu'ils peuvent être sûrs que ce n'est pas un fibrome ?

— Il en est au stade 4. Il a déjà métastasé.

— Est-ce que tu as demandé un autre avis ? Parce que sinon, tu dois le faire immédiatement.

— Ellie, tais-toi et laisse-moi parler. Je suis sérieuse. Tais-toi, d'accord ? Ils ont vu des taches sur mon foie. Ils vont regarder ça la prochaine fois, mais le médecin m'a dit de me préparer au pire.

— C'est juste une possibilité. Si ça se trouve, c'est tout à fait opérable. Ils ne savent pas encore. Tu feras de la chimio et des rayons. On ira voir le meilleur spécialiste à New York. Tu vas guérir.

— OK, si tu le dis.

— Je le dis.

— Dans ce cas, il n'y a aucune raison de s'inquiéter. Allons faire un tour à la plage.

Elle écarte sa couverture, plante son doigt dans ma hanche.

— Bouge-toi, Ellie, que je me lève.

— Je sais que tu détestes les démonstrations d'affection, mais je vais te serrer très fort dans mes bras et tu vas devoir faire avec.

— Très bien. Donne-moi deux secondes pour me préparer.

Je l'étreins de toutes mes forces.

— Je t'aime, Anna. Tu vas guérir, je te le promets.

— Moi aussi, je t'aime. Je ne sais pas pourquoi je te détestais autant quand tu étais petite.

— J'étais chiante.

— J'étais en colère.

— Tu étais terrifiante. Tu l'es encore un peu, dis-je en riant.

— Tu te souviens de la fois où Conrad m'a flanqué un coup de poing sur la terrasse ?

— Bien sûr.

— Leo l'a puni et il a fondu en larmes. Je m'en veux encore.

— Pourquoi ? Il t'avait frappée !

— Parce que je l'avais provoqué. Je voulais qu'il se fasse engueuler.

Elle regarde l'étang à travers la vitre. L'angle du soleil est parfait : la glace scintille, cristalline, projetant des étincelles de lumière.

— J'étais horrible avec lui.

— Tu étais horrible avec tout le monde.

— Après que Leo l'a envoyé dans sa chambre, je me suis enfermée dans la salle de bains et j'ai pleuré. Je ne sais même pas pourquoi.

Elle se lève et s'approche de la cuisinière, prend le pichet de métal et verse de l'eau dans la bouilloire.

— J'ai vu de la menthe dans le cellier.

— Je vais en chercher, dis-je.

— C'est drôle, ce dont on se souvient. J'ai dû faire des trucs dix mille fois pires à l'époque, mais quand le docteur m'a dit pour le cancer, cette histoire avec Conrad est la première chose qui me soit revenue à l'esprit. Ma méchanceté. Et l'été suivant, il est mort.

— Deux étés après, en fait. Tu travaillais dans ce kibboutz à Santa Cruz.

— Qu'est-ce que j'avais dans la tête ? Un kibboutz ? Je devais être en plein trip.

Elle rit et, pendant un instant, elle est de nouveau elle-même.

— Je n'arrête pas de me dire que si j'avais été plus gentille, je ne serais pas malade aujourd'hui. Et si toutes ces histoires de karma étaient vraies ? Je vais me réincarner en mille-pattes. Ou en caillot sanguin.

— Ce n'est pas ta faute. Et le karma, ça n'existe pas.

— Qu'est-ce que tu en sais ?

Je le sais, parce que si le karma existait, c'est moi qui aurais le cancer, pas elle. Toutes ces années, j'ai tenu la promesse que j'ai faite à Jonas. Mais Anna doit savoir que ce n'est pas sa faute.

— Tu te rappelles quand Leo faisait les cent pas dans l'appartement, hurlant « pourquoi » ? Quand il cassait des trucs et criait après maman ?

Elle hoche la tête.

— Il se sentait responsable pour Conrad. Mais ça n'avait rien à voir avec lui. C'était ma faute…

Je m'interromps, prends une inspiration.

— Ce jour-là, sur le bateau, quand il est mort…

— Je ne veux pas mourir, Ellie. Je ne veux pas être *rien*… Plus d'arbres, plus de toi, plus de maman… Juste un tas de chair en décomposition. Tu te rappelles maman ? Et les vers ?

Elle pleure et rit à la fois.

— Tu ne vas pas mourir. Je ne te laisserai pas mourir.

— Pauvre Conrad, murmure-t-elle. Je n'étais même pas triste.

28

Mai 1998, New York

La table de cuisine de ma mère est une ancienne porte de grange, ses angles émoussés par des décennies de dîners familiaux. Il y a toujours un trou là où s'insérait autrefois une serrure. Les piqûres d'aiguille des vers à bois ont été comblées au fil des ans par des restes de nourriture qui ont pris la consistance du cérumen. Quand j'étais enfant, j'adorais les évider avec une fourchette et je parsemais la table de petits tas de crottes de termites. Machinalement, alors que j'attends Peter, je retrouve cette vieille habitude, et je gratte le bois avec la pointe d'un stylo bille. Il devrait être là. C'est l'anniversaire de ma mère et on l'emmène au restaurant. Notre réservation est à 20 heures. Je décroche le téléphone de la cuisine et appelle l'horloge parlante. « Au quatrième top, il sera… 19 heures… 25 minutes… et 50 secondes… Au quatrième top, il sera exactement… 19 heures… 26 minutes… » Le nouveau chaton apparaît. Dos roux tigré, pattes blanches, yeux jaunes. Il me regarde, veut qu'on joue avec lui. Je le pose sur la table et il mange les miettes. Quelque part dans l'appartement, j'entends un choc sourd. Je me lève pour aller voir ce qu'il se passe.

Perchée sur un escabeau, ma mère classe les livres de la bibliothèque.

— Oh, tu tombes bien. Tu vas m'aider avec la section poésie.

Elle me tend une série d'ouvrages.

— Peter est en retard, dis-je, m'asseyant par terre pour les trier. Tu mets Primo Levi dans la poésie ?

— Je n'arrive jamais à me décider. Range-le avec la philo pour l'instant.

Je prends *Poèmes choisis de Dwight Burke* au sommet d'une pile et je l'ouvre. Sur la première page, il y a une dédicace manuscrite à l'encre bleue pâlie.

**Pour les filles de Henry, plus exquises
que le pachysandra. Que votre vie
ne manque ni de poésie ni de piment.
Affectueusement, Dwight**

— Celui-là est à moi.

Elle jette un coup d'œil de l'escabeau.

— À toi et à Anna.

— Tu as raison, je vais le lui envoyer.

— À ta place, je le laisserais ici. Il doit valoir une fortune aujourd'hui : une première édition dédicacée de Burke. Jeremy voudra qu'elle le vende.

Au dos du livre, il y a une photo en noir et blanc du père de Joanne, en veste de crêpe et nœud papillon à pois. Je retrouve sur son visage l'expression amicale dont je me souviens, une affabilité typique d'une certaine bourgeoisie de la côte est.

— C'était quelqu'un de bien.

— Quelle tragédie, soupire maman.

— Je me rappelle qu'il glissait une pièce de 5 cents dans la bride de ses mocassins, comme les étudiants de bonne famille dans les années 1950. Il faut que j'écrive à Nancy.

— Ton père a toujours pensé qu'il était homosexuel.

Après sa mort, le bruit avait couru qu'il s'agissait d'un suicide, que Carter Ashe, l'homme à qui il était allé rendre un livre ce jour de printemps où mon père et moi étions passés chez les Burke, était son amant. Que Dwight, fervent catholique, ne supportait plus la honte et la culpabilité. Quand j'avais interrogé mon père au sujet des rumeurs de suicide, il m'avait assuré qu'elles étaient infondées. On avait retrouvé ses vêtements bien pliés au bord du fleuve, à l'exception du caleçon qu'il portait lorsqu'on avait sorti le corps de l'eau. « S'il avait voulu se noyer, avait répondu mon père, pourquoi aurait-il gardé son caleçon ? Dwight aurait tenu à quitter ce monde comme il y était entré. Nu. C'était un poète. Il aimait la symétrie. »

— Auteur ou sujet ?

Ma mère brandit un ouvrage sur Gandhi. Elle est passée aux biographies.

— Sujet. Personne ne se préoccupe de savoir qui l'a écrit.

J'ouvre le recueil de poésies et le feuillette. Les poèmes sont vivants, singuliers, ils bruissent d'insectes et d'herbes tendres. Une strophe arrête mon regard.

Sur la crête de la colline deux étalons,
Dos noirs sur une mer de nectar,
Broutent le trèfle au parfum vert,
Paissent au pied des chênes.
Nous sommes étendus sous l'aubépine en fleur,
Ton col blanc déboutonné.

Une fois j'ai entendu le bruit
Du vent sous l'eau, respiré la mer
Et survécu.

J'espère que mon père avait raison, que c'était un accident. J'espère que Dwight a quitté la maison de son amant ce matin-là en pensant qu'il avait besoin d'un bain revigorant, qu'il s'est allongé sur la berge, les yeux fermés, pour se réchauffer au soleil, qu'il a écouté le murmure de l'eau, respiré le parfum des crocus, l'odeur aigre du millet sanguin. Il s'est déshabillé et s'est laissé porter par le fleuve puissant, regardant les nuages qui filaient dans le ciel bleu vif, les oiseaux qui tournoyaient. Quand il a voulu faire demi-tour, le paysage autour de lui avait changé. Il a été emporté le long d'une rive inconnue, entraîné par un courant trop fort pour lui.

La sonnette retentit deux fois.

— Il y a quelqu'un ? lance Peter.

— On est là, répond ma mère. Attention au chaton. Il a déjà essayé de s'échapper.

Peter entre avec un énorme bouquet, hémérocalles et roses pâles dans du papier brun.

— Joyeux anniversaire, Wallace, dit-il en regardant les piles de livres qui jonchent le sol, ma mère perchée sur son escabeau. Eh bien, je vois que l'ambiance est à la fête.

— Je suis trop vieille pour ces bêtises. Je me change et nous pourrons y aller. Tu veux bien les mettre dans l'eau ? ajoute-t-elle en me fourrant les fleurs dans les mains.

La plupart des réverbères du quartier sont cassés. Les consommateurs de crack préfèrent l'obscurité. Peter et moi rentrons du restaurant, enlacés au milieu de la 10e Rue Est, espérant former ainsi une cible à la fois plus impressionnante et moins attirante. La moitié des appartements en rez-de-chaussée ont des pancartes « ATTENTION AU CHIEN » derrière la fenêtre, bien qu'on croise rarement qui que ce soit avec un animal.

— Ta mère était très en forme ce soir. Elle était pour ainsi dire radieuse quand on l'a mise dans le taxi.

— Elle aime se faire chouchouter. Elle prétend être au-dessus de tout ça, mais si tu l'emmènes dans un restaurant hors de prix et que tu règles l'addition, elle s'extasie comme une petite fille à qui papa vient d'acheter une nouvelle poupée. Sans compter qu'elle t'adore. Elle se sent jeune avec toi.

— Et toi ?

— Mais je suis jeune.

— Est-ce que tu m'adores ?

— La plupart du temps. Parfois, tu es juste insupportable.

Il m'attire contre lui, respire dans mon cou.

— Tu sens bon, une odeur citronnée.

— Sans doute le citron enveloppé dans sa gaze qu'ils m'ont servi avec ma sole.

— On devrait lancer un parfum. « *Poisson* » *de Dior, parce qu'en chaque femme sommeille une sirène.*

— Ou une murène…

Quand nous ouvrons la porte de l'appartement, l'air est tendu, électrique. Je sens comme un relent métallique dans ses molécules. Le téléphone sonne dans le vide. À côté, un vase de tulipes s'est renversé et il y a une petite flaque.

— Ce putain de chat a encore marché sur le répondeur. Je vais l'étrangler.

Je jette mon manteau sur la table et me dirige vers la chambre. Il y a deux grandes fenêtres dans la pièce. Une à droite au-dessus du lit, et la seconde qui donne sur l'escalier de secours en façade, sécurisée par une lourde grille ne s'ouvrant que de l'intérieur, en cas d'incendie. La première fenêtre gît sur notre lit, arrachée. À la place, il ne reste qu'un trou et le cadre en bois brisé. Un homme est accroupi sur le rebord. Il me sourit, les yeux vitreux, l'air de ne pas réaliser qu'il pourrait faire une chute de quatre étages. Des semaines de crasse accumulée forment à la surface de ses longs cheveux noirs une fine résille, comme si des araignées y avaient niché, leurs œufs microscopiques bien au chaud sur son crâne humide. Il a dû grimper par l'escalier extérieur, se débrouiller pour atteindre la fenêtre dépourvue de barreaux sans se rompre le cou, et la défoncer. Puis il a ouvert la grille de l'intérieur. De l'autre côté, sur l'escalier de secours, je vois notre téléviseur et notre magnétoscope, les fils emmêlés du répondeur.

L'homme suit mon regard, puis ses yeux reviennent vers moi. Il incline la tête, hésite à s'enfuir ou à rester. Il passe sur ses lèvres le bout de sa langue rose. Je veux appeler Peter, mais ne parviens qu'à émettre un murmure. Le type s'apprête à sauter dans la chambre. Mon corps se ramasse. Si je lui fonce dessus maintenant et me jette sur lui par surprise, il basculera en arrière et s'écrasera en bas, les yeux ouverts, sur le ciment où un autre toxico lui fera les poches dans quelques instants. Je ne me laisse pas le temps de changer d'avis. Je charge. Et je m'étale sur le parquet. Peter m'a fait un croche-patte. Il s'avance, menaçant, armé d'un couteau de cuisine. Lorsqu'il parle, sa voix est calme, froide comme une lame.

— Repartez par où vous êtes venu. Prenez la télé, c'est un vieux poste pourri. Mais laissez le répondeur. Il y a un numéro dont j'ai besoin dessus.

Il fait encore un pas. Il est terrifiant ; il dégage une force que je ne lui soupçonnais pas. Un homme métamorphosé en loup à la pleine lune.

— Vite, gronde-t-il, avant que j'aie votre sang sur les mains.

Le voleur bondit comme un chat de la fenêtre à l'escalier de secours. Il prend la télé sous un bras, le magnétoscope sous l'autre. J'entends ses pas résonner sur les marches métalliques, les fils électriques qui traînent derrière lui. Sur le parquet, à côté de mon visage, il y a quelques gouttes rouges. Je me suis coupé le menton. À l'autre bout de la chambre, la porte du placard grince.

— Peter, attention derrière toi.

Je ferme les yeux, terrorisée, guette le craquement des pas sur les lattes. Un plumeau soyeux me caresse la joue. Je rouvre les yeux. À côté de moi, le chat lèche mon sang sur le sol.

Après la police, après le relevé des empreintes sur le répondeur, après avoir balayé les bris de verre et les éclats de bois, après que j'ai pardonné à Peter ma chute et la cicatrice au menton qui ne disparaîtra jamais totalement, il me demande :

— Si je ne t'avais pas arrêtée, tu l'aurais vraiment poussé par la fenêtre ?

— Je suppose que oui. Je n'en sais rien. J'ai réagi instinctivement.

Il fronce les sourcils, comme s'il voyait quelque chose juste sous la surface de ma peau, de minuscules capillaires rompus, ou une teinte bleutée, quelque chose qui ne devrait pas être exposé à la lumière du jour, et soudain j'ai honte. Je me sens mise à nu.

— Tu aurais vraiment tué un homme pour une télé et un magnétoscope ?

— Non. Mais il était prêt à me sauter dessus. Ses yeux étaient noirs.

— Il faut qu'on quitte ce quartier avant que tu finisses en prison pour meurtre.

— Merde, Peter, j'étais terrifiée !

— Je plaisante. Enfin, presque, ajoute-t-il en riant.

Je prends le répondeur sur la commode et le rapporte dans le salon.

— Tu disais qu'il y avait un numéro dont tu avais besoin ?

Peter me suit.

— Ellie. Allons. C'est moi qui l'ai menacé avec un couteau. Tu es tout sauf une meurtrière.

Il prend un paquet de cigarettes sur la table basse, tâte ses poches à la recherche d'un briquet.

— Tu as risqué ta vie pour sauver un noyé !

Il cherche un cendrier, se rabat sur le pot de géraniums. Je me tourne, m'abîme ostensiblement dans la contemplation de la bibliothèque.

— Ce con a dû piquer mon cendrier, marmonne-t-il.

— Il est dans le lave-vaisselle.

Peter s'approche, me fait pivoter face à lui, sérieux à présent.

— En ce qui me concerne, tu aurais pu pendre et écarteler cet enfoiré puis accrocher ses tripes en haut d'un mât, ça ne m'aurait fait ni chaud ni froid. Tout ce qui compte, c'est que tu sois saine et sauve. Tu es ma femme. L'amour de ma vie. Rien de ce que tu peux dire ou faire n'y changera jamais rien. J'ai été surpris, voilà tout. C'est un aspect de toi que je ne connaissais pas.

Je voudrais tellement le croire. Mais c'est impossible. Il y a des choses qu'on peut pardonner, une liaison, un commentaire cruel. Mais pas l'instinct infâme, tapi comme un ver dans les replis de mon ventre, prêt à ressurgir dès que se fait sentir l'odeur du sang. Je pensais pourtant m'en être débarrassée. L'avoir extirpé par ma bouche centimètre par centimètre, année après année. Qu'il n'avait laissé qu'une empreinte vide, un souvenir à l'endroit où il se lovait.

Peter tapote le bout de mon nez.

— Maintenant, on arrête de grogner.

Il va dans la cuisine, en revient avec le cendrier et un bol de lait.

— Minet, viens, fait-il en posant le bol sur le radiateur.

Je pense : *Avoue-lui tout. Montre-toi telle que tu es. Tue le ver. Dis la vérité.* Mais tout ce qui sort, c'est :

— Les chats ne digèrent pas le lactose.

Plus tard, quand nous allons nous coucher, je sens une distance entre nous, bien plus grande que les draps froissés qui nous séparent. La ligne de fracture que j'ai consolidée. Je l'aime trop pour prendre le risque de le perdre.

31 juillet 1999, Los Angeles

Mon avion laisse derrière lui la dernière crête désolée. En dessous, des kilomètres et des kilomètres de banlieues résidentielles, une couverture morne sur la Terre, et le miroitement du Pacifique en contrebas, à peine visible au loin. L'appareil décrit un arc de cercle, abaisse son train d'atterrissage avec un raclement de gorge. Quelques instants plus tard, nous touchons le Tarmac et les passagers applaudissent. On imagine toujours le pire.

De l'aéroport, je fonce directement à l'hôpital. Je traverse le hall avec une hâte agressive, paniquée, traînant mon lourd bagage de cabine. *Il faut que j'arrive à temps. Il faut que j'arrive à temps.* Un taxi m'attend – Jeremy a tout organisé –, mais le chauffeur est indolent, étourdi. Il se prend tous les feux rouges, ralentit pour laisser passer les voitures qui rejoignent la voie principale, choisit le trajet le plus embouteillé. Lorsqu'il se gare devant l'hôpital, j'ai la mâchoire douloureuse à force de serrer les dents, et son pourboire a subi une dégringolade vertigineuse. De 15 %, il est descendu à 10 pour finir à quelques billets d'1 dollar que je lui fourre dans la main en le traitant à voix basse de tous les noms.

À l'entrée, un gardien m'indique les ascenseurs et je cours, ma valise survolant le carrelage étincelant. Plusieurs personnes patientent, les yeux en l'air, s'efforçant de deviner lequel arrivera le premier. Par chance, l'ascenseur devant moi s'ouvre. J'appuie sur le bouton à plusieurs reprises, espérant qu'il se refermera avant que quelqu'un d'autre ne monte. Une femme avec un foulard sur une perruque brune se glisse à l'intérieur juste à temps. Cancer. L'ascenseur ne bouge pas. Se referme.

— Il doit être en panne.

J'appuie sur le bouton d'ouverture des portes. J'essaie encore. Un sentiment de claustrophobie gonfle dans ma poitrine, comme si mon corps lui-même me retenait prisonnière. Enfin, l'ascenseur s'ébranle. Il s'élève lentement d'un étage, s'arrête, s'ouvre. Au bout d'un moment, comme personne ne monte, il repart pour s'immobiliser un étage plus haut. L'attente est interminable.

— Un gamin a dû appuyer sur tous les boutons.

— C'est shabbat, répond la femme.

— Vous rigolez ?

Je suis dans l'ascenseur de shabbat qui s'arrête à tous les étages.

— Je n'ai pas de temps à perdre avec ces conneries !

La femme me dévisage comme si j'étais pestiférée. Elle s'écarte.

— Excusez-moi. Je ne voulais pas…

J'ai du mal à respirer.

— Vous ne comprenez pas. Je ne peux pas être en retard. Ma sœur est en train de mourir.

La femme a les yeux fixés au plafond, la bouche pincée.

Je me suis toujours considérée comme une personne tolérante. Chacun ses croyances. Mais soudain, dans cet ascenseur qui se traîne parce que Dieu a interdit qu'on touche un bouton ce jour-là, je ressens une rage féroce devant l'absurdité des religions. Tout ce que je veux, c'est arriver à temps pour dire adieu à ma sœur : me coucher à côté d'elle, la tenir dans mes bras, lui avouer que c'est moi qui ai déchiré son poster de Bobby Sherman, la faire rire une dernière fois. Je ferme les yeux. Pourvu qu'Anna m'attende. Il faut que je lui dise ce que j'ai fait.

LIVRE IV

CET ÉTÉ

29

Six semaines plus tôt, 19 juin, le Bois sauvage

Chaque matin, je balaie la véranda avant que Peter et les enfants ne se lèvent. Je fais des petits tas de poussière, de sable et de perce-oreilles que je ramasse ensuite avec la pelle avant de tout jeter dehors, sous le buisson le plus proche. Et chaque matin, en faisant ces gestes, je pense à Anna. Un éclair. Pas tant un souvenir que la reconnaissance d'une marque minuscule mais indélébile, un morceau d'elle qui vit encore en moi. J'avais 7 ans quand ma sœur m'a appris à balayer. « Pas comme ça, espèce de tarte », m'avait-elle dit, me voyant balancer le balai comme un pendule et soulever des tourbillons de sable et de poussière. « Il faut donner des petits coups près du sol. Tu fais plein de petits tas. Tu ramènes le balai vers toi, sinon, tu en mets partout. »

Ce matin, lorsque je range le balai à sa place, entre le réfrigérateur et le mur, il glisse et tombe. Je soupire. Je vais devoir aller le récupérer parmi les toiles d'araignées. Ma mère fait toujours le grand ménage avant notre arrivée, mais elle ne nettoie que les endroits qu'elle peut voir. Hier, à peine descendue de voiture, Maddy a remarqué un énorme nid de souris dans les chevrons au-dessus des étagères du cellier.

— Je ne veux pas savoir, lui a répondu ma mère, tandis que je déchargeais nos bagages. Je préfère laisser le plus horrible à ta mère.

— Je t'entends ! ai-je lancé.

— Une famille de rats musqués vit dans les nénuphars, a-t-elle continué, m'ignorant. Ils sont très mignons. Les trois bébés nagent derrière la maman chaque matin. Ils étaient quatre, mais j'en ai retrouvé un qui flottait dans les herbes un jour où je faisais du canoë. On aurait dit un bout de bois couvert de fourrure. La rigidité cadavérique.

— C'est une histoire charmante, maman. Merci pour ma fille !

— Est-ce que vous avez décidé d'emménager de manière permanente ? Je n'ai jamais vu un bazar pareil.

Je me suis arrêtée au bout du chemin et j'ai regardé l'étang, le ciel de juin bleu vif. Une journée idéale pour nager.

— Je suis tellement heureuse d'être ici que c'en est presque intolérable, ai-je dit, ne m'adressant à personne en particulier.

Mais aujourd'hui le temps est couvert et il fait trop froid pour se baigner. Je laisse le balai dans les toiles d'araignées et me dirige vers notre chambre. Je fouille dans mon sac et j'en extrais des chaussures de course et une brassière. Les vêtements de Peter forment un petit tas sur le sol, à l'endroit où il s'est déshabillé avant de se coucher. Je suspends son tee-shirt blanc, plie son pantalon en velours râpé et le mets sur le dossier de la chaise.

Je l'entends remuer dans le lit.

— Il est encore tôt. Rendors-toi.

Il me sourit, les cheveux collés sur son front, la joue marquée par les plis de son oreiller.

— On est bien ici, murmure-t-il.

Il est craquant avec ses airs de petit garçon.

— Je reviens.

J'embrasse ses paupières, respire son odeur de sel et de cigarette.

— Je me charge du petit déj', bredouille-t-il.

Je gravis en trottinant le raidillon, slalomant entre les racines et les nids-de-poule creusés par les intempéries de l'hiver, pour rejoindre la route de terre qui contourne l'étang et s'achève à la plage. Les bois sont silencieux, presque immobiles. La plupart des maisons ne sont pas encore ouvertes. Le mois de juin peut être froid et pluvieux. L'air frais matinal me fait l'effet d'une gerbe d'eau glacée. À chaque foulée sur le sol sableux, je sens mon corps se réveiller, comme s'il revenait à la vie après une longue hibernation, reniflant le trèfle en quête d'abeilles, cherchant le tronc parfait pour se gratter. C'est la même chose chaque année.

J'accélère à l'approche de la plage. J'ai hâte que la forêt touffue cède la place aux broussailles et aux canneberges, hâte de retrouver l'océan. À la sortie du dernier virage, je découvre Jonas en tailleur au bord de la route, des jumelles autour du cou. Je le rejoins et m'assieds à côté de lui, essoufflée.

— Qu'est-ce que tu fais ici ? Vous étiez censés arriver le 24.

— Décision de dernière minute : 100 % d'humidité, New York pue les aisselles, et la clim du loft nous a lâchés.

— Allez, avoue, c'est parce que je te manquais, dis-je en riant.

— Aussi, répond-il avec un sourire. Il n'y a pas moyen de se voir, à New York. C'est toujours la course. Et soudain c'est l'été. Alléluia. Les enfants sont contents ?

— Tu parles. On n'est même pas là depuis vingt-quatre heures qu'ils se plaignent de ne pas avoir le WiFi. Peter menace de tous les envoyer à l'Académie militaire.

— Il peut rester un peu ?

— Quinze jours. Puis les allers et retours habituels le week-end. Tu vas à la plage ou tu en reviens ?

— J'en reviens. Je voulais voir les oiseaux qui nidifient.

— Et ?

— Ils nidifient.

— Les barrières sont installées ?

— Ils ont bouclé la zone.

— Saloperie de pluviers siffleurs, je les hais.

— Tu hais tous ceux qui ne comprennent pas que le Bois sauvage t'appartient.

— Non, c'est juste que c'est ridicule. Les journaux disent que la population de pluviers a diminué depuis qu'ils ont fermé des parties de la plage pour les protéger.

— Peut-être que l'odeur des humains tenait les coyotes à distance des œufs.

— Et sinon, quoi de neuf chez toi ? Gina va bien ?

Avant de répondre, il marque un temps d'hésitation presque imperceptible, mais qui ne m'échappe pas.

— Elle est heureuse d'être ici. Et elle essaie déjà d'éviter ma mère. Elle était partie avant que je me réveille. Elle a pris le voilier. Elle est sortie avec le Rhodes pour vérifier le gréement.

— Le voilier.

Même après toutes ces années, les mots accrochent, comme si je parlais une langue à clics namibienne.

— Le voilier, répète Jonas.

C'est comme un rocher qui tombe au ralenti. J'ai l'impression d'une croûte qu'on arrache, mettant à vif une plaie ancienne. Une chose douloureuse, horrible, triste et honteuse entre nous. Mais Jonas poursuit et le sentiment se dissipe.

— Elle veut acheter un CAT 19. J'hésite.

— Jack va faire des bonds si elle le fait.

Ma voix claironnante sonne faux et je sais qu'il l'entend aussi. Nous traînons notre passé comme un boulet toujours enchaîné à nous, mais assez loin pour qu'on n'ait jamais à le regarder, jamais à admettre ouvertement ce dont nous sommes capables.

Un faucon pèlerin tourne dans le ciel. Nous le regardons s'élever vers les nuages, virer et piquer vers la terre où il a repéré une proie.

Jonas se lève.

— Il faut que je rentre, dit-il. Ma mère veut qu'on l'aide à planter des soucis. Passez boire un verre en fin de journée. On sera à la maison ce soir.

— Avec plaisir.

Il m'embrasse rapidement sur la joue et s'éloigne. Je le regarde disparaître dans le virage. C'est plus simple comme ça.

Je trouve ma mère à sa place habituelle, sur le canapé de la véranda. Peter est en train de faire du café.

— Salut, chérie, lance-t-il de la cuisine. Alors, ce premier jogging de l'été ?

— Le paradis. J'ai enfin l'impression de respirer.

— Le café arrive. Tu es allée jusqu'à l'océan ?

— Oui. La marée commençait à redescendre. J'ai trouvé ça, dis-je en le rejoignant, la paume ouverte. Je n'ai jamais vu un crabe fer à cheval aussi minuscule. Il est parfait, non ?

— L'eau était bonne ? demande ma mère.

— J'étais en tenue de sport.

— Tu aurais pu te baigner nue.

Ça y est, ça commence.

— Effectivement, j'aurais pu. Au fait, j'ai croisé Jonas sur la route. Il nous a invités pour l'apéritif.

— Parfait, dit Peter.

— Tu as remarqué ? Les chenilles du Bombyx sont de retour, intervient ma mère.

— Je n'ai rien vu en allant à la plage.

— Ce n'est qu'une question de temps. Pire que des sauterelles. Elles ont ratiboisé la moitié des arbres entre ici et chez Pamela. C'est déprimant. Le petit bruit de leurs déjections qui pleuvent sur le chemin. J'ai dû mettre mon châle sur la tête et partir en courant, hier matin.

— Des crottes de chenilles ? s'étonne Peter.

— Ça ressemble à des grains de café beiges, dis-je.

— Ça m'est arrivé, une fois. En fait, j'avais un ulcère.

— Ta mère parle encore chinois, Ellie.

— Ton mari est impertinent. Quoi qu'il en soit, si vous trouvez des grains de café dans la cuvette des W.-C., vous saurez à quoi vous en tenir.

— Amis de la poésie, bonjour.

— Désolée, c'est la vie.

— Du café, Wallace ? demande Peter, qui sort de la cuisine avec des tasses fumantes.

J'adore mon mari.

Quatre semaines plus tôt, 4 juillet, Wellfleet, Massachusetts

Au défilé du 4 juillet, nous apprenons qu'une fillette est morte le matin même à Higgins Hollow. Une enfant de 5 ans, enterrée vivante par une dune qui s'est effondrée.

Sa mère faisait du yoga sur un banc de sable. Lorsqu'elle s'est retournée pour voir où était sa fille, il n'y avait plus que son seau rose, qui semblait flotter 10 centimètres au-dessus du sol.

— Je ne me sortirai jamais cette image de la tête. Cette petite main dépassant du sable.

J'assiste à la parade avec Jonas et sa mère à l'ombre d'un érable majestueux. Gina, Maddy et Finn se sont mêlés à la foule pour essayer de se faufiler au premier rang.

— Qu'est-ce que je vous disais quand vous grimpiez sur les dunes, autrefois ? dit la mère de Jonas d'un ton satisfait. Vous voyez ?

Jonas me regarde avec de grands yeux et éclate de rire.

— Comment est-ce qu'on peut être aussi insensible ? s'écrie-t-elle, nous tournant le dos. Vous devriez avoir honte.

Je fais de mon mieux pour garder mon sérieux, mais c'est plus fort que moi. J'ai l'impression d'avoir 13 ans, d'être dans son salon et de me faire disputer parce que je regarde *La Petite Maison dans la prairie*, un feuilleton ouvertement raciste. Ou d'être à la plage et de l'écouter faire la leçon à Anna sur les dangers du bikini. « Tu te mets dans la position d'être prise pour un objet par les hommes. » En guise de réponse, ma sœur avait ôté son soutien-gorge en ondulant comme une strip-teaseuse avant d'aller se baigner seins nus. Une autre fois, la mère de Jonas avait fait la redoutable erreur de reprocher à ma mère d'avoir apporté un sac de charbon au feu de joie. « Du charbon, Wallace ? Est-ce que tu as pensé à la déforestation ? Il ne reste presque plus d'arbres au Congo. C'est comme si tu allais au parc des Virunga et que tu abattais directement les gorilles des montagnes. » « J'adorerais, mais les billets coûtent une fortune », avait répliqué ma mère. Puis elle avait vidé tout le sac de charbon dans le feu qui s'était brièvement transformé en glorieux brasier. « Tu devrais avoir honte ! » s'était indignée la mère de Jonas. Jonas et moi avions échangé un regard sidéré, ravis de voir les adultes se disputer, avant de nous enfuir, riant et criant : « Tu devrais avoir honte ! »

— Tu devrais avoir honte, me murmure Jonas.

Je lui rends son sourire.

— Non, c'est toi qui devrais avoir honte.

Un char d'adolescentes déguisées en homards passe. Elles saluent la foule et lancent des petits bonbons multicolores. Derrière elles, la fanfare de l'école primaire massacre « Eye of the Tiger ». Gina revient vers nous, Maddy et Finn à la remorque. Ils ont tous les trois des drapeaux américains en plastique scotchés sur des baguettes de balsa. Maddy arbore un collier de bonbons.

— Qu'est-ce qu'il y a de si drôle ? demande Gina en prenant Jonas par le bras.

— Regarde ! s'écrie Finn en agitant son drapeau. C'est Gina qui nous les a achetés.

— Tu n'aurais pas dû, Gina. C'est du gaspillage.

— C'est pour les anciens combattants, répond-elle d'une voix signifiant clairement que je l'ai blessée.

— Pardon. C'était très généreux de ta part.

— C'est bon, ça coûtait 3 dollars.

— Oui, mais regarde comme les enfants sont heureux.

Maddy et Finn sont repartis en sautillant pour saluer quatre vieillards burinés brandissant un étendard du Rotary Club dans une Oldsmobile bleu ciel.

Jonas pose la main sur mon bras, me les montre du doigt.

— Je serais prêt à parier que c'étaient les mêmes vieux croûtons qu'on acclamait à leur âge.

— Je crois qu'ils les changent tous les dix ou vingt ans. Souviens-toi du type avec un chapeau Oncle Sam qui me hurlait dessus parce que j'avais un tee-shirt du candidat démocrate et qui nous avait pourchassés dans la rue.

Jonas rit.

— Alors, insiste Gina. Qu'est-ce qu'il y avait de si drôle ?

La mère de Jonas se tourne vers nous, les lèvres pincées.

— Une fillette est morte sur la plage ce matin. Ton mari et Ellie ont l'air de penser que c'est hilarant. Quoi qu'il en soit, j'y vais. Est-ce que vous pourriez vous arrêter au supermarché en rentrant pour prendre des galettes de riz et une bouteille de Clamato ? Et on n'a plus de paprika.

Elle nous tourne le dos et s'éloigne sans dire au revoir.

— Eh bien, qu'est-ce qu'elle a ? fait Gina.

— Elle est montée sur ses grands chevaux parce qu'on s'est moqués d'elle, répond Jonas.

— Au sujet de la mort d'un enfant ?

— Bien sûr que non. Parce qu'elle profère des énormités sans s'en rendre compte, comme d'habitude.

— Mais encore ?

— C'est au sujet d'un truc qu'elle nous disait quand on était gosses. Ce serait un peu long à expliquer.

— Je suis sûre que je pourrais comprendre, mais c'est bon, vous pouvez garder votre petit code secret.

— Elle nous a dit qu'on devrait avoir honte, lâche Jonas, d'un ton excédé.

— Elle a raison.

J'ai l'impression d'avoir reçu une gifle. Je me tourne vers Jonas, réclamant une explication, mais il regarde sa femme, implacable.

— Excusez-moi, bredouille Gina. Je ne sais pas ce qui m'a pris. Il fait chaud et je n'ai pas fermé l'œil de la nuit.

— Ce n'est rien, dis-je.

Mais ce n'est pas vrai. Cette hostilité, ce manque d'assurance, ça ne lui ressemble pas. Elle a toujours affiché une totale confiance en elle, une absence de surmoi étonnante. Elle s'aime. Au début de leur relation, je me rendais compte qu'elle me voyait comme une rivale. Pas parce qu'elle savait que Jonas m'avait aimée, il ne lui en a jamais parlé. Ce qu'elle enviait, c'était l'ancienneté de notre amitié : une enfance partagée dont elle serait à jamais exclue. Mais c'était il y a cent ans. Depuis, nous avons construit une autre histoire tous ensemble. Nous avons vieilli ensemble. En tant que couples. Amis. Malgré tout, pendant une fraction de seconde, j'ai eu l'impression qu'elle perdait le contrôle et révélait ses véritables sentiments, une jalousie et un ressentiment à mon égard qu'elle dissimulait depuis des années. Et dès qu'elle a pris conscience de ce qu'elle avait laissé échapper, elle a fait marche arrière, essayé de remettre le génie dans la bouteille. Il doit y avoir une explication. Ce n'est pas seulement la chaleur et les insomnies. Il s'est passé quelque chose entre eux, une tension que Jonas m'a cachée.

— Je vais récupérer les enfants et rentrer. Tu as raison, Gina. C'est une fournaise, ici. On se voit au feu d'artifice ce soir ?

— On n'y va pas cette année. J'ai la régate demain matin. À 6 heures.

— Moi, je viendrai peut-être, dit Jonas.

Alors que nous repartons en voiture, je dépasse Jonas et Gina devant le supermarché. Ils se disputent. Gina gesticule, furieuse. Elle pleure. Il a une bouteille en plastique de Clamato sous le bras. Du jus de tomate au bouillon de palourdes – je n'ai jamais compris pourquoi les gens en raffolaient. Il secoue la tête avec irritation. Les voitures avancent au pas devant moi. Je devrais détourner les yeux, mais je n'y arrive pas. Le feu orange passe au rouge. Par-dessus le bourdonnement de la climatisation, à travers la vitre, j'entends Gina crier « Va te faire foutre ». Je regarde les enfants derrière moi, mais ils sont trop occupés par leurs téléphones pour leur prêter attention. Jonas dit quelque chose et s'éloigne. Elle le rappelle, lui demande de s'arrêter, mais il continue. Je vois ses épaules s'affaisser. Elle s'essuie le nez avec la manche de son haut noir, laissant une traînée de morve qui scintille au soleil comme une trace d'escargot. Il y a une forme de défaite dans sa posture, une vulnérabilité que je ne lui connaissais pas. Une part d'elle qu'elle a toujours cachée. Ça me rend triste. J'ai l'impression d'être une voyeuse. Je détourne les yeux, priant pour que le feu passe au vert avant qu'elle ne remarque notre voiture. Mais, derrière moi, Maddy descend la vitre et l'appelle. Gina lève la tête à l'instant où le feu change de couleur.

— Maman, m'interpelle Maddy tandis que nous rejoignons la voie rapide congestionnée par les voitures qui rentrent du défilé. Gina nous a dit qu'il y avait des alligators dans les égouts de New York. C'est vrai ?

Je souris.

— Vraiment ? Et est-ce qu'elle vous a dit aussi que si on passait le *White Album* à l'envers, on entendait « Paul est mort » ?

— C'est qui, Paul ? demande Finn.

— Je ne pense pas qu'il y ait d'alligators dans les égouts, Maddy. Mais on ne sait jamais. Quand j'avais 4 ans, j'ai vu le compagnon de ma mère jeter un bébé alligator dans les toilettes.

— Il était gros comment ? Il n'est pas resté coincé ?

— De la taille d'un gecko.

— Et s'ils remontaient sur le trottoir pour tuer les gens ? demande Finn.

— Je ne pense pas que tu risques grand-chose, mon canard.

— Je ne veux plus aller à l'école à pied.

Nous roulons au pas. Les cyclistes nous doublent sur le bas-côté.

— Quand votre tante Anna et moi nous étions petites, une fois, notre père nous a offert des artémies pour Noël. Elles étaient commercialisées sous le nom de singes de mer. Il y avait un aquarium en plastique et un paquet d'œufs. Sur la boîte, il était écrit qu'il n'y avait qu'à mettre les œufs dans l'eau pour qu'ils se transforment en animaux de compagnie. Et il y avait aussi un sachet de nourriture avec une cuillère minuscule.

— Ça existe toujours, dit Maddy. On devrait en acheter. Ça a l'air cool.

— Si on veut. Les œufs devaient donner naissance à des animaux qui ressemblaient à des hippocampes nus, avec de longues jambes humaines et une couronne. Et ils étaient censés vivre dans des châteaux sous-marins.

— Oh, j'en veux ! s'écrie Finn.

— Non.

— Pourquoi ? Je veux un animal familier.

— Parce que c'est du foutage de gueule.

— Maman ! proteste Maddy. Pas de vilains mots.

— Pardon, dis-je en riant. Anna et moi, on attendait avec impatience notre famille de singes de mer. Tous les après-midi, on rentrait de l'école en courant pour voir si des rois et des reines miniatures peuplaient notre aquarium. Enfin, au bout d'une semaine, des espèces de crevettes microscopiques sont apparues dans l'eau.

— Et alors ? Après ? demande Maddy.

— Rien. Elles n'ont jamais grossi. En fait, c'était simplement du krill.

— C'est ce que mangent les baleines, explique Maddy à son frère.

— Je sais !

— Pour finir, un jour, on est rentrées de l'école et il n'y avait plus rien. Ma mère avait tout vidé dans l'évier. Elle a dit que la plupart des singes de mer étaient morts au fond de l'aquarium, et qu'il se transformait en nid à moustiques.

— C'est triste.

— Peut-être, mais va savoir. Ils se sont peut-être mis à grossir une fois dans les canalisations. Il y a peut-être un royaume dans les égouts, avec des centaines de rois, de reines et de princesses minuscules, avec leurs petites couronnes.

— J'espère que tu as raison. Ça serait trop bien.

— Moi aussi, ma chérie, je l'espère. Quoi qu'il en soit, tout ça pour dire que Gina a peut-être raison au sujet des alligators. Peut-être qu'ils sont sous la ville et se nourrissent de singes de mer.

— Ah non ! Je veux pas. Ça serait horrible.

Je n'avais pas pensé à cette histoire depuis des années. Anna et moi scrutions cet aquarium en plastique chaque jour. Nous avions espéré, espéré, pour être cruellement déçues. L'attente commence tôt. Les mensonges commencent tôt. Mais les rêves et les espoirs aussi, je suppose.

Je quitte la voie rapide et m'engage sur le chemin de terre qui mène au Bois sauvage, priant pour ne pas croiser une autre voiture. Je déteste faire marche arrière et il n'y a nulle part où faire demi-tour sur cette partie de la route.

Chaque année, au mépris de toute prudence, la ville lance un feu d'artifice d'une vieille barge en bois dans le port. L'embarcation grince et craque, alors que les étincelles fusent vers le rivage. En général, j'y assiste de la pointe de la jetée qui s'avance le plus loin dans la baie. Pour cela, il faut longer la rangée de chalutiers amarrés comme des chevaux devant un saloon, avec leurs filets humides en tas sur le pont. Dépasser les canots qui dansent au mouillage. Continuer jusqu'au bout, là où l'eau atteint presque le sommet des pilots. L'air sent le poisson et le bois humide. La plupart des gens préfèrent s'entasser sur la plage pour admirer le spectacle : les cascades de couleur qui jaillissent et illuminent la voûte nocturne, les queues de comètes et les feux de Bengale qui se reflètent dans la baie, la mer qui pendant un instant devient le ciel. Assis les jambes dans le vide, on voit les étoiles apparaître sous nos pieds et disparaître dans le monde mystérieux sous la jetée. C'est Jonas qui m'a emmenée ici la première fois.

La chaleur abrutissante du jour s'est transformée en une nuit d'été parfaite. Une brise légère nous caresse. Les enfants se sont enfuis pour aller retrouver leurs amis. Peter, ma mère et moi buvons du vin blanc dans des gobelets en carton en attendant les premiers sifflements tourbillonnants. D'un instant à l'autre, ma mère va commencer à se plaindre.

— Ça vous embête si je me joins à vous ?

Jonas s'est matérialisé brusquement à côté de nous, un fantôme à l'approche silencieuse, comme autrefois quand nous étions adolescents et que j'allais à la plage toute seule. J'ai rarement, voire jamais, entendu ses pas.

— Ils ont dit 21 heures précises, mais comme d'habitude on nous fait attendre, soupire ma mère.

— Gina ne vient pas ? demande Peter à Jonas, qui s'assied à côté de lui.

— Elle vous embrasse. Elle aurait bien aimé, mais elle est un peu patraque.

Je suis surprise. Ce n'est pas son genre de mentir. Je sais que Jonas sent mon regard insistant, mais il ne se retourne pas.

Une heure plus tard, alors qu'il ne reste dans l'air que l'odeur âcre de la poudre et que les cieux ont retrouvé leur gravité, nous nous mettons en quête des enfants. Peter et ma mère marchent devant, rieurs et chamailleurs. Je ralentis pour creuser l'écart entre nous avant de questionner Jonas.

— Je ne mentais pas, proteste-t-il, agacé. Je m'excusais pour Gina. Ça s'appelle être poli.

— Oui, enfin, quand on ne dit pas la vérité, ça s'appelle mentir.

— Elle a eu une sale journée, réplique-t-il, cassant. Est-ce que j'étais censé expliquer ça à ta mère et à Peter ?

— Pas la peine d'être désagréable. Je demandais juste. Je vous ai vus vous disputer devant la pharmacie.

— Excuse-moi.

— Alors, c'est quoi le problème ?

— Gina a perdu sa galerie en mai. Elle n'en a parlé à personne. Elle trouve ça trop humiliant. Et moi, j'ai une grosse expo à l'automne. Elle pense que je te l'ai dit et elle est fâchée.

— Mais tu ne m'as rien dit.

— Maintenant, si.

Il ralentit, puis s'arrête. Nous contemplons l'eau côte à côte. Les bateaux endormis. Le clapotis des vagues. J'attends qu'il se décide. Le confort, la familiarité sont toujours là.

— C'est ma faute si on s'est disputés. Elle n'avait pas à se montrer agressive avec toi. J'ai perdu mon sang-froid.

Découvrir qu'il a pris ma défense face à Gina me procure un frisson de délectation, mais je me ressaisis.

— C'était idiot de ta part.

— Gina t'adore. Mais elle sait que nous deux, on parle de tout. Je suppose que si mon meilleur ami était un homme, ce serait plus facile pour elle.

— C'est ridicule. Gina, c'est le rocher de Gibraltar !

Pourtant, il a raison. Je l'ai vue. La fissure, la vulnérabilité qu'elle a révélée aujourd'hui lorsqu'elle pensait que personne ne la regardait. La façon dont son corps s'est dégonflé quand Jonas s'est éloigné sans se retourner. Mais mon cerveau reptilien me souffle qu'admettre la moindre faille entre Gina et moi nous laisserait tous plus exposés – à quoi, je n'en sais trop rien.

— Tu aurais dû rester chez toi ce soir. Faire la paix avec elle.

— On s'est réconciliés. Tout va bien. Mais toi et moi, on a toujours été au feu d'artifice ensemble.

— Tu aurais pu faire une exception.

— C'est une tradition.

— Manger de la dinde à Thanksgiving aussi. Mais franchement, la dinde, c'est sec et ça n'a pas de goût. Qui aime vraiment ça ?

— Moi, déclare Jonas.

Il passe son bras sous le mien et nous rejoignons les autres.

Cinq jours plus tôt, 27 juillet, le Bois sauvage

Dimanche. Peter, ma mère et les enfants sont allés au marché aux puces, un rituel hebdomadaire qui consiste à dénicher des pépites parmi les cochonneries qui s'entassent sur les étals, pépites qui sont en général des reproductions plastifiées hideuses de pubs rétros représentant une jeune fille buvant du Coca-Cola, ou un livre sur la pêche à la mouche dont Peter pense avoir peut-être l'usage un jour. Après, ils vont déjeuner au Clam Shack, où Peter ne désespère pas de persuader les enfants de manger des huîtres et des sandwichs au homard, bien qu'ils commandent systématiquement des hot dogs géants.

Je marche jusqu'au bord de l'étang et j'ôte mon maillot. J'étends ma serviette sur le sable tiède. Les arbres se penchent sur moi, agitant leurs branches comme pour saluer une vieille amie. Je pense à la crème Bain de Soleil, sa texture huileuse, épaisse et orange, son odeur de caramel brûlé. Indice zéro. C'était le temps où on s'efforçait d'attirer le soleil plutôt que de s'en protéger. La sonnerie du téléphone dans la maison interrompt ma rêverie. Je l'ignore, mais elle ne veut pas se taire. Ma mère ne croit pas aux répondeurs. « Si les gens veulent me joindre, ils rappelleront. »

C'est le bureau de Peter. Ils veulent qu'il se rende à Memphis demain matin pour un reportage. Numéro du vol. Adresse de l'hôtel. Contacts sur place.

Je cherche un stylo et un bout de papier. Je ne trouve qu'un menu à emporter et un prospectus pour une représentation locale d'une pièce des années 1920 intitulée *The Silver Cord*. À côté, punaisée à l'étagère en bois au-dessus du téléphone, il y a la liste des « numéros importants » de ma mère. La même depuis que je suis toute petite. Elle est couverte de gribouillis et de ratures, avec les noms de plombiers et d'électriciens du coin, et le numéro du bureau des gardes forestiers. Certains sont rayés au stylo bille et réécrits au crayon de papier, et il y a un insigne de la paix tracé au feutre vert par Anna il y a des années. Au milieu de la liste, à l'encre bleue délavée, le numéro de la mère de Conrad à Memphis est toujours lisible. C'est l'écriture de Leo.

— Ton beau-père n'était pas de Memphis ? demande Peter, tout en jetant quelques affaires dans une petite valise. Tu me passes des chaussettes ?

— Oui, dis-je en ouvrant un tiroir et en lui lançant quatre paires.

— Tu y es déjà allée ?

— Une fois. Pour l'enterrement de Conrad.

— Bien sûr. Excuse-moi.

— C'était il y a longtemps.

— Quel âge avait Conrad quand il est mort ?

— L'âge de Jack aujourd'hui. Tu veux des maillots de corps ?

— C'est horrible. Comment est-ce qu'on se remet d'un truc pareil ?

Peter ajoute encore un paquet de chewing-gums, un peigne, le livre qui se trouvait sur sa table de chevet et referme son sac. Je m'assieds au bord du lit.

— On ne s'en remet pas.

J'entends Maddy et Finn se disputer au bord de l'eau.

— On ne crie pas sur l'étang, lance ma mère de la véranda.

— Je n'en reviens pas que tu me laisses seule avec cette folle.

Je gratte le vernis rouge sur mon gros orteil. Mes talons semblent en corne de rhinocéros.

— J'ai besoin d'une pédicure.

— Viens avec moi. Une escapade romantique.

— À Memphis ?

— N'importe où, tant qu'on peut faire l'amour sans risque d'être entendus par ta mère.

— Je t'aime, mais Memphis est le dernier endroit où je souhaite retourner.

Il s'assied à côté de moi sur le lit.

— Ce sera cathartique. Je t'emmènerai manger des spaghettis à la sauce barbecue. Il paraît que c'est une spécialité de la ville.

Je regarde par la porte de la chambre, cherchant une excuse. L'étang doré et lisse se prépare pour la nuit. Ici et là, un pouce noir perce la surface : une petite tête de tortue cherchant à profiter des derniers rayons du soleil. Je me demande si Peter a raison. Une catharsis est-elle possible ?

— Allez, insiste-t-il. Tu me sauveras de quatre jours de déprime, seul dans la capitale américaine du crime. On pourra hurler pendant l'amour. Et tu pourras t'offrir ta pédicure.

— Je doute que maman accepte de garder les enfants.

Mais, alors que je me dérobe, j'entends dans ma tête la voix de ma mère, le laïus auquel nous avions droit, Anna et moi, quand nous avions peur de quelque chose – le noir, une mauvaise note en sciences sociales, l'idée qu'un jour elle serait morte et enterrée : « Nous ne sommes pas des lâches dans la famille, les filles. Il faut savoir affronter ses peurs. »

— Laisse-moi lui demander, propose Peter. Si c'est moi, elle acceptera.

— Sans doute.

— Et tu pourras aller sur la tombe de Conrad.

30

Trois jours plus tôt, 29 juillet, Memphis

Le cimetière est plus beau que dans mon souvenir – de grands arbres fleuris et des pentes ombragées qui s'ouvrent sur de vastes pelouses hérissées des dents grises des morts. Des anges sculptés s'accrochent aux coins des tombes. Il me faut une demi-heure pour trouver celle de Conrad. Je contourne des stèles chinoises et des sépultures de soldats confédérés qui s'effritent. Des groupes de touristes font un pèlerinage en écoutant un audioguide des plus grands tubes de défunts célèbres. Je les regarde se déplacer comme des lemmings entre les dalles.

Sa tombe est petite, jonchée de pétales détrempés – rose pâle virant au marron. Elle se trouve sous un cornouiller en fleur, qui l'ombrage et la souille. À proximité se dresse un grand obélisque sur un socle accueillant, au milieu d'un carré de gazon épais. Quelqu'un y a déposé récemment un bouquet. Je le pousse pour m'asseoir sur la pierre fraîche, ferme les yeux, le visage levé vers le soleil. Anna détestait les cimetières avec des pelouses. « L'herbe y est plus verte à cause des vers. Réfléchis une seconde. » Mais je pense plutôt aux pique-niques que nous faisions enfants, quand nous étions en vacances chez nos grands-parents. Assises sur la dalle de marbre fraîche du suicidé, nous jouions avec nos poupées de papier. Si les miennes étaient des silhouettes bulbeuses aux pieds ronds et aux visages simples, celles d'Anna semblaient sorties d'un magazine. Des filles avec de longs cheveux soyeux, des garçons à la tignasse brune. Une vaste garde-robe de vêtements miniatures : pantalons taille basse et sabots violets, marinières, bikinis façon bandanas, pulls Jacquard, kilts fermés par des épingles de sûreté minuscules. Un monde secret en deux dimensions, un monde que nous prétendions être le nôtre, quand, installées sur la tombe d'un homme malheureux, nous mangions nos sandwichs au jambon en regardant la maison de nos grands-parents sur la colline d'en face, et les champs de vaches au-delà.

Je me lève, époussette l'arrière de ma jupe et m'approche de la tombe de Conrad. Ici, il y a des mauvaises herbes et la pelouse est rare. Ça aurait fait plaisir à Anna. La pierre est sombre. Pas d'inscription. Seulement son nom et les dates : 1964-1983. Il avait 18 ans quand il est mort. Un adolescent idiot qui rêvait d'être Hulk Hogan, qui aimait sa mère plus qu'elle ne l'aimait, qui cherchait l'approbation de son père. S'il avait pu voir l'étendue du désespoir de Leo après sa mort, il aurait été heureux de découvrir à quel point il le chérissait, en réalité. J'essaie de l'imaginer qui fait des tractions dans l'encadrement de la porte, se dispute avec Anna, mange des céréales dans son affreux peignoir en éponge, lit une BD sur les marches de son chalet. Mais tout ce que je vois, c'est son visage terrorisé, suppliant, et Jonas assis à côté de moi, sa main serrant la mienne. L'éclair de compréhension dans ses yeux avant que les vagues ne l'entraînent vers le fond. Je pense aux choix que j'ai faits, à ceux que j'ai passé ma vie à fuir. Le choix que Jonas et moi avons fait ce jour-là. Le choix que j'ai fait de ne rien dire à ma mère. Si j'avais eu le courage de lui parler – d'accepter de gâcher sa vie au lieu de la mienne –, alors Conrad serait encore en vie. Ce ne sont pas seulement les rêves de Conrad qui sont morts. Nous étions des idiots. Des enfants idiots. Conrad a tout gâché. Jonas a tout gâché. J'ai tout gâché.

Je m'allonge sur la tombe, plaque ma bouche contre le sol et, bien que je sache qu'il est trop tard, je lui parle. Je lui dis que je suis désolée. *Tu n'avais pas mérité ça. Tu as fait quelque chose d'horrible, mais ce que j'ai fait est pire.* Je lui parle du prix que j'ai payé, en espérant que ça comptera pour quelque chose, même si le poids d'un secret n'est rien à côté du poids de la terre sur lui. Je lui parle de Peter, des enfants. Et pour la première fois en près de trente-cinq ans, je pleure pour lui.

Peter est au bar de l'hôtel, les épaules voûtées. Devant lui, un verre contenant un liquide ambré avec des glaçons. De la porte, je vois qu'il a eu une longue journée. Je sais qu'il m'attend, qu'il a besoin de s'épancher. Mais je n'ai qu'une envie : monter dans la chambre et me cacher sous les draps, le fuir, me fuir. Je m'apprête à faire demi-tour quand il me voit.

— Memphis est vraiment une ville pourrie, soupire-t-il alors que je tire un tabouret à côté de lui. Et je ne peux même pas fumer au bar.

— Qu'est-ce que tu bois ?

Je prends une gorgée dans son verre.

— Du rhum ? Drôle d'idée. Ça va ? Tu as une petite mine.

— J'ai passé la journée à parler aux morts. Pas étonnant que cette ville ait sombré dans un tel marasme économique. Ces gens sont engourdis par la pauvreté et la violence. C'est tragique. J'ai interviewé un prof qui a déjà vu trois de ses élèves assassinés cette année. Des gosses. C'est comme une zone de guerre, en plus absurde encore. Et toi ?

— J'ai passé la journée à parler aux morts, moi aussi.

Peter vide son verre et fait signe au barman.

— Tu es allée au cimetière ?

— Oui.

— Ça a été ?

— C'était bizarre d'être là-bas après toutes ces années.

Je pense à la sépulture, à la stèle de Conrad déjà polie par le temps, à mes larmes humides sur la terre nue.

— Il m'a fallu un moment pour trouver la tombe. Dans mes souvenirs, il avait été enterré en haut d'une colline. En fait, c'était dans un creux pas très profond. Je me rappelle seulement qu'il faisait lourd ce jour-là. Et d'Anna. Elle se plaignait que ses cheveux frisottaient et elle avait refusé de réciter le Notre Père.

— Anna tout craché.

— La mère de Conrad ne nous a pas adressé la parole. Elle n'a même pas dit un mot à maman. Et Rosemary qui s'agrippait à elle, cette petite chose pâlotte.

— Elles habitent toujours ici ?

— Aucune idée. On ne les a jamais revues. Leo a quitté maman quelques mois après la mort de Conrad.

— Quel âge avait Rosemary ?

— Quand il est mort ?

Il acquiesce.

— Dans les 14 ans, je dirais.

— Vous étiez amies ?

— Avec Rosemary ? Sûrement pas.

— Pourquoi ?

— Elle était… Je n'en sais rien. Dans son monde. Limite autiste. Comme si les codes sociaux habituels lui échappaient. Je me souviens qu'elle aimait chanter des cantiques.

— Tu pourrais regarder si elle est toujours dans le coin.

— Elle a dû partir il y a une éternité.

— Peut-être, mais pas nécessairement.

— De toute manière, ce serait trop bizarre. Appeler comme ça, alors que je n'ai jamais pris de nouvelles pendant des années ?

— Mieux vaut tard que jamais. Je sors fumer, ajoute Peter en se levant.

— Tu devrais vraiment arrêter.

— Un autre jour.

Je le regarde traverser le hall, s'engouffrer dans la porte tambour et émerger sur le trottoir cendreux.

Deux jours plus tôt, 30 juillet, Memphis

Rosemary vit dans un quartier tranquille et ennuyeux, à l'est de la ville. Des rangées de pavillons de plain-pied presque identiques, avec des jardins proprets. Mais je sais que je suis chez elle à l'instant où le taxi s'arrête : à côté de la porte, je reconnais le porte-parapluie alligator qui se trouvait chez sa mère, sa gueule toujours grande ouverte. Rosemary apparaît sur le seuil, un petit chien dans les bras : « Adopté dans un chenil », précise-t-elle. Ses cheveux sont châtain très clair, coupés court. Elle enseigne la musicologie. Son mari Edmund la physique quantique. Ils n'ont pas d'enfant.

— Ma spécialité, c'est le baroque, m'explique-t-elle alors que je la suis dans le salon. J'ai de la tisane ou du déca. La caféine m'énerve.

— Déca, c'est parfait.

— Mets-toi à l'aise. J'ai fait du *carrot cake*.

Elle disparaît dans la cuisine, me laissant seule un instant. Le manteau de la cheminée est encombré de photographies : Rosemary, terne dans sa toge et sa toque de jeune diplômée ; Rosemary et son mari le jour de leur mariage ; Rosemary enfant dans un tramway avec Leo. Aucune de Conrad. Je prends un cadre argenté : Rosemary avec un couple âgé sur un paquebot. Il me faut un moment pour me rendre compte que l'homme est Leo. La femme qu'il tient par la taille est son ex-épouse. Rosemary surgit derrière moi.

— Ils se sont remariés.

— Je n'en avais pas la moindre idée.

— Quelques années après la mort de mon frère.

Elle me prend la photo des mains et la repose sur la cheminée.

— Ils sont tous les deux décédés.

— Toutes mes condoléances.

— Ma foi, c'est la vie, dit-elle, m'offrant une tranche de gâteau. Je mets de l'*apple sauce* à la place du sucre. Et Anna, comment va-t-elle ?

— Elle est morte. Il va y avoir vingt ans. En fait, demain, c'est l'anniversaire de sa mort.

— Vous ne vous entendiez pas très bien, toutes les deux, si j'ai bonne mémoire.

Je me hérisse.

— Elle était ma meilleure amie. Elle me manque chaque jour qui passe.

— La vie peut être solitaire.

Nous nous taisons et faisons semblant d'être concentrées sur notre assiette.

— C'est délicieux, finis-je par dire.

— Le secret, c'est l'*apple sauce*. C'est ce qui lui donne son moelleux. Alors, qu'est-ce qui t'amène à Memphis ?

— Mon mari, Peter. Il est ici pour son travail. Ma mère est à l'étang avec les enfants. On en a trois.

— Et c'est la première fois que tu viens depuis l'enterrement ?

— Oui. Je n'aurais pas dû laisser passer autant de temps. Je suis allée sur la tombe de Conrad, hier.

— Je n'y suis jamais allée. Les cimetières me dépriment. Ma mère s'y rendait toutes les semaines. Elle ne s'en est jamais vraiment remise. Je crois qu'elle t'en voulait.

J'ai l'impression qu'elle m'a jeté un verre d'eau glacée au visage.

— Je suis désolée, dis-je, consciente que c'est dérisoire. Je n'ai pas pu le sauver.

— Oh, tu sais. Si tu avais sauté à l'eau, il t'aurait sans doute entraînée avec lui dans sa panique. C'était tout à fait son genre.

Elle prend une grosse bouchée de gâteau. Mâche lentement.

— Tu l'as vu se noyer…

— Oui.

— Ça doit être difficile de s'ôter une telle image de la tête.

— Je n'ai jamais oublié.

Elle reste silencieuse un moment. Elle tripote une petite croix à son cou. Elle semble réfléchir.

— J'ai souvent essayé de me représenter la scène : Conrad qui tombe du bateau dans l'océan immense et glacé. Il était mauvais nageur. C'était comment de le voir se noyer ? J'aurais aimé être là.

Je suis abasourdie.

— Je ne comprends pas.

— Vraiment ?

Elle me regarde longuement, les yeux durs.

— Tu te souviens de l'été où il est rentré chez ma mère ?

Je hoche la tête, prise d'une soudaine appréhension.

— En fait, c'était mon idée. Je me sentais seule après son départ. Ma mère avait ses humeurs. Je passais mes journées sur la balancelle devant la maison. Je me faisais aussi discrète qu'une souris. Elle disait que le bruit lui irritait les nerfs. Quoi qu'il en soit, tous les trois, nous avions prévu de faire un grand voyage en voiture pour aller voir mon oncle à Santa Fe, et j'attendais ces vacances avec impatience. Le soir de son arrivée, Conrad a attendu que ma mère soit endormie et il est entré dans ma chambre. Je me suis réveillée en le sentant sur moi. Je ne pouvais pas respirer. J'ai essayé d'appeler à l'aide, mais il avait sa main sur ma bouche. Je sanglotais dans sa paume.

Elle s'interrompt, recueille une peluche sur son pantalon.

— Pendant qu'il me violait, il n'arrêtait pas de répéter ton nom.

Un brouillard tombe sur la pièce. J'ai l'impression d'être aspirée au ralenti par le noyau d'une étoile. Je distingue au loin la rumeur de la climatisation. Dans la rue, des enfants crient. Je les imagine qui s'amusent à s'asperger d'eau froide avec un tuyau. Une voiture passe. Puis une autre.

— Il est venu dans ma chambre presque toutes les nuits, cet été-là. J'avais 13 ans.

Son visage est impassible, dénué d'émotion. Elle pourrait aussi bien parler de chats.

— Mon frère était un monstre. Chaque soir je priais pour qu'il meure. Et finalement, Dieu m'a entendue… En fait, une part de moi s'est toujours demandé si c'était Dieu qui avait exaucé mes prières, ou si c'était toi.

Elle prend la cafetière et se sert un fond de tasse, puis ajoute délicatement deux petits sucres avec une pince à griffes.

— Edmund voulait des enfants, mais je n'en voyais pas l'intérêt. Encore un peu de café ?

Je suis trop hébétée pour répondre.

On sonne à la porte.

— Ah, pas trop tôt, dit Rosemary en se levant. Ce doit être le pressing.

Dehors, le soleil brille toujours. L'air suinte la chaleur et la lassitude de vivre. Un petit garçon me double à vélo, faisant tinter sa sonnette. De mauvaises herbes s'échappent d'une fissure du trottoir. Je m'arrête devant un passage pour piétons. Il y a une odeur de peau de banane. À côté, sur un terrain vague, des sacs en plastique volettent et se posent, comme une série de maillots de corps sur une corde à linge cassée.

Il faut que j'appelle Jonas.

31

Hier, 31 juillet, le Bois sauvage

— Ils viennent à quelle heure ?

— Je leur ai dit vers 19 heures.

Ma mère fouille dans le réfrigérateur, à la recherche du tube de concentré de tomate. Je sors une nappe de toile blanche d'un tiroir et l'étends sur la table de la véranda. Je me tourne vers elle :

— On sera huit ou dix ?

— Neuf, en comptant l'affreuse mère de Jonas. Je ne sais pas pourquoi il fallait l'inviter, je n'aime pas les nombres impairs.

Je prends des bols sur l'étagère.

— Et Dixon et Andrea ?

Ma mère me rejoint avec une pile de serviettes en tissu.

— Dixon oui, Andrea non, dit-elle. Prends celles-ci. Et les bougeoirs en cuivre.

— Pourquoi ?

— Son fils est venu de Boulder pour le week-end. Elle voulait l'inviter. J'ai dit non.

— Tu aurais pu faire un effort.

Elle me tend une planche à pain.

— Pourquoi je l'inviterais ? Il ne connaissait pas Anna.

J'apporte les verres à vin, deux par deux. Des fourchettes et des couteaux. Le sel. Le poivre. Je m'accroche à chaque petite tâche comme à une bouée de sauvetage, pour ne pas être engloutie par le passé. Les mots de Rosemary me hantent, sa franchise, son impassibilité quand elle m'a donné l'absolution pour mon crime.

— Qu'est-ce qu'il reste à faire ?

— Tu peux ouvrir quelques bouteilles de bordeaux pour les laisser respirer, répond ma mère. Et râper le fromage. Il y a un gros morceau de parmesan dans la porte du frigo.

Elle pose une coupe en porcelaine blanche remplie de limettes et de poires vert vif au milieu de la table.

— C'est très joli, dis-je.

— Tu dois être morte de fatigue.

— Oui.

— Je ne comprends toujours pas pourquoi tu voulais tant aller à Memphis.

Je disparais dans le cellier.

— Maman, Peter m'a demandé de l'accompagner. Il ne me demande jamais rien. Et je ne le regrette pas. Tu sais où est le tire-bouchon ? Il n'est pas là.

— La dernière fois que je l'ai vu, il était à sa place, sur son crochet. Il a dû tomber. Prends-moi de l'ail, pendant que tu y es.

— Trouvé. J'ai vu Rosemary, dis-je en revenant dans le salon. Je suis passée chez elle.

— Rosemary ? J'avais presque oublié son existence.

— C'était l'idée de Peter.

— C'était vraiment une drôle de fille. Toujours collée à son père. Je me souviens qu'il y avait quelque chose chez elle qui faisait fuir Anna chaque fois qu'elle venait ici.

— Son odeur.

— C'est ça. Elle trouvait qu'elle sentait le formol. Une odeur douceâtre. De corps en décomposition.

Elle écrase cinq grosses gousses d'ail avec le plat d'un couteau et les jette dans une poêle en fonte. Des carottes, du céleri et des oignons finement émincés caramélisent déjà dans un mélange d'huile d'olive et de beurre roussi. Elle prend un paquet de viande hachée enveloppé dans du papier brun – veau et porc – qu'elle ajoute en plusieurs fois, puis elle verse du lait pour l'attendrir. Une bouteille de vin blanc ouverte attend à côté, pour déglacer la poêle.

— Passe-moi ça, s'il te plaît, dit-elle en montrant une écumoire. Et alors, qu'est-ce qu'elle devient ?

— Toujours aussi bizarre. Très directe. Elle est musicologue. Elle habite dans un pavillon. Cheveux courts, effilés. Pantalon de toile. Tu vois le genre.

— Mariée ?

J'acquiesce.

— Et sa mère ?

— Elle est décédée il y a quelques années.

— Pauvre femme. Elle a eu une bien triste vie.

Je la regarde remuer la sauce lentement. J'hésite.

— Leo s'était remis avec elle. Tu étais au courant ? Ils se sont remariés.

— Je l'ignorais. Je pensais qu'il était mort ou en prison.

— Il y avait une photo sur la cheminée. Une photo d'eux en croisière. Un vieux couple banal.

Elle entreprend d'éplucher un concombre.

— Ne parlons pas de Leo. En ce qui me concerne, il est mort depuis longtemps. C'était un homme mauvais. Je ne pense pas à lui et tu ne devrais pas non plus.

Elle prend la bouteille de blanc tiède et s'en sert un verre.

— C'est du vin de cuisine ?

— C'est du vin, réplique-t-elle, le vidant d'un trait.

— Maman, j'ai quelque chose à te dire au sujet de Leo.

— Eleanor, les invités ne vont pas tarder et j'ai un repas à préparer. Ça peut sûrement attendre.

Je n'ai pas parlé à Jonas depuis que je l'ai appelé en sortant de chez Rosemary, dans un état second. Quand sa mère et Gina apparaissent sur le seuil, j'éprouve une étrange sensation, à la fois familière et oubliée. Il me faut un moment pour réaliser que je suis nerveuse, impatiente de le voir. C'est très bizarre, de l'ordre de la mémoire sensorielle. Une émotion que je ne me suis pas autorisée à ressentir depuis des années.

Mais Jonas n'est pas avec elles.

— Il a insisté pour prendre une douche alors qu'il venait de se baigner. Un gaspillage d'eau ridicule, soupire sa mère.

— Il arrive, dit Gina en tendant une bouteille de vin. J'ai apporté du blanc.

— J'ai prévu du rouge, décrète ma mère, portant la bouteille à la cuisine.

— Ignore-la, suggère mon mari en étreignant Gina. C'est une vraie peau de vache, aujourd'hui.

— Tu sais que c'est toujours une journée difficile pour elle, Peter, dis-je.

— Tu as raison. Je m'excuse.

— Je regrette de ne pas avoir mieux connu Anna, intervient Gina. Ç'avait l'air d'être une fille super.

— Oui. Ma sœur était géniale.

Ma mère réapparaît avec un plateau de fromages et des crackers. La mère de Jonas esquisse un geste de refus.

— J'ai arrêté le gluten et les produits laitiers. À cause de mon arthrite.

— Tu aurais dû prévenir. J'ai fait des pâtes. Mais on a des olives.

— Comment c'était, Memphis ? demande Gina.

— Chaud et humide, soupire Peter. Fatigant.

— Je n'y suis jamais allée.

— La ville a plu à Ellie.

— Tout à fait. Une ville pleine de fantômes.

— Tu veux du vin ou quelque chose d'un peu plus costaud ? demande Peter à Gina.

Derrière elle, par la moustiquaire, je vois Jonas approcher sur le chemin sablonneux. Ses cheveux mouillés sont ébouriffés. Il est pieds nus, en Levi's déchiré, avec une chemise de batiste bleue que je lui ai offerte à Noël il y a quelques années. Ses joues sont rouges. Il ressemble au garçon d'autrefois. Le pied léger, aérien. À ma vue, il sourit. Pas son sourire « heureux de retrouver une vieille copine » auquel je me suis habituée, mais quelque chose de plus intime et ouvert, comme pour dire : enfin, après toutes ces années, nous pouvons nous regarder sans le filtre de la honte entre nous.

Peter se lève de table, s'étire.

— C'était délicieux, Wallace. Il y a quoi en dessert ?

Il allume une cigarette et s'approche de l'étagère où elle range une pile de vieux vinyles, à côté de ce qui doit être le dernier électrophone Victrola encore en état de marche.

— On a des poires et du sorbet. Qui veut du café ?

Un air grésillant s'élève, un vieux Fleetwood Mac.

— C'est toi qui as acheté cet album, Wallace ? lance Peter du salon.

— C'était Anna. Tu vas lire le poème de Shelley ?

Tous les ans, le jour de l'anniversaire de sa mort, Peter nous récite le poème préféré d'Anna, « À une alouette », la prière qu'elle a demandée pour son enterrement. C'est devenu un rituel sacré.

Mais ce soir, Peter se laisse tomber sur le canapé.

— Je suis trop crevé et trop saoul. Est-ce que quelqu'un d'autre veut s'en charger ?

Gina déplace sa chaise pour s'asseoir à côté de lui et ils entament une conversation sans intérêt sur les restaurants de Bushwick.

J'ai envie de les frapper.

Dixon prend le recueil usé, le feuillette, puis le tend à Jonas en disant :

— Mes yeux ne sont plus ce qu'ils étaient.

Jonas cherche la page, puis commence.

— Pour notre chère Anna.

Salut à toi, esprit joyeux…

— C'est juste que je ne crois pas à la psychiatrie.

Ma mère tient bon jusqu'au départ du dernier de ses invités.

— C'est parce que tu as peur d'être enfermée chez les fous, lance Peter du canapé.

— Autant que je sache, les psys ne servent qu'à inciter les enfants à rendre leurs parents responsables de tous leurs problèmes.

— Moi, la seule chose que je te reproche, c'est de m'avoir fait prendre des cours de voile, dis-je.

Les autres s'esclaffent sans réfléchir. Tous, sauf Jonas.

— Attendez. Maintenant elle va nous dire que je ne lui ai pas donné assez d'amour quand elle était petite, dit ma mère, quittant la table pour aller faire la vaisselle. Et elle aura totalement raison.

— Tu n'es pas le centre du monde, maman.

Jonas me dévisage, le regard brûlant. Je me lève et sors dans la nuit par la porte de la cuisine. Puis je m'adosse au mur de parpaings froid et j'attends, pendant ce qui me paraît durer une vie entière.

LIVRE V

AUJOURD'HUI

18 h 30 - 6 h 30

32

1er août, le Bois sauvage

18 h 30

J'enlève mon maillot de bain humide, le laisse par terre et m'étends sur le lit. J'entends le rire de Peter venant de la Grande Maison, la voix de ma mère qui dit aux enfants de ranger leur jeu et de se préparer pour le barbecue. Le plafond grouille de fourmis charpentières attirées par la chaleur, l'orage qui menace. La lampe de chevet de Peter est saupoudrée d'une fine couche de poussière de carton. Par le vasistas, je contemple la lumière vespérale qui filtre entre les arbres, les rameaux mouchetés. Des nimbus passent, gonflés de pluie.

Quand Anna et moi étions toutes petites, notre père avait planté un jeune bouleau fragile devant notre chalet, au tronc aussi mince qu'un saule blanc. Un arbre planté dans une forêt. Il disait qu'il grandirait avec nous. En ce temps-là, avant qu'il ne dépasse le toit, le vasistas au-dessus de mon lit était un rectangle de bleu ininterrompu. J'adorais m'allonger là et contempler le ciel, regarder les mouettes portées par le vent passer devant les lambeaux de nuages. Après la mort de Conrad, j'ai prié ce ciel immense – pas pour être pardonnée, mais pour être guidée. Je cherchais un chemin à suivre, un moyen de surmonter le passé, d'aller de l'avant. À cette époque, des brindilles effilées apparaissaient déjà dans les angles de la fenêtre, des pointes qui transperçaient l'air. Centimètre par centimètre, année après année, la ramure indisciplinée du bouleau s'est étendue, couvrant bientôt la vitre, dissimulant le ciel. J'avais demandé des réponses, la clarté du verre. Mais le passage du temps n'avait apporté qu'un fouillis de branches, soulignant mon incapacité à guérir.

« C'est une fenêtre », avait dit Jonas le jour de notre rencontre, il y a très longtemps, au bord du ruisseau. Et j'avais répondu : « Je sais. »

Hier soir, à table, j'ai cherché ses yeux vert sombre au-delà du halo de la bougie. Il a soutenu mon regard. Aucun de nous deux n'a cillé. Finalement, un sourire ironique est apparu sur ses lèvres : soulagement, regret, tristesse de l'inéluctable. Nous étions faits l'un pour l'autre. Ni le mariage ni les enfants n'ont pu changer cette vérité essentielle. Si je pouvais revenir en arrière, je le ferais. J'effacerais toutes les mauvaises décisions, à chaque embranchement de la route. Tous les choix calamiteux qui m'ont éloignée de lui. Tous les choix calamiteux qui m'ont éloignée de Peter. Pas seulement ce qui s'est passé avec Jonas la nuit dernière ou ce que nous avons fait aujourd'hui, ce à quoi je n'arrête pas de penser, ce que je veux faire demain ; mais aussi Conrad, ce jour vif et ensoleillé sur la mer agitée, le jour où les vents ont tourné. La vérité que j'ai cachée à Peter. Le mensonge qui a gangrené notre mariage. Je songe à Rosemary, à son salon guindé et sans âme, à son gâteau moelleux, à la colère sourde derrière ses yeux. À la manière dont elle m'a remerciée de lui avoir sauvé la vie. Je n'ai jamais remercié Jonas d'avoir sauvé la mienne. Je n'ai fait que l'accuser. M'accuser. J'ai tenu Peter à distance, je l'ai puni pour mes propres péchés. J'ai construit ma vie entière sur une faille. Si j'avais parlé de Conrad à Peter, si je lui avais raconté cette journée sur le bateau, je sais qu'il m'aurait pardonnée. Et c'est justement pour ça que je ne pouvais rien lui dire. Parce que je ne voulais pas être pardonnée.

Je pense au choix que Jonas me demande de faire maintenant. Quitter cet homme merveilleux. Faire souffrir mes enfants. Peter n'est pas revanchard. Quoi qu'il arrive, jamais il n'essaierait de me les enlever, de créer un fossé entre eux et moi. Il nous aime tous trop pour cela. C'est un homme droit. C'est sa gravité qui stabilise mon orbite quand j'ai des doutes. Je suis amoureuse de Jonas. Je l'ai toujours été. Je ne peux pas vivre sans lui. Je ne peux pas renoncer à lui maintenant, après avoir attendu si longtemps. Mais je suis amoureuse de Peter également. J'ai deux choix. Un qui est impossible, l'autre que je ne mérite pas.

Je me lève. J'ai besoin d'une douche chaude et d'une aspirine. Mon corps est douloureux. J'ai la migraine à force de peser le pour et le contre, de tourner en rond. Est-ce que renoncer signifie perdre tout ce qu'on a, ou gagner tout ce qu'on n'a jamais eu ? Je m'enveloppe d'une serviette. Je devrais aller chez Dixon. Être avec Peter et les enfants.

J'allume la douche à l'extérieur et laisse l'eau couler. Pendant qu'elle chauffe, je vais chercher de l'aspirine dans l'armoire à pharmacie encombrée du fatras de ma mère. Ma main palpe quelque chose. Avant même de l'avoir vu, je sais de quoi il s'agit. L'un des tampons Playtex d'Anna. Personne d'autre n'utilisait cette marque. L'emballage a jauni, mais le petit applicateur en plastique a gardé sa teinte rose. Je pense à Conrad qui m'épiait par la fenêtre, à mes jambes écartées et au tampon qui a roulé par terre. Je pense à ma deuxième rencontre avec Jonas. À Anna, qui me disputait quand je touchais à ses affaires et m'a choisie comme confidente quand elle a perdu sa virginité. À sa tristesse et à sa peur pendant les derniers mois. À Peter, qui me serrait dans ses bras tous les jours, lorsque les larmes montaient. J'entre dans la douche et laisse couler le jet brûlant, espérant qu'il étouffera mes sanglots, mon désespoir à vif, suppliant l'eau de me laver, de rincer le passé. Consciente qu'il n'y a qu'un choix possible, en fait.

18 h 45

Nous gravissons le chemin abrupt qui relie la maison à la route de terre et nous arrêtons au triangle pour attendre maman.

— Allez-y, je vous rattraperai ! crie-t-elle, encore à mi-pente.

Mais nous ne bougeons pas. Je suis pieds nus, en robe de lin. J'ai mis mes tongs dans un panier en paille, avec des lampes électriques pour le retour. Je m'efforce de ne rien laisser paraître de ce qui me déchire. Maddy est partie devant – elle aime être la première – et Finn cavale sur ses talons. Ma mère progresse lentement. Ses genoux ne sont plus ce qu'ils étaient. Elle porte son éternel jean, un peu trop court et un peu trop large, avec une chemise indienne de coton noir qui lui couvre l'arrière-train, comme elle se plaît à dire. L'étang forme la toile de fond de son ascension : une ligne d'horizon bleue à hauteur de taille, derrière une claire-voie de feuillage. Je fais semblant d'écouter Jack expliquer à Peter pourquoi nous aurions tout intérêt à acheter un forfait pour accéder à la plage de White Crest. C'est mieux pour le surf et ça ne coûte que 30 dollars la saison pour les résidents.

— On verra, répond Peter.

Je me donne des claques sur les mollets. Je suis en train de me faire dévorer vivante par les simulies. Un taon se pose sur mon bras : plus gros et plus facile à tuer, mais sa piqûre est dix fois plus douloureuse. Ma main s'abat sur lui. Je le regarde tomber par terre et se convulser.

— Qui a le spray anti-insectes ?

Peter le sort d'un sac en toile.

— Me voilà, s'écrie ma mère. Les mouches sont de retour. Je suis contente que tu aies décidé de venir avec nous, Eleanor. Même si j'aurais préféré que tu t'attaches les cheveux. Ça te va tellement mieux quand tu as le visage dégagé.

Ma mère s'arrête devant chez les Gunther. Leurs terrifiants bergers allemands sont morts depuis longtemps. Tout comme les Gunther eux-mêmes. Je ne connais pas la famille qui a acheté la maison. Pourtant, je redoute toujours les aboiements perçants, les grognements et les babines retroussées menaçantes, et je dois m'armer de courage chaque fois que j'approche de leur barrière de bois blanche, aujourd'hui en partie effondrée et engloutie par la végétation.

— Oh, crotte ! s'écrie ma mère. L'oignon rouge.

— Jack va aller le chercher, dit Peter. Il en a pour cinq minutes.

— Pourquoi c'est toujours moi ? Pourquoi est-ce que Maddy n'irait pas ?

Je vois la mâchoire de Peter se crisper.

— Parce que tu dois encore te faire pardonner ton comportement déplorable avec ta mère ce matin.

— Je me suis excusé.

— C'est bon, j'y vais, dis-je.

Je m'éloigne sans attendre les protestations de Peter. Je sais que toutes les familles malheureuses le sont chacune à leur façon, mais là, pendant quelques heures, je veux juste une putain de Famille Heureuse. Tant que je ne serai pas en sécurité sur le rivage, j'aurai besoin de me raccrocher à cette idée comme à une bouée de sauvetage. Ne pas lâcher.

— Tu pourras me prendre un pull ? La soirée va être fraîche, crie Peter.

Un chat blanc inconnu est assis sur la terrasse devant la véranda. Il y a quelque chose qui me rebute chez les chats blancs. Quelque chose d'un rat, presque pornographique. L'animal disparaît dans les buissons dès qu'il me voit. La moitié inférieure d'un tamia gît sur la terrasse, avec sa queue touffue qui pend entre les lattes. Je sais que je devrais nettoyer, mais ça n'est pas très ragoûtant. Au point où on en est, autant laisser le chat terminer son repas. Je ne touche à rien et vais chercher un pull dans notre chambre.

Le tiroir du haut de la commode est ouvert. *Peter !* Je suis agacée. Moi qui veille toujours à tout fermer à cause des mites et des araignées. Je le pousse et remarque ma boîte à bijoux, posée en évidence sur le meuble. Bizarre, je suis sûre de ne pas l'avoir laissée là. Je vérifie que rien ne manque. En fait, il y a quelque chose en plus. Un minuscule bout de papier plié sur le fouillis de mes boucles d'oreilles et de mes colliers. Il est découpé en forme de tortue. À l'intérieur se trouve ma bague verte. Jonas l'a donc gardée tout ce temps. Depuis le Premier de l'an au coffee shop grec. Il l'avait le soir de printemps où on a bu une bière sur la jetée. Au pique-nique sur la plage où j'ai rencontré Gina – le dernier été qu'Anna a passé à l'étang. Je me demande où il l'a conservée. Où il l'a cachée. Un secret minuscule. Une toute petite chose, un morceau de fer blanc sans valeur, sa dorure depuis longtemps partie.

Pourtant, lorsque je la glisse à mon doigt, j'éprouve un puissant sentiment de plénitude, comme si j'étais enfin entière, restaurée. Une Vénus de Milo à qui on aurait rendu son bras manquant, resté enfoui sous terre pendant des siècles. Je ferme les yeux, m'autorisant au moins ça. Je me souviens du moment où il me l'a donnée. Sa main moite et tremblante. Nos adieux. Deux enfants qui s'aimeraient toujours. Je glisse la bague dans ma poche, froisse la tortue de papier, la jette à la poubelle et prends un pull pour Peter.

19 h 15

Je rattrape les autres juste avant la bifurcation qui mène chez Dixon. Son allée est en fait une portion de l'Old King's Highway. Après sa maison, la route s'arrête abruptement devant un grand pré d'herbes folles, de gerbes d'or et de carottes sauvages. Pour ressurgir en face, dissimulée aux regards par l'ombrage des bois. Quand nous étions enfants, c'était notre chemin secret pour nous rendre en ville. Nous pouvions faire les 6 kilomètres – de chez Becky jusqu'à la confiserie – sans mettre les pieds sur la route goudronnée. Parfois, après une grosse averse, on trouvait sur les talus des morceaux de poterie ou des pointes de flèches remontés à la surface. Une année, j'étais ainsi tombée sur une fiole en verre prune polie par les ans. J'avais imaginé un colon la jetant d'un chariot ou d'une sacoche de sa selle, avec un rapide coup d'œil par-dessus son épaule pour s'assurer que personne ne l'avait vue.

Le flacon était resté là, oublié pendant deux siècles, pour passer directement de sa main à la mienne.

À la sortie du bois, la piste débouche sur le cimetière des premiers colons, un lieu qui n'est plus fréquenté que par le souffle des fantômes. Il nous fascinait : les rangées de petites tombes qui s'enfonçaient dans la terre, ornées de crânes ailés, émoussées par le vent, leur surface grêlée, les épitaphes en partie effacées. Toutes ces vies, cette résignation. La plupart des morts étaient des enfants. *Temperance, Thankful, Obediah, Mehetable. Âgé de 3 semaines, âgé de 14 mois et 24 jours, âgé de 2 ans, 9 mois et 5 jours.* Les tombes toujours orientées à l'est. Pour qu'au jour du Jugement dernier les enfants se lèvent face à l'aube, espérant être placés à droite de Dieu, parmi les Justes.

Une odeur flotte jusqu'à mes narines, un mélange de bois de prosopis et de viande grillée.

— Miam, je suis affamée, dis-je en rejoignant le groupe.

— Pas étonnant, avec le temps que tu as passé dans l'eau, lance ma mère.

— Je veux trois hamburgers, décrète Finn. Je peux avoir trois hamburgers, maman ?

— Ce n'est pas maman qui décide, rétorque Jack. Il faut demander à Dixon.

— Et les hot dogs ?

— Ce dont j'ai besoin, c'est d'un bon vieux gin tonic, dit Peter. Et j'étrangle Dixon s'il n'a que son infâme piquette habituelle.

— Il en fait des lampes, explique ma mère.

Peter la regarde, déconcerté.

— On les remplit de sable, précise-t-elle.

— De sable ?

— Manifestement, tu es passé à côté des années 1970.

— Ellie, je pense que la démence sénile guette ta mère.

Elle lui donne un petit coup avec son chapeau.

— Avec tout ce qu'on buvait, il fallait bien qu'on en fasse quelque chose.

— Si tu ne te sens pas bien, Wallace, je me ferai un plaisir de te raccompagner à la maison.

— Ton mari est odieux, dit-elle en riant. Il serait peut-être temps de songer au divorce.

Finn et Maddy semblent mal à l'aise.

— Maman…

— Oh, ça va, je rigole, les enfants, concède-t-elle. J'adore votre père et il le sait très bien.

— Votre grand-mère a toujours eu beaucoup d'humour, ajoute Peter.

Je prends la main de Finn, m'accroupis à côté de lui.

— Ta grand-mère disait des bêtises. Tu sais qu'elle peut en dire, des bêtises. Papa et moi, nous nous aimons. Et nous nous aimerons toujours.

Une quinzaine de personnes bavardent sur la pelouse en petits groupes, la faune habituelle qui mange du cheddar Kraft sur des crackers et boit dans des gobelets en plastique. Un bar de fortune a été installé sur une table de pique-nique ronde, et on a allumé des bougies à la citronnelle.

— Bon, dit Peter. On se jette à l'eau ?

Je reconnais la femme de Dixon, Andrea. Même aujourd'hui, en dépit des années, lorsque je la vois, je ne peux m'empêcher de penser à cette fameuse partie de *Monopoly*, la fois où Dixon a traversé son salon dans le plus simple appareil. Dixon et Andrea se sont remis ensemble il y a trois ans, après s'être croisés par hasard à une vente aux enchères de livres rares. Ils se disputaient une première édition signée de *Jonathan Livingston le goéland*. D'après lui, elle avait tellement changé qu'il ne l'a pas reconnue tout de suite. Sa tignasse rousse frisée a cédé la place à un carré court gris bien sage. Elle a troqué ses boucles d'oreilles africaines contre des perles de bon goût, et son badge avec une colombe de la paix contre un ruban rose. Son fils est banquier d'investissement. Il vit dans le Colorado et s'est spécialisé dans les énergies renouvelables, dit-elle, comme si cela rendait sa profession écologiquement acceptable. Elle croit toujours à la paix dans le monde. Elle est en pleine conversation avec Martha Currier, une ancienne chanteuse de jazz de La Nouvelle-Orléans un peu gaga, qui a une maison moderniste donnant sur la plage et qui ne sort jamais sans son turban. Elle fume une Virginia Slims dans un long porte-cigarette en ivoire. Andrea chasse la fumée de son visage chaque fois qu'elle exhale, mais Martha l'ignore, voire lui souffle carrément dans le nez. J'ai toujours eu un faible pour Martha.

Ma mère se glisse derrière moi alors que nous approchons du petit groupe.

— Cache-moi le temps que je sois hors de vue d'Andrea. Sinon, elle va se jeter sur moi et me demander comment je vais, d'une voix profonde et sincère. Et attendre une vraie réponse. Comme si on avait envie de se retrouver coincé dans une vraie conversation à un cocktail.

— Alors là, je suis entièrement d'accord avec toi, dis-je en riant. Ce qui est assez rare pour être signalé. Quelques banalités d'usage, et au suivant.

— Je ne comprends pas comment il peut passer plus de dix minutes avec elle. Cette femme est ennuyeuse comme la pluie, peste ma mère tandis que nous faisons un détour pour l'éviter.

— C'est un mystère.

— Il prétend que c'est une vraie boule d'énergie au lit. Je suppose que cela signifie qu'elle fait de bonnes pipes.

— Maman, c'est dégoûtant.

— À qui le dis-tu. Et très perturbant. Elle a une toute petite bouche.

J'éclate de rire.

— Je voulais dire que toi, tu es dégoûtante.

— Quelle prude tu fais !

— Je ne tiens pas à parler de la vie sexuelle de Dixon. Il doit avoir au moins 80 ans.

À l'autre bout de la pelouse, celui-ci nous adresse un signe.

— Il est encore très séduisant. Il pourrait avoir toutes les femmes qu'il veut.

— Toutes celles de plus de 65 ans.

— N'en sois pas si sûre. Il a toujours été très porté sur la chose.

— Merci. Maintenant tu m'as mis dans la tête une image d'Andrea avec une bite dans la bouche.

Elle s'assied dans un fauteuil de jardin.

— Au moins, pendant ce temps, elle ne parle pas. Sois un amour, va me chercher une vodka. Avec des glaçons et sans eau gazeuse. Et si tu croises des cacahuètes… Ah, une envoyée du ciel, ajoute-t-elle en apercevant sa belle-mère sur la pelouse. Pamela, assieds-toi là. Sauve-moi de ces gens.

Elle tapote le fauteuil à côté d'elle et Pamela rit, toujours aussi aimable et attachante. Pour des raisons qui me dépassent, elle adore ma mère. Pamela est le genre de personne qui voit le meilleur en chacun. Même Conrad trouvait grâce à ses yeux.

L'été suivant l'arrivée de celui-ci chez nous, un jour, elle nous avait emmenées manger des palourdes frites en ville, Anna et moi.

— Maintenant, vous deux, je veux que vous me racontiez tout, nous avait-elle dit une fois installées à une table. Est-ce que Leo se conduit bien ? Il est un peu gredin sur les bords, celui-là. Mais quel homme charmant. Votre mère semble fidèle à elle-même.

— Je pense que ça se passe bien, avais-je répondu.

— Et Conrad ? Ça ne doit pas être évident de se retrouver avec un frère du jour au lendemain.

— Tu veux la vérité ou un mensonge ? avait demandé Anna.

— À vous de voir. Les palourdes, en morceaux ou entières ?

Elle avait eu droit à la vérité.

Il était horrible, lui avions-nous dit. Il nous espionnait. Buvait le lait directement à la brique devant le frigo, si bien qu'on ne pouvait ni l'une ni l'autre prendre de céréales au petit déjeuner. Refusait de raser son duvet pubescent.

— Il reste trois heures sous la douche à se masturber et il utilise toute l'eau chaude. C'est dégueu. Genre, imagine à quoi il pense, avait ajouté Anna avec une grimace écœurée.

J'étais sûre que Pamela serait choquée, mais elle avait dit à ma sœur qu'elle compatissait. La situation avait l'air effroyable. Mais était-il possible qu'Anna en veuille à Conrad parce qu'elle avait été envoyée en pension, et qu'il avait récupéré sa chambre ?

— Aussi répugnant soit-il, ça, ce n'est pas sa faute. En fait, c'est la dernière chose qu'il souhaitait. Tout ce qu'il demandait, c'était l'amour de sa mère. Donc, si vous le pouvez, essayez de vous rappeler qu'il souffre. Soyez gentilles. Toutes les deux.

Elle avait mordu dans une palourde, faisant gicler du jus sur la table.

— Tu as des yeux vraiment magnifiques, Anna. Ça faisait longtemps que je voulais te le dire. Ce gris pâle. D'une beauté époustouflante. Si vous voyez la serveuse, demandez-lui la sauce piquante.

Dixon surveille deux barbecues Weber ronds dans son uniforme habituel, pantalon de toile blanche et chemise en lin bleue, pieds nus, bronzé, pince dans une main, martini dans l'autre, pas une éclaboussure de gras sur ses vêtements. Ses cheveux gris humides de la plage sont lissés en arrière. Trois planches de surf abîmées sont appuyées contre un mur sur le côté, et sa combinaison de plongée sèche sur un chevalet de sciage. C'est le seul homme de ma connaissance qui, à marée haute, se jette encore à l'eau et nage vers le large sans hésitation. Maman a raison : il reste séduisant, en dépit de son âge. Robert Redford dans *La Descente infernale* ou dans *Nos plus belles années*. Il fait signe à Jack d'approcher, lui donne une vigoureuse poignée de main et une spatule.

Peter se sert un verre. Je le regarde verser une bonne rasade de gin et une petite giclée de tonic. Puis trois malheureux glaçons qui flottent à la surface comme des crottes dans la mer. Les Anglais adorent boire, mais ils font des cocktails tièdes et insipides. Je m'approche de lui par-derrière, lui enlace la taille.

— Qui c'est ?

— Ah ah.

Il se retourne et m'embrasse sur le bout du nez.

— Ma mère réclame une vodka. Avec beaucoup de glaçons.

— Bien reçu. Et toi ?

— Je vais voir à l'intérieur où Andrea a caché le vin buvable.

— Si elle arrive, je siffle trois fois.

J'entre par la porte de la cuisine. J'ai toujours aimé cette pièce : le parquet rouge coquelicot, le plan de travail en bois usé, l'odeur musquée des pansements, du cumin et du ginger ale. Cette cuisine me donne envie de m'asseoir sur un tabouret et de manger un bol de corn flakes avec du lait et une tonne de sucre blanc. J'ouvre un placard au-dessus de l'évier, attrape un verre à pied. En hauteur, sur une étagère, se trouve le socle d'un robot ménager Cuisinart jauni qui n'a pas dû servir depuis 1995. À côté, une vieille yaourtière Salton prend la poussière. Je pense au lait caillé, à l'hypocrisie bien-pensante et aux parents des autres qui s'envoient en l'air.

Il y a une bouteille de sancerre correcte presque pleine au frigo. Je remplis mon verre et jette un coup d'œil dans le bureau de Dixon attenant à la cuisine. De l'autre côté de la vitre, je vois Peter apporter à ma mère une boîte de cacahuètes et faire une bise à Pamela. Il a embarqué la bouteille de vodka qui était sur la table. Sans hésiter, ma mère la prend, boit au goulot et la lui rend. Il rit et s'assied sur l'accoudoir de son fauteuil. Il allume une cigarette, lui murmure à l'oreille quelques mots qui lui valent une petite tape. Elle rit aussi. Avec lui, elle redevient la personne détendue qu'elle pouvait être autrefois. Il a ce mélange de bienveillance et d'esprit incisif avec un côté iconoclaste qui la ravit. D'une certaine manière, Peter l'a sauvée, il y a des années, après le départ de Leo, après la mort du bébé, après mon journal. Il l'a sortie de sa torpeur, a rallumé les lumières de notre vieil appartement. Nous a autorisées à nous sentir de nouveau heureuses.

Maddy et Finn accourent et se pressent autour de lui comme des canetons. Il tue un moustique qui a atterri sur son bras gauche, ouvre sa paume pour le leur montrer.

Ce petit geste me procure un irrésistible sentiment de soulagement. Et de gratitude.

Je passe devant le salon pour monter aux toilettes. Quelques invités parmi les plus âgés sont assis autour de la cheminée, en pleine conversation. Il est question de chants d'oiseaux.

— Pour moi, c'est la mésange. *Tchic-a-dididi*… C'est une merveille. Comme une cascade de petits grains de maïs, dit quelqu'un.

— Les mésanges ont disparu chez nous, répond Andrea. Je suis sûre que c'est le chat des voisins. Ils refusent de lui mettre une clochette. J'ai appelé les gardes forestiers, mais ils prétendent qu'il n'y a rien à faire.

— J'ai un faible pour le cri du geai bleu, lance Martha Currier de sa voix rauque et profonde teintée d'un accent du Sud. Même si je sais qu'il n'est pas très apprécié.

Il y a deux escaliers chez Dixon. J'emprunte le plus large, qui conduit à la partie de la maison dite « des adultes ». Ici, les pièces sont chics, élégantes. Toutes les chambres d'amis sont tendues de belles tapisseries à l'ancienne : boutons de rose ou brins de muguet sur fond turquoise. J'adore la décoration de la chambre principale. Enfant, je rêvais d'avoir un jour la même. Un papier peint à la main représentant une somptueuse pluie de pivoines blanches qui tombent sur des feuilles jade ; un lit à baldaquin romantique à souhait, des rideaux à œillets, un parquet à larges lattes, une cheminée avec un tas de bûches et de petit bois bien rangé à côté, une baignoire à pattes de lion dans la salle de bains.

« L'escalier des enfants », lui, est raide et sombre, sans rampe, uniquement les cloisons de chaque côté de l'étroit passage. Il mène directement de la cuisine au dortoir, une immense pièce mansardée avec de grandes fenêtres et des lits superposés le long des murs. C'était la maison où on allait tous dormir autrefois. On y amenait des garçons en douce. On fumait des cigarettes au clou de girofle et on jouait à la bouteille : on faisait tourner une bouteille par terre et on était censé embrasser celui que le goulot désignait. Si on venait de chez les adultes, pour accéder au dortoir, il fallait passer par une salle de bains avec un lavabo à double vasque qui se fermait à clé de notre côté.

Les toilettes dans le couloir sont occupées, mais je peux utiliser celles attenantes à la chambre de Dixon. Lorsque j'ouvre la porte, mon cœur se serre. Andrea a refait la décoration. Le vieux papier que j'aimais tant a été arraché, les murs repeints couleur aubergine. Le magnifique lit à baldaquin a été remplacé par un sommier recouvert de toile beige. Un élégant tapis en jonc de mer à chevrons dissimule le parquet rustique. Il y a une paire de commodes des années 1950 et des lampes en verre Simon Pearce. J'ai des envies de meurtre. Je voulais juste pisser, mais je suis tentée de laisser un étron dans les W.-C., rien que pour manifester ma désapprobation.

Finalement, je ressors et je prends l'étroit couloir qui mène à la salle de bains entre les deux parties de la maison. Au moment où je ferme la porte, celle du dortoir s'ouvre et Gina apparaît.

— Salut, dit-elle, comme si se croiser aux toilettes était parfaitement naturel.

Elle baisse son jean et s'assied sur la lunette.

Je la regarde sans un mot, le cœur battant. *Est-ce qu'il est là ?* Je n'arrive pas à penser à autre chose.

Gina tire sur le rouleau de papier, s'essuie.

— Vous êtes arrivés il y a longtemps ?

— Une demi-heure, peut-être. On est venus à pied, dis-je en bredouillant.

— On a failli annuler, mais la mère de Jonas menaçait de faire une poêlée de tofu.

Elle tire la chasse et se lève pour se rhabiller. Elle est totalement épilée. Une inquiétude soudaine me traverse en pensant à ma toison pubienne ringarde. Est-ce que ça l'a gêné ? Dégoûté ? Lui qui est habitué à quelque chose de plus doux. Enfantin.

— Vas-y, dit-elle.

Je ne peux pas la regarder. Je ne peux pas détourner les yeux.

Elle ouvre l'armoire à pharmacie, prend un tube de pommade cicatrisante, en presse sur le bout de son doigt, puis défait un pansement qu'elle met sur une égratignure de rien du tout, le tout amoureusement. Je suis fascinée par la façon dont elle prend soin d'elle-même, l'importance de chacun de ses gestes. J'ai l'impression de regarder une de ces femmes qui se brossent réellement les dents pendant les deux minutes réglementaires. J'attends qu'elle sorte, mais elle tire un gloss de son jean, se penche vers le miroir.

Je me résous à pisser à 50 centimètres d'elle, le poids infime de la bague de Jonas dans la poche de ma robe.

— J'ai insisté pour qu'on vienne en voiture, dit-elle en faisant la moue pour s'assurer que ses lèvres sont parfaitement maquillées. Le temps que Jonas rentre, les moustiques s'en donnaient à cœur joie chez nous. C'est à se demander où il disparaît, parfois.

Mon jet s'interrompt un bref instant, puis repart. Gina me regarde, songeuse. Je me fige comme un cerf qui sent un chasseur embusqué.

Elle sourit.

— Tu ne vas pas le croire, et je ne devrais sans doute pas te le dire, mais il y a une époque où je pensais que c'était toi qu'il allait voir ! dit-elle en s'essuyant les mains. Ça me semble tellement ridicule, aujourd'hui. En fait, je l'ai suivi, une fois. Et je me suis rendu compte qu'il avait passé l'été à chercher des œufs de balbuzard.

— Il adore ces bois, dis-je en attrapant le papier toilette.

Nous redescendons par le dortoir.

— Tu as vu la chambre ? Andrea a fait un super job, c'est trop beau. Elle a enfin persuadé Dixon de se débarrasser de cette tapisserie hideuse. Ils s'attaquent à la cuisine, maintenant.

— J'ai grandi dans cette cuisine.

— Peut-être, mais franchement, elle est moche.

Elle ne saura jamais qu'elle est passée à ça de le perdre.

— Cette chambre devait être un rêve pour ados en chaleur. Jonas a dû peloter une fille dans un de ces lits.

— Il était beaucoup plus jeune que nous.

Je la suis dans l'escalier exigu.

— Mais tu dois savoir s'il avait des amoureuses, non ? demande Gina, tournant la tête vers moi.

J'ai encore l'odeur de l'étang dans les cheveux.

Ma mère n'a pas bougé de l'endroit où je l'ai laissée, Peter toujours assis sur son accoudoir. Des lampions à la citronnelle découpent des cercles de lumière dans le crépuscule.

— Je vais me chercher un hamburger, déclare Gina. Tu en veux un ?

Je balaie la pelouse du regard avec une crispation nauséeuse. Je repère Jonas derrière les barbecues, dans l'ombre. Ses yeux sont fixés sur moi. Il m'attendait. Je mets la main dans ma poche et mes doigts se referment sur la bague verte. Je prends une inspiration.

— Pas tout de suite.

Elle traverse le jardin pour le rejoindre, l'enlace, glisse les mains dans les poches arrière de son jean. Un geste possessif. Elle doit sentir quelque chose, car elle tourne la tête vivement, comme un puma qui flaire un animal, scrute la pénombre. Jonas lui chuchote quelques mots à l'oreille et elle le regarde, souriante.

— Salut toi, dit Peter. Où est-ce que tu étais passée ?

— Aux toilettes. Avec Gina.

— Prends des cacahuètes, me dit ma mère en me tendant une boîte en métal.

— J'étais à l'étage, dans la salle de bains des enfants, quand Gina a ouvert la porte côté dortoir sans frapper. Elle s'est assise et a pissé devant moi.

— Cette fille a toujours été vulgaire, dit maman.

— Ta mère est sur le sentier de la guerre, ce soir.

— Je ne suis sur aucun sentier et je ne suis pas en guerre. Je disais juste à Andrea que personne ici n'aimait ce qu'elle avait fait du jardin. Ce n'est pas le Bois.

— Toujours aussi diplomate, maman.

— Si elle ne voulait pas mon avis, elle n'avait qu'à pas me le demander.

— Ta mère lui a dit que ça faisait bourgeois, s'esclaffe Peter.

— Elle ne peut pas nous faire la leçon sur les plantes indigènes, et ensuite planter une bordure d'herbacées.

À l'autre bout du jardin, les plus jeunes enfants jouent au lancer de fer à cheval. Jonas et Gina s'approchent de nous, assiette en carton et gobelet à la main.

— Maddy devrait mettre plus d'antimoustique. Ces bestioles l'adorent, dis-je.

Jonas place une chaise à côté de la mienne, me touche le bras.

— Ça vous embête si on se joint à vous ?

Il a parlé à la cantonade, mais c'est à moi qu'il s'adresse.

— J'ai oublié mon vin là-haut, dis-je brusquement.

Cette fois, je verrouille la salle de bains des deux côtés et n'éclaire pas. Je m'appuie contre le rebord de la fenêtre, écoute le froissement des feuilles, les murmures, le tintement des verres et des conversations. Depuis que je suis assez vieille pour douter de mes propres instincts, ma mère me donne le même conseil : « Tire à pile ou face, Eleanor. Si la réponse te déçoit, fais le contraire. » On connaît déjà la bonne réponse, même si on ne le sait pas – ou si on pense ne pas savoir. Mais si la pièce est truquée ? Si les deux côtés sont identiques ? Si les deux réponses sont justes, alors elles sont aussi toutes les deux fausses.

Mon verre se trouve sur le rebord de la fenêtre, là où je l'ai laissé. En dessous sur la terrasse, Peter et Jonas bavardent. Peter dit quelque chose et Gina éclate de rire, renversant la tête en arrière. Les deux hommes sourient. C'est surréaliste, indescriptible. Il y a quelques heures, j'avais l'impression que le monde était un rêve éveillé, suspendu dans le ciel. Je contemple le crépuscule, imagine la maison en ruine, la lumière dorée du soleil qui se déverse sur les broussailles comme du feu liquide, les yeux francs, grands ouverts de Jonas. Je me laisse glisser le long du mur, serre mes genoux contre ma poitrine, me pelotonne, hébétée. J'ai fait mon choix : renoncer à cet amour qui bat, douloureux, pour un amour d'un autre genre. Un amour patient. Un amour solide. Mais la souffrance est là, aiguë. Dehors, ma mère appelle Dixon qui officie au barbecue. Elle réclame un hamburger.

— Saignant. Je veux l'entendre meugler. Et par pitié, ne me parle pas de la salmonelle. Je préfère mourir de dysenterie plutôt que de manger un steak cartonneux.

Le rire sonore et joyeux de Peter parvient jusqu'à moi.

— Je le jure, Wallace, un de ces quatre, je vais vraiment te faire interner.

Lorsque je redescends, Jonas se rince la main sous l'eau froide dans la cuisine.

— Et voilà.

Il lève sa main mouillée. Il y a une marque rouge, une brûlure qui trace une diagonale sur sa paume.

— J'ai voulu apporter un hamburger à ta mère. J'ai pris une spatule en métal qui était sur la grille brûlante.

Il s'adosse au plan de travail. J'ai envie de le dévorer, son assurance nonchalante, paresseuse. L'absorber, le digérer.

— Viens, dit-il doucement.

— Tu devrais mettre du beurre.

J'ouvre le réfrigérateur, trouve une plaquette, défais le papier. Jonas tend la main et j'enduis de gras sa peau abîmée. Ses doigts se referment sur les miens. Je me dégage, range le beurre.

— Ellie ?

— Quoi ?

J'ai le dos tourné. Quoi qu'il ait à me dire, ce sera insupportable.

— Je doute que Dixon ait envie de tartiner ses toasts de lambeaux de peau cramée, demain matin.

— Zut.

Je ressors le beurre du frigo, en coupe un morceau que je jette à la poubelle. Puis je lance à Jonas un torchon propre.

— Enveloppe ta main là-dedans en attendant.

— J'ai laissé quelque chose pour toi dans ta chambre, dit Jonas. Regarde quand tu rentreras.

— Je l'ai déjà trouvée. J'avais oublié quelque chose à la maison, dis-je en tirant la bague de ma poche. Je n'en reviens pas que tu l'aies gardée.

Il la prend, la lève à la lumière. La petite pierre verte scintille comme de la kryptonite.

— Cette année-là, ma résolution du 1er janvier, c'était de t'oublier pour de bon. Et sur qui je tombe dans ce café, en train de brailler après un pauvre débile ?

Il glisse la bague à mon doigt, par-dessus mon alliance. Tout ce que je voudrais lui dire, c'est que je suis à lui, l'ai toujours été, le serai toujours. Mais je retire la bague et la pose sur le plan de travail.

— Je ne peux pas.

— Elle est à toi.

Je fais un effort pour rester froide.

— Je vais retrouver Peter et les enfants. Je t'envoie Gina pour qu'elle te fasse un bandage.

Jonas pâlit, l'air perturbé, comme s'il avait senti un fantôme, comme si une manche glacée l'avait frôlé imperceptiblement.

— Remets-la, dit-il d'une voix dure.

Je prends sa main, embrasse la paume brûlée.

— Voilà. Ça va aller, dis-je, comme si je m'adressais à Finn.

Je fais mine de partir, mais il plaque ma main sur le plan de travail et me regarde comme un homme en train de se noyer. Ma voix n'est plus qu'un murmure.

— Lâche-moi. S'il te plaît.

J'entends un craquement derrière moi. Peter est sur le seuil, à l'autre bout de la pièce.

— Hé, tu es là. Jonas s'est brûlé.

33

21 h 30

Quand nous partons de chez Dixon, je ne me retourne pas. Ma poitrine est un ballon rempli d'air mort sur le point d'éclater. Le néant. Les ténèbres s'étendent devant nous. La stridulation aiguë des grillons se fond dans la nuit, se mêle au froissement des feuilles. Peter marche en tête. Sa lampe torche éclaire une étroite bande de chemin, les hautes herbes au centre, les traces de pneus dans la terre sablonneuse de part et d'autre. Le halo diffus se perd dans les arbres. Des papillons de nuit surgissent des taillis, attirés par la lumière – battements brun poussière, épris de puissance électrique. Je n'ai jamais compris cette pulsion suicidaire. Les enfants traînent derrière Peter. Ils se plaignent qu'ils ont mal aux jambes. Fatigués, inquiets, ils ne s'éloignent pas du faisceau de la lampe. Les papillons de nuit ont peut-être peur du noir. C'est peut-être aussi simple que ça.

— Les loups-garous, ça n'existe pas, assure Peter à Finn.

— Oui, mais les vampires ?

— Les vampires non plus, lapin, dis-je.

— Il n'empêche, ce serait super si les monstres existaient, reprend Peter. Réfléchissez : si les loups-garous et les vampires existent, alors la magie aussi. Et la vie après la mort. Ce serait bien, non ?

— Sûrement, répond Finn. Et les fantômes ?

— Pareil, dit Peter.

— Et les tueurs en série ? intervient Maddy. Si quelqu'un se cache dans le bois ? S'il veut nous tuer ? S'il a une hache ?

— Ou *elle*, rétorque Peter.

Je décoche en pensée un coup de pied dans les mollets de mon mari. Maintenant, Maddy ne va pas fermer l'œil de la nuit.

— Ça va, vous vous êtes bien amusés, les enfants ? C'était sympa, non ?

— On a joué à chat, dit Finn. On pourra avoir de la glace à la maison ?

Jack marche à côté de moi. Il porte mon panier en paille. À un moment donné, il glisse son bras sous le mien et nous cheminons ainsi dans l'obscurité, perdus dans nos pensées. Au sommet d'une crête, un coyote aboie, déchiquette la nuit. La meute lui répond dans le lointain. J'écoute leur échange, l'appel de la faim. Ils arrivent, viennent chercher leur dîner de mulots et de petits chiens.

L'une de nos poubelles est renversée en bas de l'allée. Les deux ratons laveurs qui sont assis dessus s'immobilisent dans le faisceau de la lampe, petits pilotes de bobsleigh en manteau de fourrure, les yeux rouges. Des épis de maïs, des feuilles de salade, des grains de café et des lambeaux d'essuie-tout jonchent le sol.

Ma mère pousse un cri agacé et se précipite sur eux en agitant une branche.

— Oust ! Du balai !

Ils détalent entre les arbres.

— Sales bêtes, dit-elle en donnant un coup de pied dans les ordures. Quel est l'imbécile qui a oublié de remettre le tendeur sur la poubelle ?

Elle se dirige à grandes enjambées furieuses vers la maison sans attendre de réponse.

— Imaginez si elle venait de tomber sur l'épave du *Titanic*, plaisante Peter.

— Rentrez, dis-je. Je m'en occupe. Laissez-moi juste de la glace à la pistache. Jack, allume la lampe extérieure, s'il te plaît.

Je me retrouve seule. Dans les frondaisons, je perçois des mouvements furtifs, je sens des regards curieux. *Et s'il y a quelqu'un de caché dans le noir ? Et s'il veut nous tuer ?* Pendant des années, j'ai réussi à refouler cette nuit horrible. Mais là, prise dans ce tourbillon d'amour, de panique et de chagrin, j'ai la peau qui se glace. Combien de temps un raton laveur vit-il ? Se pourrait-il que ce soit ceux qui ont vu Conrad me violer ? Ces bébés observaient-ils mon lit par le vasistas ? Mes larmes les ont-elles effrayés ? Ou est-ce qu'ils s'ennuyaient et attendaient patiemment le moment où ils pourraient retourner pêcher dans l'étang sans risque ? La mère de Conrad entendait-elle le cœur affolé de Rosemary dans ses rêves ? *Et s'il a une hache ?* J'imagine Maddy seule, terrorisée, suppliante, Peter et moi endormis dans notre chalet, inconscients. Cela semble impossible. Je voudrais lui promettre qu'il ne lui arrivera jamais rien de grave, que personne ne lui fera jamais de mal. Mais je ne peux pas.

Je m'assieds par terre, parmi les feuilles de salade défraîchies, les sachets de thé et les mégots humides. Une boîte de préparation pour pancakes a été déchiquetée par de petites griffes. La nuit dernière, Jonas est venu me retrouver dans le noir, il m'a prise, la tête plaquée contre les parpaings froids, la robe remontée jusqu'à la taille, le souffle haletant, et j'ai senti que ma vie entière trouvait un sens.

Une grenouille-taureau coasse dans l'étang. Quelque part une tortue serpentine géante se tapit dans la boue. Par la fenêtre, je vois Peter en train de servir de la glace au chocolat dans des bols disparates. Il les tend aux enfants, prend la boîte de glace à la pistache, la contemple un instant avant de la vider entièrement dans son bol.

22 heures

J'ai fait un gros tas d'épis et de feuilles de maïs. Peter sort par la porte du cellier avec un grand sac-poubelle noir. Il scrute les ténèbres.

— Ici, dis-je en avançant dans la lumière. C'est une zone sinistrée.

Il ouvre la gueule du sac et je verse tout dedans.

— Je t'ai vue, dit-il d'une voix distante, inhabituelle. Avec Jonas.

— Tu m'as vue quoi ?

— Je sais.

Ma peau s'enflamme sous l'effet de l'adrénaline. Je chasse un début de panique, me concentre sur les mégots détrempés.

— Putain de ratons laveurs.

Je sors du cercle de lumière, ramasse une boîte à œufs lacérée, retiens mon souffle, attends la suite.

— Tu l'as embrassé.

Je me relâche un peu, m'autorise à respirer. Il n'y a pas eu de baiser. Je n'ai pas embrassé Jonas hier soir. Il a surgi de l'obscurité, m'a prise par-derrière.

— Qu'est-ce que tu racontes, Pete ?

— Ne mens pas.

Son visage est fermé, sûr de la justesse de sa colère.

— Je ne mens pas. Comment ça, tu m'as vue ? Où ?

Une pensée soudaine me glace : Peter nous aurait-il suivis à la maison en ruine ? Nous a-t-il épiés dans l'ombre ? Nous a-t-il surpris en train de baiser sans pudeur, sans retenue ?

Il secoue la tête, écœuré.

— À l'instant, dans la cuisine, chez Dixon.

Je sens mon souffle circuler plus librement, l'eau pure du soulagement se propager dans mon corps.

— Tu veux dire quand j'ai embrassé sa main brûlée ? Sérieusement ?

— Ce n'est pas que le baiser. J'ai vu comment il te regardait. Il te désirait.

— Évidemment. Je suis irrésistible, non ? dis-je avec un rire qui sonne faux.

— J'ai vu comment toi tu le regardais.

— J'ai mis du beurre sur sa main. Je lui ai donné un torchon.

Il me prend la boîte à œufs.

— Tu sais quoi, Ellie ? Je suis fatigué. Je vais me coucher.

Il fourre le sac dans la benne, claque le couvercle et attache le tendeur.

— Peter, arrête. C'est Jonas. Notre plus vieil ami !

— *Ton* plus vieil ami.

— C'était un petit bisou pour que ça guérisse plus vite, comme on embrasse le bobo d'un enfant. Tu étais là.

— Oui, j'étais là.

Il s'éloigne. Je le rattrape.

— Attends ! Est-ce qu'on est sérieusement en train de se disputer parce que j'ai embrassé la main de Jonas ?

Il me toise. Ses yeux ont l'éclat froid de l'argent.

— Merde. Pense ce que tu veux, dis-je, cachant ma nervosité derrière une vertueuse colère. Bien sûr qu'il m'aime. Mais pas comme ça. Ce serait limite incestueux.

Une hésitation passe sur son visage, espoir et doute combinés.

Nous sommes coincés. Peter a besoin d'une certitude, il veut que ses soupçons soient apaisés ou confirmés. Moi, terrifiée, je croise les doigts dans mon dos, résolue à ne rien céder. Je dois le persuader. J'ai renoncé à Jonas. J'ai choisi Peter. Je suis morte pour lui. J'ai prié un Dieu auquel je ne crois pas. Après ça, je le jure, il n'y aura plus jamais de mensonge.

Son visage se relâche un peu.

— Je te crois. Mais si tu mens…

— C'est bien, dis-je d'une voix posée. Parce qu'il n'y a rien avec Jonas. Ni avec personne. Tu es le seul homme que j'aime. Je te le jure.

— D'accord.

Il revient vers moi, presse brutalement ses lèvres contre les miennes.

— Mais je ne veux plus te voir embrasser un autre homme. Tu es ma femme.

— Oui.

— Maintenant, on va se coucher, que je fasse l'amour à ma femme.

— Les enfants ne dorment pas et ma mère rôde Dieu sait où.

— Chut.

Il me prend la main et m'entraîne jusqu'à notre chalet. Il me pousse sur les marches devant lui.

— Retourne-toi.

Je lui fais face, agrippe les montants de la porte. Ses mains glissent sous ma robe, baissent ma culotte. Il s'agenouille et me lèche lentement avec le plat rugueux de sa langue.

— Tu as le goût de la mer.

Je ferme les yeux, revois l'océan cet après-midi, la plage, la tente, Jonas. Je jouis en pensant à l'autre homme que j'aime. Et lorsque viennent les larmes, ce n'est pas pour ce que j'ai perdu, mais parce que je ne peux pas me cacher la vérité concernant Jonas.

22 h 30

Nous sommes allongés, Peter vaincu par le sommeil postcoïtal, les draps entortillés autour de nos chevilles, nos membres épars. Je retourne mon oreiller, appuie ma joue contre le côté frais, écoute la poitrine de Peter se gonfler et se dégonfler, le vrombissement discret de ses ronflements, son souffle aux relents de tabac. Je suis agitée, nerveuse. J'ai besoin de le sentir présent. Mais je sais que rien ne le tirera de ce sommeil-là. Les hommes s'écroulent après l'orgasme. Les femmes se réveillent. C'est curieux, ce décalage. Peut-être est-ce parce qu'ils ont accompli leur tâche. Ils ont essayé de nous féconder et maintenant ils doivent récupérer. La nôtre, c'est de nous lever pour balayer la caverne, border les enfants sur leur couche de paille, les épouiller, leur raconter des histoires qu'un jour ils répéteront à leurs propres enfants. Des histoires sur le feu, les roues de pierre, une grotte où gouttent des stalactites. Des couleurs lumineuses immortalisant le passé. Le garçon qui a poursuivi un grand oiseau à travers le ciel ; le bateau qui a franchi les mers et qui est revenu. Je me rhabille, sors de la chambre. Il est tard, mais j'ai besoin d'embrasser mes enfants.

Il y a encore de la lumière.

— Où tu étais ? proteste Maddy. Tu devais manger de la glace avec nous.

— Papa ne se sentait pas très bien. J'ai dû aller lui chercher de l'aspirine et le mettre au lit.

— Ben voyons, lance Jack sans lever les yeux de l'éclat criard de son écran d'ordinateur.

Maddy était en train de raconter une histoire à Finn. Il est sur le lit de sa sœur, blotti contre elle. Elle tient un gros livre en piteux état, à la couverture vert olive moisie et tachetée.

— Qu'est-ce que vous lisez ?

— Je l'ai trouvé sur l'étagère de la salle de bains, dit ma fille en me le montrant.

— Ce livre était déjà là avant ma naissance. Vous devez être les premiers à le lire. Faites-moi une petite place.

Maddy se rapproche du mur. Finn se pousse et pose la tête sur mon bras.

— C'est l'histoire d'un corbeau qui s'appelle Johnny, dit-il.

— Je sais. C'est pour ça que personne ne l'a jamais lue.

— Il y a des araignées là-haut.

Finn indique une toile dans un coin. À côté, juste au-dessus du bord de la poutre, je remarque un petit trou de souris déchiqueté dans le plafond de carton. Il faudra que je demande à Peter de le réparer. Une araignée à longues et fines pattes s'affaire sur sa toile autour d'une mouche morte. Cinq œufs marron sont suspendus en dessous d'elle, à l'abri dans leur hamac de fils.

— Tu peux la tuer ? me demande Finn.

— Les araignées sont utiles. On aime bien les araignées. Elles attrapent les moustiques.

— Moi, je les aime pas.

— Fais pas ta chochotte.

— Jack, ce n'est pas gentil, dis-je.

Normalement, je le sermonnerais et cela se terminerait en dispute, mais pas ce soir. Ce soir, je veux savourer la compagnie de mes enfants, au chaud, heureuse, convaincue que cela durera toujours.

— Tu étais terrifié par les araignées quand tu avais l'âge de Finn.

— Si tu le dis.

— Il n'y a pas de « si tu le dis » qui tient. Excuse-toi auprès de ton frère et viens ici, s'il te plaît. J'ai besoin d'un gros câlin là, tout de suite. Et ce n'est pas négociable.

Jack soupire, pose son ordinateur portable et s'allonge dans l'espace étroit qui reste.

Je l'enlace, le serre contre moi.

— Voilà qui est mieux.

Nous restons ainsi quelques instants, serrés comme des sardines.

— Et maintenant ? grogne Jack.

— Vous m'étouffez, gémit Maddy. Je peux plus respirer.

— Est-ce que je vous ai déjà raconté l'histoire du hamster que ma sœur Anna a écrasé entre le lit et le mur ?

— Exprès ? demande Finn.

— Je n'en suis pas sûre. Ce n'est pas impossible. Anna était parfois imprévisible. Mais je ne pense pas qu'elle voulait le tuer.

— C'est l'un ou l'autre, dit Jack.

— Bon. Extinction des feux, dis-je en prenant le livre des mains de Maddy. Johnny le Corbeau sera toujours là demain.

Je soulève Finn et le couche dans son lit. Je couvre de baisers son adorable visage jusqu'à ce qu'il me repousse. Maddy tend les bras vers moi pour un dernier bisou.

— Moi !

Je la serre fort.

— Tu ne t'es pas brossé les dents. Ton haleine sent le maïs à la crème.

— Si. Je me les suis brossées !

Mais nous savons toutes les deux que ce n'est pas vrai. Je m'approche de son oreille et je murmure :

— Le maïs, c'est délicieux.

Elle sourit.

— Bon, d'accord. Tu as peut-être raison. Mais je les brosserai double demain matin.

— Jack, c'est toi le prochain, dis-je.

— Ouais, grommelle-t-il – mais il sourit.

23 heures

Ma mère est assise sur le canapé de la véranda, dans le noir.

— Tu n'es pas couchée ? dis-je.

— J'ai mangé trop de cacahuètes chez Dixon. J'ai des renvois.

— Je vais prendre un verre de vin. Tu veux quelque chose ?

— Je vais me coucher dans une minute. Il y a une bouteille de rosé ouverte.

Je me sers et m'assieds à côté d'elle.

— Je suis morte.

— Je ne sais pas comment tu fais. Tous ces gens dont tu t'occupes.

— Mon mari et mes enfants ? dis-je en riant.

— Tu les couves beaucoup trop. Je faisais à peine attention à vous, et vous vous en êtes très bien sorties.

D'une certaine manière, c'est un don chez elle, cet aveuglement, cette absence totale de remise en question.

— Ils ne sont même pas capables de mettre leur vaisselle dans l'évier. C'est un miracle que j'aie survécu pendant que vous étiez à Memphis, Peter et toi. Heureusement, Finn m'a fait un bon massage des pieds.

— Tu as demandé à Finn de te masser les pieds ?

— J'ai l'impression qu'il a de petites mains, pour son âge.

Je secoue la tête. On ne la changera pas. Mais il y a un malentendu entre nous depuis trop longtemps et je dois rétablir la vérité.

— Tu sais, ce que j'essayais de te dire cet après-midi ? Au sujet de Leo ?

Elle bâille.

— Tu me l'as dit. Il s'est remis avec sa première femme, la pauvre. J'aurais dû lui écrire, lui révéler ce qu'il t'avait fait.

— Maman.

Mon cœur bat si vite que je sens ma poitrine tressaillir.

— Ce n'était pas Leo.

— De quoi tu parles ?

— Ce n'était pas Leo, dis-je dans un souffle. C'est arrivé, mais ce n'était pas Leo.

Elle est interloquée. Je la vois qui essaie de comprendre, de recoller les pièces. Et je vois l'instant précis où tout s'éclaire : un tressaillement minuscule, une dilatation nerveuse des pupilles.

— Conrad ?

— Oui.

— Tout ?

— Oui.

— Pas Leo ?

— Pas Leo. C'était Conrad. Conrad m'a violée.

Elle reste silencieuse un long moment. Je sens son énergie filer, faiblir. Elle soupire avec accablement.

— Pardon, je n'aurais pas dû te laisser accuser Leo.

— Leo m'avait quittée. Notre bébé était mort.

Je lis sur son visage qu'elle se prépare au pire. Elle me pose la question suivante.

— Et la noyade ?

— La bôme l'a assommé. Il est tombé à l'eau.

Son soulagement est palpable, et j'aimerais tellement m'arrêter là.

— Mais nous savions tous les deux qu'il n'était pas très bon nageur. On ne lui a pas jeté la bouée de sauvetage.

— « Nous »…, fait-elle, déconcertée. Ah oui, Jonas était avec vous. J'avais oublié.

— Il était au courant. C'était le seul.

Elle acquiesce.

— Vous étiez inséparables. Il avait vraiment le béguin pour toi, à l'époque. Je crois que tu lui as brisé le cœur quand tu as épousé Peter.

— Sans doute.

Une image de Jonas m'apparaît. Pas l'homme que j'ai aimé, désiré, convoité aujourd'hui, pas celui auquel j'ai pensé toute la journée, mais un petit garçon brun aux yeux verts, étendu à côté de moi dans les bois, sur un lit de velours moussu. Je ne le connais pas encore, mais nous sommes allongés ensemble au bord du ruisseau, deux étrangers, un seul cœur.

— Je l'aimais aussi, maman.

Ma mère n'est pas très tactile, mais elle m'enlace, ma tête contre son cou, et caresse mes cheveux comme quand j'étais petite. Je sens mille ans d'amertume et de bile s'écouler de mes veines, mes muscles et mes tendons, de mes recoins les plus sombres, pour se déverser dans son giron.

— Je suis désolée, maman. Je ne voulais faire de mal à personne.

— Non. C'est moi qui ai ouvert la porte à Conrad.

Elle se lève du canapé avec difficulté.

— Mes os ne sont plus ce qu'ils étaient. Un Maalox, et au dodo.

En passant devant la grande table de pique-nique, elle débarrasse les bols des enfants et les pose dans l'évier avec un tintement de cuillères.

— Ça peut attendre demain matin, dit-elle.

Elle s'immobilise sur le seuil de la véranda, une drôle d'expression sur le visage, comme si elle goûtait quelque chose, le faisait tourner dans sa bouche, s'efforçait de décider si ça lui plaît ou non. Lorsqu'elle parle enfin, sa voix est ferme, catégorique, comme toujours quand elle me donne un conseil sérieux.

— En réalité, quand on va nager, il y a des bains qu'on regrette, Eleanor. Le problème, c'est qu'on ne peut pas savoir tant qu'on n'a pas essayé. Ne veille pas trop tard. Et pense à fermer ton vasistas. Ils annoncent 5 centimètres de pluie cette nuit.

J'attends le déclic de sa porte pour emprunter le sentier à mon tour. Il y a un halo autour de la lune. La pluie arrive enfin. Je la sens dans l'air lourd, le ciel impatient. Devant notre ancienne chambre, à Anna et à moi, la chambre où dorment à présent mes enfants, je m'arrête un instant. Toutes les lumières sont éteintes, même la lueur de l'ordinateur de Jack. J'écoute le silence, imagine que je distingue leur respiration paisible. Pas de démons, pas de monstres. Si je pouvais les protéger de tous les deuils, de tous les chagrins et peurs, je le ferais.

Du centre de l'étang, un rayon de lune s'étire vers moi, s'élargissant. Je traverse le rideau de végétation et m'approche de la rive. Le niveau est bas. Des empreintes de ratons laveurs se découpent nettement sur la bande de sable mouillé. Je me déshabille, suspends ma robe à une branche et entre dans l'eau soyeuse, nue. L'étang obsidienne est limpide. J'écoute le coassement des grenouilles-taureaux, le murmure des papillons de nuit. Je sens autour de moi les molécules que Jonas a laissées derrière lui. Je forme une coupe avec mes mains et je le bois. Au loin, des éclairs fracturent le ciel.

Je m'arrête sur le sentier menant à notre chambre, compte les secondes, guette le roulement du tonnerre, attends que l'éclat stroboscopique se dissipe et que l'obscurité reprenne ses droits. Mon corps a envie de soupirer – soulagement et regret. Mais pour quel bain ? Je gravis les marches du chalet. Pour l'un ou l'autre. Pour les deux.

Peter est toujours plongé dans un sommeil repu. J'ôte le crochet qui maintient le vasistas ouvert, le ferme sans bruit pour ne pas le réveiller. Je me couche dans notre lit, me love contre lui, m'accroche à lui, réconfortée par la chaleur familière de son corps, par son souffle apaisant, et j'attends que l'orage du large atteigne la terre.

4 heures

Je suis réveillée par les vibrations de la porte qui tremble dans ses gonds. La tempête s'est levée. Dehors, les pins penchent sur le côté, leurs branches hurlant de rage. Je vais jusqu'au seuil. Une serviette de plage s'est envolée de la corde à linge et a atterri sur le toit de la chambre de ma mère. Les oiseaux tourbillonnent dans le ciel orageux comme des feuilles d'automne, impuissants contre le vent, l'implacable courant circulaire. Roitelets, pinsons, alouettes : en l'air mais pas en vol. L'aube baigne le paysage dans une lumière onirique. À quelques centimètres de la porte-moustiquaire, un colibri à la gorge rubis vrombit, essaie de tenir bon, chante à contre-courant. Ses ailes iridescentes battent à une vitesse invisible et jettent des éclats de pierre précieuse sur le ciel gris. Il vole à reculons. Non pas poussé par le vent, mais délibérément, frénétiquement, pour se réfugier dans le fourré de clèthres à fleurs blanches à côté de notre chambre. Ses ailes attachées à son corps par de minuscules articulations dessinent le symbole de l'infini. J'appelle Peter.

— Réveille-toi.

Il se retourne mais n'ouvre pas les yeux. J'insiste plus fort.

— Peter. Réveille-toi. Il faut que tu voies ça.

Le monde n'existe pas pour lui. Je le secoue doucement.

— Quoi ? bredouille-t-il d'une voix ensommeillée. Il est quelle heure ?

— Je n'en sais rien. Tôt. Mais il faut que tu voies ça. C'est dément dehors, un maelström d'oiseaux.

— On est en pleine nuit.

— J'ai l'impression qu'on est dans l'œil du cyclone.

— Il n'y aurait pas autant de vent. L'air serait immobile. C'est juste un gros orage qui va péter. Aucune raison de s'inquiéter. Maintenant, laisse-moi dormir, merde, grogne mon tendre époux.

Quelques années après la naissance de Maddy et Finn, alors que nos vies s'étaient recroisées pour tisser un autre motif, un après-midi où je marchais dans le bois avec Jonas, nous étions tombés sur un chêne qui disparaissait sous le chèvrefeuille. Une multitude de colibris aspiraient le nectar avec leurs longs becs en aiguille.

— Les colibris sont les seuls oiseaux capables de voler à reculons, m'avait dit Jonas. C'est quelque chose qui m'a toujours sidéré. Ils peuvent voler aussi vite en avant qu'en arrière. À 50 kilomètres par heure.

— Si je pouvais voler à reculons, je le ferais.

Pour me réfugier dans les branches, pour retrouver l'époque où mon cœur battait pour lui comme les ailes d'un tout petit oiseau, mille deux cents fois par seconde.

— Je sais, avait-il simplement répondu, comme toujours.

6 h 30

Lorsque je me réveille de nouveau, les grosses pluies sont passées. Il y a une flaque sur le plancher à côté de notre lit, et la pile de livres que je ne désespère pas de lire est trempée. Peter dort. Je le vois au frémissement de ses paupières, à sa respiration brusque et irrégulière. J'écarte ses cheveux, l'embrasse sur le front, la joue.

Il remue, entrouvre les yeux.

— Bonjour.

Je couvre son visage de baisers papillon.

— Bonjour, chérie, dit-il en me repoussant. Tu vas nager ?

— Pourquoi tu ne viendrais pas avec moi ? L'étang doit être chaud après la pluie.

Je retiens mon souffle. *Viens avec moi. Que ça s'arrête.*

Il se tourne sur le flanc, me présentant son dos.

— J'ai promis à Jack que je l'emmènerais en ville à 9 heures. Réveille-moi si je me rendors.

J'appuie ma paume contre la courbe de son épaule, les doigts en éventail. Ses taches de rousseur entre les V de mes doigts me ravissent. De minuscules constellations. Je trace un cœur du bout de l'index sur le plat de son dos.

— Je t'aime aussi, marmonne-t-il dans le drap froissé.

Il est encore tôt. L'air est moite. Sur le seuil, vêtue du vieux peignoir mauve de ma mère, je contemple l'étang. La surface est immobile, les nénuphars blottis dans leur sommeil circadien, comme s'il n'y avait jamais eu d'orage. Rien ne bouge. Une vapeur rose pastèque enveloppe le monde. Sur une marche, j'aperçois une plume iridescente. Je la ramasse par sa tige osseuse pointue. La fais tournoyer. De l'autre côté de l'étang se découpe une silhouette. Qui attend. Espère. Je distingue seulement sa chemise bleue.

Les marches ploient sous moi avec un soupir, puis se redressent avec une vibration discrète que j'ai entendue mille fois. Cette maison – chacun de ses sifflements, chacun de ses grognements – fait partie de moi. Le doux craquement des aiguilles de pin sous mes pieds nus. L'odeur des vairons, les relents saumâtres du sable mouillé et de l'étang. Cette maison de papier – faite de lambeaux de carton compressés, pour former un matériau capable de résister au temps et aux rigoureux hivers solitaires – qui menace toujours de s'écrouler et que pourtant nous retrouvons toujours, année après année. Cette maison connaît tous mes secrets. Je fais partie d'elle, moi aussi.

Je ferme les yeux et j'inhale tout ce qui fait ce lieu. Jonas. Peter. Moi. Ce qui aurait pu être. Ce qui pourrait être. Je retire mon alliance, l'examine, la soupèse – sa forme éternelle, usée, le poids de l'or. Je la serre une dernière fois contre ma ligne de vie avant de la laisser sur la marche la plus haute pour prendre mon bain.

En face, un soleil jaune d'œuf apparaît au-dessus de la barrière touffue des arbres. Il s'élève, lent et gracieux comme une montgolfière, flotte un instant, suspendu, avant de rompre ses amarres. À cet instant, une brise infime fronce la surface de l'eau. L'étang s'éveille à une nouvelle journée.

Remerciements

Quand, adolescente, je me suis essayée à l'écriture pour la première fois, mon grand-père Malcolm Cowley m'a donné un conseil que je n'ai jamais oublié : tout ce que tu dois savoir, c'est qu'une bonne histoire doit avoir un début, un milieu et une fin, annoncée par le début.

Il m'a fallu toute une vie pour en arriver là, mais j'ai suivi son conseil à la lettre.

Il y a beaucoup de gens à qui je suis reconnaissante de m'avoir soutenue, poussée et bousculée au cours de cette aventure, et tout particulièrement ma mère, la merveilleuse Blair Resika, qui m'a appris à dresser une table et nous a enseigné le goût d'une beauté sans compromis. Mes sœurs bien-aimées, Lizzie et Sonia : vous êtes mes rocs et mon âme.

Mon père, Robert Cowley, éditeur et historien émérite, m'a dit quand j'avais 11 ans que, pour bien écrire, il valait toujours mieux emprunter le chemin le plus court entre deux points. Je le remercie pour cela, mais aussi et surtout pour les tourbillons étourdissants que sont mes jeunes sœurs, Olivia et Savannah.

Merci à mon grand-père, Jack Phillips, qui nous a donné ce décor. À mon merveilleux beau-père, Paul Resika, qui l'a immortalisé. Et à ma marraine, Florence Phillips, pour une boîte de maïs qui a changé le cours de la vie d'une petite fille.

Je remercie infiniment mon éditrice, la fantastique Sarah McGrath, pour ses questions avisées. Rien n'échappe à son œil acéré. Un immense merci à toute l'équipe de Riverhead, et aux Walkyries de Viking, Venetia Butterfield et Mary Mount.

Je remercie Anna Stein, ma géniale agente qui m'a choisie et m'a permis de réaliser mon rêve. J'ai aussi une grande chance d'avoir à mes côtés Will Watkins à ICM, Susan Armstrong à C&W, Claire Nozières à Curtis Brown, et Jason Hendler à HJTH.

Mark Sarvas. Mon mentor et mon ami de toujours. Tu m'as soutenue à chaque pas. Les mots ne suffiront jamais, mais je continuerai d'essayer. Merci, Adam Cushman, d'avoir cru en ce livre avant même que je sache que c'en était un. Jack Grapes, de m'avoir appris que le roman est de la poésie. Merci à tous les écrivains du Novel Writers Group qui ont participé à l'atelier autour de cet ouvrage. Et notamment Andrea Custer, Samuel Stackhouse, Ondrea Harr, Victoria Pynchon, Catherine Ellsworth et Joel Villaseñor, auteur perspicace s'il en est. Mes camarades du PEN America. Mes collègues membres du conseil d'administration du Fine Arts Work Center.

Stepha, merci pour tout et pour rien. Faran, pour les arbres. Estelle, pour ta sagesse et ton grand cœur. Jimmy pour avoir apporté la lumière. Tanya, pour l'avoir entretenue. Nick, pour la joie que tu m'as procurée dès le Premier Jour. Christina et Olivia, grâce à vous mon monde continue de tourner sur son axe. Lily et Nell, vous faites en sorte qu'il parte encore en vrille de temps en temps. August, qui nous montre la route. Lasher, Calder et Sebastian : vous êtes adorables. Et Georgia, ô Georgia, mon esprit des bois qui sait si bien inciter à la rêverie.

J'ai été élevée dans un monde de femmes fortes, à la voix sonore et au cœur constant. Je remercie chacune d'entre vous pour votre amitié remarquable. C'est une chance immense de vous avoir. Merci Margot, Angela, Laura, Nonny, Tory, Busby : vous êtes mes amies pour la vie ; Charlotte, qui m'a lue la première et qui a dit « Oui » ; Nina assise à côté de moi jour après jour, toutes les deux pianotant sur un ordinateur ; Kate, pour ton optimisme inébranlable ; Laura B. et Evgenia, amies sagaces et premières lectrices ; Libby, pour ta sororité ; merci aux femmes admirables de ma famille : Antonia, Susannah, Hayden, Saskia, Cosima, Rachel, Nicky, Frankie, Lula, Lotte, Grace, Louisa, Millie. Chacune de vous contribue à tracer la route.

Mes fils, Lukas et Felix : je vous aime plus que tout. Mais vous le savez déjà.

Enfin et surtout. Bruno, merci pour le chemin que nous avons parcouru ensemble et pour cet incroyable voyage.

Composition et mise en pages
Nord Compo à Villeneuve-d'Ascq